老舍 研究

LAOSHE YANJIU

王本朝 编著

重庆大学出版社

图书在版编目(CIP)数据

老舍研究/王本朝编著.—重庆:重庆大学出版
社,2013.1(2022.5 重印)
ISBN 978-7-5624-7130-1

Ⅰ.①老…　Ⅱ.①王…　Ⅲ.①老舍(1899~1966)—
文学研究—高等教育—自学考试—教学参考资料　Ⅳ.①I206.7

中国版本图书馆 CIP 数据核字(2012)第 295309 号

老舍研究

王本朝　编著
策划编辑:林佳木
责任编辑:文　鹏　罗　杉　　版式设计:林佳木
责任校对:邬小梅　　　　　　　责任印制:张　策

*

重庆大学出版社出版发行
出版人:饶帮华
社址:重庆市沙坪坝区大学城西路 21 号
邮编:401331
电话:(023)88617190　88617185(中小学)
传真:(023)88617186　88617166
网址:http://www.cqup.com.cn
邮箱:fxk@cqup.com.cn(营销中心)
全国新华书店经销
重庆俊蒲印务有限公司印刷

*

开本:787mm×1092mm　1/16　印张:14　字数:259 千
2013 年 1 月第 1 版　　2022 年 5 月第 8 次印刷
ISBN 978-7-5624-7130-1　定价:39.00 元

目录
contents

导论　老舍与20世纪中国文学

　　老舍的文学贡献和地位被文学史概括为三个语词:"市民""京味"和"幽默"。老舍小说构筑了一个丰富多彩的市民世界,它不但塑造了众多的市民形象,而且还从文化批判视野反思了市民文化,并将市民审美趣味纳入新文学,将市民阶层吸引为新文学读者,扩大了新文学的社会影响,至于北京文化的地域特色和幽默的艺术风格也是老舍小说独具魅力的地方①。至此,老舍被文学史所"命名",并借助于文学教育进入到知识的传承和规训,有关老舍的意义和价值也就被确定下来。老舍有着怎样的文化形象和价值意义? 这似乎是一个不需要思考就能回答的问题,但在我看来,它并不如我们所感受和描述的那么清晰和简单。

　　事实上,对老舍创作的描述和阐释,似乎是非常清晰的,但又令人琢磨不透,甚至似是而非。比如相对其他思想激进的作家,如鲁迅、茅盾等左翼作家群,老舍则有些偏"自由",有自由主义倾向;相对于胡适、徐志摩、梁实秋、林语堂等自由主义作家,老舍又显得过于"激进"。相对于西方现代主义,老舍是传统主义的,甚至有民粹主义思想倾向;相对于传统守成主义,老舍又过于西方化,有着鲜明的反传统倾向。可以说,老舍是不中不西、既现代又传统的作家,他是站在从传统到现代、既中国又西方的"中间"地带。其文学审美的雅与俗、文学价值的国家观念与个人追

---

　　① 钱理群、温儒敏、吴福辉的《中国现代文学三十年》认为"老舍在中国现代文学史上的独特地位在于他对文化批判与民族性问题的格外关注",他"远离二三十年代的'新文艺腔',他的作品的'北京味儿'、幽默风,以及以北京话为基础的俗白,凝练、纯净的语言,在现代作家中独具一格"(北京大学出版社,1998,第243页)。这几乎是文学史的基本判断,包括程光炜等著的《中国现代文学史》(中国人民大学出版社,2007)和朱栋霖等著的《中国现代文学史(1917—1997)》(高等教育出版社,1999)都持有这样的看法。海外学者夏志清的《中国现代小说史》则将老舍与茅盾作比较,也凸显了老舍的地域特色,认为"老舍代表北方和个人主义,个性直截了当,富幽默感。茅盾则有阴柔的南方气,浪漫、哀伤,强调感官经验"(复旦大学出版社,2005,第116页)。

求,都有"持中"的审美特点。兼顾两头,站在中间,不左不右,老舍的思想和文学属于他自己。老舍的创作实现了审美与伦理的统一,也许他创作的艺术方法并不十分"现代",但却非常有效、管用。他没有鲁迅启蒙理性的深度,但有自己思想的执着;没有郭沫若的激情,却有自己的文化幽思。鲁迅以"疗救人生"为文学目的,不但创造了荒漠、铁屋、孩子、乌鸦、地狱,以及寻路、战士、看客等一系列象征符号,还深刻地描绘了近代中国国民的灵魂,揭示了"上流社会的堕落""下层社会的不幸"和中层社会——"革命者的悲哀",使他的文学成为了现代中国思想革命的一面镜子。老舍应以什么样的价值和意义进入我们这个时代? 这也是值得认真反思的问题,尤其是目前中国社会正处于一个大变革和大转型时期,学术应该回应和参与社会现实的价值诉求。老舍研究是与时俱进的,自 20 世纪 80 年代以后,无论是对老舍创作文本的解读,还是对老舍思想的文化阐释,都进入到了一个"多维视野"和"自觉"研究的时代①,研究成果和研究方法都有新的"拓展",也有一定的"沉寂"②。"拓展"令人欣喜,"沉寂"则需要突破和深化。

老舍以自己独特的文学创作参与了现代的社会变革和文化重建,今天的老舍研究既应与现代中国社会发生对接,设身处地而全面地阐释老舍,还应与当下中国的社会现实和思想文化实现对话,使老舍的思想和文学成为当代中国的重要内容。老舍研究应该参与和进入当代中国的价值重建。在我看来,老舍的民族身份以及由此引出的精神"隐忍"问题,包括他对现代中国的"民族""国家"和"社会"的复杂思考和表达都是很有价值的论题③。有关老舍文学创作所呈现的文化属性,常常理所当然地以鲁迅所开启的现代启蒙主义传统加以描述,而忽略了老舍自身的文化独特性。在我看来,相对于鲁迅的思想深度,郭沫若的激情元素,茅盾的政治情结,老舍的精神属性是文化伦理。近年来,它已引起学术界的高度关注和讨论。吴小美就明确提出,老舍是"一位伦理文化型作家",有着"其他中国现代作家所不可重复"的独特价值,他的小说创作集中于道德文化的开掘,特别是历史前进与道德式微之间的二律背反,成为他的小说创作隐藏的一条"精髓"④。老舍长期摹写国人的伦理脉象,对国民道德衍变有着不懈的追问。在五四运动以来所有文学大

---

① 宋永毅.进入多维视野的老舍——近年来老舍研究述评[J].文学评论,1985(1).
　曾广灿.老舍研究纵览[M].天津:天津教育出版社,1989:93.
② 吴小美,魏韶华,古式仓.老舍与中国新文化建设[M].北京:民族出版社,2006:227.
③ 国内学术界仅有少数学者,如关纪新等出版有此方面的研究成果(《老舍与满族文化》,辽宁民族出版社,2008 年),它是非常有价值和开拓性的。也许是由于研究主体的知识背景和人生体验的差异和隔膜,目前对此论题的研究尚待充实和细化。
④ 吴小美.历史前进与道德式微的二律背反——从老舍的一些名篇说开去[J].中国现代文学研究丛刊,2009(1).在《老舍小说十九讲》(漓江出版社,2009 年)一书里,将老舍短篇小说的精妙艺术,包括伦理内涵都给予了细致的分析和深入的讨论。

家里面,很难找出一位可以与之相比拟者。老舍毕生对民族精神文化的寻觅,能看到他对民族伦理道德样态的关切,能读出他个人的伦理选择与道德站位。他的伦理观念对传统道德价值有传承也有推进,是将伦理纳入政局更迭、社会衍化、国家兴亡、经济嬗变的潜在关联加以思考和叙述,还带有鲜明的满族文化色彩,如对纯厚、朴实、真诚、坦荡、正义、友爱以及秉公从众、舍己护人的坚守和维护①。

我们知道,五四是一个"重估一切价值"的时代,改造国民性、批判忠孝节烈,以"怀疑"的态度对传统思想文化加以理性的审视和批判,如同鲁迅在《狂人日记》里所表达的那样:"从来如此,便对么? 虽然从来如此,我们今天也可以格外要好,说是不能!"对传统文化的批判主要集中在对传统伦理的反思和否定,陈独秀将"伦理的觉悟"看作是"吾人最后觉悟之最后觉悟"②。在新文化的启蒙话语里,传统伦理及其他的泛道德主义被彻底否定,无论是作为社会伦理的秩序整合,还是个人伦理的"修身",都背负着中国文化的原罪,成为了"专制""自私"的代名词。随着社会革命的推动,社会组织的变迁和生活方式的引导,出现了以"民主""平等"和"个人"为基本内涵的伦理观念,特别是现代社会特定的历史背景,使民富国强、商人利益和日常生活成为中国现代伦理的重要内涵。在传统与现代、中国与西方的冲突里出现了伦理的交战,自由主义、马克思主义以及现代新儒家从不同的着眼点演绎了现代伦理的构想和实践③。

老舍文学创作中的伦理诉求却有着特别的意味和价值,它的内涵与自由主义和新儒家是相通的。学术界已经注意到中国新文学的"改造国民性"主题有着强大的西方背景,中国现代知识分子将国民性批判当做中国现代化起点,但这个起点是西方话语影响的结果,它使国民性批判的思想与行动的主体自由受到了相当大的牵制,甚至还影响到以后对中国现代化的文化认同。用改造国民性来描述中国现代化,是一种"被别人描述"④,那么,借用这种说法,如果以鲁迅为代表的思想启蒙和文化批判来审视老舍的文学创作,是否也是一种"被别人表述"呢? 我们应该回到老舍那里去,找到老舍自身的独特性。在我看来,伦理诉求就是老舍文学创作别具一格的地方。老舍的确是现代中国最伟大的伦理型作家,具有丰厚而深沉的伦理情怀。他的小说叙述了一个个带有伦理意味的故事,表现了生存需要与伦理意识的复杂关系,探讨了传统与现代、金钱与政治、善恶与生死等伦理问题,散发出精深而纯粹的伦理气息。同时,他还以平等与同情的叙事伦理,产生了庄谐相融、

①　关纪新.老舍,一位文化巨子的伦理站位[J].兰州大学学报,2009(2).
②　陈独秀.吾人最后之觉悟[J].青年杂志,1916,1(6).
③　唐凯麟,王泽应.20 世纪中国伦理思潮问题[M].长沙:湖南教育出版社,1998.
④　周宁.天朝遥远[M].北京:北京大学出版社,2006.

雅俗共赏的审美效果,扩大了新文学的阵地和影响①。

他的小说《月牙儿》对生存与伦理矛盾的深刻剖析,不愧为现代经典之作。小说里的月牙儿 7 岁就死了父亲,她的母亲典当了家什,又替他人洗补衣裳,但还是无以度日,只好重新改嫁,但新丈夫又失了踪迹,不得不以卖淫为生。自尊而好强的月牙儿相信世间还有很多活命的路,她想自找生路,先到学校做了抄写员,不久就被辞退,还被一有妇之夫诱骗,她愤而离去,到了饭馆做招待,又有客人想拿她作玩物,她不得不再次辞了职。她已没有了新的路,陷入了饥饿的煎熬里,最后也只能走上母亲同样的路。不再"为谁负着什么道德的责任",认识到"什么体面不体面,钱是无情的"的道理。生存一步步地将月牙儿逼到了生活的边缘,她的善良、自尊和美丽的消隐和沦落也折射出现代社会的罪恶。小说叙事是对人的生存与伦理的拷问,像人一样地活着,是多么地艰难!伦理是人之为人的道德规范,按《圣经》的说法,它起于人对身体的羞耻。亚当和夏娃在伊甸园里被蛇所引诱而偷吃了智慧树上的禁果,他们对自己赤裸的身体感到羞耻,于是,用叶片盖住身体的羞处。这样,人的伦理意识发生了,羞耻成了它的源头。小说叙事大胆而直接地触及人的伦理底线,生存需要与伦理意识发生着直接的冲突,如果依了伦理,人就无法活下去,要想活下去,就必须让自己的身体"上市",就得抛弃伦理。这么严酷的事实却让柔弱的母女去做选择,这是命运的安排,也是作者的伦理追问。小说没有让母女俩重复传统女性饿死事小、失节事大的老路,也没有将她们欲望化,如同郁达夫的零余者叙事,而是近乎"残忍"地将她们置于生存与伦理的两难困境,像外科手术医生那样,用手术刀慢慢地在生存与伦理的矛盾里游走。老舍将伦理叙事推向了一个让人难以企及的高度,由此产生了动人心魄的审美效果。

老舍对传统家族与现代国家的复杂关系也进行了独特的伦理反思。《二马》就叙述了传统伦理与现代商业伦理之间的不适应和矛盾,讨论了伦理与环境的关系问题,也就是中国伦理的现代性问题。传统伦理既应有所承传,也应随环境变化而有所发展,以适应现代世界特别是商业经济和民族国家的需要。老马的哥哥在英国留下了一家古玩店,需要他去继承,这本身就是一种家族伦理,但老马却用老中国儿女为人处世的方式去经商,既不适应现代商业运作,又没有国家概念,不得不显露出种种尴尬。他的儿子马威在异域环境下却有着强烈的民族国家观念,为了民族国家的尊严,他可以大胆地回击英国人的挑衅。小说里的李子荣为了报效祖国而到欧洲留学,埋头学习西方先进,培养了商业头脑,很快就融入西方社会,并掌握了经商的本领,既不坑人,也不施舍,懂得市场交换的伦理原则。

---

① 王本朝.厚德载物与老舍小说的叙事伦理[J].中国现代文学研究丛刊,2009(5).

创作于抗战时期的《四世同堂》则复杂地叙述了一个民族"被惩服的经历",并对民族的"国民心理弱势"进行了深刻的反思①。小说多位面地展示了传统家族伦理,如婚嫁、礼俗、时令、寿诞、交际、丧葬,以及商业活动中的伦理秩序和意识,主要是以血缘、家族为核心建立起来的一套伦理规范如何影响和制约现代人的生活和心理。家族伦理是中国伦理精神的核心,它以孝与忠为基本内涵,以由亲及疏、亲亲尊尊为思维方式,以"血缘"和"家族"之"亲"为价值标准。家族伦理是家庭结构的纽带,但对民族国家而言,却是"灾难性的",它忽略了人的"社会职责","家庭成了有围墙的城堡,城墙之外的任何东西都可以是合法的掠夺物"②。抗战爆发,北平沦陷,做了"亡国奴"的北平人随时都有可能面临死亡,"北平已不是北平人的北平了。在苍松与金瓦的上面,悬着的是日本旗!",北平人感觉最深的是民族的耻辱,但他们却在殖民者的驱使下过着奴隶般的生活。他们息事宁人,能忍就忍,少惹事,虽对生活有"惶惑",更多的则是苟安"偷生",做"顺民",把传统伦理化为生活的智慧。"别管天下怎么乱,咱们北平人绝不能忘了礼节!"他们尽孝道,顾着自己的小家,民族国家意识却非常淡薄,他们有强烈的家庭伦理观念,恋家护家,父慈子孝,四世同堂。身为长孙的祁瑞宣虽然懂得"天下兴亡,匹夫有责"的道理,但却以家族利益至上,留在北平城里挣钱养家。祁家老二瑞丰做了汉奸,老三瑞全则以民族国家利益为重,离家参加抗战。小说写到了钱默吟的抗争,成为民族国家伦理的代表。小说表现了家族伦理、生存伦理与民族国家三者之间的矛盾,既对传统家庭伦理和生存伦理进行了反省和批判,又揭示了民族国家伦理意识的觉醒与生长。

在老舍文学创作的价值世界里,最为集中的伦理观念是社会正义与个人德性。《骆驼祥子》是老舍的代表作,但它所表现的是对社会正义的强烈诉求以及对个人道德蜕变的思考。在一个没有公正的社会里,祥子的命运只能控制在别人的手里,无论他为了买上自己的车而怎样奋斗,都是徒劳无功的。小说还写到了由于社会环境和命运的捉弄,祥子的性格和为人也发生了很大的改变,前后判若两人,特别是他开始走向道德的堕落,从乡村的个人主义英雄沦落为城市的流氓,没有了是非,更没有了梦想。

社会环境决定着个人的道德理想。《离婚》将日常生活与官僚机构结合起来,叙述了几个小职员的家庭故事,展示了市民社会的灰色人生和苟安心理。小说里的张大哥一生的使命就是"做媒和反对离婚",他不反对自由恋爱,积极为他人说媒,又反对婚姻破裂,力劝他人不离婚。在他看来,婚姻乃社会稳定的基础,维持了婚姻也就稳定了社会,他是一个好人,周旋于人际关系,热心帮忙,似乎很有能耐。

① 关纪新. 老舍评传[M]. 重庆:重庆出版社,1998:354.
② 林语堂. 中国人[M]. 杭州:浙江人民出版社,1988:155.

最后,他的儿子因被诬陷是"共产党"而被捕,同事们恐殃及池鱼,纷纷离他而去,他自己也丢了职位,卖掉了房产,女儿还差一点被骗走。平时似乎很有能耐的他不得不承认自己"没有办法",有了这样的哀叹:"我帮了人家一辈子忙,到我有事了,大家都哈哈笑!"小说里的"婚姻"有丰富的寓意,意味着社会的常态、恒定和安稳,"离婚"却是变化、无常和矛盾,会使社会失去正常的秩序和轨道。这样的观念就是典型的传统伦理,张大哥反对离婚,苦心经营人际关系,证明他也是传统伦理的典型代表。张大哥的能耐不过是喜欢维护家庭的伦理秩序,善于处理男女关系而已,一旦遇见大事,特别是超出家庭伦理范围,如小说中的政治陷害,他一样毫无办法。他的同事和朋友们一听说他的儿子被诬陷为"共产党",避之唯恐不及,哪敢站出来帮忙,何况他的儿子已被"全能的机关"所逮捕。他们是一群小人物,是没有任何权力的人,在权力面前也是无力的。当然,这一方面说明了人的自私,朋友的不道德,另一方面更说出一个残酷的事实,那就是社会政治远远大于家庭伦理,社会中的政治伦理是权力大小和利益多少的博弈。在政治伦理面前,无钱且无势的张大哥们,只有哀叹和躲避,除此以外,他们还能做什么呢? 当然,张大哥的同事和朋友们只是一群仅仅懂得获取而没有给予,只知小恩小惠而无大德大义的小人物,在由小人物构成的世界里,自保而生存下去是他们的第一伦理,至于生存的意义,如从善、有道义,那是更高的要求。小说除张大哥以外,还写到了有是非、讲义气、有梦想的老李,他想追求自己喜欢的爱情,但又没有抛弃乡下小脚女人的勇气,只好在婚姻秩序里做着诗样的美梦,传统伦理和生存意志所围成的生命的牢笼,让他动弹不得。当得知自己曾经喜爱过的离了婚的邻居要与前夫破镜重圆,他辞了职,回乡下去了。老舍对伦理与现代社会的复杂性进行了深入的思考和复杂的表现,并以包容、理解的眼光和同情的心理去叙述和评价他笔下的人物,有苦笑,更有温厚和怜悯。

用阿基米德的说法,伦理诉求是老舍文学创作的"支点"。

老舍是温和的,他没有鲁迅的深刻,也没有郭沫若的激情,更没有茅盾的理性。他的温和表现在小说叙述上成了一种叙事伦理,就是叙事小说人物的伦理态度,具体说来,就是"爱与同情"和"一视同仁"。老舍曾将"一视同仁"说成是"幽默的心态","把人都看成兄弟",笑骂而不赶尽杀绝,"和颜悦色,心宽气朗"[1],用同情和悲悯的眼光观察和体会世间的人与事。与小说人物息息相通,包容和宽忍人性的弱点,这也就是老舍小说的叙事伦理。

老舍以温厚善良的眼光和态度注视着老中国儿女的欢喜与悲怨,笔尖里虽浸

---

① 老舍.谈幽默[M]//老舍.老舍文集:第15卷.北京:人民文学出版社,1990:235.

透了血与泪,但依然有爱与理解,笑中含有泪,泪中也有笑。《二马》中的老马是典型的老中国儿女的代表,始终践行传统的伦理观念,固守传统伦理的尊卑有序,但又心地善良,为人和气,有正义感。短篇小说《牺牲》刻画了一个从国外回来的"毛博士"形象,口里说"牺牲",骨子里却非常吝啬,为了满足自己的性欲而结婚,却不顾妻子的生活。一句"立合同的时候是美国精神,不守合同的时候便是中国精神",将毛博士的价值观转化成了一种灰色幽默,把这个崇洋媚外又有点自私的小市民的形象,刻画得淋漓尽致,也让读者发出会意的笑和隐隐的怜悯,也许还有酸咸苦辣一齐被搅起的感慨。

老舍小说对旧时代小人物的叙事始终杂糅温情和讥讽,虽然老舍也有鲜明的启蒙意识,有改造国民性的艺术追求,但严格说来,他的小说不同于以鲁迅为代表的启蒙叙事,没有居高临下的道德优势,也没有自我中心主义,而是将叙述者与叙述对象放置在同一水平、同一伦理尺度。由于老舍自己对人生也多持有悲观的看法,他的叙述就成了"一半恨一半笑地去看世界"①,看到的也多是他们的可怜和可悲之处。

老舍对道德伪善者的叙述也多以这样的视角,他没有一概否定富人的善,也没有遮蔽穷人的恶,突破以德报怨、善有善报的传统伦理,也没有道德理想主义的虚妄,而是冷静而理性地表现善恶的相对性和人的不完善性。如《柳屯的》中的"柳屯的"有着善恶两副面孔。《善人》写了"慈善家"也有不慈善,在家庭教师丧妻之时还将他解雇。小说《歪毛儿》里说:"有时候一个人正和你讲道德仁义,你能看见他的眼中有张活的春画在动。那嘴,露着牙喷粪的时节单要笑一笑!越是上等人越可恶。没受过教育的好些,也可恶,可是可恶得明显一些:上等人会遮掩。"说着仁义道德又想着"春画",对道德伪善的善意提醒,一针见血但又有人性的理解。时时掺杂着苦笑,但又不将内心的苦直接倾诉出来,而转化为一种抒情性的叙事风格。《大悲寺外》是一篇诗化小说,近似鲁迅的《伤逝》风格。小说里的黄学监仁爱宽厚,勤勉敬业,但却被丁庚所害死。死去的"在死里活着",在人的心里得到了"永生",活着的却永远背负着不安和恐惧。这不但是一个善与恶的伦理问题,还牵涉到生与死的人生哲学。对人的生死进行伦理思考,呈现了老舍小说伦理叙事的变迁和提升。一般说来,以善恶为中心,实现人的"善"而合乎道德目的性,这是一种德性伦理,承担应有的社会责任和义务,这是一种责任伦理,责任伦理最大者莫过于人的生死选择。

老舍曾反复表白说:"假如我有点长处的话,必定不在思想","我的见解总是

---

① 老舍.我怎样写《老张的哲学》[M]//老舍.老舍文集:第 15 卷.北京:人民文学出版社,1990:166.

平凡","不假思索便把最普通的、浮浅的见解拿过来"①,自己"并没有绝高的见解"②。这不是作者的谦虚,说的都是事实。老舍最擅长的是伦理叙事,是小说表达的伦理内涵,包括不同伦理的文化选择和道德判断。这使他的小说具有某种道德功能,保持了与传统小说叙事的对接与对话。老舍小说还具有包容性的叙事态度,他严肃认真而又厚德载物的眼光,将可笑的看作可笑,可悲的看作可悲,庄谐相间,悲喜融合,使他的小说拥有独特的审美润滑剂,实现了新文学的雅俗共赏,受到了不同阶层读者的喜爱,进而扩大了新文学的阵地和影响。

---

① 老舍.我怎样写《老张的哲学》[M]//老舍.老舍文集:第15卷.北京:人民文学出版社,1990:166.
② 老舍.我怎样写《赵子曰》[M]//老舍.老舍文集:第15卷.北京:人民文学出版社,1990:171.

第一章 老舍的生活道路和思想发展

第一节 从京旗之家到小学教员

老舍在自拟小传中,曾这样叙述自己的早年经历:"生于北平,三岁失怙,可谓无父。志学之年,帝王不存,可谓无君。无父无君,特别孝爱老母,布尔乔亚之仁未能一扫空也。幼读三百千,不求甚解。继学师范,遂奠教书匠之基。"①这段以"失""无""未""不"表述的话语是老舍坎坷人生经历的生动写照,此种人生经历深刻地影响了作家创作思想的形成与创作路径的选择。

一、人之初:生命的摇篮,创作的源泉

老舍(1899 年 2 月 3 日——1966 年 8 月 24 日),原名舒庆春,字舍予,北京满族正红旗人,是舒穆禄部的后裔。"老舍"这一笔名,是他在 1926 年发表长篇小说《老张的哲学》时的署名,也是他日后创作中使用频率最高的笔名。舒家曾经是个大家庭,但在一次家族的内讧之后,他父亲的这一支就分出来单独过。到老舍这一辈,除了和母亲娘家的亲戚走动之外,与其他的亲戚都断了往来。所以,老舍的家谱不可考,最早只能追溯到曾祖父这一辈。

老舍的曾祖母舒马氏,在刘寿绵(即宗月大师)的祖父到云南做官时,在刘家

---

① 老舍.小型的复活[M]∥胡絜青.老舍写作生涯.天津:百花文艺出版社,1981:92.
"三百千"即《三字经》《百家姓》《千字文》。——编者注

当过佣人,老舍曾有《宗月大师》一文对此作过记载。父亲舒永寿,是旗人社会最底层的一名护军,护军的任务是负责皇城、王府乃至整个京师的安全,每个月3两银子的俸禄和春秋两季的老米是舒永寿的全部收入。舒永寿是个老实硬朗的人,具有旗人先祖那种勇敢淳朴、急公好义的传统美德和精忠报国的赤子之心。与当时在京的一般八旗子弟不同,他不沉迷于斗蛐蛐、放风筝、养鸽子等嗜好之中,唯一的爱好是养花。在老舍不到两岁时,舒永寿牺牲于八国联军攻城的巷战中。对于父亲,除了其腰牌上的"黄面无须"四字之外,老舍再无其他深刻的记忆。母亲舒马氏,属正黄旗,娘家在北京德胜门外土城黄亭子,以务农为生,是一个勤劳简朴、善于持家的人。

老舍就是出生在这样一个底层的京城旗族之家。他出生时,正值国家、民族深陷内忧外患的时代,此时的大清王朝已气息奄奄、日薄西山,而帝国主义却变本加厉地实施侵略扩张,这激起了中华儿女的空前反抗。八国联军于1900年8月中旬攻进北京,在杀声震天的声势中,慈禧太后置国运和全体京城军民性命于不顾,携光绪帝和王公大臣仓皇出逃,留下守城的八旗将士和义和团同入侵者进行了殊死的抵抗。京城失陷后,八国联军大肆烧杀抢掠。父亲牺牲于守城战之后,老舍也差点死于侵略者的刺刀下。当时年幼的老舍自然记不住这些,但后来在母亲多次含愤蓄泪的追述中,这场发生在"首善之区"的大劫难,便在他心里留下了难以磨灭的印记。于是,他牢记了"比童话中巨口獠牙的恶魔更为凶暴的"[1]帝国主义者的残酷罪行,深刻地感受到上层统治者的虚伪软弱及封建社会的混乱腐败,也渐渐体会到父辈等八旗战士和义和团拳民的炽热爱国感情,体味到国忧外患给劳苦大众带来的生存苦痛。这些都促使他自幼便产生了反帝爱国的意识,较早地关注民族和祖国的命运,寻求民族独立和自由就成了他人生的头等大事。60年后,老舍根据这一事实创作了话剧《神拳》。

北京西北角的"小羊圈"胡同,既是老舍的诞生之地,又是其成长之所。老舍的童年是在苦难和贫穷中度过的,从他刚刚懂事起,就和家人一样知道了愁吃愁喝。父亲去世前,还能勉强度日,去世后,一家人全靠母亲给别人缝洗衣服和在小学当佣工的微薄收入来维持生活,赊欠已成为他家的一种常态。而围绕在他家周围的也是一个穷人的世界,姥姥家的同辈兄弟及"小羊圈"胡同里的居民大都在贫穷中度日,他们终日食不果腹,每天在饥饿线上苦苦挣扎。在进入北京师范学校念书以前,老舍在大杂院里度过了艰难的幼年和少年时代。

在这样的环境里,他受到了最初的生活教育。大杂院的经历,使老舍从小就熟

---

① 老舍.吐了一口气[M]//胡絜青.老舍论创作.上海:上海文艺出版社,1980:184.

悉车夫、手工业工人、小商贩、下等艺人、娼妓等城市贫民的生活,深知他们的喜怒哀乐,并使他从小就喜爱上了流传在市井巷里的传统艺术,如曲艺、戏剧等,为它们的魅力所吸引。在这种环境中,老舍接受了与现代中国大多数作家不同的生活教育和艺术启蒙,并在他的文学创作中留下鲜明的市民生活印记。同时,这种底层贫穷生活的真切体验,成为他日后文学创作的丰富素材和底色,也使老舍拥有深厚的人道主义情怀,对城市贫民充满了深厚的同情,他"总拿冷眼把人们分成善恶两堆,嫉恶如仇的激愤,正像替善人可以舍命的热情同样发达。这种相反相成的交错情绪,后来随时在他的作品中流露出来"[①]。

因父亲战死,老舍自幼失怙,没有严父的教育,一直在慈母的呵护下成长。因此,给予老舍幼年时期最初、最大影响的是他的母亲,被老舍称作为人生道路上"真正的教师"[②]。老舍母亲待人宽厚而乐于助人,急公好义而肯于吃亏,她免费给婴儿洗三,给邻居孩子们剃头,给少妇们绞脸,心甘情愿地伺候坏脾气的大姑子。在老舍母亲身上,有一种内在的道德力量,更有一种同命运抗争的勇气。她坚忍要强,以惊人的毅力独自挑起全家的生活重担,以隐忍的精神承受生活的重重磨难和命运的沉痛打击。母亲给老舍的这种言传身教的启蒙教育,逐渐形成了老舍爱打抱不平、重义气的文化心理和独立不倚的精神气质,为日后老舍成为平民作家和伟大的人道主义者奠定了坚实的基础,成为他后来人生哲学的起点。正如老舍自己所说:"我对一切人与事,都采取和平的态度,把吃亏看作当然的,但是,在做人上有一定的宗旨与基本的法则,什么事都可将就,而不能超过自己划好的界限。……她给我的是生命的教育。"[③]

北京,这片浸润着父亲为国尽忠的精魂和母亲柔中带刚性格的热土,既是老舍最初的知识和印象的来源之地,又是其脾气和性格的发源之所。这块热土已经浸润在老舍的血肉里,深扎着他的人生之根与人文之本,是与他的心灵相粘合的一段历史,成为他生命的摇篮与文学创作的源泉。经老舍的儿子舒乙研究发现:"从分布上看,老舍作品中的北京地名大多集中于北京的西北角。西北角对老城来说是指阜成门——西四——西安门大街——景山——后门——鼓楼——北城根——德胜门——西直门——阜成门这么个范围,约占老北京的六分之一。城外则应包括阜成门以北,德胜门以西的西北郊外。老舍的故事大部分发生在这里。"[④]作为一个爱国主义作家,老舍的爱国是通过爱北京表现出来的。此外,老舍凭借地利之

①　罗莘田.我与老舍——为老舍创作二十周年作[M]//张桂兴.老舍评说七十年.北京:中国华侨出版社,2005:154.

②③　老舍.我的母亲[M]//胡絜青.老舍写作生涯.天津:百花文艺出版社,1981:79.

④　舒乙.老舍著作与北京城[M]//胡絜青,舒乙.散记老舍.北京:北京十月文艺出版社,1986:87.

功,对轻快幽默的北京话加以节选、加工和改造,创造了一种仅属于他自己的语言,造就了他作品特有的"北京味儿"。

这种别样惨淡的人之初,是建构老舍辉煌艺术殿堂最初的人文支撑点,也是他奋不顾身投身救国救民事业的人生起点。

二、求学生涯:笃信好学,心平识远

老舍的母亲深知读书的重要性,但家庭的贫困使她无法送老舍上学念书,而懂事的老舍理解母亲的难处,从未向家人提过上学的事。在这样的境况下,老舍遇到了改变他命运的刘寿绵。如果没有刘寿绵即宗月大师当初的鼎力相助,他贫寒的家境是根本无力让他迈入学堂的。老舍自己曾回忆过当时大师送他入学的情景:"有一天刘大叔偶然地来了。……一进门,他看见了我,孩子几岁了?上学没有?他问我的母亲。……等我母亲回答完,刘大叔马上决定:明天早上我来,带他上学,学钱、书籍,大姐你都不必管!我的心跳起多高,谁知道上学是怎么一回事呢!第二天,我像一条不体面的小狗似的,随着这位阔人去入学。"①宗月大师完全改变了老舍的一生。他一直把宗月大师当成学习和效仿的楷模,以至于老舍挚友萧伯青在听了宗月大师的事迹后,脱口而出的第一句话就是:"老舍先生就是宗月大师。"②

在刘寿绵的帮助下,1905 年初,老舍进入位于新街口正觉寺胡同的一所改良私塾学习。在私塾期间,聪明好学的他读了《古文观止》《诗经》等读本,在这些读本的启蒙下,他初步显露了作文方面的才华。据老舍自述:"在我幼年时候,我自己并没有发现,别人也没有看出,我有点作文的本事。"③

刘寿绵资助老舍上学,让老舍接受了博大精深的传统文化的洗礼,奠定了他的传统文化基础。刘寿绵给予老舍的影响是深刻的,他既是老舍的恩人,又是老舍精神上的导师。富裕的刘寿绵从不以富傲人,他把自己的财产变卖来办贫儿学校、开粥厂救济穷人。他不徒托空言,而是"见诸实行","知道一点便去做一点,能做一点便做一点"④。他的这种慈悲精神、乐善好施的品行影响了老舍,使老舍形成了乐于助人、同情穷人的品质。诚如老舍所言:"没有他,我也许永远想不起帮助别人有什么乐趣与意义。他是不是真的成了佛?我不知道。但是,我的确相信他的居心与苦行是与佛极相近似的。我在精神上、物质上都受过他的好处,现在我的确愿

---

① 老舍.宗月大师[M]//老舍.老舍文集:第 14 卷.北京:人民文学出版社,1989:177-178.

② 舒乙.老舍先生就是禅[J].佛教文化,1992(7):19.

③ 张桂兴.老舍年谱(上)[M].上海:上海文艺出版社,2005:7.

④ 老舍.宗月大师[M]//老舍.老舍文集:第 14 卷.北京:人民文学出版社,1989:179-180.

意他真的成了佛,并且盼望他以佛心引领我向善,正像在三十五年前,他拉着我去入私塾那样!"①正是得益于刘寿绵的惠泽,老舍日后才成为一位能体味民生疾苦,心系天下苍生,为祖国和民族寻找通往光明之路的人道主义者和苦行者。

1912年春,老舍所读的京师第二小学改为第四女子小学,该校男生全部并入西直门内南草厂街京师第十三高等小学读书。发愤苦读的老舍背诵了大量的古文诗词,纳兰性德的《饮水词》和曹雪芹的《红楼梦》都深受他的喜爱。在传统文化的滋养下,老舍对国文和写作有着极浓厚的兴趣,初步显示出文学天赋,他为同学所写的文章《说纸鸢》的开头博得了老师孙焕文的赞誉:"我在北直隶教书多年,庆春文章奇才奇思,时至今日,诸生作文无有出其右者。"②1912年底,老舍小学毕业。此时,他家已经陷入重重债务的困境之中,亲友们都劝说他放弃学业去学手艺养家糊口,但母亲深知老舍求学的坚毅之心,于是咬紧牙关支持他继续读中学。1913年1月,老舍考入了京师第三中学。在三中,他有更多的机会了解贫苦旗人的生活,也看到旗人子弟自由散漫、轻浮敷衍的性格缺陷,因此,他给自己取了"醒痴"的表字,意在告诫自己不能随波逐流坠入没有出息的"痴人"行列。半年之后,由于家庭难以支撑其开销,老舍被迫辍学在家,亲友们再次劝说他舍弃学业,但此时的他深受传统文化的熏陶,深知唯有读书才能改变自己的命运,于是他瞒着母亲偷偷报考了北京师范学校。

1913年7月,老舍迎来知识和命运的转机,他成功考入北京师范学校学习。在这里,他接受了比较系统的儒家文化的教育和熏陶。在校长方还、国文教师宗子威的影响下,老舍对古典诗词表现出浓厚的兴趣,《十八家诗抄》《陆放翁诗集》等常使他爱不释手。这些古典诗文不仅提高了他的文学艺术素养,而且诗文中崇高纯洁的民族正气、伟大的人格精神渗透到他的意识深处,进一步激发了他强烈的爱国热情和报国志愿。

除正统的学习读本外,老舍从小还接触到了许多民间艺术,大量阅读"非正统"书籍,这不但使他后来的创作具有浓厚的民间性和通俗性,而且使他的思想意识和文化心理呈现出鲜明的民间特色。小学时代的老舍,常与好友罗常培逃学到学校附近的小茶馆听短打类、公案类评书《小五义》《施公案》和《杨家将》,看过郝寿臣出演的《打渔杀家》和《失街亭》等京戏,还曾经对"苏三起解""水漫金山"等戏文入迷。中学时期的他阅读过《三剑侠》《绿牡丹》等武侠类小说与《乌托邦》《君子国》等外国小说,曾痴迷于戏文的他甚至有一阵子很想当黄天霸。这些民间文学和课外读本中所宣扬的侠义精神,激起了老舍燕赵慷慨悲歌的侠气,希望采取剑客式的

---

① 老舍.宗月大师[M]//老舍.老舍文集:第14卷.北京:人民文学出版社,1989:180.

② 张桂兴.老舍年谱(上)[M].上海:上海文艺出版社,2005:10.

激进方式来反抗不公道的事情和不合理的社会制度,以期构建乌托邦的理想社会。

这段求学时的经历对老舍一生的影响是关键的。从他求学时的政治环境上看,已属于"后辛亥革命时期"。1911 年的辛亥革命,结束了中国数千年的封建专制制度,使旗人逃脱了"八旗制度"的羁縻,获得了前所未有的自由;但从经济、文化上看,这场社会大变迁又使旗人陷入了生活和精神的双重困境之中。辛亥革命以后,由于断了作为世袭军人所供给的报酬,加之又无特别的谋生技能,大量旗人跌入了城市贫民之列,男人们成了洋车夫、油漆匠等,女人们则沦为帮佣甚至妓女。同时,辛亥革命"驱除鞑虏"的排满口号,针对的就是满族人,社会上的人们将旗人嘲笑为亡国奴、封建余孽和懒惰成性的游民,他们成了被其他民族排挤的"茫茫末世人"。老舍身为"末世人"中的一员,凭着敏锐的身份意识和学堂知识素养,使他既了解、同情本民族成员和更多底层贫民的悲惨生活遭遇,体认到社会的黑暗,又使他能站在一个更高的层面上去认识到自己出生阶级的无能腐败,自己族裔苟且偷生的精神痼疾。

作为一个血气方刚的满族知识青年,老舍已把个人和民族的命运捆绑在一起。他希望能凭借自身坚持不懈的努力和自强自爱的精神自立于社会,给族群做出榜样;同时,他也十分关注为厄运缠身的苦难大众的群体命运,期冀能为他们做点实实在在的事。这一切使他要求民主、自由、平等的民主主义思想加速萌发并成长。

三、小学教员时代:贞不随群,致力做事

1918 年 6 月,老舍以优异的成绩从北京师范学校毕业。1919 年,他被任命为京师公立第十七高等小学校兼国民学校校长,踏出了人生的第一步。老舍以饱满的激情投入工作,治学有方的他很快就博得了大家的赞赏,甚至北京中小学教育界都知道这位年轻校长的名字。

1919 年 5 月 4 日,"五四"运动爆发了。当时的老舍作为一个小学校长,他的职责是维护学校正常的教学秩序,不可能鼓动学生罢课去参加运动,加之"末世人"的境遇形成了他独立不倚的性格,对于一切运动都以"旁观者"[1]的心态观之。因此,他没有直接参与这场伟大的群众运动,且在运动伊始对运动的态度除了客观冷静之外,还有些隔膜和误解。但"五四"运动是一场深刻而广泛的革命,波及社会的许多层面,身处京城的老舍不会因为"旁观"而不受影响。

首先,"五四"运动震动了老舍的思想,使他成长为一个反帝反封建的文学作家。"五四"运动是反帝反封建的,这对于饱受帝国主义迫害和封建势力压迫的老

---

① 老舍.我怎样写《赵子曰》[M]//胡絜青.老舍论创作.上海:上海文艺出版社,1980:15.

舍来说,无疑找到了情感的契合点。作为一个旗兵的后代,老舍自幼便生成了根深蒂固的民族观念,他早已把"国耻"与"家仇"融合在一起。当他感受到运动中学生们高涨的反帝情绪和热切的爱国情感之后,埋藏在他心底的反抗火种随即被点燃。他开始以新的眼光打量世界,敢于怀疑孔圣人,敢于批判老人老事;开始以新的标准衡量现实和人生,他说:"反封建使我体会到人的尊严,人不该做礼教的奴隶;反帝国主义使我感到中国人的尊严,中国人不该再做洋奴。这两种认识就是我后来写作的基本思想与情感。"①同时,"五四"运动提倡的平等与自由、科学与民主的新思想撩拨并开启了老舍的心智,他看见了新的理想和新的希望,进一步懂得了"天下兴亡匹夫有责"的道理,明白了一些救亡图存的初步办法。

其次,"五四"运动提供了一种新的文学语言,给老舍创造了当作家的条件。他曾说:"假若没有'五四'运动,我很可能终身做这样的一个人:兢兢业业地办小学,恭恭顺顺地侍奉老母,规规矩矩地结婚生子,如是而已。我绝对不会忽然想起去搞文艺。"②"感谢'五四',它叫我变成了作家,虽然不是怎么了不起的作家。"③"五四"运动时期,白话文兴起,而身为地道北京人的老舍自小就生活在明白晓畅、生动传神的"京片子"俗语言环境中,他谙熟的语言风格和白话文一拍即合,使得他毫不犹豫地放弃了文言,以狂喜的心情开始尝试用白话写作,于此他说到:"假若那时候,凡能写几个字的都想一跃而成为文学家,我就也是一个。"④"五四"运动是老舍献身文艺的撬动点和价值点,正是受其影响,他日后才踏上了以笔为旗来实现救亡图存和反帝反封建的道路。

经历了"五四"运动的洗礼,在许多青年热烈地追求个性解放和爱情婚姻自由的时候,老舍是在探寻着民族和社会的出路,他极想通过自身努力来使不公正的社会变得更合理、更平等。1920年9月30日,老舍上任郊外北区劝学员。到北郊劝学事务所就任后,老舍以大刀阔斧的教育改革去探索实现自己理想的道路。但是,老舍狂热的工作激情遭到了同事的冷嘲热讽,而势单力薄的他无力改变污浊的工作环境和同僚陈腐守旧的工作作风,加之这一时期母亲暗中给定的亲事,使他陷入了极度苦闷和彷徨的精神泥沼中,一度选择抽烟、喝酒、打牌、看戏来麻痹自己,结果在1922年大病了一场。病好后的老舍在西山卧佛寺静养,清幽静谧的寺院环境让他想起牺牲自我、为大众谋利益的刘寿绵,于是他开始做自我检讨,立志做个像刘寿绵那样的苦行僧。从西山养病回来后,老舍在刘寿绵办的贫儿学校和地方中学做义务教员,并在其施舍粮米的时候帮忙调查及散放。虽然老舍从实际行动上

①③　老舍."五四"给了我什么[M]//胡絜青.老舍写作生涯.天津:百花文艺出版社,1981:87.

②　老舍."五四"给了我什么[M]//胡絜青.老舍写作生涯.天津:百花文艺出版社,1981:86.

④　老舍.老舍选集自序[M]//胡絜青.老舍论创作.上海:上海文艺出版社,1980:140.

义无反顾支持刘寿绵救助社会的这种"善举",但他明白刘寿绵的这种做法并不能从根本上解救穷人,它只不过是暂时抚慰一段他们受苦受难的日子而已。此时的老舍已经具有反帝反封建的思想倾向,并拥有足够的知识储备和渴求光明的热切之心,但他在积极探索自我理想实现的过程中,却找不到能引导自己实践的通衢大道,而恰逢其时,处于彷徨中的老舍遇到了又一个对他人生构成较大影响的人物宝广林。

宝广林是从英国伦敦大学神学院毕业归来的留学生,主持北京缸瓦市基督教福音堂教务,老舍工作之余到缸瓦市基督教堂举办的英文夜校学习,结识了宝广林,并加入了其组织的率真会和青年服务部,他们"聚在一起,讨论教育、文学和宗教,更多地是讨论如何改造社会和为社会服务"①。1922 年夏,老舍在该教堂的西城北京地方服务团附设铭贤高等小学及国民学校主持教务,致力于做社会服务工作。经过长时间的共事相处,志同道合的二人成为了好朋友,于是,宝广林向老舍传播了基督教的思想观念。宝广林所传播的基督教,与此前曾引起国人普遍反感痛恨的"洋教"有诸多不同。

首先,宝广林修正了宗教教义中固有的轻此岸、重彼岸的消极思想,将教徒们的注意力径直引向对现世的能动改造这上面来。宝广林坚决抨击不公正的社会现状,呼吁大众的觉醒,这征服了志在为社会"做事"的老舍,他似乎找到了渴望已久的能够指导自己社会实践的理论。另外,宝广林具体勾勒出"天国"的理想面貌,这符合老舍所追求的社会境界和救世理想②。

其次,宝广林在广泛倡导自由、平等、博爱的基督教教义和大同主义精神的同时,还十分强调破除国家种族成见,达到不同民族之间的平等、团结、和睦。这种反对民族歧视、民族压迫的思想,对于在民国初期饱受歧视之苦的老舍来说,直接抵达了他心灵的深处,他由衷地期冀能够见到各个民族相安共事、人们平等相待的社会局面③。

宝广林对基督教教义的阐释和他的实际行动征服了老舍的心,再加上当时中国籍教徒正酝酿将缸瓦市伦敦会从英国传教士手中接管过来,实行华人自办,这对从小仇视"洋教"的老舍有极大的吸引力。1922 年夏,老舍接受洗礼加入了基督教。老舍入教后,郑重启用"舍予"的表字,取一切为了别人,完全舍弃自我之意。老舍以此作为自己行动的准则,利用业余时间积极参与教会的社会服务工作与改建工作,成为华人自办教务的爱国行动的先行者。

---

① 舒乙. 老舍[M]. 北京:中国华侨出版社,1999:27.

② 关纪新. 老舍评传[M]. 重庆:重庆出版社,2003:65-66.

③ 关纪新. 老舍评传[M]. 重庆:重庆出版社,2003:66-67.

1922 年 9 月,老舍的上司因故申斥了他一顿,而此时的老舍再也不愿混迹于市侩气十足的劝学所,于是,贞不随群的他辞去了待遇丰厚的劝学员一职。1922 年 9 月 4 日,老舍到天津南开中学任教。这一时期,老舍在全体师生的大会上做了题为《双十》的具有宗教色彩的讲演:"为了民主政治,为了国民的共同福利,我们每个人须负起两个十字架——耶稣只负起一个;为破坏、铲除旧的恶习,积弊,与像大烟瘾那样有毒的文化,我们必须预备牺牲,负起一架十字架。同时,因为创造新的社会与文化,我们也须准备牺牲,再负起一架十字架。"①反映出他利用宗教影响推行社会民主与文化改革的鲜明立场。1923 年 1 月 28 日,作为文学跳板的短篇小说《小铃儿》在《南开季刊》第 2、3 期合刊号发表,反帝爱国是此篇文章的主题。1923 年 2 月,老舍辞去南开中学的教职,返京后的他在顾孟余所主持的北京教育会做文书。同年 8 月,他到罗常培任校长的北京一中做兼职教员,后进行缸瓦市中华基督教会主日学的改造,同时兼任灯市口地方服务团干事,进行一些有益于劳苦大众的社会服务工作。10 月,他被推举为基督教团体唯爱社的书记。

老舍从基督教教义中汲取的精神和营养,已经内化为他的生命血肉,成为他反帝反封建和救亡图存的实践途径和文化启蒙工具。这种精神和营养不仅使他在日后能坚决抵制各方的诱惑而献身于社会和文化改革,而且加强了其探求国民性的自觉性,深化了其作品对人性的开掘,为中国文坛开辟了一块"灵的文学"的新园地。

第二节 从英伦生活到大学教席

老舍在自拟小传中还曾写到:"及壮,糊口四方,教书为业,甚难发财;每购奖券,以得末彩为荣,示甘于寒贱也。二十七岁,发愤著书,科学哲学无所懂,故写小说,博大家一笑,没什么了不得。三十四岁结婚,今已有一男一女,均狡猾可惜。……书无所不读,全无所获,并不着急。教书作事,均甚认真,往往吃亏,亦不后悔。"②这是老舍从英伦生活至齐鲁岁月 12 年生活的真实写照,这段时间,他的思想又拐了几道弯。

---

① 老舍.双十[M]//老舍.老舍文集:第 14 卷.北京:人民文学出版社,1989:265.
② 老舍.小型的复活[M]//胡絜青.老舍写作生涯.天津:百花文艺出版社,1981:92.

一、英伦生涯：一半恨一半笑地看世界

1924 年上半年，经易文思举荐，老舍被聘为伦敦大学东方学院中文讲师，并于 9 月 14 日抵达伦敦，开始了为期五年多的英伦生活。初到英国的老舍看到的是富足和安适太平的景象，这使他想起自己积贫积弱的祖国，无疑更加深了对祖国命运的焦虑。

刚到伦敦时，他住在卡封路 18 号，女房东勤劳忠诚、理性务实，她靠自己辛勤的劳动和租金维持生计，绝不求助于哥哥。这种独立的家庭生计模式，迥异于中国常见的"四世同堂""伙着过"的大家庭模式。老舍对此感慨地说："我真佩服她那点独立的精神。……自然，这种独立的精神是由资本主义的社会制度逼来的，可是，我到底不能不佩服她。"①

1924 年冬，由于与他同住的许地山先期搬出卡封路 18 号，加之租住的地方离他任教的东方学院太远，于是他决定与新交的英国朋友艾支顿一起，搬到伦敦西部圣詹姆斯广场 31 号去住，在这里住了 3 年，直到 1928 年初再次搬离。3 年多时间里，老舍耳闻目睹了英国穷人所受到的不公正、不平等的待遇。一个谈吐很好的年轻工人，因为工厂时常倒闭而不断失业，一位会多国语言的老人却只能为一家瓷砖厂吆喝买卖挣钱，而另一位学识贯通中西的博士，居然靠擦玻璃为生。老舍十分同情这些人的遭遇，甚至痛恨那个给予他们痛苦的社会。他感触很深地说："在他们身上使我感到工商资本主义社会的崩溃和罪恶，他们有知识、有能力，可是被那社会制度捆住了手，使他们抓不到面包，成千上万的人是这样，而且有远不及他们三个的！找个事情比登天还难！"②因为 3 年的合租期限已到，房东要涨租金，无力承受昂贵房租的老舍与艾支顿夫妇分开，其后，他又换了两次住处。第一处是在托林顿广场 14 号，此处居住的大多是贫民和穷学生。他们（包括老舍在内）时常受到公寓服务员的白眼和奚落，这让老舍感叹和愤然。半年后，对此地无丝毫好感的老舍搬到了蒙特利尔路 31 号。此处的房东一家是典型的英国小市民，他们固执地认为自己的工作是最神圣的，认为英国人是世界上最好的人，这种见解虽然显得无知狭隘，但那种天生的"国家意识"是值得一贯以敷衍态度应对国事的中国人学习和借鉴的，老舍由此生发了"自然使自己想做个好国民，好像一个中国人能像英国人那样做国民便是最高的理想了"③的想法。

老舍自 1924 年秋至 1929 年夏，在伦敦大学东方学院任教。东方学院以"英

---

① 老舍.我的几个房东[M]//胡絜青.老舍写作生涯.天津：百花文艺出版社,1981:100-101.
② 老舍.我的几个房东[M]//胡絜青.老舍写作生涯.天津：百花文艺出版社,1981:103.
③ 老舍.我怎样写《二马》[M]//胡絜青.老舍论创作.上海：上海文艺出版社,1980:15.

国"为本,不以教师的实际水平聘请相应的职称,每个系的教授全是英国人,本国讲师有晋升机会而外籍讲师毫无晋升的希望,这让老舍愤然不已。东方学院还施行开放自由的学制,贯彻因材施教、有教无类的方针,这里的学生有上至七十岁的老人,下至十几岁的小孩,只要交上学费便能入学。老舍在这里接触了各种类型的学生,看到了英国人国民精神的积极方面,让他对中国国民性有了更为深刻的对比认识。他的学生中,有两位求知欲望强烈的七十多岁的老人,她们学习都很用功,这种活到老学到老、永不停歇的进取精神让老舍十分感动。还有一些身为世家子弟的小军官,他们发奋学习的目的是为了充实自己,以实现英国侵略中国的野心,这引起了老舍不尽的感慨:英国"军队中就有这么多、这么好的人才呀! 和哪一国交战,他们就有会哪一国语言文字的军官。……想打倒帝国主义么,啊,得先充实自己的学问与知识,否则喊哑了嗓子只有自己难受而已"①。

英伦生涯在老舍人生中具有决定性的作用。在英国,老舍开始自己最初的文学创作。究其创作原因,不外乎以下几个方面。

首先,思乡之情使然。初到英国时,老舍每逢闲暇之时,或与许地山闲谈,或请他当向导游览伦敦各处,但半年之后,来到异乡的新鲜感逐渐消失,孤独寂寞之感油然而生,而过去在国内的生活经历始终萦绕于怀,于是,老舍便拿起笔写下自己对过去生活的印象,以排遣想家的苦闷。对此他曾说过:"我们幼时所熟悉的地方景物,即一木一石,当追想起来,都足以引起热烈的情感。许多好小说是由这种追忆而写成的。我们所最熟悉的社会与地方,不管多么平凡,总是最亲切。亲切,所以能产生好作品。"②"这种作品里也许是对于一人或一事的回忆,可是地方景况的追念至少也得算写作冲动之一。"③

其次,是因为许地山的引领和鼓励。1924 年,老舍来到英国,经易文思教授的介绍,住在了离伦敦有十多英里的地方,那时许地山正好从美国来到伦敦,也住在那里。老舍刚到时,许地山正在屋里用油盐店的账本写作,许地山对写作的爱好自然而然影响到老舍,而许地山对老舍的鼓励更增加了其写作的信心。《老张的哲学》就是在许地山的鼓励和帮助下创作出来并得以发表的。老舍说道:"写完此书,大概费了一年功夫。……写完了,许地山兄来到伦敦;一块儿谈得没有什么好题目了,我就掏出小本给念两段。他没给我什么批评,只顾了笑。后来,他就说寄到国内去吧。"④后来,老舍在《敬悼许地山先生》一文中又说起许地山对他创作的

① 老舍.东方学院[M]//老舍.老舍文集:第 14 卷.北京:人民文学出版社,1989:82.
② 老舍.景物的描写[M]//胡絜青.老舍论创作.上海:上海文艺出版社,1980:76.
③ 老舍.景物的描写[M]//胡絜青.老舍论创作.上海:上海文艺出版社,1980:75.
④ 老舍.我怎样写《老张的哲学》[M]//胡絜青.老舍论创作.上海:上海文艺出版社,1980:6.

鼓励,他说:"在他离英以前,我已试写小说。我没有一点自信心,而他又没工夫替我看看。我只能抓着机会给他朗读一两段。听过了几段,他说'可以,往下写吧!'这,增多了我的勇气。"①这是老舍创作的又一动因。

再次,这是朴素的民主主义思想和强烈的爱国主义情感的激发。"五四"运动是反帝反封建、提倡平等自由与科学民主的爱国运动,经过它的洗礼,再加上"那时节所能听到的见到的俄国大革命的消息,与马克思学说"②的启迪,老舍不但关心国家大事,而且关注世界革命。因此老舍虽在国外,但他心系着1926年以打倒帝国主义和封建军阀为目的的国内北伐战争。他说:"我们在伦敦是一些朋友天天用针插在地图上:革命军前进了,我们狂喜;退却了,懊丧。"③革命思想的洗礼,革命形势发展的蓬勃趋势,强烈的爱国情感使他时刻关注祖国和人民的命运,这是促使他创作的内在原因之一。

最后,"为人生而艺术"的文学观的指导。在世界文学特别是欧洲进步文学的熏陶下,老舍逐步掌握了小说创作的技巧,形成了"为人生而艺术"的文学观。他于教学之余读了《伊利亚特》《奥德赛》《哈姆莱特》《浮士德》等世界名著,探索这些不朽之作的奥秘。他在艺术的王国里流连忘返,希腊悲剧使他"看到了那最活泼而又最悲郁的希腊人的理智与感情的冲突,和文艺的形式与内容的调谐"④。但丁的《神曲》使他明白了肉体与灵魂的关系,明白了真正的文艺的深度。在英伦时期,给他影响最大的还是近代的英法小说。英国的威尔斯、康拉德、美瑞地茨、狄更斯,法国的福楼拜和莫泊桑,都占去了他许多时间,尤其是"康拉德海上冒险的'英雄主义',狄更斯流浪汉小说的正义感和人道主义"⑤,以及他们写实的态度与尖刻的笔调,使他领悟到小说已成为社会的指导者、人生的教科书,从而形成了"为人生而艺术"的文学观,这是他创作的另一个内在动因。

基于以上原因,老舍真正开始了他的文学创作,其最初的创作在文坛上引起不小的反响。《老张的哲学》《赵子曰》《二马》分别于1926年、1927年、1929年在《小说月报》以连载的形式陆续发表,老舍也从无名小卒变成了名作家。

老舍在《我怎样写〈老张的哲学〉》中说过:"穷,使我好骂世;刚强,使我容易以个人的感情与主张去判断别人;义气,使我对别人有点同情。""我恨坏人,可是坏

---

① 老舍.敬悼许地山先生[M]//老舍.老舍文集:第14卷.北京:人民文学出版社,1989:190.
② 老舍.老舍选集自序[M]//胡絜青.老舍论创作.上海:上海文艺出版社,1980:140.
③ 老舍.我怎样写《二马》[M]//胡絜青.老舍论创作.上海:上海文艺出版社,1980:6.
④ 老舍.读与写[M]//胡絜青.老舍写作生涯.天津:百花文艺出版社,1981:107.
⑤ 王玉琦.老舍与唐代传奇小说[C]//关纪新,范亦豪,曾光灿.老舍与二十世纪:99国际老舍学术研讨会论文选.天津:天津人民出版社,2000:140.

人也有好处;我爱好人,而好人也有缺点。"①基于这样的认识,他一半恨一半笑地看世界,获得了以笑骂和幽默面对世界而并不赶尽杀绝的处世态度,因此,他才能把旅居生活的许多感触同在国内时期留下的社会文化记忆相比拟。这项带有个性的民族文化比较工作,不但使老舍跳出善恶两极的批判模式,以被侮辱与被损害者的眼光观察社会现实,把中国国民性置于异域空间加以解剖和展示,实现对本国民族文化的反省和对民族精神痼疾的诊治,从而形成"批判国民性"的创作母题,奠定其现代"文化大师"的地位;而且在中西文化比较中,老舍发现正是国民的愚弱导致国力的衰弱和中国的滞后,因此才遭受帝国主义的侵略,据此他想把英国人独立进取的精神、自强意识和国家观念移植到中国,把麻木的国人教导成为有科学知识和民族责任感的"新"国民,从而创造一个国富民安而免受帝国主义侵略的现代中国。但是,由于老舍身在国外,没能亲眼目睹当时国内的革命战争,因此,他既不清楚国内的社会现状和革命形势,又不明白国内青年们的思想。觉醒后的他看不到战胜帝国主义和推翻上层反动统治者的力量所在,因此,他想通过改造国民性来达到改造社会的理想只能是一种无法实现的空想。

二、新加坡时期:"思想猛地前进了好几丈"

老舍在离开英国后的三个多月里,游历了法国、荷兰、比利时、瑞士、德国、意大利等国。1929年,他登上了马赛开往新加坡的轮船。由于囊中羞涩,加之他崇拜的作家康拉德曾经多次写过南洋,老舍因此生发了想"看看南洋"的想法,遂于1929年10月初到达了新加坡。

在欣赏新加坡的美丽风情之余,老舍感受最深的还是新加坡人民的生活和精神世界。新加坡是英属殖民地,聚居着很多的中国华侨、印度人、锡兰人和马来人。在与他们的接触中,老舍强烈地感受到他们高涨的革命情绪,尤其是他在华文学校所教的学生,他们十五六岁,大多是资本家的子弟,但他们爱国,心里装着天下大事,愿意听激烈的主张与宣传,这是老舍在英国时从未遇到过的。这些学生思想上的激进使老舍"开始觉得新的思想是在东方,不是在西方"②。

在这片新天地里,老舍还亲眼目睹了中国人开发南洋的功绩。基于这样的体验,老舍急切想写一本以中国人为主角、表扬中国人开发南洋的功绩、表达民族崇拜的小说。然而,他未能写出这本书。

在新加坡半年,他能随处看到各种肤色的小孩,却始终没见过一回白人的小孩与东方小孩一块玩耍,这给在英国时期饱受民族歧视的老舍很大的刺激。鉴于此,

---

①　老舍.我怎样写《老张的哲学》[M]//胡絜青.老舍论创作.上海:上海文艺出版社,1980:5.
②　老舍.我怎样写《小坡的生日》[M]//胡絜青.老舍论创作.上海:上海文艺出版社,1980:21.

老舍立意要写一部"以儿童为主""没有一个白小孩""表现着弱小民族的联合"①的小说,并于1930年冬,开始这部题为《小坡的生日》的创作。在至少4个月的时间里,老舍在炎热的天气里,利用晚饭后的工夫完成了4万多字。他本想继续留在新加坡完成此篇小说的创作,但此时老舍在华侨学校的任职期已到,又因为有人从中作梗,他没有找到合适的工作,加上去国6年,家中老母常写信盼归,遂于1930年2月底登船回国。

新加坡是老舍人生道路上短暂而重要的一段时光,这一时期,他的"思想猛地前进了好几丈"②。在英国,他思考最多的是中国人愚弱的国民性,在对其鞭辟入里的剖析中透露着悲哀,他期望民族振兴又苦于没有希望;但在新加坡,老舍从丑恶的社会现实中看到了深藏于内的希望之火:中国人永不止境的创造力和无穷无尽的抗争精神。老舍从肯定移植西方先进文化来强国救民,进而发展到希望世界上弱小民族联合起来共同奋斗,情绪也从悲观转为乐观,这是一个很大的转变。

三、齐鲁岁月:嫉恶如仇、爱憎分明

1930年春,老舍从新加坡回到上海,在郑振铎家里小住。老舍在这段时间写完了《小坡的生日》的最后两万字,交给了时任《小说月报》编辑的郑振铎。这篇小说以连载的方式在《小说月报》上发表。在母亲再三催促下,他告别郑振铎一家,于同年4月回到了阔别6年的北平。回国后,老舍原以为国内会有如新加坡那番高涨的革命浪潮,但他发现社会依然窒息黑暗,甚至比他离开时更糟糕。第一次国内革命战争以失败告终,各路军阀在帝国主义、封建势力和买办资产阶级的扶植下进行割据战争;西方列强凭借特权加紧扩张在华势力,满目疮痍的中国更加动荡不安,可谓生灵涂炭、民不聊生③。迫于现实状况和生活压力,老舍放弃了做专业"写家"的念头,接受齐鲁大学的聘请,于1930年7月,赴齐鲁大学担任文学院教授,教授文学概论、文学批评、文艺思潮、小说及做法、世界文艺名著等课程。

齐鲁大学是一所教会学校,学术氛围保守沉闷。当时,齐鲁大学中文系只有老舍接受过新文学和外国文学的熏陶,学校想加强新文学的教学内容以改善学术氛围,于是委以老舍繁重的教学任务。致力于认真"做事"的老舍专心准备讲义,认真授课,他以广博的学识与幽默活泼的教学风格征服了学生。在课下,他在忙碌中抽空给学生指导写作,因此很受学生欢迎。同年,老舍被聘为国学研究所文学主任,兼任《齐大月刊》编辑部主任,具体主持编辑部工作。这些事情引起了校内封

① 老舍.还想着它[M]//胡絜青.老舍写作生涯.天津:百花文艺出版社,1981:119.
② 老舍.我怎样写《小坡的生日》[M]//胡絜青.老舍论创作.上海:上海文艺出版社,1980:22.
③ 石兴泽,刘明.老舍评传[M].北京:中国社会出版社,2005:109-110.

建保守势力的反对，那些以旧学功底自矜的国学派，歧视老舍的学历，视其小说为"下九流"，诋毁他在文学上的成就，老舍被迫从编辑部主任改做一般编委。然而，嫉恶如仇的他没有与邪恶势力同流合污。

在教学闲暇之余，老舍常游走于济南的大街小巷，去熟悉这座城市和生活其间的人民。1930年，初来乍到的老舍便明显地感觉到济南"不像上海与汉口那样完全洋化。它似乎真是稳立在中国的文化上……以善作洋奴自夸的人物与精神，在这里是不易找到的"①。平淡可爱的济南为老舍带来了好心情，但没有持续多久，他便陷入了悲愤之中。"勿忘国耻"的破布条和城门上帝国主义枪炮留下的炮眼使他想到"五三惨案"的惨状，于是他开始着手调查"五三惨案"。经过半年多的调查，他动笔写了长篇小说《大明湖》，而一向以幽默笔调写作的他在此部小说中未用一句幽默的话，文字显得愤激悲怆。1931年夏，老舍将其书稿寄给《小说月报》，但是书稿还没来得及发表，就被焚毁于1932年的"一·二八"事变的炮火中。后来在朋友们的劝说下，老舍将《大明湖》中最精彩的部分写成一部中篇小说，这便是有名的《月牙儿》。

1931年7月28日，老舍回北平与后来成为国画家的胡絜青结婚。婚后不久即携妻返回齐鲁大学，在经历了短暂的幸福快乐之后，老舍又陷入对国内社会现实的忧思愤慨之中。1931年的"九·一八"事变与1932年的"一·二八"事变之后，日本帝国主义加紧了对我国军事、经济和文化上的进一步侵略，扩张其在华势力范围，这激起了国人的愤怒，而国民党政府竟下达"抗日有罪"的严令，坚持不抵抗主义，全国进入"白色恐怖"时期。此时，由于"对国事的失望，军事与外交种种的失败"②，愤恨绝望的老舍写下了《猫城记》，反映了他徘徊在黑暗中不断寻求真理的痛苦处境。

1933年9月，老舍的第一个孩子舒济出生，宁静而和谐的家庭生活使他又恢复了幽默的天性，一扫他初到济南时那种悲观绝望的情绪。但伴随家庭快乐而来的是生活的重负，这迫使老舍加紧创作，然而他身有繁重的教学任务，又陷入家庭琐事，因此他只能顶着高温，利用暑假时间"赶"文章。1932年暑假，他以每天2 000字的速度，赶写出了《离婚》，1934年，他又冒着炎暑握笔疾书，"玩命"写完了《牛天赐传》。

同期，老舍也结交了各阶层的新朋友，这些朋友中，有文化界的学者、教育界的教授，还有下层贫民中的拳师、艺人、商贩、车夫等，这扩大了老舍的社会文化视野，使他更深入地了解到中国社会的最黑暗面，以及各阶层人物的心灵和精神状态。

---

① 老舍.吊济南[M]//老舍.老舍文集：第14卷.北京：人民文学出版社,1989：97.

② 老舍.我怎样写《猫城记》[M]//胡絜青.老舍论创作.上海：上海文艺出版社,1980：27.

1934 年 7 月,老舍辞去了齐鲁大学的教职。1934 年秋初,老舍到青岛的山东大学任讲师,于 1935 年暑假改聘为教授,讲授文艺批评、欧洲文学概论、小说做法、文艺思潮、欧洲通史等课程。

初到青岛,老舍感受到这是座摩登与奢华的殖民城市,反帝爱国的他不仅对其中的"洋味"心存不满,而且从沿海停着的各国军舰上,感受着"国破山河在"的悲凉。但老舍并不悲观,他在浮华的表象之下听到了人民反抗的潮声,看到了"山东儿"朴素、坚毅的精神。他执教的山东大学学术空气活跃,这里的学生身上大有"众人摩登我独古"的气派,他们热衷于参加有关爱国的进步活动,朴素的装束下跳动着火热的拳拳报国之心。同期,老舍更多地接触了生活在社会最底层的劳动者,他常同小商小贩或者洋车夫聊天,听到了他们在帝国主义和封建军阀的残酷迫害下发出的控诉,看到了他们在黑暗社会现实中的艰难生存境地。通过与他们的接触,进一步加深了他对人生的理解,并为他的创作提供了很好的素材。

面对严酷的社会现状和强大的黑暗势力,此时的老舍已"全副武装",集明确的反帝反封建立场、强烈的爱国情感与深切的忧患意识于一身,继续拿起手中的笔进行"文学的表达"。他通过文学作品怒斥权贵的投降行径和汉奸走狗的卖国行为,为被侮辱者与被损害者伸冤,喊出这个世界必须换个天地与活法的呼声。从1930 年开始到 1936 年辞去山东大学教职以前,是老舍创作的丰收期和成熟期。他在这段时间写出了《大明湖》《猫城记》《离婚》《牛天赐传》4 部长篇小说,出版了《赶集》《樱海集》两部短篇小说集和《老舍幽默诗文集》。与此同时,他还把上课讲义整理成《文学概论》一书,由齐鲁大学内部印行。揭露黑暗的社会现实、否定现存不合理的社会制度、反映劳苦大众的苦难生活、批判丑陋的国民性、探索社会与民族的出路,成为了老舍这个时期创作的重要主题。这些作品不但反映的社会生活面更为广阔,而且由于受革命文艺理论的影响,作品的内容日趋深刻,对黑暗现实的解剖和批驳也更加坚实有力,感情更加忧愤深广。

除了文学创作外,老舍在山东这段时期还满怀热情从事进步文学活动。1935年夏,老舍、王余杞、王统照、王亚平、杜宇、李同愈、吴伯萧、孟超、洪深、赵少侯、臧克家、刘西蒙 12 位作家,共同在《青岛民报》上开辟了一个副刊,题名为《避暑录话》。《避暑录话》的 12 个撰稿人,虽然在作风、情调、见解、立场等方面不同,但是他们用文艺来向帝国主义和国民党当权派发出控诉,以增进人类自由、进步与幸福的宗旨是一致的。《避暑录话》从 1935 年 7 月 14 日创刊到 9 月 15 日停刊,每周一期,共出了 10 期。

1936 年春,山东大学发生学潮。由于受"一二·九"学生运动的影响,山东大学学生要求抗日救国的呼声日益高涨。他们的爱国运动引起国民党当局的注意并遭到镇压,而学校在国民党军阀的压制下也开除了部分抗议的学生,这使得一向爱国的老舍十分震怒,于是他愤然辞去教职,专门从事写作。

由于有着对当时生活的深入体验与深切观察,故老舍能从中国社会的各个方面,特别是从最黑暗的下层社会层面,洞察到畸形的中国社会形态、敷衍苟安的民族心灵状态及愚钝麻痹的民族精神样态,并探寻出造成此种民族精神缺陷的时代根源:正是反动统治者和帝国主义的相互勾结,才孕育了出奇不公平的病态社会,这不合理的病态社会又孕育出病态的国民精神和民族心理。因此,在 20 世纪 30 年代,老舍得出了一个重要认识:要通过改造社会来改造国民性,才能使国强民安。相比于 20 年代试图通过改造国民性来改造社会的认识,这无疑是老舍思想上的又一次飞跃。但这个时期,由于对国内几次重要的战争没有亲身体验,他对革命前途的认识并不十分真切,没能看清改变中国社会的力量所在。因此,老舍未能给苦难大众指出一条正确的出路。然而,他能在民族存亡的危难时刻,敢于在文化围剿和白色恐怖的严峻氛围中,在"抗日有罪"的严令下怒斥帝国主义的侵略,揭发民族败类的卖国丑行,这显示出老舍高昂的爱国激情和崇高的民族正义感。

第三节　从大学教席到职业写家

1936 年夏天,在辞去山东大学教员职位之后,老舍同家人生活在青岛市黄县路 6 号的一个僻静处所,成为职业写家。在相对而言较为平静的创作环境下,这一时期的老舍写作出了大量文学作品。1937 年 8 月,随着抗日战争的爆发,作为职业写家的老舍被迫开始了长达八年的流浪抗战旅程。

一、职业写家之梦与战火下的抉择

早在 1934 年年初,还是齐鲁大学教员的老舍在为自己拟定的年度计划中,透露出有关文学创作的梦想与障碍:"没有职业的时候,当然谈不到什么计划——找到事再说。找到了事做,生活比较稳定了,野心与奢望又自减缩——混着吧,走到哪儿是哪儿;于是又忘了计划。过去的几年总是这样,自己也闹不清是怎么过来的。至于写小说,那更提不到计划……1934 年了,恐怕又是马虎地过去。不过,我有个心愿:希望能在暑后不再教书,而专心写文章,这个不是容易实现的。自己的负担太重,而写文章的收入又太薄;我是不能不管老母的,虽然知道创作的要紧。"①此时的老舍,虽然因过度疲劳而开始患上背疾,时常痛至无法翻身,但为了"职业写家"这个梦想的实现,他开始练拳以强体。1934年7月,老舍辞去齐鲁大学教职一位;同年8月,他的职业写家之梦进入尝试阶段。彼时的老舍专程前往上海寻求生存空间和创作机会,对他而言:"我不是去逛,而是想看看,能不能不再教书而专以写作挣饭吃。我早就想不再教书。"②但是现实很快让他失望,因为"一·二八"的原因,上海的文艺界生存状况十分艰难,他几乎不可能单靠写作养家糊口。为了生计,老舍只得再度接受教员聘书,换往山东大学任职,成为职业写家的梦想暂时搁浅。

时至1936年,也就是"七七事变"的前一年,因局势的再度动荡和频繁的风潮,山东大学的教学任务无法正常进行,又基于对被开除学生的义愤,因此,和其他诸多教员一样,老舍最终选择在同年夏天辞去职务。这一次,老舍决心留在青岛,单凭写作的微薄收入生活。而《骆驼祥子》则拉开了他作为职业写家的正式序幕。有关祥子的素材,是老舍在1936年春天从朋友那里听到的,经过再三的酝酿和实地考察,同年暑假,在辞去山东大学的教职后,即开始了《骆驼祥子》——这本被老舍自认为"最令自己满意的作品"的写作。

彼时在青岛专职写作的老舍,平均每天可作2 000余字。在平日,除了一日三餐与会见文艺界朋友之外,他几乎把全部时间和精力都投入到阅读、思考与文学创作之中。虽然低廉的稿费让老舍在物价水平极高的青岛生活得极为拮据,但对于创作而言,清贫的生活反为他提供了一种心无旁骛的心境与情境,这是老舍难得的一段黄金创作时期。其时,老舍笔下产生了大量作品,理论性较强的如《谈幽默》(1936)、《景物的描写》(1936)、《事实的运用》(1936)、《人物的描写》(1936)、《言语与风格》(1936)、《理想的文学月刊》(1937)、《"幽默"的危险》(1937),等等;记录生活点滴的如《大明湖之春》(1937)、《五月的青岛》(1937)、《这几个月的生活》(1937),等等。在小说方面,除创作了《我这一辈子》(1937)等作品以外,《骆驼祥子》(1936)在《宇宙风》开始连载,《文博士》(1936)也在《论语》开始连载;而收录了7个短篇小说的《蛤藻集》(1936)亦开始出版发行。与此同时,老舍还常常收到青年读者们的习作,他不顾自己强大的工作量和多病之躯,见缝插针地为这些作品进行修改或引荐。

纵观20世纪30年代初期的中国,对外方面,日本帝国主义加紧了对我国经济、政治、军事和文化上的全面侵略,1931年的"九·一八"事变与1932年的"一·

①　徐德明.老舍自传[M].南京:江苏文艺出版社,1995:99.

②　徐德明.老舍自传[M].南京:江苏文艺出版社,1995:103-104.

二八"事变之后,日军对我国华北地区的进一步蚕食激起了全国人民要求"抗日救国"的一致呼声,但国民党却压制民众高涨的抗日热情。艰难生存的劳苦大众目睹了国民党政府在军事上无作为的昏庸腐败,以及在外交上妥协求荣的卖国行径,终在局面的紧张与黑暗下掀起了自"五四运动"之后的又一个反帝爱国新高潮。时至 1937 年 7 月 7 日,日本侵略军挑衅炮击宛平城和卢沟桥,时称"七七事变";次日,中国共产党向全国发表坚决抗日的宣言,号召全国人民团结起来,共同抵抗日本帝国主义侵略者对中国的侵略。

在如此动荡的时局下,正在为《宇宙风》和《方舟》的连载写作《病夫》与《小人物自述》的老舍,不得已中断了已开始的两部长篇小说的创作,他必须尽快抉择是去是留:一方面,若时局再恶化下去,则日军的海上舰队必定封锁入海口,我军则必以拆毁胶济铁路为对策,青岛将成为孤城,鉴于此,离开青岛,走为上策;另一方面,老舍的母亲彼时留守北京,时局变化莫测所导致的交通险阻让老舍母子无法合家团聚;同时,其妻又怀有身孕,并在当年 8 月 1 日产下女儿,不宜长途跋涉;社会氛围方面,日愈混乱的局面让青岛的书报全面停刊,文艺界人士只得纷纷南下,寻求出路;此外,老舍原本决意暂去的上海,也因局势日益困厄,不利前往。

走到十字路口的老舍,此时却收到齐鲁大学文学院对他发出的任职邀请。几经权衡之后,在同年 8 月 13 日,也就是日本侵略军大举进攻上海、抗日战争全面打响之际,老舍及家眷先后迁居至济南,开始担任齐鲁大学文学院系主任一职。这一时期,因为贫苦的出身与一以贯之的爱国情操,老舍切肤地关心着人民的疾苦和民族的存亡,并积极热切地融入到以笔为枪的抗日洪流中。如果说老舍面对此前"革命文学"的影响,却并没有参与到各种文学论战之中,他更多呈现的是一位笑中带泪、用幽默去讽刺旧生活种种弊病的爱国进步作家——而并非一位爱国革命作家,那么此时的老舍,随着生活轨迹的即将改变,预告他必将以一副新的面貌呈现于世人面前,其作品内容也即将走入一个新的局面。

随着日寇入侵山东以及国民党方面因避战而导致的接连失利,济南的局势进一步恶化,齐鲁大学的师生先后疏散离校,众多友人亦纷纷南下并力劝老舍同往。此时的老舍再次走到了需要抉择的十字路口:一方面,济南已笼罩在战火威胁的阴影之下,而作为其生命与精神故都的北平业已沦陷,上海、南京等重要城市亦相继陷入孤境,对老舍而言,一己安危不足惜,但重要的是写作的基本环境已没有保障,因此有必要转移创作的阵地以求得继续奋战的可能性;另一方面,老舍家中的长子只有 4 岁,小女才 3 个月大,妻子身体尚且疲弱,他也无法拖家带口在战乱的国土上奔波——这种两难境地始终困扰着他。

最终,老舍毅然选择暂别妻儿、独自南下。作出这样的决定,基于两点:第一,对老舍而言,战火中随时降临的死亡并不可怕,可怕的是若被攻进城中的敌军所俘虏,则关乎一个作家的人格与尊严之保全——这也是老舍一直以来极为珍视的气节。因而面对济南的沦陷,他在自传中说道:"我在济南,没有财产,没有银钱;敌人进来,我也许受不了多大的损失。但是,一个读书人最珍贵的东西是他的一点气节。我不能等待敌人进来,把我的那点珍宝劫夺了去。我必须赶紧出走。"①第二,常言道"国家不幸诗家幸",但殊不知诗家的"幸"也是需要基本生存作为保障的。作为文学巨匠及语言大师的老舍,作品的创作及语言的雕琢都需要相对宽容与平定的客观环境作为依托,但彼时的局势却无法给予他这种基本的保障。只有转移阵地,老舍才能有继续以笔为枪,为危难中的百姓、民族以及国家奋笔疾书、全力抗争的可能性②。

1937年11月15日黄昏,济南城附近的黄河铁桥在敌军的狂轰中被炸毁,日本逼近济南,形势极其危急。老舍话别深爱的妻儿,怀揣仅有的50元钱,离开了位于济南的家。在友人的协助下,老舍登上了南下的列车,从此开始了长达八年的流亡之路,亦是革命抗争之路。

二、武汉时期:人民至高与国家至上

1937年11月18日,老舍怀抱着"国难当头,抗战第一,我们不能老把个人和家庭挂在心上……我要手里的一支笔为神圣的抗战服务"③的心态,在途经了徐州、郑州等城市之后,于3日后抵达汉口。

彼时的武汉地位极其特殊:抗战初期,全国各地的文艺界人士纷纷流亡至此,在短暂的避风港内为"抗日"这个共同目标而奋战。在老舍看来,自己的南下时代始于:"黄鹤楼头莫诉哀,酒酣风劲壮心来,奇师指日收河北,七步成诗战鼓催。"(《到武汉后》)由亲身所见、所闻、所感的苦难与哀恸出发,老舍呼喊道:"唱吧,诗人!民族之心,民族之琴,在正义的弦上,调好胜利的歌音。如闪如雷的字句,教人人怒吼狂奔,教这四万万五千万,结成一个抗战的决心!"(《怒》)老舍的牺牲精神和英勇气概很快在武汉传为佳话。当日军战火燃烧至大半个中国的时候,汇集在武汉的爱国作家们,充分意识到成立一个以抗日为宗旨的作家联合组织的重要性。此时,代表中国共产党来到武汉、负责抗日相关指挥工作的周恩来同志,带领各派爱国作家,为推进成立"中华全国文艺界抗敌协会"(简称"文协",下同)的工作而携手奋进。

---

① 徐德明.老舍自传[M].南京:江苏文艺出版社,1995:127.
② 张桂兴.老舍评说七十年[M].北京:中国华侨出版社,2005:3.
③ 臧克家.老舍永在[M]//张桂兴.老舍评说七十年.北京:中国华侨出版社,2005:38.

1937 年冬,在作家阳翰笙同志与冯乃超同志的提议下,组建"文协"的呼声在武汉文艺界得到强烈共鸣,而此刻居住在武昌华中大学游国恩先生家的老舍,自然成为众人眼中入选"文协"的重要人选。在众人的力荐下,老舍亦对加入"文协"表现出极大的热忱,积极投入到与建立"文协"相关的 5 次临时筹备会中。1938 年 2 月 24 日,"全国文艺界抗敌协会筹备大会"正式举行,被推选为正式筹备员之一的老舍在会上向全体与会者呼吁:"我们要振作起来,参加这大时代的斗争,各以全部的力量,向同一目标,做最大最高的发挥,老幼新旧一致携手……共同上前,打倒日本帝国主义!"①

与此同时,在家住武昌千家街福音堂的冯玉祥先生及好友诚邀之下,老舍移居千家街,与何荣、楼适夷、老向、吴组缃等作家共同生活。这时期的老舍,每日接待众多文艺界来客,共谈抗战文艺,快速完成各种抗战相关作品的约稿,批阅青年文艺者的作品,等等。

1938 年 3 月 27 日,在汉口总商会礼堂,"中华全国文艺界抗敌协会"正式成立。700 多名来自全国各地的爱国作家共聚一堂,彼此结下真挚友谊并共商以笔伐敌之大计。在成立大会上,凭借最高选票数当选为中华全国文艺界抗敌协会第一届理事的老舍,在空袭爆炸声中宣读了由他和吴组缃共同撰写的文协成立宣言:"我们的文艺力量定会随着我们的枪炮一齐打到敌人身上……最辛酸、最悲壮、最有实效、最不自私的文艺,就是我们最伟大的文艺。它是被压迫的民族的怒吼,在刀影血光中,以最深切的体验、最严肃的态度,发出和平和人道的呼声。"②会议通过了中华全国文艺界抗敌协会的会章和成立宣言,标志着中国文艺界抗日民族统一战线的最终形成。

1938 年 4 月 4 日"文协"第一次理事会在冯玉祥公馆举行,老舍在此前发表的入会宣言,显露出其谦逊的品格与强烈的作家使命感:"我是文艺界中的一名小卒,十几年来日日操练在书桌上与小凳之间,笔是枪,把热血洒在纸上……全国文艺界抗敌协会成立了,这是新的机械化部队。我这名小卒居然也被收容,也能随着出师必捷的部队去作战,腰间至少也有几个手榴弹打碎些个暴敌的头颅……生死有什么关系呢,尽了一名小卒的职责就够了!"③会上,老舍被选为常务理事兼总务部主任,统领"文协"的大小事务,从此主持"文协"工作直至抗战胜利。

作为非党派人士的老舍之所以能够担当"文协"重任,其原因可谓本人影响力与外部制衡功用的共同结果。

①　舒乙.老舍[M].北京:中国华侨出版社,1999:71.
②　舒乙.老舍[M].北京:中国华侨出版社,1999:72.
③　舒乙.老舍[M].北京:中国华侨出版社,1999:73.

首先,该统一战线作为文艺组织,聚集了各派人物,为了防止领导权旁落国民党之手,在阳翰笙与冯乃超的推举下,经由党组织与周恩来同志批示——党应当把"文协"的领导权掌握在自己手中①。

其次,老舍无党派人士的特殊身份以及在文艺界的声望,使他在客观上可以成为共产党与国民党之间的传话人,以及与全国大众的纽带。这为共产党落实在彼时所不便的种种决策提供了便利②。

最后,该组织的民众团体性质决定了其运作经费还要依靠外界。而老舍谦逊与威望并存、真诚与勇气并重、人格与学养兼备的种种品性让他可以周旋于左、中、右三派成员之间。老舍自己就曾说过:"'外圆内方','外'不'圆',就转不动;'内'不'方',就丧失了立场。"③

老舍对于组织的安排欣然接受并倾尽全力。正是他在艰难时期的全心付出,让抗战文艺界的大团结得以实现。因此从武汉时期开始,老舍便带领着"文协"开展各种活动、贯彻落实统一战线的各项政策。

首先,当时的国民党虽然承诺给予"文协"经费,实际上却克扣甚多,导致"文协"运转艰难。因此,老舍不但不拿工资、稿酬,还得经常亲自奔走到国民党中宣部去求情、说好话,以此筹措经费,并无畏地与国民党以及各路特务打交道。

其次,面对生活有困难的文艺工作者们,老舍总是想尽各种办法帮助他们,如组织义卖活动或卖掉手稿为他们筹备补助金和医药,等等。

再次,老舍继续创作与抗战相关的通俗作品,针砭时弊、鼓舞人心。如政论《是的,抗到底》(1937)、《写家们联合起来》(1938)等;如鼓词《张忠定计》(1937)、《游击战》(1938)等;如杂文《抗战与教育》(1938)、《有仇必报》(1938)等;如京剧《烈妇殉国》(1938)、《王家镇》(1938)等;如通俗小说《兄妹从军》等;如直接论述通俗文艺的《通俗文艺散谈》(1938)、《谈通俗文艺》(1938)等。

最后,1938 年 5 月 4 日,在老舍的带领下,"文协"会刊《抗战文艺》在武汉创刊,它在此后成为了大后方文艺抗战运动的重要阵地。譬如同月 14 日,由老舍、茅盾等 18 位作家联名签署的《致周作人的一封公开信》在《抗战文艺》上发表,公开谴责周作人投降的卖国行径;譬如在作品审核方面,老舍总是尽心交涉用稿事宜,并在审稿环节严格把关,为抗战的宣传备好一切文字武器。在老舍等人的坚持下,《抗战文艺》坚持刊载战时文艺工作者们的个人创作、对时局的探讨文章以及思想论战论文,成为在抗日时期唯一坚持至战争胜利的文艺刊物,让彼时的读者和后来

---

① 阳翰笙. 我所认识的老舍[M]//张桂兴. 老舍评说七十年. 北京:中国华侨出版社,2005:29.
② 阳翰笙. 我所认识的老舍[M]//张桂兴. 老舍评说七十年. 北京:中国华侨出版社,2005:30.
③ 臧克家. 老舍永在[M]//张桂兴. 老舍评说七十年. 北京:中国华侨出版社,2005:39.

的研究者了解到当时的文艺斗士是如何为了人民和国家而坚持抗日的。

1938年年中，台儿庄大捷，"文协"派理事郁达夫和盛成携带"还我河山"的锦旗以及《告慰台儿庄胜利将士书》赴前线慰劳将士。当得知前线将士无书可读时，大家一致认为创作适合兵将阅读的通俗抗战读物很有必要。同时，也为了贯彻"文章下乡，文章入伍"的口号，"文协"开始大力号召众文艺工作者们写作通俗文艺作品，以起到面向大众的抗日宣传作用。在此风潮下，积极响应号召的老舍率先与当时武汉著名大鼓演唱家山药旦以及董莲枝相熟识，在向他们学习大鼓的过程中，又多次为他们写作通俗唱词，并屡次修改自己的作品以适合表演的需求。在以通俗文艺为抗战武器的道路上，老舍向前迈进着①。

南下武汉，与众多以抗日己任的文人交往，成为了老舍人生一次新的开始与历练：逐步淡化自己一贯坚持的自由主义以及远离政治气氛的立场，从较为个体的姿态中走出，满怀爱国救亡的热忱，握着发散出针砭时弊光芒的笔杆，融入革命的洪流之中，在抗日时期与人民和国家的呼吸共鸣。因而，武汉时期的文学创作，老舍将精力重点放在了通俗文艺的创作上，譬如写鼓词、旧体诗、拉洋片词、抗战京剧、话剧……只要有利于宣传抗战思想的文艺形式他都悉数实践。

对政治一度保持清醒距离的老舍，在这一时期的表现，与其说是选择了共产党，不如说是选择了始终站在——为人民谋福利的"人民至高"与为国家谋平安的"国家至上"——立场上。在逐步认识到共产党可以给人民的幸福和国家的解放带来希望之后，老舍"跟随"共产党共同奋战的心意也愈加坚定。正如他自己所言："我不是国民党，也不是共产党，谁真正地抗战，我就跟谁走，我就是抗战派！"②

三、重庆时期：漫漫八方风雨路

1938年夏天，随着九江沦陷，且武汉的战略位置又无险可守，加之文艺活动的宣传需求，同年7月30日，老舍带着"文协"的印鉴，与何容、老向、萧伯青先期乘船离开武汉。航经宜昌，又在空袭和痢疾的折磨中辗转等候，直到8月14日，他们终于抵达重庆。彼时的重庆人满为患，老舍及同行者被安置在青年会的机器房内暂住。当"文协"的成员陆续来到重庆之后，他们在临江门租来的简陋会所开始了新的工作。

彼时，周恩来同志时常邀请老舍到位于重庆曾家岩的八路军办事处用餐。期间，周恩来同志会就当下局势进行剖析，老舍因而日益体会到国民党的腐败无能以及共产党在解放区所领导的革命事业之伟大。由此对比，老舍感情的天平进一步

① 萧伯青.老舍在武汉、重庆[M]//张桂兴.老舍评说七十年.北京：中国华侨出版社,2005:124.
② 楼适夷.忆老舍[M]//张桂兴.老舍评说七十年.北京：中国华侨出版社,2005:47.

向共产党所领导的抗争道路倾斜;同时,他也更加确信只有共产党才能挽救危难中的民族①。因此,重庆时期的老舍在文艺抗战之路上继续高歌迈进。

在立场觉悟方面,1938 年 12 月,面对梁实秋在《中央日报》副刊发表的《编者的话》中所公开鼓吹的"文艺与抗战无关"论,老舍代表"文协"起草《致〈中央日报〉公开信》,对梁实秋发起论战,表达了自己坚定不移的借文艺抗战的立场。

在自身创作领域,老舍继续写作大量与宣传抗战相关且不拘形式的通俗文艺作品,如通俗文艺集《三四一》(1938)等,单篇作品《制作通俗文艺的苦痛》(1938)、《抗战中的通俗文艺》(1938)、《文章下乡,文章入伍》(1941)等,鼓词《识字运动》(1940)等,话剧《残雾》(1939)、《国家至上》(1940)、《张自忠》(1940),等等。

在配合支援抗战舆论的诸多活动中,老舍均积极参与。如 1944 年 7 月 8 日,老舍与郭沫若、茅盾、夏衍等联名致电广西党政军学商各界,声援桂林文化界发动的"保卫东南运动";又如在抗战胜利后的 1945 年 11 月 23 日,老舍与郭沫若、茅盾、叶圣陶等联名致函美国援华作家委员会赛珍珠及全美作家,呼吁美国朋友协助阻止美军插手中国内战;等等。

在发挥"文协"效力与影响力的层面,老舍继续主持大局并携众人向前迈进。一方面,"文协"多次举办或参与到通俗文艺讲习班、诗歌座谈会、戏剧晚会等各类文艺活动中;另一方面,"文协"还积极参加与抗战相关的各项活动,如出席文化劳军大会,等等。当时的艰难时局亦让作家的生活日益维艰,老舍多次筹划相关活动为作家谋福利,如发表文章《给文艺作家以实际帮助》(1940)、《怎样维持写家们的生活》(1940)等,支持"文协"发起的"保障作家生活"的运动。他积极参与重庆文化界发起的"捐款慰劳抗日战士运动"并带领"文协"号召作家们卖字捐款,他本人亦将《面子问题》(1940)手稿卖出并代表"文协"首次捐出劳军款 500 元。此外,由老舍主要负责的"文协"期刊《抗战文艺》自发刊之后,便屡遭经费、局势与内容方面的阻碍:一方面,它既要达到宣传抗战的目的,又要达到一定的文艺水平;另一方面,由于局势艰难,经费紧张,所以在重庆时期换用土纸印刷,有时候还被迫脱期。但在困境中它始终没有停刊,一直坚持到日本投降,其间老舍功不可没。

作为资深作家的老舍,在重庆时期,尤其是在 20 世纪 40 年代初期移居至北碚后,除了抗战文艺的创作之外,亦再次呈现出个性化创作的一面:一方面,他见缝插针地在文学写作的理论方面继续深入探究,如发表文章《略谈人物描写》(1941)、

① 曹禺.怀念老舍先生[M]//张桂兴.老舍评说七十年.北京:中国华侨出版社,2005:18.

《文艺的工具——语言》(1944),等等,并经常举办文艺演讲会,讲授小说创作方法等;另一方面,战时的北碚因地理环境相对封闭、政治气氛相对平定,许多学校与机关迁至此处,因而成为了陪都后花园,给老舍提供了一个较为适宜的写作空间。老舍于1942年夏移居北碚,1943年11月与赶赴北碚的妻儿团聚,在蔡锷路"文协"宿舍楼上,一家人居住至1946年2月。环境的改善和家人的陪伴让老舍在战时迎来了一个难得而短暂的自由创作期。每天,老舍早起锻炼、养花,而后写作至午时,下午会客并处理文协事务,晚上创作并回复来信,风雨无阻,从不间断。期间,老舍亦重拾记录生活酸甜点滴的妙笔,在1944年间连续创作了如《戒酒》《戒烟》《戒茶》《猫的早餐》《衣》《行》《帽》《狗》等作品。此外,虽然备受酷热与病痛的折磨,但彼时相对稳定的生活环境亦让辍笔于长篇小说多时的老舍重新开始动笔创作。老舍从1943年7月开始写作长篇小说《火葬》。此后,虽然身体状况日益恶化,且局势艰难,但在友人和家人的鼓舞下,老舍于1944年10日至1945年9月,在《扫荡报》上连载长篇巨著《四世同堂》的第一部《惶惑》。

在重庆的岁月里,老舍还奔走八方,积淀下对其人生观、革命观和文艺观等影响至深的众多生活历练。

1939年5月3日至4日,敌机轰炸重庆,结合当下的抗战局势和宣传之需,"文协"理事会决定派老舍参加由"文协"总会组织的北路慰问团,前往西北战区进行慰问。老舍所参加的作家战地慰问团于1939年6月28日从重庆出发,直至12月8日返回,历时近半年,途经逾18 500里,足迹遍布8个省和5个战区。期间,老舍随同仁一起深入陕甘宁解放区,劳军慰民,考察战时国情,并两次访问延安,拜会了毛泽东同志和朱德总司令。1940年夏,老舍在创作的长诗《剑北篇》中,记录了这段历程与感悟,充满了对革命圣地延安的歌颂。老舍在日后对臧克家提及这次远征时说道:"崭新的天地,崭新的人,真是大开眼界,也大开心窍呀。"[①]

1941年8月26日至11月10日,老舍前往昆明对"文协"云南分会进行考察和指导。在西南联大,他进行了总题为《抗战以来文艺发展的情形》的4次讲演,完成了话剧歌舞混合剧《大地龙蛇》的写作,在游历风土人情的同时与冯友兰、沈从文等文人密切来往,后作系列散文《滇行短记》来记录这段历程。

1945年8月14日,日本政府正式宣布无条件投降,历时8年的抗日战争结束。在文艺界人士的一致要求下,是年10月14日,"文协"召开理事会,决定将本该随抗战的结束而完成使命的"文协",更名为中华全国文艺界协会,简称仍为"文协",使之成为文艺斗士们永久的纪念。

---

① 臧克家.老舍永在[M]//张桂兴.老舍评说七十年.北京:中国华侨出版社,2005:40.

从离开武汉抵达重庆的 1938 年 8 月起,到 1946 年 3 月离开重庆前往美国,在战时陪都的艰苦岁月中,老舍始终全力以抗战为己任,其人格魅力、文学成就,尤其是对抗战所作出的种种努力得到了所有同仁的充分认可。1944 年 4 月,在郭沫若、茅盾等 20 余人的倡议下,"老舍创作 20 周年"纪念活动在重庆举行。期间,郭沫若赋诗《民国三十三年春奉贺舍予兄创作二十周年》、茅盾作文《光辉工作二十年的老舍先生》、胡风提笔《在文协第六届年会的时候祝老舍先生创作二十年》等,以此纪念抗战时期老舍在八方风雨的洗礼中所走过的道路。

第四节　从大管家到人民艺术家

新中国成立后,当大多数 20 世纪 20 年代就已知名的作家,在时代的更替中出现创作瓶颈时,老舍的文学创作状态和成果依然是当时同仁中的佼佼者。他用天真的无限的热忱融入到对新时代的歌颂与建设之中。从 1949 年回到中国到 1966 年去世的这 17 年间,老舍对各种可以体现新中国新面貌的文艺形式无所不用:新体及旧体诗歌、小说、戏剧、曲艺、相声,乃至春联……同时,面对共产党和国家所号召的每次政治运动,他都快速反应、积极配合,表现出努力融入新社会的决心。但自此,老舍个人化意味浓厚的自由主义书写印记已然淡去。

一、美国时期:潜心习作与遥思故国

1946 年 3 月 4 日,应美国国务院之邀,老舍和曹禺离开重庆,乘坐美轮从上海起航,途径西雅图而后抵达纽约,进行对美文化交流与讲学。

在北美各地的学术活动中,老舍着力对中国的现代文学等进行了介绍。对于此次访美,老舍认为:"我们必须要使美国朋友们能够真正了解我们的老百姓,了解我们的文化。在今天,许多美国人所了解的不是今日的中国人,而是千百年前的唐宋时代的中国人。"[1]于是本着文化互动的目的,是年 6 月,老舍在科罗拉多州丹佛大学参加小剧场节目社会研究会议,随后出席了人道地方会议;是年冬,老舍应加拿大有关方面之邀前往加拿大考察讲学 1 个月;次年 2 月,老舍在费城国际学生总会发表演说。除了向北美世界介绍中国的文学与现状,老舍还力求对美国的文学、社会现状等进行考察、了解。期间,他由西雅图到华盛顿,再到纽约,一路见习美国

---

[1]　徐德明.老舍自传[M].南京:江苏文艺出版社,1995:212.

的舞剧、广播、音乐剧和话剧。与此同时,老舍将其最主要精力放在小说写作与翻译上。曹禺回国后,老舍继续留美,全力潜心写作,从 1947 到 1949 年间完成了长篇小说《四世同堂》的第三部《饥荒》和长篇小说《鼓书艺人》,并协同将《四世同堂》《鼓书艺人》等作品译成英文。

　　早在 1946 年 9 月期间,老舍在纽约市一个专为职业艺术家而开设的休养地雅斗(YADDO)入住。在那里,老舍白天健身与习作,晚上与同在雅斗的国际友人畅谈中国的种种。在文人史沫特莱的帮助下,老舍为“文协”筹募到善款;同时,他还与美国著名作家赛珍珠交好,后者协助老舍处理了作品的翻译事宜。尽管如此,异国的孤寂生活和国内历经内战的创痛让老舍对祖国牵肠挂肚,而他在抗战时期留下的病痛已经蔓延至腿部和脊椎,这种身体之痛亦加深了他在异乡的愁苦。在写给臧克家的信中,老舍抱怨道:“住在纽约,十里洋场,够热闹的了,我却一个人独守空房。”①

　　1949 年 5 月 27 日,上海大解放,得知消息的老舍在美国一改往日的愁苦,主动下厨宴请他结识的日本朋友,回国之心已切切。他对朋友说道:“不管遭遇到什么苦难,我仍是中国的作家,光在美国是写不出什么东西的。不和中国民众共同生活,耳畔消失了华语乡音,那么我写不出真正的文学作品。”②1949 年 7 月的中国,在文学艺术界联合会第一次代表大会上,周恩来同志明确表示:“打倒了国民党反动派,铲除了障碍,南北两路文艺队伍大会师了,就是缺少我们的老朋友老舍,已经邀请他回来了。”③同年 10 月,老舍接受了冯乃超和夏衍先后写来的回国邀请信,拒绝了此前曾接到的发自中国台湾与英国的邀请,决心回到祖国大陆。值得一提的是,在临行前,老舍曾对朋友乔志高说过,回国的主要原因是与家人团聚,因而要实行“三不主义”:不谈政治,不开会,不演讲④。当然,此后的老舍感召于祖国的新貌,未能“践约”。

　　1949 年 10 月 13 日,老舍随船从美国的三藩市出发,途经檀香山、横滨、马尼拉等地,途中的剧烈颠簸使得老舍坐骨神经旧病复发从而导致愈加严重的腿痛。11 月 4 日,当轮船抵达香港时,老舍几乎已无法走动。在香港等待北上的船票长达 24 天之后,11 月 28 日,老舍终于登上了驶往天津的客船。由于险恶的政治环境,客船绕行于台湾东岸、上海外海、朝鲜的仁川……直到 12 月 9 日清晨,客船上的老舍终

①　臧克家.老舍永在[M]//张桂兴.老舍评说七十年.北京:中国华侨出版社,2005:41.
②　石垣绫子.老舍——在美国生活的时期[M].夏姮翔,译.//张桂兴.老舍评说七十年.北京:中国华侨出版社,2005:178.
③　臧克家.老舍永在[M]//张桂兴.老舍评说七十年.北京:中国华侨出版社,2005:42.
④　乔志高.老舍在美国[M]//张桂兴.老舍评说七十年.北京:中国华侨出版社,2005:140.

于望见了阔别已经整整 14 年的华北大地,当日傍晚,老舍由天津的码头踏上了祖国的土地。码头工人和接待人员的热情接待,让老舍对新中国的新气象感到无比激动与温暖。

老舍感概:"在抗战中,不论我在哪里,'招待'我的总是国民党的特务。他们给我的是恐怖与压迫,他们使我觉得我是个小贼。现在,我才又还原为人,在人的社会里活着。"①

二、新中国时代:人民艺术家

天津社会秩序的和平有序以及广大人民的真诚朴实,让老舍为新中国的到来而倍感欢欣鼓舞。回京心切的老舍于 12 月 10 日,在阳翰笙同志的陪同下,迫不及待地去见了周恩来同志。较之途中遭遇到他国的不平等相待,老舍深感这个不再有压迫的新国家,才能给予他无限平安及感动:"回来一看,变化多大呵,真叫人高兴!我觉得,好似心里推倒了一堵墙……我的这条不大听使唤的腿,好像也活便了一点。"②

在北京,老舍与分离长达 15 年的亲人团聚。次年 3 月,老舍与从重庆来京的妻儿团聚,而后举家迁入迺兹府大街丰盛胡同 10 号。在这个栽种了各种花草树木的四合院,老舍度过了他一生中最后的 17 年。在这横贯 1950—1960 年代中期的 17 年日子里,老舍的身份变成了一个具有更多意味的多层面集合体。

新中国赋予了老舍极高的社会政治地位。彼时的他真诚接受党的邀请,全身心地投入到筹建 1950 年北京市文学艺术工作家联合会的工作之中,并担任文联副主席。而中国民间文艺研究会副理事长、中国作家协会副主席等头衔也只是其诸多文化官员头衔之冰山一角。此后,老舍频繁参与多项社会活动,如随队前往朝鲜慰问考察并体验生活,远赴新疆与文艺爱好者座谈与会面,走进内蒙古与众同仁互动交流,等等。这些活动几乎将老舍的私人时间压缩殆尽。拥有众多"文化官员"身份的老舍,创作出了大量"歌德"文章——歌颂理想新社会、歌颂共产党之恩与毛主席之德。1951 年 12 月 21 日,老舍的话剧作品《龙须沟》因主题充满了对党和人民的热爱,体现出对新社会美好生活的企盼与赞颂,受到周总理的屡次观戏以及毛主席的称赞有加,他因此在北京市人民政府召开的市人民政府委员会和各界人民代表会议协商委员会联席会议上,被授予"人民艺术家"的称号。这也是老舍在"歌德"路上所获得的至高无上的殊荣。

老舍的"歌德"面孔与早前一直秉持的远离政治立场与党派意识的"自由主义

① 徐德明.老舍自传[M].南京:江苏文艺出版社,1995:240.
② 臧克家.老舍永在[M]//张桂兴.老舍评说七十年.北京:中国华侨出版社,2005:42.

作家"理想相去甚远。早在 30 年代初所写作的《文学概论讲义》中,老舍已洞悉:"最近有些人主张把'文学革命'变成'革命文学',以文艺为宣传主义的工具,以文学为革命的武器……这种办法,不管所宣传的主义是什么和好与不好,多少是叫文艺受损失的。以文学为工具,文艺便成为奴性的;以文艺为奴仆的,文艺也不会真诚地伺候他。"①1946 年,当国共内战的阴影笼罩在抗日伤痕尚未痊愈的中国大地上时,老舍对此持无党派的立场:"和平是活路,内战是死路,其他都是诡辩……"②因而在 1946 年赴美之时,他已被公认为是一位始终为了中国的自由和人民的幸福而战斗的无党派自由主义作家③。

纵观老舍上述两种身份、两种立场之别,其主要原因在于新中国成立后,文艺在某种程度上不仅继承,甚至还夸大了充当政治传声筒的功用。作家创作所首倡的"自由性"也不得不在时局的压力下让位于"功效性"。

然而,老舍在新中国成立后的身份内涵不仅仅只有"歌德"一面——他并不是表面上所展现的见风使舵的"墙头草"。除了文化官员的身份,他还是作为"普通市民"的老舍以及始终作为"作家"的老舍——后两者功用的发挥,既解释了"歌德"的真诚性,又凸显了老舍在夹缝中戴着镣铐舞蹈的功力与勇气。

第一,在老舍新中国成立后的创作生涯中,作为"人民艺术家"的"歌德"面孔与作为"自由主义知识分子"的"作家"面孔在此消彼长中共存。他一方面积极创作政治意味十足的"歌德派"文章,另一方面又间或创作出个人化意志浓郁的作品。虽然如此游移的局面是老舍在特殊时代不得已的妥协产物,但两者的孰真孰假却不可一言以蔽之:一方面,老舍所创作的诸如《我们在世界抬起了头》(1951)、《为人民写作最光荣》(1951)、《毛主席给了我新的文艺生命》(1952)等作品,确实是在目睹了新中国的变化之后,作为"普通市民"的老舍所发出的肺腑之言;另一方面,在《从两个司令部的斗争看北京市文联这个裴多菲俱乐部——北京市文联1949—1966.5 大事记》一文中及后来的极端批判运动中被诟病为毒草的自由主义个人化作品,诸如《龙须沟》(1950)、《西望长安》(1955)、《茶馆》(1956)、《正红旗下》(1962)等,更是老舍在彼时彼地倾注全部心血的真诚之作④。第二,虽然文艺创作的空气稀薄,且几乎沦为政治的附庸,但只要政治和文化空气稍微松动,老舍便会在言行及创作中,散播其文学理想,展现对自由的追寻⑤。

---

① 老舍.文学概论讲义第三讲——中国历代文说(下)[M]//老舍.老舍全集:第 16 卷.北京:人民文学出版社,1999:36-37.

② 老舍.我说[M]//老舍.老舍全集:第 14 卷.北京:人民文学出版社,1999:369-370.

③ 傅光明.老舍:"人民艺术家"与自由作家[J].中国现代文学研究丛刊,2008(2):171.

④ 傅光明.老舍:"人民艺术家"与自由作家[J].中国现代文学研究丛刊,2008(2):172.

⑤ 傅光明.老舍:"人民艺术家"与自由作家[J].中国现代文学研究丛刊,2008(2):174.

因此,在新中国成立后的文学创作生涯中,尽管客观阻碍诸多,但老舍仍竭力在最大程度上淡化意识形态性而强化文学性,这不仅体现出老舍作为"人民艺术家"的为人民、为文学的使命感与责任感,更是老舍作为"自由主义作家"所秉承的文人素养和知识分子良心对其创作的内在呼求与反应。譬如,1957年1月,老舍在《自由和作家》中提出"一个作家应该在他想写的内容上有充分的自由……应该允许一位作家用他选择的方式写他爱写的东西""文学要遵从其自身的规律。没人肯读那种说是文学,其实满是政治词句的作品"。

此外,老舍在这一时期的创作饱含着充沛的激情,这种激情源自他认识到未能在过去和最前线的战士以及最底层的劳动者一样为革命和生产直接效力从而产生的惭愧。所以他竭力地深入民间,吸取一切民间的养分,谦逊听从党的指挥,力求跟上建设的步伐。譬如每次参加完各项国家大会,他总在会后对身边的朋友传达党的指示;譬如积极响应毛主席的号召,为积极配合"三反""五反"运动,耗时近10个月,创作出话剧《春华秋实》(1952);譬如为响应1956年毛主席在政治局扩大会议中提出的"艺术问题上百花齐放、学术问题上百家争鸣"的口号,改编创作了京剧《十五贯》,并创作出话剧《茶馆》,由此进入了又一次的创作高峰期;譬如,哪怕面对通俗文艺的创作,他仍旧坚持着对其文艺理论的探寻,在17年里,陆续写出了诸如《习作新曲艺的一些小经验》(1950)、《鼓词与新诗》(1950)、《怎样写快板》(1950)、《怎样运用口语》(1951)、《怎样写通俗文艺》(1951)、《民间文艺的语言》(1952)、《人物、语言及其他》(1959)等作品。此外,他还写出了诸如《新社会就是一座大学校》(1951)、《我还要努力学习写剧本》(1954)等表明心迹的作品,甚至到了1964年春,65岁的老舍还在密云县城关公社坛营大队深入生活,是年秋,他继续在海淀区四季青公社门头村大队深入生活,次年春,又在北京市顺义县木林公社陈各庄大队深入生活。

纵观这一时期,不管是"歌德"应酬还是"自由"创作,不管是"人民艺术家"的光辉书写还是"自由主义知识分子"意志书写的夹缝求生——老舍不同内涵的身份层面,都在其创作的激情与勤力付出中得以共存,获得统一。和抗战时期一样,新中国成立后17年时期的老舍心系人民与国家,是真正意义上心怀自由的人民艺术家。

三、最后的尾声:老舍之死

1966年初,"文化大革命"的阴影开始迫近。《大事记》第9条记录到:"1960年3月,旧市委集中市属文艺单位及大专院校文科师生约百余人至工人体育场,开展对文艺上修正主义思想进行批判的学习运动。巴人、李何林、白刃列为批判重点

(原来老舍也是批判重点,材料都已印出,但因旧市委包庇,又把老舍勾掉了)"。老舍特殊的影响力和政治身份,加之在"自由性"与"人民性"之间的游移,让他在厄运降临文坛之初侥幸地逃过一劫。但劫难的到来已只是早晚的问题①。

"文化大革命"开始后,老舍没有再写文字,后人只有从仅存的他与亲友的对话节录中得到相关信息。1966年7月10日,在人民大会堂举行的首都人民支援越南人民抗美斗争大会上,老舍对巴金说:"请告诉朋友们,我没有问题,我很好……"②同为主席团成员的巴金在回忆性散文《最后的时刻》中,提及彼时的老舍同志在会议上仍用敬爱的目光望着国家领导人。是年7月31日至8月10日,老舍因病入院治疗。期间,老舍给臧克家通过一次电话:"我这些天,身体不好。气管的一个小血管破裂了,大口大口地吐血。遵从医生的命令,我烟也不吸了,酒也不喝了。市委宣传部长告诉我不要去学习了,在家休养休养。前些天,我去参加了一次批判大会,其中有我们不少朋友,嗯,受受教育……"③

1966年8月23日,时隔不到一个月,红卫兵以"扫四旧"为名,在国子监(孔庙)大院中烧戏装、道具。老舍在当日下午从北京市文联办公室被押往孔庙,和萧军、骆宾基、端木蕻良等艺术家一道惨遭批斗。1966年8月24日凌晨,老舍被接回家时,仍对妻子说道:"你不必害怕,不用难过,毛主席是了解我的。"④是日,离家出走的老舍对孙女所说的"再见"二字,也是他留给这个家庭最后的语言。离家后的老舍在太平湖边坐了一整天,最后选择投湖自杀。25日清晨,老舍的尸体被发现,他的衣服、手杖、眼镜都整齐地放在岸上,口袋里所放着的名片写着他的名字:舒舍予,老舍。这位新中国成立后写作最勤奋的"劳动模范",歌颂新中国最热切的"歌德派"老人⑤,就这样在伤害与不甘中结束了自己的生命。

老舍选择在这场历时10年的文化浩劫拉开序幕的时候离开,与多年前面对日军即将攻陷济南,自身难保却怀抱着"士可杀,不可辱"的精神并开始八方征程时所相同的是:他不愿在强不可摧的异己力量的打击之下,丢失掉自己为人的尊严与气节。所不同的是,这一回,伤害他的却正是他所热爱的。无处可逃的老舍选择为自己的人生提前画上一个干净的句点。

老舍这位视"自由"为信仰、视"人民"为至高、视"国家"为至上的"人民艺

① 傅光明.老舍:"人民艺术家"与自由作家[J].中国现代文学研究丛刊,2008(2):174.
② 巴金.我爱咱们的国啊,可是谁爱我呢?——怀念老舍同志[M]//张桂兴.老舍评说七十年.北京:中国华侨出版社,2005:15.
③ 傅光明.口述历史下的老舍之死[M]//张桂兴.老舍评说七十年.北京:中国华侨出版社,2005:277.
④ 傅光明.口述历史下的老舍之死[M]//张桂兴.老舍评说七十年.北京:中国华侨出版社,2005:286.
⑤ 巴金.我爱咱们的国啊,可是谁爱我呢?——怀念老舍同志[M]//张桂兴.老舍评说七十年.北京:中国华侨出版社,2005:15.

家",经历了一生的风雨兼程,最终却在一场荒谬的错误运动中,落入了但求不得的痛苦中。当他选择用自杀的方式让自己保持最后的尊严时,他亦获得了最后的"自由"。

为老舍平反的骨灰安放仪式直到1978年6月才得以完成。尽管老舍的名誉得到了最后的澄清,尽管学术界对于老舍之死的前因后果乃至具体细节至今都众说纷纭,但在长达42年的文学生涯中留下800万字作品的老舍,作为20世纪中国最伟大的文学大师,他为文坛所留下的文学遗产以及为人民和国家所带来的精神财富是毋庸置疑的,而中国文坛过早失去老舍这样一位知识分子的"赤子"亦是永远的遗憾。

第二章　老舍的思想文化观

第一节　老舍的启蒙观

启蒙是"五四"新文学的重大主题。作为在文学革命后成长起来的新文学作家,老舍的文学创作不可避免地染上时代赋予的启蒙主义色彩。启蒙是为了开启民智、唤醒沉睡的民众进行的文化思想上的变革,或者是为了号召民众奋起抗争,以强制甚至暴力的方式革新国家的政治制度和社会秩序,以期实现人的自由平等和民族国家的独立富强,使国家朝着现代化方向前进所进行的革新。虽然不同主体的启蒙话语不尽相同,但追求人的自由幸福、实现国家的独立富强是其共同的价值目标。启蒙既是一种行为实践方式,也是一种思想观念。对文学创作家而言,作家的启蒙观主要是通过作品的思想内涵体现出来,老舍也不例外。纵观老舍的文学创作,无论早期的《老张的哲学》《赵子曰》《二马》,稍后的《离婚》《猫城记》《骆驼祥子》,抑或后期的《四世同堂》《茶馆》《正红旗下》等,贯穿始终的是作家思想启蒙的文学主题。但让人不解的是,老舍作品的启蒙主义倾向并未被当时的启蒙主义者完全认同。鲁迅曾给台静农写过一封信,信中指责当时盛行的小品文之风不合时宜,并捎带批评了老舍,"文坛,则刊物杂出,大都属于'小品'。此为林公语堂所提倡,盖骤见宋人语录,明人小品,所未前闻,遂以为宝,而其作品,则已远不如前矣。如此下去,恐将与老舍半农,归于一丘,其实,则其所谓'是亦不可以已乎'者也。"①在鲁迅眼中,老舍的作品与直面淋漓的鲜血、揭露社会的黑暗、启发号召民众起来抗争的启蒙文学有所不同,是属于林语堂那一类闲适幽默派的。左翼文坛主将茅盾也表达过类似的看法:"那时候,从热烈的斗争生活中体验过来的作家们笔下的人物和《赵子曰》是有不少距离的。说起来,那时候我个人也正取材于小市民知识分子而开始写作,可是对于《赵子曰》作家对生活所取观察的角度,个人私意也不能尽同。"②鲁迅是一位启蒙主义文学的精英和集大成者,茅盾是一位以小市民知识分子为题材表现启蒙思想的杰出作家代表,但他们都认为老舍的作品不同于主流的启蒙主义文学,这说明老舍作品中的启蒙思想是比较隐晦的,他的话语启蒙方式与主流启蒙文学有所不同。

老舍的启蒙主义倾向之所以不被当时的启蒙者所理解,与其独特的文化视角和叙事立足点是分不开的。一方面,老舍是位文化型作家,其温文尔雅的启蒙姿态,与鲁迅、巴金、蒋光慈等作家的斗士般的启蒙姿态不同;另一方面,老舍是底层市民出身,对市民的生活境遇相当熟悉,他作品的叙事始终紧贴市民的文化心态而不凌虚高蹈,也与主流启蒙叙事不同。整体而言,老舍的启蒙观是一种温和的平民式的人道主义启蒙观,它建立在中西文化相互参照的基础上,着重从文化层面对普通市民的生存境遇和文化心理进行揭露和审视,以传达同情弱者、揭露卑污、引起疗救的价值理念,从而参与到文学启蒙主题的建构。但在不同历史时期,老舍在作品中表露出的启蒙主义思想又稍有差异。可见,老舍的启蒙观与时代主流的启蒙主义思潮在价值取向上整体吻合,但也有它自己的独特性。

一、启蒙观的形成过程

生活环境、人生阅历会对作家思想的形成产生重要影响,进而影响到作家的文学创作。老舍的启蒙观是时代语境、成长经历、西方游学经历三者共同影响的结果。首先,启蒙观的形成与作家所处的时代语境密切相关。20世纪初的中国处于风雨飘摇、外患内忧并存的动荡状态中,晚清封建王朝即将走向覆灭,新的民主国家尚未建立,民族和国家处于生死攸关的转折阶段,因而挽救处于水深火热之中的民众,并促使中华民族的崛起,实现民族的独立和国家的富强成了当时有识之士的共同愿望。老舍正是生长在这样一个既潜伏着危机又充满着激情和机遇的时代,而他既没有显赫的身世,也没有高深的经院学识,有的是底层贫民悲惨生活的体验和悲悯的情怀。底层平民的出身和战乱带来的丧父之痛,让老舍深切体会到底层市民生活的艰辛和战争的祸害。这种苦难和祸害是由民众自身不觉悟的文化心理

---

① 鲁迅.致台静农[M]//鲁迅.鲁迅全集:第12卷.北京:人民文学出版社,1981:459.
② 茅盾.光辉工作二十年的老舍先生[N].新华日报,1944-04-17.

特性和国家腐朽的政治制度所造成的。要改变恶劣的生存现状必须对民众进行启蒙,民众觉醒了,整个国家的面貌才会发生实质性的转变。

20世纪初既是政治动荡频繁的时期,也是文化转型激烈的时期,尤其是"五四"新文化运动在文化思想上卷起的浪潮更是对国人的思想产生了重要的影响。老舍虽然没有直接参与"五四"运动,但他启蒙观的形成与"五四"新文化运动是分不开的。"五四"新文化运动使老舍的思想发生转变,让他对人的尊严和自由有了更深切的体认和渴求。老舍曾说"'五四'运动送给了我一双新眼睛","反封建使我体会到人的尊严,人不该做礼教的奴隶;反帝国主义使我感到中国人的尊严,中国人不该再作洋奴。这两种认识就是我后来写作的基本思想和情感"①。这是老舍启蒙观形成的时代背景与时代语境。

与此同时,老舍的成长经历也对老舍启蒙观的形成产生重要影响。老舍出身普通市民家庭,底层市民追求平等、讲究仗义的生活理念和价值观念自幼便在老舍心上留下不可磨灭的印象。老舍曾说:"我自幼便是个穷人,在性格上深受我母亲的影响——她是个愣挨饿也不肯求人的,同时对别人又是很义气的女人。穷,使我好骂世;刚强,使我容易以个人的感情与主张去判断别人;义气,使我对别人有点同情心。"②老舍对自我这种"穷人"身份的定位表明他思想上是倾向平民主义、人道主义的。

父亲的暴死,幼年的遇险,皇城遭血洗——帝国主义列强的暴行在作家幼小的心灵上留下了深深的烙痕,埋下了反抗暴力、仇恨侵略的种子。成人后,又目睹祖国受尽日本等帝国主义列强的欺凌,更是激发了作家强烈的爱国主义思想。正是这样的成长经历为老舍启蒙观的形成奠定了思想和情感的基础。

如果说时代语境与成长经历是老舍启蒙观形成的国内因素,那么国外游学经历则是它形成的国外因素。1924年7月老舍赴英国伦敦大学东方学院任教,教授国文课,教课之余阅读了大量的西欧历史和文学书籍,对中西社会和文化的优劣有了一定的了解,作家的创作生涯也随之拉开帷幕,《老张的哲学》等就是写于此时期。1929年夏老舍告别英国,到德、法、意三国旅行,历时三个月。西方的游学经历使老舍较为深切地认识到外国文化和外国市民的心理特点,为他评判国内市民文化和国内市民的心理特点提供了一种参照的尺度。国外的生活经历,让老舍体悟到弱国子民所受到的歧视和屈辱,使他的文化心理遭受了巨大的震撼,进一步巩固了他的民族主义和爱国主义思想。这位经历了中西文化冲突的作家,在文化对比的基础上,自觉地以一种介于传统与现代、批判与认同的文化主义者的关照视

---

① 老舍. 老舍自述[M]. 北京:京华出版社,2005:27.

② 老舍. 我怎样写《老张的哲学》[M]//老舍. 老舍生活与创作自述. 北京:人民文学出版社,1982:5.

角,展开了他对传统市民文化的反思。此为他文化启蒙观念形成的异域文化资源。老舍的启蒙观正是在时代语境、成长经历、西方游学经历三者的共同影响下形成的思想观念。

二、启蒙观的内涵与特征

老舍是文化型作家,也是一位温和的人道主义者,因而他的启蒙观带有文化改良主义的特点。

(一)老舍的启蒙观着重从文化反思的层面对普通市民的生存境遇和文化心理进行揭露和审视

"通过表现中国人感性、理性和意志的多重沉落,唤醒国民鲜明尖锐的心理感受,摆脱板结枯死状态,使他们认识到清醒健全的理智和坚强主动的意志是何等珍贵和重要,使国民在理智和感性上都活动起来,使人和社会都获得生机。"[1]国民性批判是新文学作家以文学作品作为思想启蒙和政治革命的一种文本叙事策略,揭露卑污,引起疗救,从而达到思想启蒙和社会变革的目的。鲁迅、茅盾、老舍都是爱国主义作家,国民性批判也是他们文学创作的主题之一,但既不同于鲁迅对乡土农民、旧派文人身上国民劣根性的无情揭露和尖锐批判,也不同于茅盾从政治经济的角度对国民的精神世界进行审视,老舍主要立足于从市民文化层面来彰显他的启蒙主义倾向。这种叙事立足点得益于他对北京市民阶层生活的熟悉,正如他自己所言:"我生在北平,那里的人、事、风景、味道和卖酸梅汤、杏儿茶的吆喝的声音,我全熟悉。一闭眼我的北平就是完整的,像一张色彩鲜明的图画浮立在我的心中。我敢放胆地描绘它。它是条清溪,我每一探手,就摸上条活泼泼的鱼儿来。"[2]

老舍小说表现的对象大都是普通的市民阶层,如都市中的小科员、学生、商人、教员、人力车夫、妓女等。他们的身份职业虽然有所差异,但身上都留有传统市民共有的文化心理特性,有的表现出义气豪爽、热情勇敢、关心国事的特点,有的表现出见钱眼开、固执狭隘、迷恋做官、欺强凌弱、坑蒙拐骗等市侩小瘩子的个性。老舍称北京文化为"沙漠文化""酱缸文化""官本位文化"。在这样的文化环境中生长的市民,除少部分具有古道热肠外,大部分都缺乏足够的生气和活力,不是怯懦、愚昧的奴隶,就是官本位意识深厚、见利忘义、媚上欺下的市侩小人。但老舍不是对小市民阴暗、消极的文化心理进行尖锐地批评,而是以温和的姿态去叙述小市民生活的酸甜苦辣,让读者从中品味出文化积弊对市民自身的危害,从而达到文化启蒙

---

① 汤晨光.老舍与现代中国[M].长沙:湖南师范大学出版社,2002:56.
② 老舍.三年写作自述[M]//老舍.老舍文集:第15卷.北京:人民文学出版社,1990:430.

的效果。由此可见,老舍的启蒙方式是人道主义式、平民式的,他没有鲁迅的深刻锐利,也不善于从政治经济的角度审视、揭露国民的劣根性,可他熟悉普通市民的生活和文化心理,善于从文化的角度对市民阶层的思想和性格进行审视和批判,从而传达出启蒙主义的主张。如《老张的哲学》对老张"钱本位而三位一体"市侩哲学的讽刺,实际上是对普通市民狭隘卑污的文化心理的一种温和的批判,让读者在"含泪的微笑"中体味到"真正的幸福是出自健美的文化"。老舍对老张市侩哲学的否定,在某种程度上就是对市民文化卑污面的否定。但对于文化中积极的一面,老舍是给以充分肯定的,如在《赵子曰》中老舍对青年学生赵子曰文化心理转变历程的讲述就体现出其客观的态度。赵子曰身上带有普通市民消极狭隘的特点,罢课、打老师、调戏女生的经历是他自我炫耀的资本,但同时他又充满血性、责任感和正义感,如偶遇不幸遭人凌辱的妇女,他能主动给予帮助,最终在李景纯的感召下领悟到了救国救民的重要性。作家对赵子曰客观公正的描述实际上就是对市民文化的一种客观评价。《四世同堂》中受传统文化影响很深的旧派文人钱默吟,虽然有些古拙迂腐、孤僻清高,但在民族和国家处于生死边缘时期,他的古拙孤僻的个性便化为一种刚正不阿的文化气节,正如他自己所说的:"等到锁镣加到身上而不能失节","我很爱我的命,可是我更爱我的气节"。钱默吟迂腐的个性与孤高的气节都是源于民族文化的滋养与催生。传统文化既有糟粕渣滓也有精华和亮点,老舍对市民文化心理的审视取一种实际、客观的视角。可见,对市民文化心理的审视和反思是老舍启蒙观的立足点。

(二)老舍的启蒙观是在中西文化的参照视野中建构起来的

老舍深受中国传统文化的影响,形成知识分子特有的民族责任感和文化忧患意识,但老舍又并未完全停留在对传统封建文化的守成性认同上,而是从创作之初就旗帜鲜明地站在反对腐朽封建文化的启蒙立场上。在这点上,老舍与大多"五四"新文学作家是一致的,但老舍的独特处在于,他的文化启蒙主义立场不是单一的、非此即彼的文化批判或认同。他身上留有传统文化影响的痕迹,既未完全否定传统的文化,也非全盘认同接受西方的文化,而是在中西文化比较的宏观视野中,将人和民族国家的话题综合起来纳入人道主义者的谈论范畴中,表露出对普通市民灰色文化心理的焦虑意识和忧患意识。老舍启蒙观念的特殊性与他早年生活的时代环境和英伦游学经历是密切相关的。

老舍思想上的成长得益于"五四"新文化运动,而新文化运动的发生和进行又离不开异域尤其是俄国和西欧文化思想的影响。中西文化交汇冲荡的文化形态为开阔国人文化视野、认清传统民族文化的优劣提供了机遇和参照的尺度,亦为老舍的启蒙观奠定了文化上的背景。老舍对传统文化的认识和评价在很大程度上是以西方文化为参照的。"五四"新文化运动中他国文化思想的传入,再加上五年留英游学的生活经历,拓展了他的文化视域,无疑让他对中国文化的特点有了更深切的认识,从而为他进行文学创作提供了有益的文化参照资源。老舍自己曾说:"设若我始终在国内,我不会成了个小说家。"①五年的留英游学生活,一方面让老舍对英国的文化有了一个较为深入的认识,另一方面,英国文化上的优势让他体味到中国传统市民文化的污垢所在。如《二马》中的老马实则是受中国传统文化影响深重的小市民代表,老马有着浓厚的封建等级观念,痴迷于做官,瞧不起商人,同时带有根深蒂固的迷信思想。老舍谈到《二马》时说道:"写这本东西的动机不是由于某人某事值得一写,而是在比较中国人与英国人的不同之处,所以一切人差不多都代表着什么;我不能完全忽略了他们的个性,可是我更注意他们所代表的民族性。"②从作家所阐述的创作动机中可见得,老舍是以英国文化作为参照的标准,将中国人置身于异域的文化环境中加以描绘和刻画,从而凸显中国传统市民文化的弊端,以期找出阻碍中国文化前进发展的障碍。在反思传统市民文化的过程中,老舍并未对市民文化一概否定,如对民族文化中的侠义精神、爱国之情、重视维护现代的家庭伦常是予以肯定的。这反映出老舍作为一位文化型作家可贵的自省精神,同时也显示出老舍启蒙观的形成是在中西文化参照的视野中建构起来的。

(三)老舍的启蒙观褪去浓郁的激进主义和理想主义色彩,他更注重以客观、冷静的态度对政治变革和底层市民生存境遇问题进行展现与剖析,从中给出自己对问题的客观看法

老舍是一位文化型作家,同时也是一位平民式的理性主义者,与同时期一些带有狂热理想主义和激进主义倾向的作家相比,老舍作品中少有直接对社会问题进行尖锐批判的话语,革命者与改革者的形象也不是老舍文学作品中人物的主流。老舍主要侧重于从市民生活实际出发,他不是站在一种精英知识阶层来俯视在苦难中挣扎的芸芸众生,而以一种平民的心态来审视社会和市民,寄希望于国民文化素质的提高来达到整个民族国家综合实力的提升。老舍启蒙观的这些特征无疑与当时盛行的启蒙主义思潮有所差异。

老舍启蒙观的独特性体现在他对革命话题的看法上。"五四"新文学中的启蒙主题往往与革命话题联系在一起,因为革命是启蒙对象将启蒙理想付诸实践的一种极端方式,革命的成功与否关系到启蒙的目的和效果能否最终实现。因此,革

---

① 老舍. 我的创作经验[M]//老舍. 老舍文集:第15卷. 北京:人民文学出版社,1990:291.
② 老舍. 我怎样写《二马》[M]//老舍. 老舍文集:第16卷. 北京:人民文学出版社,1991:173.

命是启蒙者绕不开的一个话题,老舍也不例外。忧国忧民与救国救民、拯救和建设国家,在老舍那里很长时期一直被视为最大的道理。在对革命话题的看法上,要不要革命,老舍的回答是肯定的,但又和当时流行的以夺权达到政治革命的做法不同。他不赞同青年人的空头革命,认为枉送性命而没有实效的革命是要不得的。对于革命的方式,老舍持谨慎的态度,他更希望没有血腥和暴力冲突的温和变革。正如他小说《赵子曰》中人物李景纯的主张:"做革命事业是由各方面做起。学银行的学好以后,能从经济方面改良社会;学商业的有了专门知识便能在商界运用革命的理想。同样,教书的,开工厂的,和做其他一切职业的,人人有充分的知识,破出死命干,然后才有真革命出现。各人走的路不同,而目的是一样,是改善社会,是教导国民;国民觉悟了,便是革命成功那一天。"这显示出老舍对待革命是持谨慎客观的态度,从中也可看出他所倡导的启蒙方式与鲁迅等倡导的浴血奋战的斗士般姿态有所不同,它带有平民式温和式的人道主义倾向,注重从市民的生活实际感受来看待社会问题。

对如何改善旧社会底层妇女悲惨生存境遇的问题,老舍也提出了自己的看法。《月牙儿》中母女两代人寻求人格的尊严、家庭的幸福、生活的独立,最终却沦为暗娼的悲惨遭遇说明,在女性没有取得经济独立权的旧社会,妄谈妇女的觉醒和解放都是空话,所以要改变底层妇女的不幸命运,最根本的是先解决妇女的经济来源问题。《老张的哲学》中老张的妻子是作为还债的抵押品给老张的,任由老张打骂凌辱。李静和龙凤也是作为抵债品准备给老张和孙八作妾,所幸遇到好心人的帮助才避免了相同的厄运。这些都说明在旧社会妇女经济地位的独立对妇女命运的改变是至关重要的。在对这些社会问题的看法上,老舍体现出知识分子的机敏、睿智与洞察。由此可见,老舍是从市民社会现实问题着眼来建构他话语启蒙的方式,体现出客观、理性的色彩。同时,老舍作品语言风趣幽默,故事情节多来源于现实生活,有一定的真实原型,改变了僵硬的话语启蒙方式,社会现实感较强,这些都与当时一些激进的启蒙思潮有所差异。

(四)老舍启蒙观的形成是一个发展演变的思想历程

从"五四"新文化运动到抗战爆发,老舍执着于文化启蒙的观念大致是不变的,他不提倡以暴力革命作为启蒙的主要实践方式,但在抗战时期,却表现出对暴力革命的认同与追随。这充分说明老舍启蒙观并非是一种单一的思想观念,而是主体复杂的精神心理与社会环境共同影响作用的产物。对于政治革命,老舍的主张并非一成不变,而是有一个从怀疑不理解到接纳肯定再到不理解的演变过程。老舍的启蒙观立足于文化反思的基点上,它包含着老舍对政治革命的看法。在很长一段时间里,拯救国家和民族于水深火热之中,不惜牺牲个人的幸福甚至性命在老舍看来都是值得的,但这并不等于认同以暴力手段推翻政府夺得政权的政治革命主张。老舍初期的革命主张是文化启蒙式的、平民式的、个人主义式的,有着典型的市民知识分子心态特征。老舍不希望过多的流血牺牲,而是寄希望于通过国民文化素质自觉的改观与提高,进而使整个国家民族的综合实力得以提升,那才是老舍心目中真正的革命。从老舍前期小说中对政治革命谈论较少的特点也可得以印证,像《猫城记》这样带有强烈批判和隐喻色彩的作品,也仅仅是在倡导国民性的改造。对暴力革命,老舍无疑是持怀疑和观望态度的。

如果说老舍前期的启蒙观是建立在对市民文化心理的审视和批判的基础上,那么抗战时期以文学创作响应正义的民族革命战争,呼唤勇士们为国家独立、民族富强而浴血奋斗的革命主张则体现了老舍的启蒙话语方式在主流意识形态的感召下发生了变化。虽然有所差异,但前后并不矛盾,改变的是作家看待时局政治的眼光,不变的是一颗人道主义者的仁爱之心。作为一位作家,以文学创作响应民族反侵略的抗战主张或许是作家表达自己支持民族革命较为可行的实践方式。正如老舍所言:"救国是我们的天职,文艺是我们的本领,这二者必须并在一处,以救国的工作产生救国的文章。"①"文艺必须以民族革命出发而完成民族的文艺。在这伟大艰苦的过程中,有人专为文盲去作一些可以听得懂的东西也是要紧的,抗战文艺是个大潮,我们不怕它浑浊如黄河,只怕它不猛烈不旺盛!"②老舍在抗战时期写了不少以团结抗日为题材的话剧、相声、鼓词,就是出于呼吁民众抗日的目的,虽然艺术性有所下降,但政治性、革命性明显增强。

新中国成立后,随着政治时局的变化,民族抗战的烟火慢慢消散,原本对正义、神圣革命的由衷赞颂话语逐渐衍变成一种对革命领导者和革命行为的非理性的迷信话语,此时老舍又表现出对革命的迷茫及不理解的心态。1966年春老舍在与英国人斯图尔特·格尔德、罗玛·格尔德的对话中,谈到了自己对革命的认识:"我虽然同情革命,但我还不是革命的一部分,所以,我并不真正理解革命,而对不理解的东西是无法写出有价值的东西的。"③"你们大概觉得我是一个六十九岁的资产阶级老人,一方面希望革命成功,一方面又总是跟不上革命的步伐。我们这些老人不必再为我们的行为道歉,我们能做的就是解释一下我们为什么会这样,为那些寻找自己未来的青年人扬手送行。"④

① 老舍.大时代与写家[M]//老舍.老舍文集:第15卷.北京:人民文学出版社,1990:319.
② 老舍.文章下乡,文章入伍[M]//老舍.老舍文集:第15卷.北京:人民文学出版社,1990:471.
③ 老舍.老舍自传[M].南京:江苏文艺出版社,1995:286.
④ 老舍.老舍自传[M].南京:江苏文艺出版社,1995:288.

革命是被启蒙对象响应启蒙者的感召所作出的行为举动,也是被主流启蒙主义思潮所广泛认可的一种实践方式,老舍在不同历史时期对革命的不同看法,实际上暗含他对主流启蒙思潮由趋同到有所疏离的转变态势。由此可见,老舍的启蒙观有一个发展变化的过程。

三、启蒙观对创作的影响

老舍是以对北京市民底层生活的关照,以对市民灰色人格的文化审视和批判参与到新文学启蒙主题建构上来的。他的启蒙趋向是以隐性的姿态存在着,容易被人忽略和误解。但它褪去狂热的理想主义和激进主义色彩,紧贴市民的生活实际感受,注重启蒙的现实可行性,始终从社会文化的层面上来探究文化积弊和国民劣根性的根源所在,这种文化视角和叙事立场是老舍区别于同时代文学话语启蒙者的主要标志,从而也凸显出独特的意义和价值。独特的启蒙观展现了老舍对普通市民深厚的情谊和人道主义情怀。老舍熟悉底层市民的生活状况、文化心理,又饱受战争祸乱带来的丧父之痛和殖民之苦,能认识到战争和暴力的可怕之处,同时他还深受中国传统文化尤其是儒家文化的熏染,无形中形成文人固有的历史使命感和责任感。他对文学革命的反思,对普通市民尤其是底层妇女生存境遇和不幸命运的关怀,继承了"五四"新文学一直倡导的人文主义精神。他对造成市民灰色精神生活状态,进而阻碍到整个民族国家向现代化进程迈进的传统文化积弊的揭露,延续了新文学改造国民性、追求民族独立富强的启蒙主题。同时老舍的启蒙观又紧随时局的发展而变化,与时代主流的启蒙主义思潮有一定的疏离。从创作初期对"五四"启蒙精神和革命方式缺乏足够的情感认同,对以暴力方式反抗不合理的社会政治体制持谨慎的观望姿态,到最终融入民族抗战的激荡洪流中,以文艺创作响应反抗日本侵略者的"呼声",再到新中国成立后表现出对革命的不理解,显示了老舍从"市民"到"国民"心态的转变,也彰显了老舍启蒙观的复杂性。尽管转变前后对启蒙和革命的不同方式的认同有所差异,但不变的是对启蒙本质的体认,即探究民族国家如何从积弱向富强的转变。这是老舍对启蒙主题的理性思考,也显示了一个人道主义者对人民和国家深沉的爱。

辩证唯物主义认为,事物的变化发展与其所处的时代环境密切相关,受时代环境的限制,它所彰显的意义也带有时代的烙印和历史的局限性。同样,受时代条件的限制,也由于作家本人阅历见识的局限,作为现代文学杰出作家的老舍,他的启蒙观与其他许多新文学作家一样,也带有时代历史的局限性。老舍的启蒙观的局限性表现在:它始终立足于社会文化的层面上展开文化启蒙,注定了它只能以间接的、温和的方式来回应启蒙主题,而无法大刀阔斧地对文化积弊造成的社会问题进行实质性的更改,导致启蒙失败的悲剧结局。老舍小说中的一些启蒙主义者,如《赵子曰》中的李景纯、《二马》中的李子荣、《四世同堂》中的祁瑞宣等多是悲剧人物,某种程度上是印证了这种启蒙方式的结局。这种处理问题的方式和"五四""问题小说"有所类似。"只问病源,不开药方"是"五四""问题小说"一个显著的特征,也是不少新文学作品关于启蒙主题的思想缺陷。老舍的文学创作在某种程度上也存在这种思想缺陷,如在《月牙儿》《骆驼祥子》等作品中,老舍以深情的笔触展现了底层市民的不幸遭遇,将批判的矛头直指黑暗的社会环境,但作家对如何改变底层市民悲惨的处境及如何改良社会的文化风气并未给出具体的药方,而是寄希望于市民文化和国民性的更改,以国民新人格的塑造来促进民族国家的更新和发展,这就导致了思想启蒙和社会变革的设想陷入臆想的虚幻境地中。正如有学者所言:"以新国民的人格做事而建立一个新国家,是老舍改造社会的公式,其中隐含着老舍面对现代中国的现实问题时突出的国民—子民心态。它既显示了老舍与革命认同的独特性,也表明了老舍与革命认同的限度。"①此外,老舍平民式的启蒙姿态与启蒙者精英阶层立场的混合,会导致启蒙者身份的错位和启蒙话语的驳杂紊乱,它丰富了启蒙者的思想内涵,但在一定程度上又限制了文学话语启蒙的效果。老舍启蒙观更深一层的意义和局限有待时间和历史的进一步考验。

第二节　老舍的文艺观

文艺观就是对文学的看法、见解。由于个体素质的迥异及经验来源的多样,每个文艺工作者一般都具有自己独特的文艺观。文艺观的形成需要理论和实践的不断打磨,即使成形也不会一成不变。它会随着时代的发展、环境的影响、接受理论来源的变化、个体的成长等不断地补充、修正、调整、完善。每个作家的文艺观是发展变化的,但在一定时期内,它又呈现一种相对稳固的状态,无意识或有意识地引导他的创作。按老舍生命的重要阶段来考量,再综合他生活环境以及个体认识变化的因素,我们发现,老舍在书斋生活时期、抗战时期、新中国时期明显呈现了三种相对稳定的文艺观,即早期自由主义的文艺观、为抗战宣传服务的文艺观和为新中国服务的文艺观。

---

① 吴小美,古世仓.老舍与中国革命论纲[J].文学评论,2004(2).

一、自由主义的文艺观

从英伦归来,在山东大学任教席期间,老舍系统的文艺观初步形成。他在中外文学理论的参照对比中建立了以西方思想理论为主的理论体系,构筑了将无功利的艺术奉为最高宗旨的文艺观,而对于传统文论"载道""说理"的功利性给予批判,并提出以感情、美、想象为主要特征的文学本质论。

在经历"五四"运动、英伦生活两次深刻的思想启蒙后,老舍高扬个体价值,把文艺自觉与个性解放联系在一起。回国后老舍进入高校教书创作,在相对封闭的书斋中继续进行他对文艺理论的思考。尽管20世纪30年代左翼思潮成为文学主流话语,但老舍仍以"感情"特质为首位来建构文艺观,体现出独立思考的精神,呈现了一种自由主义的文艺观风貌。老舍早期文艺观的主要特征如下:

(一)批评了中国古代文说中对文学本体认识的不足

老舍认为中国古代文说谈的是"文",而非"文学"。

1.中国古代通常用单字释辞,对"文"的字解遮盖了"文学"整个词语的意义。《易经》曰:"物相杂,故曰文。"《说文解字》曰:"文错画也,象交文。"后代文人谈论文学多以此为根据,章太炎对文学定义为:"文学者,以有文字著于竹帛,故谓之文;论其法式,谓之文学。"这也是以字释辞,不过附加了"论其法式",给"学"字"找了个地位"。文学是借助文字而表达的,这一点无可厚非,但是单字的含义不能展示一个词的全部内涵。

2.古代文说注重"文以载道"的功利主义,忽略文学的自身价值。在古代论说文章时通常不从文学的本体出发,而总是想利用文学,言在此而意在彼。在文说的流变中,载道说始终处于主流,偶有重视文学本质的言论也并未延续发展。从春秋战国起,对于我国最早的诗歌总集《诗经》的评论就显示出强烈的功利主义倾向。《论语》中评论《诗经》:"《诗》三百,一言以蔽之,曰:思无邪!"后世注诗的古人承续这种观点,以"刺美风化"为之辨证,使得《诗经》成为了教化的工具;《论语·季氏篇》中还有"不学《诗》,无以言",认为《诗经》的用处是帮助修辞;《礼记·经解篇》中"入其国,其教可知也。其为人也,温柔敦厚,诗教也",这是以诗为政治的工具;《论语·阳货篇》中"诗,可以兴,可以观,可以群,可以怨;迩之事父,远之事君;多识于鸟兽草木之名",诗的功用更扩展为事父君、识草木。《诗经》的美的特征被遮蔽,而成为承载训诫的文本。

再看周代诸子,他们多以整理古籍来论证自己的哲学,并不看重文学的创作和文学观念的归纳。孟子的"以意逆志""知人论世",庄子的"言不尽意""虚静"等,这些论"文"的只言片语却往往并非直接论述文学本身,而是论哲学、人生、历史、伦理、道德观念的延伸。

汉魏晋六朝,文坛依然以"载道"说为主潮,而曹丕《典论·论文》却如一阵清风,它不再鼓吹文学的教化作用,而是强调文学本身的形式特质,"词赋欲丽""文以气为主"等观点,开了不以事功论文章的先河。而其后出现的陆机的《文赋》,提出"诗缘情而绮靡",从"发于心灵,终于技术"两方面论述文学的创作,更加注重文学的本体价值。但是此种传统并未发扬继承,到刘勰的《文心雕龙》,弥纶群言,却是以"原道""宗经"为旨,把文与道捏合在一处。他的论说虽"细分文体,而没认清文学的范围。空谈风神气势,并无深到的说明"。老舍认为《文心雕龙》"并不是真正的文学批评,而是一种文学源流、文学理论、修辞、作文法的混合物"①。

唐朝诗文繁盛,诗文理论却"还是主张文以载道",诗人白居易立志兼济独善,以此为诗的最终价值体现,"文起八代之衰"的韩愈以"道为内,文为外"作为立论的基础。唯有司空图以神韵说诗,不以诗体、效用为据,而谈诗的味道。宋之文论也不免于"道"说,欧阳修为"道胜,文不难自至",王安石亦将文的"礼教政治"作为第一要素,文辞则是为了广泛传播的不得已之举,"非圣人作文之本意也"。而独树一帜的严羽"不涉理路""不落言筌",将道德、说理弃置一边,表现了"由兴趣而想象是诗境的妙悟"的观点,老舍认为这才是对诗的真切了解。

元明清"论断文学多是从枝节问题上着眼",比如明代的"格调""义法",直到清代诗人袁枚提出性灵说,认为"诗者,人之性情也",才又将诗文拉回到文学价值的评判中。清代虽亦以明道说为主,但也有强调诗文形式美的,"枝节"地涉及了文学问题。

新文学运动,胡适提出的"八事",实际是提出文学的语言形式问题,用活的白话代替死的文言,但涉及文学内容改革较少。后来却又有人"主张把'文学革命'变成'革命文学',以艺术为宣传主义的工具,以文学为革命的武器"。这和脱离文学自身特性而言"载道"的古代文说如出一辙,"他们太重视了'普罗'而忘了'文艺'"②。

(二)参照西方的思想体系建立文学自由主义的理论,提出文学特质说

老舍认为,以世界的视野来观照,"中国没有艺术论"③,而西方即使是柏拉图、亚里士多德的文学理论也是以艺术为起点的。以文学作为艺术支脉之一便能使其

① 老舍.文学概论讲义[M]∥老舍.老舍文集:第15卷.北京:人民文学出版社,1990:23.
② 老舍.文学概论讲义[M]∥老舍.老舍文集:第15卷.北京:人民文学出版社,1990:41.
③ 老舍.文学概论讲义[M]∥老舍.老舍文集:第15卷.北京:人民文学出版社,1990:43.

摆脱哲学、伦理的奴仆地位,而"中国的文学、图画、雕刻、音乐往好里说全是足以'见道',往坏里说都是'雕虫小技':前者是把艺术完全视为道德的附属物,后者是把它们视为消遣品"①。

若按文学属于文艺的一支来构筑理论体系,那文学的特质是什么?

1.重感情特质,轻理智因素。老舍采用了三个假设否定了文学的特质是"理性",肯定了文学的特质是"感情":"(1)假定理智是文学的特质,为什么那无理取闹的《西游记》与喜剧们也算文艺作品呢?为什么那有名的诗、戏剧、小说,大半是说男女相悦之情,而还算是最好的文艺呢?(2)讲理的有哲学,说明人生行为的有伦理学,为什么在这两种之外另有文学?假如理智是最要紧的,假如文学的责任也在说理,它又与哲学有何区别呢?(3)供给我们指示的自有科学,为什么必须要文学,假如文学的功用是在满足求知的欲望?要回答这些问题,我们不能不说理智不是文学的特质,虽然理智在文学中也是重要的分子。什么东西能拦住理智的去路呢?感情。""判定文艺是该以能否感动为准。"②"感情是文学的特质是不可移易的,人们读文学是为求感情上的趣味也是万古不变的。"③

2.重美的价值,轻道德标准。老舍认为"美是一切艺术的要素,文学自然不能抛弃了它;有它在这里,道德的目的便无法上前"。他强调"美"作为价值标准的重要性是为了不再把道德作为艺术目的,从而使文学观念回归自身。但他也并非以不道德的艺术为"美",比如他认为唯美主义末流就是淫丑的。老舍还清醒地认识到不同时代"道德标准"的可变性,"禁书变杰作"在历史上就屡屡出现。这种观点总结为"凡是好的文艺作品必须有美,而不一定有道德的目的。就是那不道德的作品,假如真美,也还不失为文艺的";"美的价值是比道德的价值更久远的"④。

3.重视想象在文学表达中的作用。艺术家创作不能照搬事实经验,事实也许来自真的经验,也许出于臆造,但要成为诗、戏剧、小说都必须经过"想象陶冶"而达成艺术形式。在创作过程中,艺术家要通过想象生活场景构建故事,遣词造句、修辞运用也都需要想象的参与。"文学作品不但在结构上、事实上要有想象,它的一切都需要想象。"⑤

老舍用一个比喻说明了他的文学特质观:"感情与美是文艺的一对翅膀,想象是使它们飞起来的那点能力;文学是必须能飞起的东西。使人欣悦是文学的目的,

---

① 老舍.文学概论讲义[M]//老舍.老舍文集:第15卷.北京:人民文学出版社,1990:44.

② 老舍.文学概论讲义[M]//老舍.老舍文集:第15卷.北京:人民文学出版社,1990:45.

③ 老舍.文学概论讲义[M]//老舍.老舍文集:第15卷.北京:人民文学出版社,1990:47.

④ 老舍.文学概论讲义[M]//老舍.老舍文集:第15卷.北京:人民文学出版社,1990:49.

⑤ 老舍.文学概论讲义[M]//老舍.老舍文集:第15卷.北京:人民文学出版社,1990:53.

把人带起来与它一同飞翔才能使人欣喜。"①

　　这种不以道德、宣传作为文学重负的系统文艺理论是对中国传统零散的文论思想的整理和纠偏。但如果对感情过高推重,割裂感情和认识的关系就容易使文学艺术满足于表现朦胧的主观感受,滑出时代的大潮。这在极度强调"标榜文学艺术的无目的性,表现自我感受和主观感情"的表现主义中可以窥探出来。表现主义是 20 世纪初流行于欧洲的资产阶级文学艺术流派。近代美学史上表现派的代表人物克罗齐,以主观唯心主义哲学为基础,把文学艺术看作纯粹是作家、艺术家的直觉与表现;他也认为文学艺术是属于感情范畴的,与理智无关,甚至是完全对立的感情。这就使得他的理论完全陷入了非理性主义。老舍虽然也在《文学概论讲义》中引用了克罗齐的观点,对其艺术本质为心灵表象的直觉说表示赞赏,但他认为其看法偏玄学②。从老舍对美与道德关系的评论中也可以看出,老舍虽然接受表现说的影响,但他并不偏激走极端,而是不断考量现实和文学的关系。

(三)辩证地看待文学与科学之间的关系

　　在谈到文艺思想时,老舍始终强调要讲科学方法和持科学态度,但他又不是一个"唯科学主义者",他一直都辩证地看待文学与科学之间的关系。他认为:"文学自然是与科学不同,我们不能把整个的一套科学方法施用在文学身上。这是不错的。但是,现代治学的趋向,无论是研究什么,'科学的'这一名词是不能不站在最前面的。""文学不是科学,正与宗教美学艺术论一样的有非科学的研究方法。"科学"本来不是要使文学或宗教等变为科学,而是使它们增多一些更有根据的说明,使我们多一些更清楚的了解"③。这种辩证的态度同样体现在他的文艺理论构建的过程中,他尊崇亚里士多德、尼采,也将西方的思想作为理论的主要依据,但他并不崇洋媚外,认为西方的就一定正确。他客观地分析了西方文学理论的一些不足,也同时在参照中肯定了中国古代"文说"的进步因素。他认为曹丕的《典论·论文》"对于文学的认识,确已离开实效而专以文论文了";他赞许陆机的《文赋》"对文学已有了相当的体认了解";他肯定了沈约的"四声八病""由主义谈到技术上去,是当然的步骤";他为萧统把经、史、子、杂说排除到《文选》之外而叫好;他对钟嵘的"滋味说"、司空图的"神韵说"、严羽的"妙悟说"、袁枚的"性灵说"都给予了

---

　　① 　老舍.文学概论讲义[M]//老舍.老舍文集:第 15 卷.北京:人民文学出版社,1990:55.
　　② 　李犁耘.老舍早期对文学特性的思考——从老舍的《文学概论讲义》谈起[J].中国现代文学研究丛刊,1986(1).
　　③ 　老舍.文学概论讲义[M]//老舍.老舍文集:第 15 卷.北京:人民文学出版社,1990:3.

较高的评价①。

　　文学至上的自由主义文艺观影响了老舍此时期的创作,他推重康拉德,私淑狄更斯,在伦敦生活时期,就以白话从长篇小说写起,从个人感情出发,少道德教化,即使对可笑的庸人也怀有一种温情的悲悯,以经历或根据现实的想象构建故事,颇具西方现实主义小说的特点,《老张的哲学》《赵子曰》等作品便能反映出这个时期老舍的创作特征。同时,老舍以感情为本位,执着于文艺自身却有些失却了对大环境、大潮流的把握力。在《我怎样写〈赵子曰〉》一文中,他说:"在今天想起来,我之立在五四运动外面使我的思想吃了极大的亏,《赵子曰》便是个明证,它不鼓舞,而自爱轻搔新人物的痒痒肉!"②勤于总结自己的老舍对于文学特质的反思在不断的社会实践中变得更为深刻。1935年下半年,他在总结自己的创作经验时说:"我的感情老走在理智前面,我能是个热心的朋友,而不能给人以高明的建议。感情使我的心跳得快,因而不假思索便把最普通的、浮浅的见解拿过来,作为我判断一切的准则。在一方面,这使我的笔下常常带些感情;在另一方面,我的见解总是平凡。自然,有许多人以为文艺中感情比理智更重要,可是感情不会给人以远见……凭着一点浮浅的感情而大发议论,和醉鬼借着点酒力瞎叨叨大概差不多。我吃了这个亏,但在十年前我并不这么想。"③老舍的这种反思特质,使得他不拘泥于早期的文艺观而进行不断地补充、修正,为其作品在思想和艺术上更加成熟提供了可能性。

二、为抗战服务的文艺观

　　抗战爆发,将民族国家利益视为至高无上的老舍提出以文艺为武器,采用更易在大众中传播的"通俗文艺"形式来进行抗战宣传的功利主义文艺观。

　　抗战前,教授兼写家的老舍认为文艺是自足的,他对于革命实际与革命向文艺提出的问题存隔膜感,所以采取旁观态度,即使在文坛重要论争事件中也很少公开系统地发表个人意见。抗战爆发后,老舍走出书斋,投身时代洪流,在文艺究竟是与抗战无关还是"文皆抗战"的论争中,毅然宣称自己是"抗战派"④。他严厉指斥"文艺与抗战无关"的看法,认为:"目前一切,必须与抗战有关。""值此民族生死关头,文艺者之天职在为真理而争辩,在为激发士气民气而写作,以共同争取最后胜利。"老舍认为抗战需要文艺,文艺必须为抗战服务。

---

　　① 李犁耘.老舍早期对文学特性的思考——从老舍的《文学概论讲义》谈起[J].中国现代文学研究丛刊,1986(1).

　　② 老舍.我怎样写《赵子曰》[M]//老舍.老舍文集:第15卷.北京:人民文学出版社,1990:189.

　　③ 老舍.老舍论创作[M].上海:上海文艺出版社,1980.

　　④ 曾广灿.试述老舍在抗战时期的文艺思想[J].山西大学学报,1985(1).

老舍这种姿态的转变,环境激发的因素是重要的。在民族生死存亡的关头,抗战成为宣传的主流,不少文艺家不仅马上宣扬文艺抗战的主张,还提出了怎样服务抗战的问题。左翼文学界周扬等人认为,新文学作品虽然技术优秀,但服务范围小,只能被知识分子和学生阶层所接受,其西化的倾向不符合中国民间的传统审美,限制了传播的广泛性,所以为了抗战,应当大量制作形式短小、内容通俗、富于煽动性的小册子,并特别主张利用小调、大鼓、皮簧、评书、演义等旧形式,面向民众,促进抗战的宣传。齐同也提出:"利用旧形式,是应急而必要的工作,因为一则可以便利抗战宣传,马上奏效,而且可以作为过渡到将来的新生文艺的桥梁。"①

除了时代的大环境影响外,还有三方面内在的因素影响了老舍这个时期的思想:第一,从孩童时期培养的热烈的爱国主义情感,拒绝做亡国奴;第二,舍小家而为大家,积极投身社会斗争的牺牲精神;第三,主观要求弃旧图新,在时代潮流中努力实现自我价值②。在幼年时期,老舍的父亲因抵御八国联军侵略而死,所以他对罪行累累的入侵者恨之入骨。而他的母亲从小教育他要反抗侵略,鄙视卖国求苟安的行径,他这种带有强烈感情色彩的爱国主义在抗战爆发后如烈火般熊熊燃烧起来。时代推动老舍,他将自己的做事才能、作文优势和救国图存结合起来,在济南参加抗日救亡组织,不断作诗文揭露日寇侵略罪行和政府不抵抗主义。后来含泪别妻抛子下武汉,与同道中人筹备"文协"。辗转重庆,他更创作无数通俗作品,加大了宣传抗战的思想力度。他不仅把自己当作一个写家,更把自己当成以笔代枪的战士,就是这样的文艺观使他在八年的艰难战斗中,本着"写家们联合起来"的宗旨,广泛地团聚文艺家,并卓有成效地开展文艺抗日,促进"文章下乡,文章入伍",达到了最有力的宣传效果。

作为抗战文艺运动的主要组织领导者之一,老舍对于抗战文艺的内容、形式等有颇多发言,这些观点的主要特征体现在以下几个方面。

(一)自由主义让位功利主义,文艺在反映、宣传抗战中体现价值

在民族抗战严峻复杂的现实中,老舍迅速放弃了书斋中以美为最高宗旨的艺术思想,转而更趋向实用的社会功利理论。艺术家也是国民,国家利益高于一切,这是老舍艺术观嬗变的逻辑起点,"今天的一个艺术家必须以他的国民资格去效劳于国家,否则他既已不算个国民,还说什么艺术不艺术呢?"③只要为民族自由生存

① 齐同.当前文艺运动的几个重要问题[M]//苏光文.文学理论史料.成都:四川教育出版社,1988.
② 曾广灿.试述老舍在抗战时期的文艺思想[J].山西大学学报,1985(1).
③ 老舍.艺术家也要杀上前去[M]//中国文学史资料全编:老舍研究资料(上).北京:知识产权出版社,2010.

的需要,生命都在所不惜,更无论文学思想的改变。战前极力将文学从载道、宣传的工具性中拖拽出的老舍,在抗战中深信他曾怀疑过的命题:文学也是一种工具,如刺刀大炮可以杀敌般,文艺能够宣传抗战、鼓舞士气,只有承担了抗战的任务,文艺才有自身的价值。①

1.老舍认为抗战时代的来临催发了文艺的繁荣发展,"每逢国家遇到了灾患与危险,文艺就必然想充分地尽到她对人生实际上的责任,以证实她是时代的产儿,从而精诚地报答她的父母。在这种时候,她必呼喊出'大时代到了',然后她比谁也着急地要先抓住这个大时代,证实她自己是如何热烈与伟大——大时代须有伟大文艺作品。"②何况抗战不同于以往的"五四"运动、大革命时期,这是关乎全中华民族存亡的命运之战,"今天的抗战比以前的危患,无疑地,以前的大时代的呼声是微弱得多了;无疑地,伟大文艺之应运而生的心理也比以前更加迫切而真诚了。"③抗战文艺也必然会因抗战而成为一种独特的文艺形式立在历史大潮中。

2.抗战文艺是写家以本领参战救国的体现,"救国是我们的天职,文艺是我们的本领,这二者必须并在一处,以救国的工作产生救国的文章"④。在题为《抗战以来文艺发展的情形》的讲话中,老舍提出:(1)"四年来文艺的主流是抗战文艺,这是当然的,因为文艺是社会的良心,作家也是一个公民,在抗战时期,当然必须抗战的。"(2)"我们必须先对得起民族与国家;有了国家,才有文艺者,才有文艺。"⑤老舍否定抗战文艺仅仅是打仗的文艺,或者只是出自一些人主观鼓吹和提倡的结果。他认为,抗战文艺绝不是一种死的形式规定或程式化的套子,"它绝不是任何一种文章义法、任何一种文艺主张所能支持起来的。"⑥"自抗战以来,值得称赞的是文艺已经找着它的正路"。推行抗战文艺,从积极方面看,造谣、攻讦、吹捧的文艺没有了,吟风弄月、香艳肉感以博虚名的文艺没有了,荒诞武侠或者欧化倾向的作品少见了。这种文艺"把抗战建国的伟业放在自己肩头上",它无情揭露民族敌人——日本侵略者的罪行,而大赞抗战英雄和中国人民。它不摹仿,"它有自己的光荣战绩,而且可以用自己的语言风格形式写作出来;它的民族是正在争取自由独立,它自己也正在争取自由独立"⑦。

3.因抗战的正义性而赋予抗战文艺以鲜明的倾向和内容。抗战"是民族的灭亡或解放的选择与决定,战则生,降则亡,故必战,既战,我们有致胜的方法与决心。

---

① 石兴泽.老舍与二十世纪中国文学和文化[M].北京:人民文学出版社,2005:106.
②③ 老舍.大时代与写家[M]∥老舍.老舍文集:第15卷.北京:人民文学出版社,1990:351.
④ 老舍.大时代与写家[M]∥老舍.老舍文集:第15卷.北京:人民文学出版社,1990:355.
⑤ 老舍.抗战以来文艺发展的情形[M]∥老舍.老舍文集:第15卷.北京:人民文学出版社,1990:548.
⑥ 老舍.血点[M]∥老舍.老舍文集:第15卷.北京:人民文学出版社,1990:414.
⑦ 老舍.略谈抗战文艺[M]∥老舍.老舍文集:第15卷.北京:人民文学出版社,1990:522.

文艺,在这时候,必为抗战与胜利的呼声。此呼声发自民族的良心"。正义的民族解放战争要求文艺的配合,而作家作为一个公民,他义不容辞地应为民族解放贡献力量,用自己手中的武器——文艺,激发民众抗战的热情,坚定全民族抗战必胜的信念。强烈的思想倾向是抗战文艺富有生命力的基础①。

(二)以通俗文艺为主要形式,使抗战思想快速渗透、广泛传播

为抗战服务导致老舍对文艺的价值评判标准的改变,也促使他思考文艺在为具体的对象服务时怎样才能产生实际效果。由于抗战的主体是广大的民众,为抗战服务实际上就是为抗战民众服务,这就对抗战文艺提出了基本的要求——要符合民众的审美习惯。老舍很清醒地认识到这一点,他说:"精神食粮必须普遍地送到战壕内与乡村中。""革命的文艺须是活跃在民间的文艺,那不能被民众接受的新颖的东西是担当不起革命任务的啊!"②意识到抗战文艺宣传有效性的问题,改变创作形式便势在必行,老舍放下正在创作的小说,着手写军民喜闻乐见的通俗文艺,同时依据具体的写作经验提出了通俗文艺的创作理论。

1."旧瓶装新酒",用传统艺术形式表现、宣传抗战内容。"旧瓶装新酒"是抗战初期文艺界提出的口号,其所涉及的是民间形式与时代内容之间的关系问题。老舍认为,将抗战思想利用民间艺术形式表现出来,可以更易进入民间,但是,不同形式应承载不同的内容,"装新酒"要顾及"旧瓶子"的特点,不能硬装,否则,就会撑破"旧瓶子";而撑破了的"旧瓶子",失去原来的性能特点,也就失去群众基础。

老舍就"旧瓶子"如何"装新酒",在实践的基础上作了具体的理论总结。比如大鼓书词这种形式,他提出了其作为抗战文艺形式的六点长处:(1)具有"传达并激起壮烈情绪"的特点,适合激壮的抗战歌词;(2)"京音大鼓用官话写作,在宣传上较易普遍";(3)通体七言,善于讲故事;(4)七字为句,容易创作;(5)开场形式利于宣传活动;(6)灵活性大,运用的地域范围广③。再如连环图画,老舍看到了它在不识字的同胞中的宣传作用,"歌曲图画的宣传力量,在今日,实远胜于文字。文字宣传品尽管力求通俗,怎奈大家目不识丁,还是没用:百分之八十的同胞们是不识字的"④。

而在《谈通俗文艺》中,他更从文字、内容、思想与情感、趣味等几方面提出了通俗文艺的创作原则,特别在思想与情感的写作策略方面,老舍指出:"以民间的生

---

① 曾广灿.试述老舍在抗战时期的文艺思想[J].山西大学学报,1985(1).
② 老舍.文章下乡,文章入伍[M]//老舍.老舍文集:第15卷.北京:人民文学出版社,1990:518.
③ 老舍.关于大鼓书词[M]//老舍.老舍文集:第15卷.北京:人民文学出版社,1990:362-365.
④ 老舍.连环图画[M]//老舍.老舍文集:第15卷.北京:人民文学出版社,1990:366.

活,原有的情感,写成故事,而略加引导,使之于新,较易成功。"①具体到抗战宣传中,便可将通俗文艺中的忠君主旨转为忠国思想,在思维模式没变的情况下,对民众进行潜移默化的教育。老舍还非常重视通俗文艺的表演效果,"我以为通俗文艺应以能读白话报的人为读众,那大字不识的应另有口头式文艺,用各处土语作成,为歌,为曲,为鼓书,为剧词,口传。习若无暇学习,也该唱给他们听,演给他们看"②。

2.注重不低俗的趣味性,使抗战宣传深入大众。通俗文艺浅俗,合乎民间的逻辑与趣味,能在抗战宣传中最有效地引起民众的热烈反应。为此,老舍牺牲了自己自由新文学的文艺趣味,而主动创作通俗文艺,以符合读者的审美心理。他认为,趣味性是通俗文学的显著特点,是通俗性和群众性的前提和保障。当然趣味有滑稽低俗、高雅健康之分,虽然通俗文学趣味偏向俗的一面,却不能以偏概全,将通俗文艺视为只是"言语俚俗"、趣味低下的东西。高雅、低俗在不同的环境下的评价标准是不同的,民间的生活方式反映到通俗文艺中自有其合理性,语言贴合民间实际虽显得粗俗,但言之有物也是一种雅,相对比,故意掉书袋的自居高雅反而低俗。"通俗文艺生长自民间,它表现着民间的思想,反映出民间的生活,也就从民间的生活与思想中找出讽刺幽默,增多了趣味。有了趣味,便也增加了它的宣传力量"。所以写作通俗文学时,必须切合民间的实际,力避低俗,加强趣味性③。

在民族责任感的驱使下,老舍在创作通俗文艺的苦痛中仍然坚持对通俗文艺的大量创作。歌词、鼓词、相声、河南坠子、新三字经、唱本、通俗小说、西洋景画词以及评剧、京剧等戏曲曲艺等,他都尝试过并在实践中引起热烈反响。他创作的通俗文艺有很多,其中不少散佚,有一部分结集出版,比如《三四一》中收录了他的三篇鼓词、四出京剧、一篇通俗小说。通看保留下来的作品,仅相声、鼓词就有《骂汪精卫》《卢沟晓月》《新拴娃娃》《啼笑因缘》《台儿庄战役》《欧战风云》《卢沟桥战役》《樱花会议》《中秋月饼》《八面玲珑》等数十段之多④。老舍不仅进行通俗文艺的理论整理、作品创作,他还积极进行通俗文艺的培训工作。他筹办了通俗文艺讲习会,并担任主讲之一。通过文艺讲习会的培训,更多的文艺工作者体会到通俗文艺宣传抗战的优越性,学习了创作的方法和技巧。通俗文艺创作的队伍得以壮大,文艺在抗战中也日益发挥着更重要的作用。

①② 老舍.谈通俗文艺[M]//老舍.老舍文集:第15卷.北京:人民文学出版社,1990:371.

③ 石兴泽.老舍与二十世纪中国文学和文化[M].北京:人民文学出版社,2005:21.

④ 欧少久.北曲南迁遇良师[J].北京艺术,1984(3).

(三)注重抗战文艺经典化,在抗战后期回归小说写作

在抗战爆发,民族处于生死存亡的关键时刻,为了适应迅速变幻的战争形式,老舍放下手中的小说创作转向通俗文艺,然而,他从来没有停止对创作大时代经典作品的追求。在 20 世纪 40 年代,随着艺术家思想意识的增强,他的理论兴趣由民间通俗文艺转向高雅的艺术形式,其论述也逐渐由文学与社会、艺术与时代关系的阐述转移到对文学本身的观照。在《一九四一年文学趋向的展望》中,他认为抗战前期用旧文艺形式宣传是过渡期,而"对抗战的一切更清楚了,就自然会放弃那种空洞的宣传,而因更关切抗战的缘故,乃更关切文艺"。他并不愿意将文艺束缚在宣传的功用上,他说:"那些宣传为主、文艺为副的通俗读品,自然还有它的效用,那么,就由专家和机关去作好了。至于抗战文艺的主流,便应跟着抗战的艰苦、生活的困难而更加深刻。"①这种思想的转变从他文艺论文的写作上也可看出:在抗战初期的阶段,他为了强调文艺的宣传功能,专心研究通俗文艺的创作,写了《怎样编制士兵通俗读物》《谈通俗文艺》《释"通俗"》《通俗文艺的技巧》等一系列理论文章,此时他陆续写了《灵的文学与佛教》《略谈人物描写》《怎样读小说》《储蓄思想》《写与读》等文章,就文学创作和发展的许多艺术问题提出了自己的看法。老舍冷静地面对自己的文学道路,重新以艺术家的角度思考文学,调整了自己的创作方向,在注重通俗性、宣传作用的同时,转向更得心应手的小说。继《火葬》后,他创作了《四世同堂》,这是一篇以抗战为大背景的小说,用西方的叙述技巧将抗战时期小羊圈胡同里各色人物生活的题材组织起来,全书分为三部,耗时多年,体制恢宏。

再次放下旧形式的镣铐,却并不意味着老舍重新回到以艺术性为最高趣味的书斋写作,虽然同样以民间素材为主,但完成了思想上的一次螺旋式上升,从感性的带有想象的写作到更加符合时代特征的理性构思,并具有了对民间、通俗、宣传性的自觉追求。《四世同堂》在语言风格、故事情节、人物形象塑造、思想内涵及其文化倾向等方面带有通俗文学的成分,但整体构建是新文学的体式,"它标志着老舍正在向伟大作品的目标迈进,夸大一些说,他正在实践自己的文学理想,集中"五四"新文学和通俗文学的优势,走雅俗共赏的道路"②。

三、为赞颂新中国而写作的文艺观

新中国成立后,老舍从美国返回故土,目睹了祖国翻天覆地的变化后,抑制不

---

① 老舍.一九四一年文学趋向的展望[M]//老舍.老舍文集:第 15 卷.北京:人民文学出版社,1990:488.
② 石兴泽.老舍与二十世纪中国文学和文化.北京:人民文学出版社,2005:24.

住内心的兴奋,开始以笔讴歌新时代的到来。他在政治热情的激发下,跟随政策步伐,以赞歌为主,倾力倡导通俗性、普及性、宣传性的艺术作品,这也就形成了老舍新中国时期的文艺观。

1949 年 10 月,应周恩来的嘱托,冯乃超、夏衍亲自写信寄与时在美国的老舍,邀请他归国。收到邀请信后,老舍喜忧参半:一方面,祖国终于以独立自由的形象重新屹立世界之林;另一方面,他意识到自己对新中国认识的肤浅,并担忧能否顺利完成写作道路的转变。辗转回国后,看到熟悉的穷苦人们身穿新衣,喜气洋洋,老舍欢呼雀跃地赞颂这个新成立的国家。他欣欣然地接受了从"国统区臣民"到"新中国主人的现代作家"的身份转变,而新中国同样也在政治界、文艺界给予了他充分的肯定。老舍在文联第四次扩大常委会上被增补为全国文联委员,受命筹建北京市文联并被内定为文联主席,应邀列席政协第一届全国委员会第二次会议,先后被任命为北京市政府委员、政务院华北行政委员会委员、中国作协副主席。1951 年,老舍更是被北京市人民政府授予"人民艺术家"的称号,这是空前的殊荣。这些荣耀既是对老舍付出的心血的肯定,同时更激发了老舍既有的用文艺服务新中国的热情。

老舍一回到祖国便进行了文艺观的调整与重构,但在政策性命令与文艺自身规律的思考中,他的内心产生剧烈的冲突,随着政治大环境的变换,老舍的文学创作和文艺观念始终处于不断发展变化中。

(一)根据时代需要,重构文学观念

老舍回国后第一件事就是学习毛泽东《在延安文艺座谈会上的讲话》(以下简称《讲话》),了解社会主义文学的指导思想、方针政策。这种认真的态度固然有老舍不甘落后的自尊心驱使,也有来自于他对新中国缔造者的崇拜心理。在看到熟悉的贫苦人民翻身做了主人后,发自内心的感激与感动使他产生了一种对新中国的强烈认同意识和奉献精神;从一名普通的写家变为一个文化界的领导干部,成为受尊敬关心的文艺工作者,这也极大激发了老舍的政治热情,增强了他的"表率意识",愿意为社会主义服务,当文艺的带头人①。

1. 主动转变写作立场,进行自我检讨。从《讲话》中老舍认识到:"当今的文艺活动是以毛主席在延安文艺座谈会上的讲演为准则的。那就是说,文艺须为工农兵大众去服务。"②"为工农兵大众服务"的前提是转变写作立场,正如《讲话》中所言:"真正的好心,必须对于自己工作的缺点错误有完全诚意的自我批评,决心改正

---

① 石兴泽. 老舍与二十世纪中国文学和文化[M]. 北京:人民文学出版社,2005:120.

② 老舍. 人民政协第一届全国委员会第二次会议上的发言[N]. 人民日报,1950-06-24.

这些缺点错误。"他主动对以前"小资产级阶"立场的写作作出检讨,他说自己未曾"下功夫有系统地研读革命理论的书籍,也不明白革命的实际方法",《黑白李》中"没敢形容白李怎样地加入组织,怎样地指导劳苦大众";而作《猫城记》时,自己未能参加革命,"只觉得某些革命者未免偏激空洞","为当时政治的黑暗而失望",以后不再重印这本作品;关于《骆驼祥子》,他承认自己"到底还是不敢高呼革命,去碰一碰检查老爷们的虎威……"虽然在这篇"序言"中,老舍也竭力地把自己的作品靠上革命文学的边儿,但他也无法不承认自己的作品中有许多落后于彼时意识形态的地方①。

2. 树立社会主义的文艺观。通过学习《讲话》,老舍明确了写作的对象是工农兵大众,目的是宣传社会主义政治任务,这成为他的文学观念的内核。在写作的题材上,老舍强调"及时地歌颂表扬我们的新人新事"是文学的"首要任务"。而写作体裁上,他特别看重戏剧以及相声快板等民间艺术形式,因为工农兵喜闻乐见、便于接受。老舍还依据《讲话》的要求,在"普及"与"提高"的问题上,以"普及"为重心,向民间学习,用通俗易懂的语言来创作,满足人民的文化需求。仅 1951 年一年,他就先后发表了《大众文艺创作问题》《宣传文艺要通俗、结实》《谈〈方珍珠〉剧本》《〈龙须沟〉写作经过》《怎样写通俗文艺》《剧本习作的一些经验》等二十几篇文章。老舍表现出一种难以抑制的理论激情,只要一有机会便抒发自己对建设社会主义文学的意见,通过这些理论的写作建构起新的主体观念意识②。

(二)在制作宣传性文学的痛苦与回归艺术写作的努力中反复

老舍在短短两三年间就建立了符合新中国宣传要求的文艺观,并着手进入宣传文艺的创作。众所周知,作家要对一定生活深入体察才能写出好作品,可是他本不熟悉新生活、新人物,却不得不远离创作规律,遵命创作。他硬着头皮写就的作品有着明确的功用目的——做政治宣传、为推进运动的开展而造势。他在苦痛中挣扎,又从这种"艺术冒险"中获得奇怪的快感:不断地总结失败的教训,却又欣喜若狂地将之引为继续写下去的经验。老舍以突破自己的写作局限为荣,但又随时跌入无法满意的失落,特别是政治激情退去后,在苦痛与失落中,他青年时期经过潜思默想沉淀下来的关于文艺审美思想的观念无预警地勾起他的怀念。匆忙调整的文艺观本身就缺乏稳固的根基,老舍新旧观念的冲突也就日益显现出来。这种冲突体现在他的创作中就是:他必须接受不理解的东西而加以宣传提倡,扬弃认定理解的东西并予以批判。但在理论上老舍又不断地在反思自己的作品,总结创作

---

① 老舍.老舍短篇小说选[M].北京:人民文学出版社,1956.
② 石兴泽.老舍与二十世纪中国文学和文化[M].北京:人民文学出版社,2005:120.

经验,这更加速了他思维意识中本已出现的分裂。

1956 年,"百花齐放,百家争鸣"的方针无疑是文艺工作者的福音,它符合当时的国情,即以生产资料的社会主义公有制为基础的社会主义政治经济体制已初步确立,国家有迅速发展经济文化的迫切需求,因此它是科学的政策。趁着这股东风,第二次作协理事会扩大会议适时召开,对新中国成立以来公式化、概念化的创作倾向和教条主义、庸俗社会学的批评风气进行了检讨和批评。老舍为开明宽松的文艺环境而激情澎湃,昔日的文艺热情也在对公式教条的创作反思中浮现出来。在这种文艺环境中,老舍很快写下《双百方针与思想解放》《活泼一些》《谈讽刺》《自由与作家》《论悲剧》《谈"放"》《三言两语》《百花齐放》等随感、杂谈,并创作了经典话剧——《茶馆》。老舍的创作不再为图解政策所局限,他的艺术家气质、意识开始张扬,提出了推重艺术规律的一些主张,比如:文艺不仅要"歌颂光明",也要"暴露黑暗",现实中仍然存在悲剧需要引起注意,加以表现;文学创作有自身规律,必须打破一切"清规戒律",必须取消以行政命令方式干涉创作的现象,"必须去掉粗暴的批评";每个作家都应当写他所喜欢并且能够把握的人物、生活和主题,作家应享有完全的自由,选择他所愿写的东西,等等。

然而,这种自由开放的文艺政策并没有延续很久,1957 年,反右斗争拉开了序幕。复杂的政治斗争让老舍变得犹疑,为了在严峻的政治环境下保护自己,他策略性地写了《创作的自由》《旁观、温情、斗争》等文章,既表示对"反右"斗争的积极响应,同时也纠正"放"时的"偏激"和"冒失"。1958 年"大跃进"的口号响彻大江南北,全国上下失去了理智,老舍的政治热情再次被煽动起来,他迅速投身于"大跃进"的宣传中,甚至拖着病体参加各种活动,以"大跃进"的精神和速度创作了《红大院》《女店员》及《全家福》。作品反映了"大跃进"期间街道市民,尤其是妇女们的政治热情和革命干劲,在当时产生了很大反响。然而,在时代风潮的裹挟下,他失去了对理论的清醒认知,迷失在热烈的虚浮气氛里。

1959 年是新中国成立十年庆典,老舍借着全国反思十年的潮流,也对自己的新中国创作历程作了理论上的总结。他发表了《我的几点体会》《从〈女店员〉谈起》《规律与干劲》《我的几句话》《老舍剧作选·自序》《人物、语言及其他》《我的经验》《全面地准备》《热爱今天》《答友书——谈简练》《喜剧点滴》等十数篇文章,这些文章是老舍对新中国成立以来文艺创作思想的大搜检,在写作过程中,他完成了一次对创作方向的调整。

20 世纪 60 年代,接连出现天灾人害。在最困难的时期,党中央提出改善国民经济的发展方针,同时也提出调整文艺工作的领导政策。周恩来在文艺座谈会中对新中国成立以来文艺工作中出现的问题作了检讨,纠正了此前对知识分子和作家队伍的错误估计,强调发扬艺术民主,尊重艺术规律①。思想解开了束缚,依然怀有对艺术执着追求的老舍,开始较多地谈论重视艺术规律问题。他强调,"光有写作热情",而不是深入生活,是"写不出结结实实的作品的",甚至还说,不能"以写作热情代替了生活经验的积累"。这时的老舍真正摆脱了内心的冲突,他不愿意再拼凑文字来迎合政策,而是潜心于自己的文学道路。1963 年《正红旗下》搁笔后,老舍很少在文艺理论上发言,只是就剧本写作的艺术性问题发表过一些意见。然而,就在环境和个性的冲突好像将不再折磨这位伟大写家的内心时,所有的一切却都被狂乱的时代飓风湮没了②。

第三节　老舍的宗教观

老舍一生深受佛教和基督教的影响,但因老舍通过洗礼明确加入了基督教,故本节暂只论述老舍的基督宗教观。作为现代作家中为数不多的正式受洗入教的基督教徒,老舍终其一生都抱有深厚的宗教情怀,同情与拯救世人脱离苦难的意识渗透在其人格之中。基督宗教也为老舍的创作提供了丰富的写作素材,开启了他文学创作的灵感与心扉,从而形成了他一贯的救世态度与对"灵的文学"的美学追求。他在对基督博爱、宽恕、牺牲、殉道理想人格的不懈追求的同时,又对某些教徒身上充斥的嫌贫爱富、投机取巧、仗势欺人、鱼肉百姓的不良习气进行深刻揭示。老舍的宗教观对 20 世纪中国文学的思想产生了深刻影响。

一、形成背景

老舍出身于一个贫穷的旗人家庭,两岁时,当旗兵的父亲在对抗八国联军的战斗中牺牲,全家靠母亲给人家浆洗缝补衣服度日。老舍受乐善好施的刘寿绵的资助得以上学,而刘寿绵在将丰厚的家业悉数送与所需之人后,一贫如洗,出家做了和尚,即后来的宗月大师。宗月坐化后,老舍感怀道:"我在物质上、精神上都受过他的好处,现在我的确愿意他真的成了佛,并盼望他以佛心引领我向善,正像在三十年前他拉着我去入私塾那样!"③可以说,老舍正是在宗月大师身上领受到了佛陀的博大,在"爱人"宗教精神的影响和渗透中,老舍也满怀着救世之心。老舍从

---

① 周恩来.周恩来选集(下)[M].北京:人民出版社,1997.

② 石兴泽.老舍与二十世纪中国文学和文化[M].北京:人民文学出版社,2005:123-137.

③ 老舍.宗月大师[M]//老舍.老舍文集:第 14 卷.北京:人民文学出版社,1989:180.

师范学校毕业,受洗入教前一直从事教育工作,而此时教会的社会服务亦致力于教育,特别是儿童教育,这与老舍的目的一致。此外,宗月大师办义务教育、贫儿学校时,老舍也参与其中、热心服务,在宗月大师的影响下,确立了他对善的追求。虽然宗月大师信佛教,但与基督教义中的善的目的是一致的。更直接的一个原因,是闯过"罗城关"后,老舍为逃脱敷衍生命的典型国民生活方式,想要过上另一种灵魂充实的生活。因此,老舍后来真正皈依基督教,其原因也就不难理解。这里,先从当时的社会客观形势与时代背景来探讨老舍对基督教的理解及入教的过程。

在基督教传入中国之际,从利玛窦开始,传教士就一直致力于使其教义与中国儒家精神相联系,如《西学修身》《西学齐家》《民治西学》《西学凡》这样传教著作的诞生就是最好的例证。

至晚清及民国初年,国门被迫全面洞开,基督教在中国的传播已不可阻遏。老舍出生及成长的时代,正是基督教在中国广泛发展的时期,且这一历史时期的基督教不再是以宣讲经义为主的精神引导者的面貌出现,而是积极从事于办医院、学校以及各种慈善事业,注重社会服务,宗教与人的实际生活发生了诸多有益的联系。

新文化运动开始,中国反封建的呼声与基督教伦理思想相呼应。基督教重伦理,重孝道,视夫妻平等,反对多妻制度,不许娶妾蓄婢,提倡男女平等,婚姻自由,其小家庭制度、泯灭阶级、世界大同的根本思想为有理想的中国民主人士所接受。

由于基督教的教义和所宣讲的思想契合当时时代的需要,因此,在 20 世纪初,特别是"五四"时期,文化先驱者们在"睁眼看世界"时,对作为西方现代文明之源的基督教自然产生了极大热情。他们认为只有通过精神的新生才能拯救内忧外患、岌岌可危的祖国,而以基督教作为文化启蒙工具,可以"发起民心,增进国民的道德"[1],起到改造民族灵魂、启智中国民心,从而振兴中华的巨大作用。老舍也在"五四"中受到新思潮的洗礼,从而获得"新的心灵""新的眼睛",正如他所言:"到了'五四',孔圣人的地位大为动摇。既可以否定孔圣人,那么还有什么不可以否定的呢? ……我的心灵变了,变得敢于怀疑孔圣人了!""'五四'运动送给了我一双新眼睛,使我看见了爱国主义的具体表现,明白了一些救亡图存的初步办法。""反封建使我体会到人的尊严,人不该作礼教的奴隶;反帝国主义使我感到中国人的尊严,中国人不该再作洋奴。"[2]

自此,老舍踏上了救亡图存、反封建、反帝国主义的道路,虽然老舍没直接投身于这个运动,但他找到了宣传人世天国理想的基督教,基督教及其教义成了他最早选择的文化启蒙工具和实践途径。

---

① 鲁迅. 破恶声论[M]//鲁迅. 鲁迅全集:第 1 卷. 北京:人民文学出版社,1981:1.
② 老舍. "五四"给了我什么[M]//老舍. 老舍文集:第 14 卷. 北京:人民文学出版社,1989:377-378.

1922 年春,北京缸瓦市基督教堂开办英文夜校。在英文夜校里,老舍结识了夜校的主持人——刚由英国留学回国的神学院毕业生宝广林,并加入了他所主持的基督教外围组织"率真会"和"青年服务部"。据舒乙考证:"'率真会'是个小团体,一共十几个人,除了宝广林是个中年的职业宗教家之外,全是青年知识分子,有信教的,也有不信教的,有大学毕业生,也有正在念书的大学生,还有老舍那样的已经做了事的中学毕业生。大家聚在一起,讨论教育、文学和宗教,更多地是讨论如何改造社会和为社会服务。"①

后来,老舍又结识了此间经常来北京缸瓦市福音堂的许地山和从英国伦敦传教会来燕京大学神学院任教的易文思教授。从表面上来看,宝广林、许地山和易文思三个人的基督教信仰,对老舍最后确定宗教选择起到了一定的影响。然而,从深层次上来找原因,恐怕是由于基督教的"天国"蓝图与"博爱"思想正好跟老舍当时所追求的救世理想与"爱人"思想得到了吻合,再加上那时"中国籍教徒正在酝酿将缸瓦市伦敦教会改建为中华教会。从英国传教士手中将教会接管过来,实行华人自办,这项计划对老舍有很大的吸引力。老舍的入教,使他能取得合法的身份,直接插手制订章程和移交会产"②。于是,1922 年,在北京缸瓦市基督教堂,老舍正式接受洗礼成了一名基督徒。而这段经历也给他的文学创作带来了深刻的影响。

二、吸收与扬弃

基督教教义中所宣扬的博爱、平等的民主思想,教会兴办的教学、医疗、育幼、救济等慈善事业,自然对老舍产生磁石般的巨大吸引力。时代和机缘造就了老舍这么一个教徒,入教后,老舍利用业余时间从事教会活动,参加了教会的一些社会服务活动和改建工作,并为缸瓦市中华基督教会"拟具规约草案"。该公约经教内人士及会众反复讨论,遂于 1923 年 1 月 28 日正式公布为《北京缸瓦市中华基督教会现行规约》。这是老舍力图使基督教中国化的改革大纲,最集中地体现了老舍当时的宗教救国思想。随后,老舍撰写了《北京缸瓦市伦敦教会改建中华教会经过纪略》一文,详细介绍了北京缸瓦市伦敦教会改建为中华基督教会的经过;并翻译了宝广林所著《基督教的大同主义》;且主持主日学工作。老舍认真探讨研究教义,同时研究儿童的心理特点,主张教理与心理结合,并撰写长篇论文《儿童主日学和儿童礼拜设施的商榷》,显示出强烈的事业心与责任感。在南开中学,他为学生团体主讲《圣经》。此时的老舍形象,不只是一个普通的教徒,而且是一个明经通义的宗教活动家。

---

① 舒乙.老舍[M].北京:人民出版社,1986:1.
② 舒乙.老舍的关坎和爱好[M].北京:中国建设出版社,1988:135-136.

　　然而,老舍并非完全"尽心、尽性、尽意爱主",对上帝顶礼膜拜,祷告以求得上帝的救赎,使个人灵魂升入天堂,而是将对上帝的信仰和道路的选择,生命价值的实现,以及对真理的追求联系在一起。他从"五四"时代精神出发,顺应"救亡图存""反封建""反帝国主义"的社会大潮,对基督教进行了扬弃。从老舍有限的宗教文章和其他作品所涉及的对宗教内涵的理解中可以概括出老舍对《圣经》教义的基本看法。

　　首先,宗教世俗化取向。他在《儿童主日学和儿童礼拜设施的商榷》一文中提出:儿童做礼拜时不应要求他们背诵《圣经》、赎罪祷告、唱《圣歌》《圣诗》,不要搞信仰早熟,而是从儿童特点出发,教孩子们唱歌、绘画、做小手工、学习知识,启发他们动手动脑。他给孩子们编的歌中唱道:"先生好比是太阳,我们地球围着它转。弟弟好比是月亮,他又围着我们转。明白日月识地理,只因走到一直线,也别打鼓且莫敲锣,听它慢慢地转。"①以浅显活泼的儿童话语,普及天文地理知识。由此可以看出,老舍抛弃宗教各种"灵异",抛弃"原罪与赎罪",而只抽取其中有益于人世的宗教成分。

　　其次,肯定耶稣上十字架的牺牲精神。老舍倾向于主观救赎的看法,即把基督耶稣舍己牺牲看作是一种道德感化,由此来显示上帝的圣爱,作为世人的榜样,感动世人悔罪归向上帝,获得赦罪。这个感化过程的价值,在老舍看来,在于基督与世人之间的心理关系。因此入教后不久,他在天津南开中学双十纪念会发表的讲演中如是说:

　　"我愿将'双十'解释作两个十字架,为了民主政治,为了国民的共同福利,我们每个人须负起两个十字架——耶稣只负起一个:为破坏、铲除旧的恶习,积弊,与像大烟瘾那样有毒的文化,我们须预备牺牲,负起一架十字架。同时,因为创造新的社会与文化,我们也须预备牺牲,再负起一架十字架。"②

　　不难看出,这段话表明了当时年仅 23 岁的老舍所具有的强烈的爱国主义思想,以及决心再造一个新社会和振兴一种新文化的雄心壮志。这与其说是布道,不如说是老舍献身社会服务与改革的宣言。入教前夕,老舍开始使用"舍予"——"舍弃自我"作为自己的字,亦是这种牺牲精神的体现。另外,据冰心回忆,老舍说过"《圣经》的要义是'施者比受者更为有福'"③,更是这种精神的体现。老舍所理解、所阐述的基督教精神,实际上已经超越了基督教内涵的本义。"负起两个十字架"给爱国举动添加上了基督色彩,他把基督教文化精神转化为自己深切体悟到的

　　① 舒乙. 老舍[M]. 北京:人民出版社,1986:41-42.

　　② 老舍. 双十[M]∥老舍. 老舍文集:第 14 卷. 北京:人民文学出版社,1989:292.

　　③ 冰心. 老舍的关坎和爱好·序[M]. 北京:中国建设出版社,1988.

现代中国社会所急需的献身精神和开拓意志,促使他在小说等文艺的领地上以这种精神和意志建设民族的新文艺。老舍为这个目标苦苦奋斗了自己整整一生,他的创作如《骆驼祥子》《月牙儿》《猫城记》等都是破坏、针砭旧文化的力作。对照着理想描绘的天堂光明,老舍倍感现实如地狱黑暗,他着力描写这活动着各种"鬼头鬼脑的人与事"的"地狱","判断,并且惩罚",以期完成一种民族新文艺、新精神的建设。

再次,倡导人类平等观念。自由主义神学把《圣经·启示录》中人类经审判后进入的天堂认为是人类对大同理想的眺望,人类将在人间实现他们的天国理想。老舍在1922年发表的译作《基督教的大同主义》主要论述人们不分种族、主奴、父子、男女,"在基督耶稣里都成一"的大同主义中提出应"扑杀蓄婢之制,以提高妇女地位,置婴孩于家庭中心,而尊崇独妻之制;以牺牲之精神,使社会安堵"。文章称达到这样境界,"是福音之所在,即天国也"①。显然,译者主旨不在于宣传《圣经》教规,而是要借此阐发现代民主、平等思想,提倡解放妇女、儿童。

最后,追求"灵"的境界。老舍把基督教视为培养人伟大心灵的工具。他认为宗教使人看到:"人不只是这个'肉体'的东西,除了'肉体'还有'灵魂'的存在,既有光明的可求,也有黑暗的可怕。这种说'灵魂'的存在,最易激发人们的良知,尤其在中国这个新中国成立的时期,使人不贪污,不发混账财,不作破坏统一的工作。"宗教可用来"洗涤人们贪污不良的心理"②,达到对"灵"的追求。

显然,老舍加入基督教,不是为了进行自我救赎,使个人灵魂升入天堂,而是为了净化国人灵魂,以图改革现实社会,实现民族的振兴。老舍选择了把基督教作为改良的凭藉,主张"将良心之门打开"③。

然而,尽管老舍是在"五四"新文化运动中,从"救亡图存""反封建""反帝国主义"的文化启蒙角度接受并扬弃基督教,但是毕竟在20世纪、在全世界范围内,"基督教已经踏进了最后阶段"。在20世纪的中国,特别是到"五四"后期,由于长期遭受西方列强不平等待遇,致使民众爱国主义和民族情绪空前高涨。在这种时代氛围中,凭借西方船坚炮利、伴随不平等条约强势进入中国的基督教,自然被国人视为帝国主义的侵略工具,成为民族情绪发泄的对象。在风起云涌的反帝浪潮中,部分激进的文化先驱者也将关注目光转向实际的社会革命,进而把基督教视为社会改革和政治革命的障碍。1922年以后,"非基督教运动"很快从清华园蔓延到社会,演变为京沪学生运动并迅速波及全国。当时的共产党人、国民党人、无政府主

---

① 宝广林.基督教的大同主义[J].老舍,译.生命,1922,3(4).
② 老舍.灵的文学与佛教[M]//老舍.老舍文集:第15卷.北京:人民文学出版社,1990:494.
③ 老舍.灵的文学与佛教[M]//老舍.老舍文集:第15卷.北京:人民文学出版社,1990:495.

义者都积极投入了这一运动,一些新文化先驱者也对自己过去认同提倡基督教的观点作出修正。诸如陈独秀提出:"博爱、牺牲自然是基督教教义中至可宝贵的成分,但是在现在帝国主义的侵略之下,我们应该为什么牺牲,应该爱什么人,都要有点限制才对。"胡适也指出:"基督教在中国传教的失败,主要存在三大障碍,一是新民族主义的觉醒;二是理性主义;三是基督教内部的腐化,许多西方传教士来中国是为牟取私利。"①鲁迅更中肯地揭露:"耶稣教传入中国,教徒自以为信教,而教外的小百姓却都叫他们是'吃教'的。这两个字,真是提出了教徒的'精神'。"②

在这样的社会浪潮与思想冲击之下,老舍的宗教观也随之发生了变化。1924年初,老舍发表的《北京缸瓦市伦敦教会改建中华教会经过纪略》详细记载了以往的宗教活动,仿佛也为其宗教活动画上了句号。以后他不仅远离了教堂的活动,而且连提到都很少。其回忆性系列散文,几乎涉及人生各阶段的所有重要事件,但是唯独对受洗入教这件事,似乎讳莫如深。就是对夫人胡絜青,也只是在婚前信中,简单交代过一句,而后再未提及,且"婚后,老舍可是从来没做过礼拜,吃饭也不祷告,家里也没要过圣诞树"③。以致很多与之交往甚深的朋友,都从来不知道他曾是基督徒,如冰心回忆说:"他是一个基督徒,这我从来不知道。"④

三、对文学创作的影响

老舍皈依基督教带有明显的实用主义色彩,他以一颗救世之心期望从《圣经》中寻求智慧与灵感,以解决中国面临的社会问题。和其他现代作家相比,老舍更加看重的是基督教的殉道精神,在其作品中,所有的故事情节都演绎成一段段颇有深意的"警世恒言"。这种观念在他的人物塑造上有如下反映:一是对有"灵性"的理想国民的塑造;二是对缺失了"灵性"的国民的鞭挞。这两个人物系列共同构成了老舍绚丽多彩的文学形象世界,共同完成了老舍以文学反映"灵的人生"、推动"灵的生活"的使命。当然,其作品不可能是宗教教义的演绎,但是基督教精神无疑影响了他的思想和创作。

（一）基督教精神影响到老舍对理想国民形象的构想与塑造

耶稣的"博爱"情怀以及耶稣的自我牺牲精神融入了老舍心爱的有灵性的人物形象中。发表于1934年的短篇小说《黑白李》就洋溢着浓厚的基督教式的牺牲

---

①　胡适.近期教会教育的难关[J].中华基督教教育季刊,1925(1).
②　鲁迅.吃教[M]//鲁迅.鲁迅全集:第5卷.北京:人民文学出版社,1981:310.
③　赵大年.老舍的一家人[J].花城,1986(4).
④　冰心.老舍的关坎和爱好·序[M].北京:中国建设出版社,1988.

精神。哥哥黑李对基督教颇感兴趣,他读《四福音书》,给朋友讲《圣经》故事,进教堂做礼拜,为兄弟祷告祈福,甚至为了兄弟之爱,可以献出自己的恋人,牺牲自己的爱情。当得知弟弟白李因为参与车夫暴动而面临生命危险的时候,他毅然烧掉自己左眉上的大黑痣,代替弟弟成为砸车暴徒首领被残酷处死。小说的结尾借白李的口说道:"老二大概是进了天堂,他在那里顶合适了;我还在这儿砸地狱的门呢。"这无疑是对基督教奉献和牺牲精神的充分肯定。

《大悲寺外》中的黄学监是老舍精心塑造的一个平民基督形象。黄学监热爱学生,与学生"在一处吃,一处睡,一处读书",却遭到学生的辱骂和责打。窗外的石头砸破了他的头,但是在临终前,面对学生他只讲了一句话:"无论是谁打我来着,我决不,决不计较!"死在医院的黄先生以自己的博大胸怀宽恕了杀他之人。耶稣关于爱敌人的教诲在黄先生身上得到集中的表现:"不要与恶人作对。有人打你的右脸,连左脸也转过去由他打;有人想要告你,要拿你的里衣,连外衣也由他拿去;有人强逼你走一里路,你就同他走二里。"①"你们的仇敌,要爱他;恨你们的,要待他好;诅咒你们的,要为他祝福;凌辱你们的,要为他祷告"②。黄学监试图通过宽恕来拯救辱骂过他、殴打过他的学生的灵魂,但事与愿违,辱骂他的学生并没有因为他的原谅而放弃与他作对。

如果说黄学监这个形象仅有老舍的宽厚、博爱、讲恕道的理想人格一面,还缺少"刚性"人格一面的展示的话,那么《四世同堂》中的钱默吟这个形象则较为全面地展示出老舍塑造的理想人格。老舍借祁瑞宣之眼如此评价钱默吟:"他看钱先生简直像钉在十字架上的耶稣。真的,耶稣并没有特别地关心国事与民族的解放,而是关切着人们的灵魂。可是,在敢负起十字架的勇敢上说,钱先生却的确值得崇拜。"也正是对这种慈悲博爱以及救世精神的理解,钱默吟郑重地将他爱孙的名字由"钱仇"改为"钱善"。

除此之外,《赵子曰》中的李景纯、《猫城记》中的大鹰、《四世同堂》中的祁天佑、《断魂枪》中的沙子龙等都是老舍精心塑造的"殉道者"形象。李景纯是老舍塑造的理想人物,他憎恶黑暗社会现实,讨厌赵子曰的混世哲学;当社会混乱到容不下一张书桌令他安心读书的时候,这个受无政府主义思想影响的大学生决意刺杀"人民公敌",挽救国家和民众,最终被捕入狱,献出自己宝贵的生命。《猫城记》中的大鹰因极力批判猫人们吃迷叶、玩妓女的不良习气,受到猫人们的憎恨;为了唤醒沉睡中的群众,给麻木的人们一些警省,他杀了自己,让人把头割下来悬在街上,以自己的一腔热血挽救猫城人的人格缺陷。

---

① 《马太福音》第五章第 39-41 节。

② 《路加福音》第六章第 27-28 节。

确实,老舍在文学作品中大力弘扬基督的牺牲和殉道精神,给萎靡不振、自私自利、麻木不仁的国民灵魂吹进一股异域清风,以祈求中国民众的团结、奉献、爱国,使华夏民族能够救亡图存、重新振作,获得民族的新生。

(二)基督教精神也影响了老舍对"缺失了灵性"的国民的刻画

老舍在创作中对"缺失了灵性"的国民的鞭挞可谓入木三分。《老张的哲学》中的老张世故圆滑,丧失了良知与正义感,是一个典型的市侩之徒、无恶不作的无赖恶棍;《猫城记》中众多的猫国民众行尸走肉、醉生梦死,是一群没有了灵魂与追求的猫辈;与钱默吟的博爱、牺牲相对应的是《四世同堂》中祁瑞丰、冠晓荷、大赤包、胖菊子等的狠毒、享乐、不知廉耻与叛家卖国。这些反面角色的刻画描神入里,老舍对他们的讽刺、鄙弃、抨击不遗余力。他希冀通过对这些"无灵性"人物的批判使世人正视中国国民性的丑陋与顽固,从而从反向唤醒人们对正义、友爱的守候与向往,重构健康、美好的新中国国民性。从这个意义上来说,老舍也是通过理解、汲取了基督教教义的精髓为我所用,借此改造与重铸国民灵魂。

(三)受基督教精神影响,老舍刻画了一批中国现代文学中的懵懂教徒和败类教徒形象

难能可贵的是,在赞美基督教殉道精神的同时,老舍又能以理智的眼光来审视基督教,对基督教在传播过程中的漏洞、缺憾和局限性也洞若观火。他的作品中大量写到一些素质低下、入教动机不良的懵懂教徒和一些借"洋教"梦想发财、横行乡里的败类教徒以及一些借传教宣扬西方殖民思想的传教士,从另一个侧面展示出了基督教存在的问题以及缺陷。

如长篇小说《二马》中老舍对英国和中国基督徒的描写。伊牧师在中国传教二十多年,他所谓"真爱中国人"的含义是:"半夜睡不着的时候,总是祷告上帝快快地叫中国变成英国的属国;他含着热泪告诉上帝:中国人要不叫英国人管起来,这群黄脸黑头发的东西,怎么也升不了天堂!"显而易见,这是以传教为幌子,来推行殖民主义政策。他的太太比他更可恨,她虽结婚生子在中国,却"不许儿女和中国小孩子们一块儿玩,只许他们对中国人说必不可少的那几句话,像是'拿茶来!''去!'……每句话后面带着这个'!'"。她认定"小孩子们一开口就学下等言语——如中国话……。——以后绝对不能有高尚的思想"。这就深刻地揭露了西方洋教徒们的帝国主义嘴脸,戳穿了他们利用基督教充当侵略工具的罪恶本质。而老马则觉得"左右是没事做,闲着上教会去逛逛,又透着虔诚,又不用花钱"。他的入教动机仅此而已。他的儿子小马入教就更加可笑了,他不过是想借此机会去教堂瞧一眼"好看的姑娘而已",看不到对上帝的虔诚。不难看出,老舍在《二马》

71

中对基督教的看法,比起他在《老张的哲学》中所持的观点又大大前进了一步。

《柳屯的》夏老者和儿子亦是如此,"他当义和拳或教友恐怕没有什么分别。上帝只有一位还是有十位,对于他,完全没关系。牧师讲道他便听着,听完博爱他并不少占便宜。"更令人吃惊的是"柳屯的"的祷告词:"愿上帝赶紧叫夏老头子一个跟头摔死。叫夏娘们一口气不来,堵死,叫夏娘们的大丫头让野汉子操死。叫那个二丫头下窑子,三丫头半掩门……阿门!"对于作为基督教精神代言人的牧师,老舍在剥去了他们神秘而神圣外衣的同时,把他们赤裸裸地放置在现实生活中,将他们人性中虚伪的一面暴露无遗。

(四)基督教忍耐、不轻易嘲弄众生的主张和精神影响了老舍的叙事态度和叙事风格

基督是富于献身精神的,上帝把自己的儿子耶稣献祭,免除了人民的罪,所以基督教认为人人都应有忍耐精神,对现状的不满、沮丧、失望都不能轻易地嘲弄。老舍秉承、内化了基督教的这一精神,他对现实的不公、命运的不平以温柔化之,即使如"文革"中遭遇那样的惨烈对待,他也只是以平静的一死化解。反映到创作中,老舍以一种"含泪"的眼光或"轻悲剧"的叙事态度对待他作品中不幸的人物,绝不会调笑他们,更不会讽刺、抛弃他们。如《月牙儿》中的小娼妓"我"的命运何其悲惨,但老舍只以"含泪"的眼光客观叙述;《微神》中老舍抑制住内心的冲动,只以"我"忧伤的目光与"轻悲剧"的手法打量、叙述女主人公"她"惨绝的人生;《骆驼祥子》中对祥子与小福子不幸的命运、不幸的人生,作家也只是温婉写来,让读者在涓涓叙事中自己去领略现实、判断价值。老舍这种不动声色、"含泪"叙事的叙事态度和温婉、客观的叙事风格与基督教教义所宣扬的忍耐精神、不轻易嘲弄众生的主张是有内在关联的。

30年后,老舍写下最后一部小说《正红旗下》,关于教会的写作就此搁笔。宗教的真理与历史唯物主义的真理难以统一,与文艺政策之间难以调和,恐怕是老舍有关宗教的写作难以为继的主要原因。作家三十多年的创作道路,以宗教轨道走了个圆,其间包含着宽广的灵魂深度与厚度。

其实,翻开老舍的作品,基督教的影子随处可见。《新爱弥耳》中的圣母和圣婴;意含《圣经》中"为神所拣选的人民"命名的《选民》;《骆驼祥子》中"雨下给富人,也下给穷人;给义人,也下给不义的人。其实,雨并不公道,因为下落在一个没有公道的世界上"。我们不能因老舍在作品中对基督教的批判就认为老舍在后期是反基督教的。老舍赋予了基督教以自己的含义,他不仅使基督教的博爱思想在血液里自由流淌,而且将它与时代和社会联系起来,升华到一个更高的层次。他提倡"灵的文学",追求灵魂的深度,这种深度既体现在对中国民间生活哲学的深刻

揭示上,也体现在对国人灵魂模式的独到批判上。老舍痛感"我国人民仍都是善恶不辨,是非不明,天天在造恶,天天在做坏事","很多简直成了没有'灵魂'的人……普遍的卑鄙无耻,普遍的龌龊贪污,中国社会的每个阶层,无不充满了这种气氛"①。而"中国确实找不出一部有'灵魂'的伟大杰作,诚属一大缺憾!"为此,他"要从灵的文学着手,将良心之门打开","去做灵的文学的工作,救救这没有了'灵魂'的中国人心"②,为中国"文艺苑开辟一块灵的文学的新园地"。

第四节 老舍的伦理观

人的群聚属性决定了人与人之间的相处原则和共生秩序。伦理作为一种生存原则,就是指人相待相倚的生活关系和人在社会群体中应当如何共处的行为规范。中国是世界上封建伦理道德最为成熟与完善的国度,具有深厚的伦理文化。中国传统伦理思想史,是以儒家伦理思想为主干、各种伦理思想相互作用的历史。儒家伦理思想的内涵是:建立一个以"仁"为核心的反映封建等级秩序的道德规范体系,强调道德义务,轻视功利目的,在价值观上具有道义论的倾向③。在漫长的岁月中,三纲五常、夫妇之德、仁义礼智信等观念早已浸透在国民的心理意识和日常行为中,成为中国人安身立命、为人处世的基本伦理守则。

20世纪初的"五四"运动作为现代中国的一次启蒙,对传统文化展开了猛烈批判,其焦点之一就是对传统伦理的否定和反思。由"五四"启蒙导向所建构起来的,是以民主、科学、自由、平等、独立、个性解放等西方现代文明为基本价值内涵的启蒙伦理,而以儒家纲常礼教为核心的中国传统宗法制道德,则成为启蒙伦理的主要指责对象。在传统与现代的对抗中,思想领域出现了多重交战,自由主义、无政府主义、马克思主义以及现代新儒家等不同思想流派,从不同的着眼点演绎了现代伦理的构想和实践④。在此起彼伏的变革声中,许多作家视所有旧伦理为传统文化的症结,讲究传统道德不仅为人所鄙夷,甚至成为思想落后的表现。老舍在文学创作中对国人的伦理转向保有持久的关注,他的小说集中于道德文化的开掘,特别是历史前进与道德式微之间的矛盾的开掘,这使他成为一位典型的伦理文化作家。

---

① 老舍.灵的文学与佛教[M]//老舍.老舍文集:第15卷.北京:人民文学出版社,1990:494.
② 老舍.灵的文学与佛教[M]//老舍.老舍文集:第15卷.北京:人民文学出版社,1990:495.
③ 朱贻庭.中国传统伦理思想史[M].上海:华东师范大学出版社,2003:17.
④ 王本朝.社会正义与个人德行:老舍文学创作的伦理诉求[J].海南师范大学学报,2010,23(1).

老舍对伦理没有作出进步与落后的简单判定,对中国传统伦理既有客观的批判,也有情感的向往;对西方现代伦理既有赞赏的认可,也有理性的审视。相对于鲁迅的思想深度,郭沫若的激情元素,茅盾的政治情结,老舍的精神属性是文化伦理①。透过老舍的众多文本描述,我们能体会到老舍在新旧伦理观念中的复杂选择,更可看到这位站在时代前沿的作家,对于中华民族新伦理建构所做的不懈思考。

一、老舍伦理观的形成过程

(一)市井社会和成长环境

1.市井社会的影响。老舍从小生活在北平的市井民间,和他有着紧密联系的小羊圈胡同地处北平西北角,是北平社会底层人民的主要聚集区域。生活了25年之久的老舍对于这片土地有着深切的眷恋之情,他曾在《想北平》中说:"我的最初的知识与印象都得自北平,它在我的血里,我的性格与脾气里有许多地方是这古城所赐给的。"②市井平民处在社会底层,他们为了生存的基本需要,在实际的生活中形成了世故实用、精明圆滑、趋时善变、泼辣勇敢、顺从忍耐等性格,体现出市井间巷间的生存法则;同时他们身上又具有仗义仁厚、诚信重道、平和友善、互帮互助等传统伦理道德。市井平民是整个社会最为活跃的群体,老舍从小生活其中,耳濡目染地体验底层大众的生存状态,这样的生活环境潜在地影响了其道德伦理观的初步形成。

2.家庭环境的影响。老舍一岁多的时候,正是八国联军入侵北京城的庚子年,他的父亲舒永寿身为皇城护军士兵,在保卫京城的战斗中为国捐躯。父亲以身报国的爱国精神,深刻地影响了老舍"天下兴亡,匹夫有责"家国伦理观的形成。在后来的抗日战争中,老舍不愿做亡国奴,毅然离别妻子儿女,奔赴抗战后方组织抗日文化运动。年幼的老舍是母亲一手带大的,母亲靠替他人缝补、清洗衣服养家度日,母亲的言行时刻教导着老舍自立自强,做一个正直的人。母亲身上所体现出来的正直善良、刚强坚韧的品格,勤劳节俭、尚礼重信的美德,潜移默化地影响了老舍人格与气质的形成,也影响了他对家国伦理审美情感的选择。

3.民族身份的影响。在清朝末年反清浪潮高涨的环境中,老舍的满族身份使他对同族有着复杂的情感。晚清王室的衰退、满洲贵族的败落、狂飙跌宕的变革,使老舍这样一位正红旗的满族人,对家国局势的转变有着异乎寻常的敏感。他既看清了历史不可阻止的进步浪潮,又对这突如其来的一切感到不适应。成为作家

---

① 王本朝.社会正义与个人德行:老舍文学创作的伦理诉求[J].海南师范大学学报,2010,23(1).
② 老舍.想北平[M]//老舍.老舍文集:第14卷.北京:人民文学出版社,1989:63.

之后,老舍深情关注着本民族的社会弱势群体,那些含有满族血统的人物原型,络绎不绝地被他写到不朽的作品中①。对民族曾经的辉煌留恋不舍,对民族当下的屈辱又深怀忧愤,老舍在民族身份的归属认知上处于徘徊犹疑的状态。新旧伦理的矛盾冲突一直纠缠于老舍的作品中,对伦理的深入探讨也成为老舍创作的一个特有标签。

(二)"五四"思想和新文学的影响

"五四"时期的老舍已是北平一所小学的校长,身份的限制使他没有直接参加"五四"运动,但新文化运动和"五四"革新思想仍然从许多方面对他产生了影响。

1."五四"所倡导的科学民主、自由博爱思想,对老舍的人生走向产生了深远影响。新的思想帮他清除了生活中的世俗泥垢,清理了观念中的陈旧因袭,为其现代人格的生成与发展奠定了基础。老舍在文学中不遗余力地批判国民性和文化劣根、倡导人道主义和个性解放、呼唤国民新人格的建立,这都与"五四"有着不可分割的联系。

2."五四"倡导的妇女解放运动,深刻地影响了老舍对爱情和婚姻的认识。老舍是一个大孝子,但23岁那年他坚决辞退了母亲安排的婚约,实现了对爱情的自主选择,这对老舍以后人生的伦理选择产生了巨大影响。

3."五四""平民文学"的提倡拓展了老舍的文学视野。新文化运动初期,周作人提出的"人的文学"和"平民文学"受到很多人的关注。老舍深受启发,熟稔平民题材的他在文学上有了极大的施展空间,积极书写着市民大众的伦理纠葛。

老舍在"五四"文化运动中接受了许多新思想,尤其是西方的人本伦理思想,实现了人格精神的现代转变,可以说"五四"造就了一个现代的老舍。老舍曾在《"五四"给了我什么》一文中说道:"'五四'给了我一个新的心灵,也给了我一个新的文学语言。感谢'五四',它叫我变成了作家……"②

(三)英伦留学经历的浸润

老舍早年曾加入北平的基督教会,初步接触了西方基督文化,后来这一因缘促成了他的旅英之行。1924年,老舍启程赴英,在伦敦大学东方学院担任汉语讲师,在英国5年多的岁月中,老舍对这个走在现代化前列的国家有了全新的认识。虽然老舍在文学创作中涉及英国的作品并不多,但是英国和中国迥然不同的异域空间,还是给老舍提供了深入思考本民族属性的条件。这一时期的老舍在文化差异

---

① 关纪新.老舍民族心理刍说[J].满族研究,2006(3).
② 老舍."五四"给了我什么[M]//胡絜青.老舍写作生涯.天津:百花文艺出版社,1981:87.

巨大的异国中进行的思考是广泛而深入的。《赵子曰》《老张的哲学》《二马》是老舍在英国创作的长篇小说,这三篇有着鲜明伦理指向的小说,是老舍在东西文化的对比中,对本族国民和异族国民的现代审视。《二马》以英国国民性为参照,在巨大的文化反差中来审视中国国民的精神弱点。"老马"作为时代转型中的旧中国人物形象,其身上所体现的等级观念、官本思想、闲适享受等陈旧伦理道德,已经不适合现代中国的发展需要。归国后老舍创作的《猫城记》,虚构了一个隐喻现代中国的"猫国",在历史文化、政治体制、伦理思想等许多方面,对旧中国和国民性进行了强烈批判。

老舍的伦理思想在中西文化的比照中,对中华民族的传统伦理有传承也有发展,对西方外来伦理有借鉴也有排斥。老舍在文学作品中有自觉的启蒙意识,也有强烈的改造国民性追求,但是他没有以启蒙的高位姿态去俯视大众,而是将自己融入民间,与大众站立在同一位置去体察底层社会。这也使老舍的文学避免了绝对的自我中心独语,具有了接近大众的亲切感。从伦理观的透视中,能够看到老舍对自身和社会、个人和民族、家国与世界之间关系的重新认识和理想建构。

二、老舍伦理观的内涵及特征

(一)老舍的善恶与是非伦理观

现代中国是一个剧烈动荡和价值重估的时代,在波谲云诡的历史中,伦理意识和伦理秩序都发生了重大变化。新文学所倡导的人性解放、自由张扬、民主变革,代表了古老中国寻求转向的艰辛努力。对于善恶与是非,中国古人自有一套传统的规范与约定,"仁义礼智信"便是其中的代表思想,多少年来,这似乎成为中国人自觉遵守的一种伦理秩序。争论不休的善恶是非问题,在新时代的价值标准下又被重新提出探讨。老舍的善恶是非观,不是简单地宣扬一些道德说教、制定一些伦理法则,而是去探究伦理秩序败坏背后的原因,并在人道主义立场上,给予弱小者深切的同情理解。

首先,生存逼迫下的善恶拷问。

老舍是一个爱憎分明的人,具有强烈的正义感,他在小说中深刻地揭示了生存与道德的伦理困惑。在生存的逼迫下,道德的衰落并不能归咎于个人的选择,还要拷问整个社会制度的合理性。老舍在《月牙儿》中,讲述了生存对道德的蚕食而造成人性尊严的丧失。小说中的母女都曾希望过自食其力的生活,却被无情的现实一次次击碎,最后终于明白自己的命运只能是"卖一辈子肉"。《骆驼祥子》中的小福子,处于善与恶两个极端的矛盾中间。如果要尽孝,她必须出卖自己的肉体,做罪恶的事情；如果要保全尊严，她的父亲和弟弟又会饿死。无论怎样，小福子都是被侮辱与被损害的弱势者。《微神》中，老舍怀着沉重的心情悼念了自己的初恋，心爱的女孩最终葬送于黑暗的旧社会，空余一双"小绿拖鞋"留在记忆深处。传统伦理的善恶标准在残酷的生存环境面前是无力的，这是老舍对于伦理的新认识。

老舍对个人的命运十分关注，但他总是将矛头直指社会大环境。夏志清曾说："毫无疑问，老舍是把社会批判当作小说里不可缺少的一部分。"①在老舍的认识中，再优秀的个人如果没有生存在一个好的环境中，都会被黑暗的环境淹没，变成堕落者。《骆驼祥子》《我这一辈子》中的小人物，他们的目标只是满足基本生存。祥子终生梦寐以求的是拥有一辆属于自己的车，巡警一生都在为了家庭的温饱奔波，可现实却不能让好人生存。最后，一个"体面的、要强的、好梦想的、利己的、个人的、健壮的、伟大的祥子"，变成了社会病态里的产儿和个人主义的陌路鬼。巡警到生命的最后只能悲愤喊出："我还笑，笑我这一辈的聪明本事，笑这出奇不公平的世界，希望等我笑到末一声，这世界就换个样儿吧！"善良的心灵、合理的追求，在病态社会里受到压抑、被扭曲，不能正常向上发展，只能以堕落畸形的方式来发泄，这是老舍对于人与社会关系的深刻认识，也是老舍对善恶伦理观的客观体察。

其次，社会转型中的是非反思。

第一，对传统美好伦理的回眸。《老字号》《断魂枪》《新韩穆烈德》分别讲述了老北京的绸缎铺、镖局、干鲜果铺等传统行业的衰落。《老字号》中的三合祥绸缎铺因为面对日本和西洋布料倾销的冲击，不得不更换了掌柜来应对新时代的变化，但是新掌柜所做的一切变革都浸透了浓重的商业铜臭味，在巧言倩笑的包装下，失去了老北京传统商业的诚信基石和尊严脸面。《断魂枪》中的镖局主人沙子龙有一身好武艺，尤其是他那独传的"五虎断魂枪"更是名震天下。在镖局被迫改为客栈后，沙子龙一生的抱负也因此断送。面对突如其来的时代变革，固守传统只能坐以待毙，但沙子龙宁愿他那一身高超武艺烂在墓里，也不愿传给他人，因为他知道功利的社会已没有传统道德的约束。《新韩穆烈德》中，老掌柜不愿降低自己的制作成本坑害老百姓，在西方规模化生产的冲击下只能苟延残喘。这些老行业的衰落命运，预示着中国自然经济状态下传统商业模式的淘汰与崩溃，老舍从传统行业的悲惨命运中，揭示出中国传统诚信、厚道、仁义伦理的消失与没落，对传统的美好伦理寄予了深情回眸与怀念。

第二，对现代功利伦理的质问。20 世纪初的中国人，一方面要面对传统伦理秩序崩塌的无助，一方面又要重新选择新的伦理。在封建文明式微、新文明未建的

---

① 夏志清. 中国现代小说史［M］. 刘绍铭，等，译. 上海：复旦大学出版社，2005：131.

混乱环境中,就会产生许多不新不旧、不中不西、半主半奴的社会怪胎①。《老张的哲学》中,老张是20世纪初中国社会关系重新调整后的畸形产儿,他接受过传统国学教育,在转型时代却染上了新兴资产阶级的贪欲。老张所从事的经商、兵事、办学等一切活动都是为了钱,"金钱"就是老张为人处事的根本哲学,在他身上有着传统伦理社会向现代物质社会转变的痕迹。《开市大吉》中,几个庸医随便开一家医院就可以大肆行骗,在没有监管的世界中,他们将赤裸裸的贪婪表现得淋漓尽致。很显然,老舍对于现代功利伦理是持坚决否定态度的。

在老舍的认识里,善恶是非不能简单地用僵化的礼教评价,要根据实际情况评定伦理选择。传统与现代伦理没有绝对的对错之分,传统的伦理依然有美好的一面,现代的伦理仍然有丑恶的一面。只有以中国的实际情况为前提,将传统与现代的优秀伦理相结合,才能推动中国人现代人格的建立。

(二)老舍的爱情与婚姻伦理观

经历了一番鼎革与变动之后,女性解放思潮迅速成为"五四"文学活跃的主题之一。许多留学欧美日的现代作家,归国之后仍然难以摆脱父母包办婚姻的苦恼,鲁迅、胡适、郭沫若、徐志摩莫不如此。自身的命运经历使他们深刻体会到无爱婚姻的痛苦,于是纷纷拿起笔来书写妇女解放,女性文学遂成为当时一个很"热闹"的文学类型,并涌现出了冰心、丁玲、张爱玲、凌叔华等一大批女性作家。老舍关于女性的书写,主要表现在对男权伦理道德的解构和对妇女解放的理性思考②,他对当时文坛上出现的"冲出家庭——走向社会——实现爱情婚姻理想"的创作模式,始终保持着一种清醒的审视态度③。老舍如鲁迅般思考"娜拉走后怎样"的时代命题,从全新的角度去写新与旧的冲突,写传统妇女在看似合理的等级秩序中所遭遇的无形摧残,写觉醒女性在自身局限与社会局限之间的对抗。老舍认为解放与自由的社会历史条件还不成熟:"真正的幸福是出自健美的文化——要从新的整部的设建起来:不是多接几个吻,叫几声'达尔灵'就能成的。"④老舍在妇女伦理观上,强调的是社会的整体改变完善和妇女的自身完善,在此基础上才能实现真正的女性解放。他主要对三类女性的爱情婚姻进行了伦理审视。

首先是顺从妇女的命运。在封建等级社会中,女性是男性的附属物,传统女性

---

① 张鸿声.论老舍小说对传统人格的表现[J].河南大学学报,1997,37(1).

② 荆云波.老舍小说创作的女性观[J].郑州大学学报,2003,36(1).

③ 程丽红.反映社会矛盾的深刻性和人性悲剧的真实性——谈老舍对妇女解放、婚恋自由的价值思考[J].松辽学刊,2000(2).

④ 老舍.离婚[M]//老舍.老舍文集:第2卷.北京:人民文学出版社,1981:273.

被先天地塑造成尊夫重道、相夫教子的楷模,带有鲜明的自卑心理和奴性人格。《离婚》将日常生活与官僚机构结合起来,叙述了几个小职员的家庭故事,展示了市民社会的灰色人生和苟安心理。小说里的"婚姻"有丰富的寓意,意味着社会的常态、恒定和安稳,"离婚"却是变化、无常和矛盾,会使社会失去正常的秩序和轨道①。张大哥一生所要完成的神圣使命,就是做媒人和反对离婚,张大嫂夫唱妇随,也跟着他反对他人离婚。其实,张大嫂在张大哥的面前,是没有女性地位与尊严的,他们夫妇二人过着的也是无爱婚姻,"敷衍"是其婚姻的哲学逻辑。对于这一类承袭传统太久而没有觉醒的妇女,老舍摒除了严厉的批判态度,对其怀有深切的同情。

其次是悍妇恶妻的命运。《骆驼祥子》中的虎妞是一个典型的泼妇形象。她的婚姻是自己争取来的,为此她不惜威逼利诱祥子结婚,可祥子从内心来说,对于虎妞更多的是畏惧,难以和她产生真正的爱情。《柳屯的》中,老舍用夸张的笔法塑造了一个更为蛮横霸道的女性。这位妇女是夏廉娶回的二房姨太太,她先让夏廉将原配妻子和女儿赶走,又唆使夏廉将父母逐出家门,通过种种手段将自己从一个外来者变为人人惧怕的女霸主。老舍笔下的悍妻恶妇形象,有悖于传统的伦理纲常规范,她们用颠覆式的手段动摇了封建的男权伦理秩序,但是这种做法也并不是女性争取独立自主的真正出路,它是以女性的扭曲为代价的。

最后是觉醒女性的命运。人本意识的张扬,是"五四"倡导的时代精神,但正如鲁迅所忧虑,觉醒女性仍然要面对觉醒之后的困惑。《阳光》中,"我"感觉自己是高傲与自由的公主,生活的一切可以做主,可是到了婚姻的关键时刻,父母追求利益联姻,替"我"决定了人生大事,最终导致"我"婚姻的不幸。在这部小说中,主人公虽然表面上自由独立,但是实际上仍然受到传统伦理道德的制约,女子在社会阶层中仍然没有尊严可言。《善人》中的汪太太是新旧矛盾集于一身的时代产物。她自称穆凤贞女士,最不喜欢别人叫她汪太太。她依赖于金钱的浮华,大手花着丈夫的钱,享受完物质之乐后却徒留空虚。回到家后以称呼丫环名字为"自由"与"博爱"表明自己是独立女性,成为了典型的人格分裂者。这些新时代女性,她们都曾接受过新思想和新文化的熏陶,但是在现实面前,她们又迷恋物质的享受,放弃了现代女性伦理的追求。可见,老舍认为女性的自由与独立还与自身的反思有关。

老舍曾说:"在我的作品中差不多老是把恋爱作为副笔,而把另一些东西摆在正面。这个办法的好处是把我从三角四角恋爱小说中救出来,它的坏处是使我老

---

① 王本朝.社会正义与个人德行:老舍文学创作的伦理诉求[J].海南师范大学学报,2010,23(1).

不敢放胆写这个人生最大的问题——两性间的问题。"①老舍主张用文学表现时代精神,而他的道德感却又如此的强烈,致使其创作显得"老气横秋"。老舍笔下的女性都带有很浓厚的传统伦理色彩,他对妇女命运的认识基于对传统伦理意识的批判立场,把女性命运作为反封建的一个切入点来看,既有悲悯同情又有质疑反思。

(三)老舍的家庭与国家伦理观

高度集中的君主专制和以血缘为纽带的宗法制,构成了中国古代社会人际关系的基本形式。宗法制度将血缘伦理关系和政治权利关系结合,制定出君臣有定、尊卑有等、夫妇有别、长幼有序的伦理原则。君统与宗统彼此联系,国与家彼此沟通,君权与父权互为表里,在伦理的粘合中逐渐形成了中国封建社会的稳定结构,构筑了中国人对伦理图景的宏大想象②。这样的伦理秩序,对于维护家国的安稳统一和聚合人们的情感归属有重要作用,但同时也不可避免地导致个人独立价值判断的丧失和自由个性的压抑。家庭伦理、家族伦理和国家伦理是老舍站在传统与现代的交汇点上,对传统伦理的重新审视。

首先,家庭伦理的审视。父母与孩子的关系是家庭伦理至关重要的一环,传统的家庭伦理中,家长权力凌驾于整个家庭之上,父母掌控着子女的人生命运。《牛天赐传》以传记方式,叙述了个人成长与家庭伦理文化之间的矛盾冲突,揭示出家长权力伦理是如何影响个人成长的。牛天赐本是一名弃婴,被牛家收养后,就如关进笼中的鸟,养父母按照他们的价值伦理对他进行塑造。养父希望牛天赐从商,养母希望牛天赐入仕途。牛天赐接受了两种伦理观的熏陶,但这两种伦理都忽视了他自我的主体性,父母死后,他便成了一个废物。《新爱弥耳》塑造了一位冷酷的父亲形象。孩子一生下来就受到父亲的"军事化"训练,从小被灌输革命、道德、政治思想,父亲的唯一目的是把孩子培养成钢铁战士,最后八岁的孩子不堪折磨早早夭折。这位父亲所教育的内容是西方的,教育方式却带有浓厚的封建家长制色彩。他把孩子当成自己的试验品,而没有把其当作一个基本的人来看。牛天赐和新爱弥耳,两者所接受的教育完全不同,但不约而同都被封建家长伦理制所戕害。

其次,家族伦理的审视。老舍对家族伦理有着矛盾复杂的情感,最主要体现在《四世同堂》和《正红旗下》。老舍在《四世同堂》中集中审视了中国传统家族文化,

---

① 老舍. 我怎样写《二马》[M]//胡絜青. 老舍论创作. 上海:上海文艺出版社,1980:16.

② 朱贻庭. 中国传统伦理思想史[M]. 上海:华东师范大学出版社,2003:24.

包括家族的宗法思想、等级观念、伦理道德、风俗习惯等诸多方面①。"四世同堂"构成一幅儿女绕膝、子孙满堂的天伦和谐图景,是传统伦理对家族秩序的美好想象。老北平的四合院里有许多四世同堂的家族,老舍生活其中,对其有情感上的眷恋。与此同时,接受过新文化洗礼和经历了西方思想熏陶的老舍,又对中国传统的家族伦理有理智上的审视。在家族伦理秩序中,上下层的父子关系是联系整个家族的纽带,具有非常重要的作用。《四世同堂》中对三层父子关系描写得细腻而微妙,摆脱了新时期以来家族叙事中晚辈与长辈的简单二元对立模式。老舍一方面认同父子关系对于维护传统家庭稳定格局的重要作用;另一方面,他又借父子关系对传统家族伦理文化进行重新确认。四世同堂的理想固然美满,但是传统的尊卑亲疏、长幼有序伦理,束缚了年轻一代的青春活力,使其为尽孝放弃了自我人生价值追求。同时,这样的家族在和谐安宁的表面下积累了太多矛盾,在民族利益面前,封闭固态结构又会使家族退缩于自我满足的堡垒中,维护自身利益而忽视国家的命运,这不是老舍理想中新人真正的生存场所。

最后,国家伦理的审视。老舍是一位具有强烈爱国情感的作家,在国家利益和荣誉面前有鲜明的价值立场,从早期的《二马》到后来的《茶馆》都表现出了这一点。老舍对于国家的热爱既表现出强烈的认同,又会从反面来"哀其不幸,怒其不争"。《四世同堂》中,老舍对于爱国知识分子钱默吟给予了极大的赞颂,对于民族败类祁瑞丰的汉奸行为则予以唾弃;在《二马》和《猫城记》中,老舍作为一个隐含的叙述者经常跳出来呐喊,以求唤醒沉睡的中国人,有时又不免悲观失望,慨叹国家的衰落。虽然也对国家表现出种种失望,但是老舍并不像其他一些留学者,单纯地恋慕西方的一切,而是会常常反观自己的国家,引起国人疗救的注意。在老舍的伦理认识中,个人与国家是分不开的,没有国就没有家,只有国家强大了,人民的生存幸福才有保障。抗战时期,老舍创作了许多反映人民抗战、保家卫国题材的作品。新中国成立后,当许多作家限于创作贫乏的时候,老舍反而能继续写出《茶馆》和《龙须沟》等优秀话剧,由此可见他对国家复兴怀有的强烈自豪感。

老舍不自觉地在"改变与接受""崇高与日常""独立与公共""启蒙与回归"之间徘徊游移。对于西方文化既没有热心颂扬,对于传统文化也没有保守维护,老舍希望在二者中间,发现真正符合现代国民精神的新伦理,重建民族理想人格。《二马》《猫城记》《大悲寺外》《黑白李》《四世同堂》中的李子荣、大鹰、黄先生、黑李、祁瑞宣都寄托了老舍的伦理理想。这些人中有的接受了新思想的浸润,具有现代人的人格独立精神和公共精神;有的还保留着传统的美德,带有传统温厚实诚的美

① 曹书文.理性的批判与情感的眷恋——重读老舍小说《四世同堂》[J].内蒙古社会科学(汉文版),2001,22(5).

德。这两类人整体代表了老舍对于未来国人伦理的畅想,他们既有家国责任情怀,又有个人自由独立精神。老舍呼唤这样的新国民改变旧中国中庸、沉闷、静滞的局面,为旧民族带来新的活力锐气。

三、老舍伦理观与文学创作的关系

老舍是中国现代文学史上最具伦理色彩的作家之一,他著作等身,持续跟踪摹写国人的伦理脉象,显示出对国民道德演变的深刻追问。在"五四"以来所有文学大家那里,很难找寻出可以与之相比拟、匹配者①。

(一)老舍伦理小说的意义

首先,老舍的伦理小说叙述着一个个关于日常平民的伦理故事,对善恶、情爱、家国等一系列问题进行了广泛关注,探讨着传统与现代相遇之下伦理道德的矛盾与走向。其次,老舍的伦理小说,以平等与同情的叙事姿态走进底层大众,将普通百姓的内心世界展示出来,拓展了现代文学的广度和深度,并结合特有的北京式幽默,产生了庄谐相融、雅俗共赏的美学风貌。最后,老舍以其独特的伦理叙事保持了新文学与传统叙事的对话,使新文学具有了接近大众、反映大众、引导大众的功能,扩大了新文学在现代社会中的影响力②。

(二)老舍伦理观的历史局限

老舍对传统伦理的态度始终徘徊在理性批判与情感眷恋之间。首先,善恶观方面。老舍太看重社会伦理对个人的影响,而使人的主体性受到一定压抑,善恶的选择最终被生存逼迫,走向一种简单的结局,从而没有展开对人性善恶本质的讨论。其次,婚恋观方面。老舍忽视了对自己旧有道德观念因袭的清理,这导致他对现代自由恋爱的犹疑和对两性关系探讨的不深入③。最后,家国观方面,老舍有时太过沉迷于家国的整体统一幻想,又不自觉地陷入东方主义式的文化悲观氛围中,从而没有在二者之间达到平衡。

(三)伦理观影响下老舍创作的缺失

徘徊于传统与现代之间的伦理困惑,不仅制约了老舍创作的思想深度,同时又影响着他在文本叙事上的选择。首先,老舍在文学作品的叙述间隙中,会经常穿插

① 关纪新.老舍,一位文化巨子的伦理站位[J].兰州大学学报,2009,37(2).
② 王本朝.论老舍小说的叙事伦理[J].中国现代文学研究丛刊,2009(5).
③ 曹书文.论老舍文学创作中伦理观的历史局限[J].内蒙古社会科学(汉文版),2005,26(4).

一些道德批评和文化议论,甚至有厚此薄彼的价值判断。这些爱憎情感的外在表达,强行打断了文本叙事节奏,破坏了故事的正常发展,阻碍了读者的阅读感受。其次,老舍在人物塑造上正反两面的简单化归类,难以客观真实地再现人物的思想、性格、心理等隐秘世界,在一定程度上也降低了艺术感染力。最后,矛盾的心态让老舍不能集中于问题进行探讨,造成态度上的模糊不清,有些问题也没有深入下去,留有些许遗憾。

身处文化之中又批判文化,身处历史之间又质疑历史,这是老舍的矛盾之处。老舍曾说过他要负起两个十字架:"为破坏、铲除旧的恶习,积弊,与像大烟瘾那样有毒的文化,我们必须预备牺牲,负起一架十字架。同时,因为创造新的社会与文化,我们也须准备牺牲,再负起一架十字架。"①这两个十字架都太过沉重,让他在选择伦理道路时很难洒脱自如地行走,同时也正是这样的矛盾,造就了老舍小说传统与现代既对立又融合的风格。

---

① 老舍.双十[M]∥老舍.老舍全集:第14卷.北京:人民文学出版社,1989:265.

第三章 老舍的小说

第一节 老舍小说的文学史地位

老舍在中国现代文学史上的独特地位与价值,在于他对文化批判与民族性问题的格外关注。老舍小说是对转型期中国文化尤其是俗文化的冷静审视,其中既有批判,又有眷恋,而这一切又都是通过对北京市民日常生活全景式的风俗描写达到的。老舍小说注重文化元素的传递,对世态的谱写真实而又有世俗的品位,加之其表现形式能够适应并提高市民阶层的欣赏趣味,所以能为现代文学赢得知识分子之外的众多读者。

一说到北京文化,就不能不联想到老舍的文学世界。北京文化孕育了老舍的创作,而老舍笔下的市民世界又是最能体现北京的人文景观,甚至成为北京的一种文化象征。老舍的作品在中国现代小说史中有十分突出的地位,与茅盾、巴金的长篇创作一起,构成现代长篇小说艺术的三大高峰。老舍的贡献不仅在于长篇小说的结构方面,而且也在于其独特的文体风格。老舍远离 20 世纪二三十年代的"新文艺腔",其作品的"北京味儿"、幽默风以及以北京话为基础的俗白、凝练、纯净的语言,是"京味小说"的源头,在现代作家中独具一格。老舍创作的成功,标志着我国现代小说(主要是长篇小说)在民族化与个性化的追求中所取得的巨大突破①。

---

① 温儒敏.论老舍创作的文学史地位[J].中国文化研究期刊,1998(1).

一、老舍小说的思想主题

（一）复仇主题

1923 年,在南开中学教书的老舍写出了他一生中的第一篇小说《小铃儿》,作品讲述了一个遗孤为父报仇的故事。尽管老舍声称"在我的写作经验里也没有一点重要性"①,"纯为敷衍"校刊而作,但我们却从《小铃儿》中发现一股强烈的复仇戾气,这一处女作的启示意义显然不可忽视。

探寻这篇作品的发生背景,我们不得不回到1900 年那个令我们民族也令老舍心痛的耻辱时刻。这一年,八国联军入侵北京,对中华民族犯下滔天罪行。这一年,老舍的父亲阵亡于抗击八国联军的战斗中,连个尸身也没捡回来。家里值钱的东西被侵略者洗劫一空,当时幼小的老舍也差一点死于侵略者的刺刀之下。这段悲惨的国史与家史,自老舍记事起就经常听母亲讲述,"直到老母病逝,我听过多少多少次她的关于八国联军罪行的含泪追述","母亲的述说,深深印在我的心中难以磨灭"②。以至"在老舍的一生中,不管走到哪里,它都一次又一次地回到他的记忆里,勾起他的无限辛酸与义愤"③。母亲对洋兵是深恨的,她以"千真万确的事实"代替童话,在老舍幼小的心灵中培养起强烈的爱国情感与民族义愤,同时也在老舍心中置下了一个非常沉重的情结,姑且称之为"复仇情结"。"情结"在精神分析学中指"由个人情绪经验中一个重大伤害产生出来"的"情绪、思想和记忆"④。老舍由悲惨家史产生的"无限辛酸与义愤"组成的"复仇情结"正吻合着"情结"这一概念应有的内涵指标:"不是人支配着情结,而是情结支配着人。"⑤从此,这个"复仇情结","就像一块放射性金属,表面上看来没什么害处,其实它却能放出一种能量,影响周围的每件事物",对老舍的思想与创作产生重要影响,甚至成为其创作的"灵感和动力的源泉"⑥。

抗日战争的爆发,日寇入侵践踏国土,这与当年八国联军入侵北京的暴行何其相似。这也激活了潜抑作家心中多年的"复仇情结",并进而强化了这一情结的情感意志力量。于是,由潜意识浮升到意识表面,不再需要形象的假借与遮掩,"复仇"成为这一时期老舍心理意识中最强烈的情感与理念,成为其小说最直露和最基

---

① 老舍.我怎样写短篇小说[M]//老舍.老舍论创作.上海:上海文艺出版社,1980:33.

② 老舍.吐了一口气[M]//胡絜青.老舍论创作.上海:上海文艺出版社,1980:183-184.

③ 胡絜青,舒乙.散记老舍[M].北京:北京十月文艺出版社,1986:218.

④ 朱智贤.心理学大词典[M].北京:北京师范大学出版社,1989:502.

⑤⑥ 霍尔,等.荣格心理学入门[M].冯川,译.北京:三联书店,1987:37.

本的主题。作家直言动机:"我想报个人的仇,同时也想为全民族报仇,所以不管我写得好不好,我总期望我的文字在抗战宣传上有一点作用。"①作家高呼:"我们必须复仇,必须咬牙抵抗","民族间的仇恨,用刀与血结起,还当以刀与血解开"②,"朋友们,继续努力,给死伤的同胞们复仇!"③这时的作家如复仇勇士,怀着无比强烈的民族义愤,以笔代枪地向臆想中的敌人展开了一场场猛烈的攻杀。武术教师以骨气击败敌人的恐吓;胖妇人一命换一命,掐死洋鬼子为夫报仇;王二铁枪杀六个日本兵,英勇就义;三青年自发结盟暗杀日寇;钱仲石与一车日寇同归于尽,钱默吟在九死一生后俨然成了除奸杀寇的复仇大侠。在一幕幕复仇叙事中,老舍的复仇欲望得到了酣畅淋漓的宣泄。在那些复仇者身上,老舍寄寓满腔热望,充分伸展了他的人格意志。当然,作品也以现实的惨烈教训和复仇的正义性感召了国人,起到了较好的抗战宣传作用,达到了作家预期的创作目的。

(二)生命主题

老舍是一位生命意识异常强烈的作家,他断言"看生命、领略生命、解释生命,你的作品才有生命"④,并表示要在自己的创作中"以生命为根"。对于老舍的小说创作,赵园指出:"老舍出于文化批判、文化改造的时代热情,强调传统家族制的崩坏,以对人性的思考为线索,表达了对旧有伦理秩序——'四世同堂'的家庭结构及旧式婚姻关系——的怀疑和对合理人生的追寻。"⑤

所谓生命意识,在此特指一个作家看待人生的独特眼光、衡量世事的心理尺度,以及明确的精神信仰、人生信念等,它是作家个性心理结构的核心组成部分。老舍的生命意识,主要是由他童年、少年时期的成长经历,以及成年后的人生阅历共同生成的。由于生于城市贫民家庭,长于贫苦市民之中,加之受善良坚毅的母亲的影响,以及周围长辈的关爱,使老舍产生出植根于心理深层的平民意识;由于生于北京,长于北京,又产生出浓厚得化不开的北京情结;由于儿时以及留学时的切身经历,以及目睹到的国家危难,这些使他产生出强烈的爱国情怀和使命意识。这种生命意识,促使老舍以被压迫与被损害者的眼光观察社会,为劳苦大众说话。他对旧中国的黑暗现实感到痛心,从而想用自己的笔,揭露黑暗社会,抨击社会制度,指出中国国民的精神弱点,希望能够警醒民众,力求在黑暗中摸索出一条走向光明

---

① 老舍.述志[M]∥孟丹.孟广来论著集——老舍研究.北京:文化艺术出版社,1991:40.

② 老舍.轰炸[M]∥老舍.老舍文集:第14卷.北京:人民文学出版社,1989:142.

③ 老舍.五四之夜[M]∥老舍.老舍文集:第14卷.北京:人民文学出版社,1989:156.

④ 老舍.谈创作[J].齐大月刊,1931(10).

⑤ 赵园.城与人[M].北京:北京大学出版社,2002.

的道路。而这正是贯穿老舍小说创作始终的似断实续的主题。

(三)"国民性改造"主题

老舍小说改造国民性主题也是非常突出的,具体有五个突出特点:

1. 从中外不同民族的对比角度揭露国民性弱点。老舍把典型人物放在典型环境中加以全面比较,以此来揭露和批判国民性弱点。

2. 在文化反思的基础上进行国民性批判。老舍基于家国理想的文化的批判,是建立在他接受西方先进思想后而产生的新价值观念的制高点之上的。

3. 从北平市民的底层角度反省和批判国民劣根性。老舍把对国民性的批判和改造放在他所塑造的北平市民阶层人物形象上,经由对市民性格的表现,达到对民族普遍性的精神批判。

4. 以中庸温和的态度批判国民劣根性。老舍并没有陷入对传统文化和人格的全盘否定,而是表现出了依依留恋之情。在对国民劣根性进行批判时,更多的是温和同情的讽刺而不是尖锐犀利的抨击。

5. 在反思批判中挖掘国民性优点。老舍在反思批判中努力挖掘民族性格与民族文化中的精神宝藏,以此探究能使民族振兴的力量源泉。

老舍改造国民性的理想,是融合东西方优秀国民人格以建构中国现代新人。老舍理想人格的建构经历了一个渐变过程,在早期小说中他对中国传统人文精神过于悲观,其人格理想寄植在西方。后来所建构的新人形象具有理想化倾向,是中西文化的复合体,但事实上他们的根基仍在东方,这与老舍建构理想人格的初衷也不甚相符。20世纪40年代,老舍高扬传统意识,对传统文化、国民性格有了新的认识。他对民族精神的歌颂与赞扬,在某种程度上冲淡了他早期理想人格的建构,但基本精神并没有改变。在祁瑞宣身上既体现了现代社会的国民人格、国家观念、追求知识与真理的态度,又散发着儒家文化那种忍辱负重、舍生取义、保家卫国、拯救民族的气节和忧患意识。至此,老舍的"理想人格"——融合东西方优秀国民人格以建构现代化新人的理想也基本形成。

二、老舍小说的人物形象

老舍是中国现当代文坛上一位有重要贡献的作家,在现代文学史上很少有作家像老舍这样把大量的精力用于关注市民生活。他执着地将目光集聚于描写"人与城"的关系上①,将他熟悉的北京中下层市民社会作为表现对象,用众多的小说

---

① 温儒敏.论老舍创作的文学史地位[J].中国文化研究,1998(1).

为人们构筑了一个广大的"市民世界"。在老舍的"市民世界"中,主要活跃着三类市民形象,即老派市民、新派市民和底层市民。老舍对文化的反思与批判,正是通过这三种不同类型的市民形象的塑造来完成的。

(一)老派市民形象:因循守旧、保守自私

老派市民形象,即那些尚保留着东方封建传统美德,温和、善良、讲礼节,但又极端保守自私、因循苟且的市民,这是老舍塑造得最好、最成功、最具有感染力的一个人物系列。

老舍对北京文化乃至整个中国传统文化中消极落后成分的批判,也主要是通过这类形象的塑造来完成的。他们虽然是城里人,但骨子里仍然是农民,是乡土中国的子民。他们身上负载着沉重的封建宗法思想的包袱,其人生态度和生活方式都是很旧派、很闭塞、很保守的。老舍常常通过戏剧性的夸张,来揭示这类人物的精神惰性与病态,从而实现他对传统文化劣根性的批判。老马、张大哥、祁老太爷等都是这类人物的代表。

"老马"是老舍旅居英国时创作的长篇小说《二马》中的人物形象。他迷信、中庸、马虎、懒散,是个奴才式的人物。他抱残守缺,不思进取,信奉好歹活着的人生哲学。因此,虽然他在伦敦经商,但他的习惯、做派、心理无不体现出中国士大夫的名士作风。他尽管成了商人,却鄙视经商;人家夸中国人好,他就请吃饭,夸饭好,他就再请。他在小节上似乎充满洒脱,也不乏有趣可爱;可在大节上就完全暴露出自卑、愚昧和空虚来。他与房东温都太太的恋爱悲剧,一方面体现了英国人的民族歧视心理,另一方面却正显示出老马所代表的传统中国人因愚昧、空虚而被人看不起的可悲现实①。

"张大哥"是《离婚》中的一个主人公,讲求中庸,是北平人的生存典范。"一生所要完成的神圣使命:作媒和反对离婚"。他乐于助人,为人劝架、保媒、搬家、找房,忙的不亦乐乎,在人们廉价的奉迎中飘飘然,觉得自己是最有能力最有用处的人。他的目的是要努力维持这个半新半旧"世界"的平和——在他看来,"世界的中心是北平",而北平的生活,不论是好的、坏的,都是世界上最标准、最得体的,只有在这样的一个中庸浑沌的社会中,他才能游刃有余地生活。然而他的儿子入狱,那些平时的朋友都避之唯恐不及,无人伸出援手。老舍用恰当的篇幅,画出张大哥的漫画像,介绍他的生存之道,辛辣地讽刺、批判了老派市民消极保守、不思进取的中庸之道。

---

① 吴俊杰.老舍小说中的"市民形象"探析[J].理论学刊,2006(8).

　　《四世同堂》里的祁老太爷,当日本侵略者占领北平时,在他看来只要准备三个月的粮食与咸菜,堵上自家院门,就可以逢凶化吉。都快要当亡国奴了,他还在想着如何过自己的寿辰:"别管天下怎么乱,咱北平人不能忘了礼节!"虽然他自己是平头百姓,可是心里却总不忘把人严格地划分为尊卑贵贱,忠诚地按照祖先的礼教习俗办事,处处讲究体面与排场。他奉行"和气生财"的人生观,善良到了逆来顺受的地步。他对来抄家的日本人微笑、鞠躬,和蔼地接受"训示";他尽管很同情邻居钱默吟一家遭受日军凌辱的遭遇,但又怕连累自己而不敢去探望一下老朋友。祁老太爷的性格就是懦弱、拘谨、苟安,这是老舍最擅长塑造的形象,他是老马先生、张大哥一类人的补充。

　　在这些人身上,老舍所揭示的是一种深刻的多重悲哀:阻止社会进步的障碍并不是来自个别人的道德败坏,而是一种渗透于整个社会的习惯或者说是一种传统文化中的糟粕。无论是老马还是张大哥、祁老太爷,他们都诚实忠厚、热情仗义,然而,他们自己是旧观念熏陶下形成的老派市民却不自知,这已经是一个悲哀了。但他们却还要用种种旧思想去影响干涉别人,这更加深了作品的批判力度。通过这一系列形象的塑造,老舍传达了这样的思想:要想社会进步,除了改革政治与经济之外,还必须进行民族心理的革命①。

(二)新派市民形象:追求不同,身份殊异

　　老舍和同时代许多作家不同的是,在批判传统落后文明对市民人性销蚀、同化的同时,也特别注意外来资本主义文明对市民性格影响的多面性和复杂性,这种态度鲜明地呈现在他对"新派市民"的刻画上。老舍的新派市民形象大致可分为三类。

　　第一类是老舍理想中的"国民楷模"。老舍虽然致力于国民劣根性的批判,但并没有忘记理想人格的塑造。在英国教书期间,深受西方文化的熏陶,因此他很自然地把许多西方观念加入理想人格的塑造中。老舍认为一个中国人能像英国人那样做国民便是最高的理想了,为此,他以英国国民为模式塑造了李景纯、李子荣这样的青年。李景纯是《赵子曰》中的新青年形象,他有知识、有理想、有爱国热情,也有为国捐躯的精神,最终用以死来抗争军阀的行为唤醒了赵子曰这类浑浑噩噩的青年学生。李子荣是《二马》中的人物,他是生活在英国的中国留学生,是一个用英国现代科学知识、民主理想和务实精神武装起来的现代青年,具备现代青年所

---

　　①　张瑛.老舍"市民世界"中的文化反思与批判[J].郑州航空工业管理学院学报(社会科学版),2005(3).

应具有的优秀品质:独立、务实、求真、敬业、爱国,有理想和脚踏实地的行动①。这是老舍所肯定、向往的理想市民典型,在他们身上寄托了作家"明日中国'新'人类"的乌托邦梦想。

第二类是老舍含泪鞭挞的"中间人"或"过渡人"形象。比如《离婚》中的老李、《四世同堂》中的祁瑞宣,他们都是在思想上接受过西方新思潮影响的知识分子,但在情感上却受到世俗社会的束缚而难以自拔。老李人品好,有学识,是一个肯埋头干实事的人,却遭到同事的无尽羞辱,面对小赵的混蛋行为,不敢有任何异议,作为堂堂男子汉,不能保护自己的家人,只能回到家痛哭一场。他有清醒的认识,却意志薄弱经常屈服于现实,摆脱不了长期生活于其中的市民社会环境,"不敢和无聊、瞎闹,硬碰一碰"。祁瑞宣接受过现代教育,具有一些独立、民主的现代思想,但他毕竟是老北京文化熏陶出来的祁氏家族长孙,因此在民族敌人入侵家园、祖国沦陷的严峻时刻,他却陷入了尽忠与尽孝的两难矛盾中难以自拔。这些作为思想矛盾的"中间人"形象出现在老舍笔下,其历史背景又正是中国市民社会从传统向现代变迁的动荡年代,因而就具有了特定时代的典型性。

第三类人物是"洋务"与"新派"的市井庸民。他们生长于中国传统的世俗社会里,却又沾染了许多西方的坏毛病,集中西糟粕于一身。他们用浮光掠影的片言只语、标新立异的行动举止装点自己,丧失了老一代的淳朴、热诚与自力更生的生活能力;他们满口新词汇,实际上却一味追求享受,倚仗父辈钱财过着醉生梦死的生活,显示出自身安身立命能力的不足。典型形象如蓝小山、丁约翰之类的西崽,张天真、冠招弟之类的胡同纨绔子弟。老舍用一种几乎刻薄的手法来描绘这类人物形象,描画他们可笑的漫画式肖像,从而实现批判、警醒、反思西方文化的创作意图。

(三)底层市民形象:忍辱负重、被侮辱被损害者

"底层市民"是老舍作品中表现得最多,也是广大读者最为熟悉的人物形象群体。老舍之所以乐于表现底层人民的生活状态,与老舍的出身有很大关系。老舍出身于平民阶层,这使得他比大多数现当代作家更加了解和更愿意关注市井平民的生活现状,他了解底层市民的精神重负,能从生命的崇高、求生的欲望、被侮辱与被损害的意义上去认识底层百姓的苦与乐;这使得老舍在反映旧社会的罪恶时,能注意到底层劳动人民所受到的多重摧残,即生命被践踏、被蹂躏的悲惨景象,以及贫苦景况中生存的残酷与精神幻灭后的堕落与蜕变②。

---

① 刘崇. 浅析老舍笔下的市民形象[J]. 安徽文学,2008(2).
② 潘应. 浅议老舍的市民世界[J]. 安徽教育学院学报,2005,23(2).

《骆驼祥子》便是一部展示城市贫民悲剧命运的代表作。沉默坚韧的祥子有着骆驼一般吃苦耐劳、坚韧不屈的秉性,他淳朴善良、恭卑谦和、富有同情心,最大的愿望就是拥有一辆自己能够支配的车,只有那样他才感到做人的价值与尊严,独立与自由。为此,他可以忍受狂风暴雨、天寒地冻,他为这个心中的小小愿望执着地追寻着。然而他的结局却是悲惨的:不仅没有买到车,而且丧失了生活的信念,而希望的幻灭导致的是人生的堕落。值得注意的是,老舍在表现底层市民悲惨命运的同时,也暗含着批判、排斥资本主义的主题。

短篇小说《月牙儿》写母女两代风尘女子的悲惨人生,为被侮辱被损害的下层妇女伸冤诉苦。在两代人生活道路的分离与相聚背后,隐伏着精神上的分离与合一。小说展示了母亲从生活中得来的"肚子饿是最大的真理"这个残酷的生活经验,与女儿从学校的新潮教育中接受的"恋爱神圣""婚姻自由"等新观念形成对立、矛盾。耐人寻味的是,矛盾的解决方式是女儿为了活下去,服从了母亲的生活"真理"去做暗娼。老舍通过这个故事对西方资产阶级个性解放思潮作出了自己的独特判断,他站在下层城市贫民的立场,尖锐地指出:在大多数穷人连基本的生存权利都没有、处于饥饿状态的时候,爱情就只有买卖,"婚姻自由""恋爱神圣"云云,不过是骗人的空想。老舍对于西方个性解放思潮的质疑与批判,无疑是深刻的。

三、老舍小说的艺术特色

(一)幽默的艺术

一位作家的语言风格是受个人气质影响的。老舍是一位极富幽默感的人,他热爱幽默,学习并提倡幽默,认为"文学要生动有趣,必须利用幽默"[1]。正因为老舍如此钟爱幽默,所以幽默也就成为了他一以贯之的语言风格。老舍在幽默文学领域所取得的成就及所作出的贡献,在中国现当代文学史上留下了一座丰碑,称得上是中国现代的幽默艺术大师。

老舍对幽默艺术的研究非常深刻。他在《谈幽默》一文中提出这样的看法,幽默作家应该"由事事中看出可笑支点,而技巧地写出来","幽默的作家必是极会掌握语言文字的作家,他必须写得俏皮、泼辣、警辟",否则就不是[2]。经过长时间的打磨,老舍的幽默技巧博采众长,臻于完美。他创造幽默的情境大体遵循四个基本

---

① 老舍.谈幽默[M]//曾广灿,吴怀斌.老舍研究资料.北京:北京十月文艺出版社,1985.

② 符丽珠.论老舍的语言艺术风格[M]//李润新,周思源.老舍研究论文集.北京:人民文学出版社,2000.

环节:首先制造悬念,接着着意渲染,然后出现反转,最后产生突变。其幽默情境既注意各环节的完整性,又注意发挥它在某一环节的灵活性。具体地说,他特别注重夸张、渲染手法的运用。在夸张、渲染某一事物时,总是不动声色,有时看上去很过分,似乎有点出人意料,但到后来,一经反转,又恰如其分,人人意中。如《离婚》中对尖刻的邱太太的瘦有如此描述:"瘦小枯干,一槽上牙全在唇外休息着。剪发,没多少头发。胸像张干纸板,随便可以贴在墙上。"显然,老舍通过漫画夸张笔法,使人物可笑形体与卑鄙灵魂的比衬更加鲜明突出,读后让人忍俊不禁,印象深刻的同时受到教育。幽默喜剧是从生活中产生,并带上作家独特的审美个性和价值判断的。老舍描写幽默人物的国民性弱点,不是让人们去取笑他们,也不以哀怜、滑稽为目的,而是为了将他们的病态灵魂展示出来,以博大的同情之心,去启迪和激发缺失了灵性的人们。老舍幽默喜剧的笑在情感上充满着轻快和机智,他用善意的批评、温和的规劝刻画人物,因此读过老舍的小说后,没有那种以尽情挖苦、嘲弄为痛快的心情,取而代之的是轻松愉悦的情趣①。

(二)悲剧的审美痛感

老舍的小说世界有一个发展过程,从早期的以喜剧为主,如《老张的哲学》《赵子曰》《二马》等逐步过渡到以悲剧为主,而悲剧艺术成就最高的当算《骆驼祥子》《四世同堂》及《月牙儿》。从这些作品中,读者很容易读出下层市民的生活悲剧,并透过这些表层的生活悲剧现象透视出他们精神悲剧之所在。老舍小说的悲剧艺术,其价值在于他所描写的不是那些尖锐剧烈的冲突与毁灭,而是现实生活中芸芸众生的苦难,他们悲哀地活着,委屈地死去,让人感到的是悲剧的痛感。

老舍在小说中所描写的贫苦市民的生活悲剧,是与其特殊的生活经历紧紧相连的。他从小就熟识市民社会小人物的悲哀与苦痛,这就限定了小说内容只能以市民普通人物的生活悲剧为主体,而不可能写出类似古希腊或文艺复兴时期的英雄伟人的悲剧。老舍小说中的人物都有着遭受不尽的厄运,一个个痛苦地活着,甚至是委屈地死去。《月牙儿》中的母女是在社会一步一步的逼迫下,沦为暗娼的,特别是女儿,她历尽磨难极力想摆脱母亲那样的生活,但最终仍不能幸免。她只得承认:"妈妈是对的,妇女只有一条路走,就是妈妈所走的路。"女主人公向我们讲述了她们母女在黑暗制度下那难以言说的痛苦。作家通过悲剧意识,去唤醒人们的良知,去憎恨那邪恶、黑暗的社会。

老舍小说的悲剧世界是丰富多彩的。初期描写小人物的悲剧含有较强的个人

---

① 李秀彦,邹燕.北平市民阶层的审美追求——老舍小说创作的艺术特色[J].沈阳大学学报,2003(3).

命运色调,让人看到了在痛苦境遇里苦苦挣扎着的市民社会中的普通人物,他们对命运不满,可又无能为力,这是命运安排的悲剧。到了 20 世纪 30 年代,老舍在悲剧艺术的运用上更成熟、更深入,他将悲剧艺术的触角伸入、上升到更广阔的社会层面,将读者带入更悲哀、痛苦的"无物之阵"的悲剧境地,将社会制度的腐败是造成市民社会悲剧的原因揭示出来。当然,市民悲剧形成的原因是多方面的,除社会政治、经济环境及文化意识形态的影响外,西洋文明的浸染所造成的人性变态也不可忽略。西方文化进入中国后,对中国传统文化产生了猛烈冲击,使得这个古老的民族愈益显露出它的落后性、变态性。病态社会的病态文化造成了小人物的人性异化,而小人物的人性异化才是老舍小说重点表现的市民的无事悲剧①。

(三)浓厚的"京味儿"风格

老舍作品中最引人注目的就是他的"京味儿"魅力。"京味儿"作为一种风格现象,包括作家对于北京特有的语言艺术、地域文化、风俗习惯、人文景观等的展示及注入其中的文化魅力。地方特色越浓,就越有艺术魅力,正如鲁迅先生曾说过的那样:"地方色彩也能增画的美和力。"②老舍是以故乡北京作为他作品的背景,给中国现代文坛奉献出了一个充满"京味儿"的独特艺术世界。

首先,老舍作品中的"京味儿"风格体现在对"京片子"语言的调用和呈现上。老舍虽是满人,但到他生活的年代,满汉已完全融合成一体,尤其体现在语言上。老舍出生、生活在老北京城,对典型的北京地方语言熟稔于胸,能抓住"京语言"的神韵,拈出、配置到他的人物形象中去,栩栩如生、活灵活现,与人物性格配合得天衣无缝。如《正红旗下》大姐夫多甫的语言:"学徒,来不及了! 谁收我这么大的徒弟呢? 我看哪,我就当鸽贩子去,准行! 鸽子是随心草儿,不爱,白给也不要;爱,十两八两也肯花。甭多了,每月我只作那么一两号俏买卖,就够咱们俩吃几十天的!"语言简洁、朴素,像蹦豆子,贴合大姐夫那种天真、虚荣的"北京爷们"的身份和心理。

其次,"京味儿"风格体现在老舍对"京味文化"及"京味文化性格"的呈现上。老舍用"官样"一语来概括北京文化特征,包括讲究体面、排场、气派,追求精巧的"生活艺术";讲究礼仪,固守养老抚幼的老"规矩";生活态度的懒散、苟安、谦和、温厚等。老舍对"北京文化"的描写,是牵动了他的全部复杂情感的:它既充满了对"北京文化"所蕴含的特有的高雅、舒展、含蓄、精致美的不由自主的欣赏和陶

---

① 李秀彦,邹燕.北平市民阶层的审美追求——老舍小说创作的艺术特色[J].沈阳大学学报,2003
(3).

② 孟昌,等.高尔基 鲁迅论题材[J].人民文学,1978(2).

醉,也饱含了因这种美的丧失、毁灭油然而生的感伤、悲哀、怅惘。老舍作品对北京文化的批判与对北京文化的挽歌情调交织在一起,其艺术风貌便呈现出比同时代许多主流创作更复杂的审美特征,如哀婉中的轻讽,批判中的反思。

老舍作品处处写到礼仪,礼仪既是北京人的风习,亦是北京人的气质,"连走卒小贩全另有风度"。北京人多礼,《二马》中老马赔本送礼;《离婚》中老李的家眷从乡下来,同事们要送礼,张大哥儿子从监狱中放出来也要送礼;《骆驼祥子》中虎妞要祥子讨好刘四爷更需送礼;《四世同堂》则直接详尽描写祁老太爷"自幼长在北京,耳濡目染跟旗籍人学习了许多规矩礼路"。这不仅是一种习俗,更表现了一种"文化性格"。北京长期作为皇都,形成了帝辇之下特有的传统生活方式和文化心理性格,以及与之相应的审美追求,迥异于有浓厚商业气息的"上海文化性格"。"京味文化性格"的典型表象是温文尔雅、节制中庸、讲求礼数。《四世同堂》第一章中写道:"无论战事如何紧张,祁家人也不能不为祁老太爷祝寿:别管天下怎么乱,咱们北平人绝不能忘了礼节。"在日本人兵临城下、即将国破家亡之际,祁老太爷讲究的是中庸心态、平和处事、礼数至上。这种"文化性格"对于北京人的影响是骨子里的。受其拘制,受新思想熏陶的中国新市民知识分子,如祁瑞宣也免不了呈现中庸与进取、保守与革新的双重性格或矛盾性格①。

第二节 《骆驼祥子》的思想内容与艺术特色

《骆驼祥子》写于 1936 年青岛,发表于 1936 年 9 月至 1937 年 10 月《宇宙风》第 25 期至第 48 期,1939 年 3 月由上海人间书屋初版。新中国成立后,由于受到时代潮流的影响,老舍对其作了较大修改,由人民文学出版社 1955 年 1 月出版。1982 年编入《老舍文集》第三卷,恢复初版本②。它是老舍的代表作,也是中国现代文学史上的优秀长篇小说之一。《骆驼祥子》是老舍本人"最满意"的一部作品,他说:"《骆驼祥子》是我做职业写家的第一炮","好比谭叫天唱《定军山》","这是一本最使我自己满意的作品"③。

————————

① 符丽珠.论老舍的语言艺术风格[M]//李润新,周思源.老舍研究论文集.北京:人民文学出版社,2000.

② 曾广灿,吴怀斌.老舍研究资料(下)[M].北京:北京十月文艺出版社,1985:1213-1214.关于《骆驼祥子》的版次及修改得失还可参照:朱金顺.《骆驼祥子》版本初探[J].出版史料,1989(3-4).陈思广.《骆驼祥子》的版次及其意涵[J].出版史料,2011(2).

③ 老舍.我怎样写《骆驼祥子》[M]//老舍.老舍生活与创作自述.北京:人民文学出版社,1982:45.

一、《骆驼祥子》的思想内容

《骆驼祥子》的经典性在于,它不单是人力车夫的悲剧,不单是劳苦民众的悲剧,而是中国社会民族的悲剧。作家以平凡的人物、平凡的故事,描写一个不平凡的时代,一个新旧交替、充满血泪、充满矛盾的时代。从那平庸的人身上,从那俚俗的语言中,我们感觉到我们民族的灵魂在痛苦地抽搐①。小说围绕祥子对买车的执着追求以及他与虎妞的情感纠葛两条线索,讲述了祥子三起三落,最后走向堕落、蜕变的人生命运,文本具有极大的张力。

毫无疑问,《骆驼祥子》不仅是老舍的代表作,也是现代文学史上最为重要的经典之作。夏志清先生给予了《骆驼祥子》极高的评价,认为它可以说是到那时候为止的最佳现代中国长篇小说②。作为这样一部重要作品,《骆驼祥子》的思想内容是丰富而深刻的。

首先,《骆驼祥子》讲述了一个小人物企图用个人奋斗来解放自己的悲剧。

小说写了一位来自乡下的洋车夫祥子怀揣着拥有一辆车的梦想,在老北平城几经挣扎,经历了三次大起大落之后,最后却变成了一个堕落的、自私的、不幸的、个人主义的末路鬼。老舍的深刻之处,就在于他懂得"祥子们"痛苦悲惨的原因不仅来自于外界的压迫剥削,还在于他们没有摆脱作为个体劳动者的弱点,他们的行动和反抗带有很大的盲目性。因此,在《骆驼祥子》中,老舍没有把笔触仅停留在对祥子所处的社会环境的揭露上,还进入到人物内心深处,写出祥子的失败是和他个人奋斗的方式分不开的③。

小说细致地描绘了祥子为实现自己的生活愿望所作的各种努力。来自农村的破产青年祥子选中了拉车这一行,把买车、做个独立的劳动者,作为自己的生活目标。他以极其严肃的态度对待自己的决心,"这是他的志愿,希望,甚至是宗教"。与几千年来的农民把生活的希望都寄托在几亩土地上一样,祥子把自己的前程也完全寄托在一辆洋车上,"有了自己的车,他可以不再受拴车的人们的气,也无须敷衍别人;有自己的力气与洋车,睁开眼就可以有饭吃",就"可以使他自由、独立"。他真诚地相信只要当上车子的主人,也就成了生活的主人。为了实现拥有一辆车的梦想,他甚至不惜与屡老病弱的车夫争抢客人,致使自己远离了周围的朋友,孤

①　菱子.论老舍及其文体[J].台湾:纯文学.1967,2(3).

②　夏志清.中国现代小说史[M].刘绍铭,译.上海:复旦大学出版社,2005:131.

③　吴效刚.怅恨世情与文化批判——论老舍小说的叙述形态[J].文学评论,2009(2).他认为,祥子的愿望、理想和在现实挫折面前的败退正显示了祥子身上最可怕的精神缺陷——缺乏超越灵魂、超越世俗生活的精神追求;祥子的悲剧在于他过着的是一种只为安身立命、没有灵魂的生活。

独无援,更加无力抗拒一次又一次的打击。当一个底层贫民把"买上自己的车"作为奋斗向上的全部动力,甚至是生活在世上的唯一目的时,一旦发现自己根本无法实现这样的愿望后,他失去的就不单是一个理想,而是生活的全部意义。盲目的个人奋斗,从一开始就注定了祥子失败的命运。小说结尾明确地表明了作家的态度:

> 体面的、要强的、好梦想的、利己的、个人的、健壮的、伟大的祥子,不知陪着人家送了多少回殡;不知道何时何地会埋起他自己来,埋起这堕落的、自私的、不幸的、社会病胎里的产儿,埋起这个人主义的末路鬼!

在老舍看来,像祥子这样要强、执拗的人,为了个人的独立自由进行了如此艰苦的挣扎与顽强的搏斗,却最终失败,这就更加有力地说明他们卑贱的命运不是什么个人的努力所能改变得,因为整个社会环境都没有为祥子提供改变命运的机会。祥子被剥夺掉的,不仅是车子、积蓄,还有作为劳动者的美德和奋发向上的生活意志和人生目的。在一个没有公正的社会里,祥子的命运只能控制在别人的手里,无论他怎样去奋斗,都是徒劳无功的。由于社会环境和命运的捉弄,祥子从乡村的个人主义英雄沦落为城市的流氓,走向了道德的堕落,没有了是非,更没有了梦想。小说通过祥子个人奋斗的悲剧表现出了对社会正义的强烈诉求以及对个人道德蜕变的思考①。在这里,美好东西的毁坏不是表现为个体在肉体上的死亡,而是个体美好品格的丧失殆尽,即精神上的毁灭。祥子的典型意义在于,他不仅使人们看到了个人奋斗的失败,还使人们看到了不公正的社会是怎样从精神上和伦理道德上摧毁一个善良的个体劳动者的。祥子的悲剧是一个不该毁灭者毁灭的悲剧,具有典型的悲剧意义和深沉的悲剧力量。

其次,它揭示了作家对城市文明病与人性关系的思考。

《骆驼祥子》所写的,主要是展示一个来自农村的淳朴农民与现代城市文明相遭遇后所产生的道德堕落与心灵腐蚀。恶劣的社会毁灭了要强的、好梦想的祥子,他似乎注定被腐败的环境锁住而终于堕落,他在命运的旋涡中挣扎而终于屈服于命运,沦入真正的车夫的"辙"。老舍如此安排祥子的命运,让进城后的他在道德上、人性上逐渐"异化",最终堕落成一具失去灵魂的肉体。它显然不只是为了批判现实社会,也不只是为了批判传统文明和落后的国民性,更深层的旨意是反思城市文明病与人性关系②。

老舍说他写《骆驼祥子》很重要的一点就是"由车夫的内心状态观察地狱是什

---

① 王本朝.社会正义与个人德性:老舍文学创作的伦理诉求[J].海南师范大学学报(社会科学版),2010,23(1).

② 钱理群,等.中国现代文学三十年[M].修订版.北京:北京大学出版社,1998:192.

么样子"①。这个"地狱"就是那个在城市化进程中所产生的道德沦落的社会,是被金钱所腐蚀的畸形的人伦关系。祥子进入人和车厂时,由流氓变成资本家的刘四,最先让祥子体会到了城市文明病之一的"金钱"的罪恶。以金钱衡量人与人之间的一切关系,是刘四唯一的哲学。为了攫取金钱和挥霍金钱,他不惜蹉跎女儿虎妞的青春和幸福;为了守住金钱,他毫不留情地将虎妞扫地出门。在这个金钱主宰的社会里,二强子逼女卖淫,高妈学会了向更窘迫的人放高利贷;在这种环境里,祥子的灵魂也一步步被金钱吞噬:为了金钱,他丢弃情义而与年迈的车夫抢生意、陪着陌生人出殡、去当局告密……可见,在祥子由"人"到"兽"的异化过程中,金钱的诱惑无疑起到了催化剂的作用。接着,虎妞让祥子认识了城市文明病之二的"欲望"的罪恶。虎妞是改变祥子命运的一个重要角色,她集变态的情欲、对金钱的贪欲以及城市病态人伦关系中的"丑"于一身。她设下圈套诱骗祥子,用无赖伎俩困住祥子,肆意地在祥子身上弥补自己缺失的青春。她对祥子的点星真情中掺杂着太多动物的欲望,让祥子觉得她简直就像一个走兽,要把他所有的力气吸尽。陷入了虎妞引诱的祥子感到自己从乡间带来的清凉劲儿被她毁尽了,心中仿佛多了个黑点儿,永远不能被洗去;而在被做过暗娼的夏太太引诱后,他已经完全无所谓了,还打哈哈似的告诉其他车夫;最后他一喝醉就住在最下等妓院的白房子里。他在欲望的沉迷中完全丧失了道德和人性。

在金钱与欲望的沼泽里,祥子失去的不仅是做一个独立车夫的梦想,还有做一个平常人的自信,他最终成为了那城市丑恶风景的一部分。而引诱祥子陷入欲望沼泽的虎妞自己也同样是欲望的牺牲品。由于刘四对金钱的无限欲望,让她贻误了青春,成了嫁不出去的老姑娘。由于她对爱情和幸福的追求长期被压抑,身受家庭剥削的损害,心理也因之变态。在她与祥子的婚姻中,虎妞近乎动物般的欲望、索求,完全是粗野的、畸形的。她几乎把祥子当做了自己的猎物,这严重摧残了祥子的肉体和心灵,并且她自己也始终未得到半点幸福。虎妞是可恨的也是可悲的,她的悲剧正是城市文明发展中众多底层女性的悲剧。这样一个集可恶可笑可怜可恨于一身的女性,已经成为现代文学人物画廊中一个复杂而丰满的人物形象。小说对构成城市环境的各式各样的人进行了解剖,犀利地指出在现代化进程中城市文明病所引发的人性的沉沦与变异。我们能感受到老舍对病态的城市文明给人性带来的伤害的深深忧虑。"在30年代,像《骆驼祥子》这样在批判现实的同时又试图探索现代文明病源的作品是独树一帜的。"②

最后,它构造了一个普世性的生命寓言。

① 老舍.我怎样写《骆驼祥子》[M]//老舍.老舍生活与创作自述.北京:人民文学出版社,1982:46.
② 钱理群,等.中国现代文学三十年[M].修订版.北京:北京大学出版社,1998:194.

"《骆驼祥子》凭其生命寓言的恒久价值、凭其对车夫特殊人群的杰出表现、凭其独到的叙述文章就足以不朽了。"①小说对北平人力车夫的生活与行为有着精细的理解和表现,全书主要围绕着"车"展示了车夫艰辛的奋斗历程,又着眼于"心"展现了主人公的蜕变过程。作家通过虚实结合的方式,展现了代表一切个人奋斗者的精神世界,表达了对人类的普遍与恒久意义的追求。

老舍"实写"的是形而下的车夫们和周围人的日常生活,而瞩目于"心"的叙述则被赋予了形而上的寓言意味。我们从中看到的是现代人的心灵悲剧,祥子"车"的志愿落空、人格的堕落正是这样的悲剧。"车"是祥子的"志愿、希望,甚至宗教",车"可以使他自由、独立"。拥有自己的车,"他以为这只是时间的问题,这是必能达到的一个志愿与目的,绝不是梦想!"。买车的愿望与愿望的暂时实现是祥子"心事"叙述的逻辑起点,卖车与绝望的情绪、堕落的行径是他的命运归宿,失去车就是失去生命的价值。人格的堕落与价值的失落,就是祥子的心路历程与心灵逻辑。这个逻辑与"人类的努力的虚幻"的悲剧哲学吻合一致,成为了一个生命寓言。

祥子的起点是一个"高等车夫",他是车夫中的超人,其个人奋斗的客观效果就是维持他不同于一般车夫的地位与价值。从"高等车夫"到"车夫样的车夫",再堕落成为"末路鬼",祥子的生命轨迹与发展逻辑始终是向下的。而前后判若两人的祥子,其差别只在有"志愿"与"无心"。转折便是"祥子的车卖了!",车被卖了,它是祥子的车,它被祥子卖了,它曾经是祥子的追求目标、是志愿、是宗教,祥子无可奈何地背叛了自我。这时的祥子已经没有了"心事","以前他所看不上眼的事,现在他都觉有些意思","他没了心,他的心被人家摘了去",他变成了一个无心的人,也是一个无心追求任何事物的人,距行尸走肉只差了一步。写"心"而走到这一步,小说的悲剧意义已经充分显露:"哀莫大于心死!"此前的祥子一直是一个奋斗者,此时的祥子则是一个"车夫样的车夫"。祥子从车夫中的超人发展到对车夫标准的认同,正是一种精神的堕落。他从不沾烟酒到烟酒成瘾,直至最后连地上的烟头都要捡起来。起初他是借吸烟反思多舛的命运,借喝酒求健忘,最后烟酒已经成了一种习惯和悲剧生命的组成部分。让祥子成为"标准车夫"绝不是叙述宗旨,老舍必须要让祥子真正下地狱,以体现人的精神的巨大变化空间,以及人类的奋斗与堕落之间的巨大张力。这个张力及其必然悲剧的导向正是人类生命的寓言。《骆驼祥子》中的事件是简单的,不过是买车丢车,而附着于事件的人心却是极为复杂的。人心与世界的关联、人生的哲理却不因为这个过程的复杂而模糊。老舍

---

① 吴效刚.怅恨世情与文化批判——论老舍小说的叙述形态[J].文学评论,2009(2).

把世界对人的规制抽象为与车关联的一个意象："辙"，这个辙印的终端就是地狱，而地狱又在人的心里，人的一切努力都为了不去走那个被规制的"辙"，但人往往挣不脱它。祥子"入了辙"，他下了地狱①。

二、《骆驼祥子》的艺术特色

《骆驼祥子》之所以被推崇为老舍的代表作以及现代文学的经典，不仅在于其思想的深刻与丰富，还在于它艺术手法的独特性与个性化。老舍十分熟悉作品所描写的各种人物，他用一种朴素的叙述笔调，生动的北京口语，简洁有力地写出了富有地方色彩的生活画面和具有丰满性格特征的人物形象。在艺术结构的安排和语言的凝炼上，都取得了成功。

首先，严谨的艺术结构显示出了老舍小说创作独特的艺术魅力。

老舍的长篇小说在结构上都有一个突出特点：以写人为中心，围绕人物的命运来展开情节。在《骆驼祥子》中，祥子的命运便是全书的中心线索。祥子的主角地位始终是不可动摇的，写到的所有其他人物，都因祥子而存在。人既以祥子为主，事情当然也以拉车为主。这样，作家便让一切的人都和车发生关系。小说以主人公祥子的生活遭遇为描写重点和结构中心，以祥子买车、卖车"三起三落"的奋斗、挣扎、堕落过程为叙事线索，一线串珠地组织材料，安排情节，显得不枝不蔓、紧凑集中。这种单纯、集中、明晰的结构，不仅使小说情节完整而谨严，而且有力地展示了人物性格发展的完整过程及其悲剧性结局的必然性。同时，又通过祥子与周围人们错综纠葛的复杂关系和各种生活场景的描绘，展现出那个特定时代的社会生活环境，单纯中有复杂，从而在较为广阔的社会背景下揭示了祥子悲剧命运的社会意义。整部作品没有过多的铺排渲染，也没有离奇曲折的故事情节，作家或介绍，或描绘，或评论，把故事的来龙去脉、人物的喜怒哀乐通过叙述娓娓道来。但故事有头有尾，情节的展开前后呼应，既符合人们的欣赏习惯，又使人物更加突出，作品主题更加明确、集中，显示了作家纳繁复于单纯的艺术功力②。

当然，老舍也要写社会，不写社会无以塑造人物。但那些社会生活，是被卷入主人公命运中的，是事随着人走。不仅如此，一些次要角色，也都围绕着祥子的命运而出现，都服从于祥子形象的塑造。这种构思方法的优点是：文章线索清晰明了，人物形象丰满厚实。《骆驼祥子》虽众星拱月般地突出了祥子的形象，但并没有忽略其他人物的塑造，与祥子关系密切的人物，如虎妞、刘四等，也都刻画得相当出色。同时，作家围绕着祥子，描绘了车厂、茶馆、大杂院、白房子等生存环境，叙写

---

① 徐德明.《骆驼祥子》和现实主义批评框架[J]. 中国现代文学研究丛刊,2007(3).
② 宋卓森. 浅论《骆驼祥子》的艺术特色[J]. 现代语文(文学研究),2010(9).

99

了军阀战争、工人受剥削、进步知识分子受迫害等事件,给读者提供了一幅五光十色的具有浓郁故都色彩的风俗画卷,为人们认识二三十年代的北平提供了有益的锁钥①。

其次,小说善于用丰富、细腻的、贴合人物身份的方式描写人物的心理活动及变化。

《骆驼祥子》的心理描写是紧紧结合人物的行动与故事情节的,心理描写补充了祥子沉默、木讷、不善言辞所留下的空白。因此,小说在刻画主人公祥子的性格时,运用了大段的静态心理描写,而且这些心理描写完全是中国式的、祥子式的,它是用祥子的语言来叙述,而不是以作家第三者的语言来加以客观描绘的。哪怕是写景,都是通过祥子的眼睛去看去描绘,用这些景物在祥子眼中的变化反衬出祥子的心情和动态。比如:

他弄不清哪儿是哪儿了,天是那么黑,心中是那么急,即使他会看星星,调一调方向,他也不敢从容地去这么办;星星们——在他眼中——好似比他还着急,你碰我,我碰你地在黑空中乱动。祥子不敢再看天上。

这是祥子逃出兵营摸黑走道儿的心理活动,看不清方向,又担心被大兵发现,他心里惊慌、着急、害怕,以致错认为星星也慌乱不安地在互相碰撞。这种用景物在人物心里的反常变化来曲折地表现人物在行动状态下的心理活动,应该说是老舍的一个创造②。即使是纯粹的心理活动叙述的部分,老舍也尽可能地用人物自己的语言来讲述自己的心情。比如,祥子买车的积蓄被孙侦探敲诈走后,他攥紧了拳头,说了一句话:"我招谁惹谁了?"对于祥子而言,他没有文化,只知盲目地个人奋斗,看不清自己所处的环境,这就是他最真实的心理状态。再如,祥子从兵营牵了三头骆驼逃出来,他左右拿不定主意,最后索性把心一横:"走吧,走,走到哪里算哪里,遇见什么说什么,活了呢,赚几条牲口;死了呢,认命!"这种豁出去的心情当然是最祥子的,复杂的问题想不清楚,也想不远,只有一个办法就是认命。语言是思想的外衣,借助祥子的语言来展示祥子的心理也就格外的生动、贴切。

最后,京味儿与幽默是最具特色的"老舍式小说"的标签。

在《骆驼祥子》里,故事线索单纯,白描手法出神入化,它的语言完全是普通北京人的口语,描写少,叙述多,正如老舍自述:"文字要极平易,澄清如无波的湖水",并且"从容调动口语,给平易的文学添上些亲切、新鲜、恰当、活泼的味儿。因

---

① 宋阜森.浅论《骆驼祥子》的艺术特色[J].现代语文(文学研究),2010(9).

② 汪应果.左联时期的中长篇小说(节录)[M]//曾广灿,吴怀斌.老舍研究资料(下).北京:北京十月文艺出版社,1985:716-717.

此,《祥子》可以朗诵。它的语言是活的"①。《骆驼祥子》显示了老舍小说语言追求的目标及获得的实绩②。老舍小说独特的京味,来自生活中提炼出的独具文化色彩的语言,来自悠久历史与文明所孕育出来的民族文化的智慧和外观。老舍运用经他加工提炼了的北京口语,写大杂院、四合院和胡同,写市民凡俗生活的风俗人情,写构成古城的各种职业和寻常世相,使小说透出北平特有的地方色彩。

老舍最大的本事就在,他把文学语言一下就扎到了北京老百姓的舌根上,散发出浓郁的京味魅力,透射出带着胎记的京味人生习俗。老舍笔下,语言是习俗,习俗也是语言,达到新文学的语言学的新境界。老舍的小说用简洁朴实、自然明快的语言准确传神地刻画了北平下层社会民众的言谈心理。比如写人物外表:祥子是"挺脱""硬棒",刘四爷是"虎相""方嘴",虎妞是"虎头虎脑"。比如写人物语言:祥子因事儿不顺,楞眼说"不这么奔,几儿能买上车?"高妈称赞祥子是"老实巴交",车夫们起哄祥子说"哼,你怎么不能呢,眼看着就咚咚嚓啦!"这些用语都是取自北平人的唇舌,又符合人物的身份、个性、教养。虎妞引诱祥子的一番话更是闻其声如见其人:

"你瞧,"虎姑娘指给他一个椅子,看他坐了下来,才说:"你瞧,我今天吃犒劳,你也吃点!"说着,她给他斟上了一杯;白干酒的辣味,混合上熏酱肉味,显得特别的浓厚沉重。"喝吧,吃了这个鸡;我早已吃过了,不必让!我刚才用骨牌打了一卦,准知道你回来,灵不灵?"

"我不喝酒!"祥子看着酒盅出神。

"不喝就滚出去,好心好意,不领情是怎着?你个傻骆驼!辣不死你!连我还能喝四两呢。不信,你看看!"她把酒盅端起来,灌了半多盅,一闭眼,哈了一声。举着盅儿:"你喝!要不我揪耳朵灌你!"

这番对话,让虎妞这个老姑娘粗俗泼辣又工于心计的性格跃然纸上,祥子木讷老实、寡言少语的形象也表现得生动鲜活、贴切真实。这里每一个人物的语言都是个性化了的。正如老舍所言:"对话必须用日常生活中的言语。这是个怎样说的问题,要把顶平凡的话语调动得生动有力。我们应当与小说中的人物十分熟识,要说什么必与时机相合,怎样说必与人格相合。"③作品的叙述语言也多用精确流畅的北京口语,既不夹杂文言词汇,也不采用欧化语言,在老舍手里,俗白、清浅的北京口语显示出了独特的魅力和光彩。北浦藤郎说:"老舍早期的作品有为幽默而幽默

① 老舍.我怎样写《骆驼祥子》[M]//老舍.老舍生活与创作自述.北京:人民文学出版社,1982:48.
② 王本朝.论老舍小说文体形式的自觉与创造[J].民族文学研究,1999(1).
③ 胡絜青.老舍论创作[M].上海:上海文艺出版社,1980:99.

的缺点,但在《骆驼祥子》一书中,一扫积弊,风格敦重,文字凝炼,没有一句废话。"①无论是情节交代,还是人物介绍,都极省笔墨,表现力却很强。即使有幽默,也如老舍所说:"它的幽默是出自事实本身的可笑,而不是由文字里硬挤出来的。"②老舍的幽默风格,在《骆驼祥子》已是恰到好处,达到了一个新的境界,其含蓄而意蕴丰富,让人神会于心,哭笑不禁。这种有节制、有分寸的艺术表现,悲剧与喜剧的渗透,讽刺与抒情的融合,获得了一种丰厚的内在艺术力量,达到了一种"含泪的笑"的艺术效果。老舍创造性地将文学语言的通俗性与文学性统一起来,形成了独具特色的"京味儿"韵味,不愧是一位语言艺术大师。

第三节 《四世同堂》的思想内容与艺术成就

《四世同堂》全书包括三部,即《惶惑》《偷生》《饥荒》。近百万字,是老舍作品中最长的一部,也是写作时间最长、花费精力最大、完成过程最艰难的一部作品。从 1944 年到 1945 年抗战胜利,老舍完成了前两部。1946 年,老舍到美国讲学,写完了第三部《饥荒》。1979 年 10 月和 12 月百花文艺出版社分上、下册出版了《四世同堂》(共三部)③。它不仅是老舍在曲折的创作道路上寻找自我、发现自我的一个里程碑④,而且是 20 世纪 40 年代整个国统区创作的代表作之一。《四世同堂》涵盖了老舍此前作品的所有主题,结构宏大、气势恢宏、抒写从容,表现出思想和艺术的全面成熟,是老舍现实主义创作艺术的一个标杆和高峰。

一、《四世同堂》的思想内容

《四世同堂》以抗战时期的北平沦陷区为背景,透过小羊圈胡同看国家、民族的命运。小说写了"小羊圈"胡同里以祁家祖孙四代为中心的各种人物的生活经历,再现了在日本侵略者的残暴统治下,城市市民阶层由惶惑、偷生到逐渐觉醒、反抗的过程,歌颂了沦陷区人民坚强不屈的斗争意志和抗战决心,也反映了知识分子的善良、苦闷和奋起。可以说《四世同堂》是一部"笔端蘸着民族的和作家的血写

---

① 孟泽人.印在日本的深深的足迹——老舍在日本的地位[M]//曾广灿,吴怀斌.老舍研究资料(上).北京:北京十月文艺出版社,1985:374.
② 老舍.我怎样写《骆驼祥子》[M]//老舍.老舍生活与创作自述.北京:人民文学出版社,1982:47.
③ 曾广灿,吴怀斌.老舍研究资料(下)[M].北京:北京十月文艺出版社,1985:1214-1220.
④ 邱才妹.民族危亡之际:《四世同堂》导读[M].成都:四川教育出版社,1997:57.

成的'痛史'和'愤史'"①。

首先,它表现了北平人在日本侵略者奴役下的艰难生活,以及他们缓慢而曲折的觉醒过程。

小说讲述了北平从陷落到日本侵略者彻底投降的八年间,发生的桩桩件件令人哀伤、激愤的故事。老舍逼真而细腻地刻画了在家破人亡的时刻,旧北平人幻想苟安、惶惑偷生、缺乏英雄气概和冒险精神的弱点。北平人总是相信"善有善报,恶有恶报",而想不到去创造历史或改变历史。战争爆发,祁老太爷还只想着安享风烛残年,保住四世同堂;祁天佑只求靠安分守己的操劳,为自家的老人和儿孙挣得衣食家业;祁瑞宣既想尽孝家庭,又想尽忠国家,但是家庭这个礼教的堡垒,把他牢牢地拴在了屋柱上;祁瑞全逃离家庭,走进战斗,却久久未能找到组织和方向;还有李四爷、常二爷、小崔、孙七、刘师傅、程长顺、方六,等等,虽然亲身感受到冤屈和耻辱,但每日的吃喝是在无论什么样的统治者的管压下都无法摆脱的事,大家便在惶惑中偷生,谁也不知怎样才好,枪炮打碎了他们简单的希求和梦想。面对诗人钱默吟的被打与被捕,钱孟石的惨死,有的觉醒了,但大多数人只是敢怒而不敢言。作家以清醒的现实主义态度直面耻辱的人生,不去粉饰它,如实地描写它。作家所反映的民族精神素质的许多弱点,为我们提供了认识历史和人性的一面镜子。

但小说也给我们呈现了北平人的觉醒与反抗。老舍没有按照一定的模式去写有声有势的反抗行动,而是逼真细腻地刻画了北平人在异族侵略者的统治下缓慢而曲折的觉醒过程,突出了北平普通群众的亡国之痛和他们灵魂上遭到的凌迟,体现了北平人民不可征服的气节、挣扎与反抗。第一部《惶惑》描写了沦陷区群众貌似惶惑,实则坚决要求抗战的心情。钱仲石不愿当亡国奴,开车摔死一车日本兵;钱诗人为儿子的勇气感到骄傲,自己也决心以死殉国;祁瑞宣主张"还是打好",并帮助弟弟瑞全逃出北平投入抗战的洪流;胡同里的小崔、长顺等人也每天争论战事情况,诅咒日本人,甚至小崔还痛打了一个坐车不给钱的日本兵……每个有气节的北平人面对突如其来的沦亡,他们要求反抗的信念却是坚定的。在第二部《偷生》中,钱诗人脱下长衫成为抗战的斗士;祁天佑、常二爷不甘受辱,以死抗争做人的尊严;刘师傅将妻子托付给瑞宣,逃出北平奔赴国难……在第三部《饥荒》中,连祁老太爷也改变了他一向的谨慎而怒斥日本人和特务;祁瑞宣终于走出了自责与愧疚,成为了一个战士……沦陷区的人民在敌人的残酷掠夺所造成的严重饥荒中走向觉醒,完成了普通大众由惶惑到觉醒的蜕变。

其次,小说深刻地揭露了日本侵略者及其走狗的凶残、虚弱与无耻的本质。

---

① 杨义.中国现代小说史(第二卷)[M].北京:人民文学出版社,1988:210.

作家意图借北平人民的亡国之痛突出占领者的残暴,但他显然不是着重叙述和描绘侵略者的暴行事件。作家的触角,伸向了侵略者的神经末梢,用一种主观抒情色彩很浓的笔墨,去鞭挞那些由于疯狂、贪婪和傲慢而使自己变成了"色盲"的战争狂人。小说通过八年之间北平人民每日每时都经历着的、充满痛苦和屈辱的生活情景,有力地控诉了侵略战争的制造者。在老舍笔下,战争狂人们不仅施一切暴虐于沦陷区的百姓,让他们随时随地面临死亡的威胁,随时随地遭受强加的侮辱,而且还将杀人当做一种艺术,像魔鬼一样欣赏着各种酷刑和死亡,同时他们还驱使自己公民中的男子充当炮灰,强迫女子沦为营妓,直到无条件投降的前夕,他们还不忘鼓吹"圣战"的滥调。日本侵略者就是这样残暴无耻,他们以为只要贿赂了北平的一两条狗,便能偷到大宅子中值钱的东西,妄图以极小的损失换取极大的收益,他们没想到平津陷落后,中国竟开始了全面的抗战。他们一面杀人放火,一面又想用纸把血迹与火场盖上,其结果是武士变成了小丑,武士道精神变成了自欺欺人的把戏①。

老舍对侵略者的走狗——汉奸败类,也进行了无情的批判和讽刺。冠晓荷与祁瑞丰都是认贼作父、有奶便是娘的汉奸。他们一个是体面而完美的苍蝇,一个是四世同堂的败家子,他们没脸没皮、无耻至极,最后一败涂地地死在日本人手里。还有满脸雀斑、声如洪钟、气势凌人的大赤包,为了做官,四处奉迎巴结,她的心中完全没有羞耻二字。她指使冠晓荷出卖钱默吟一家,出卖女儿的色相笼络特高科科长李空山,最后,她被蓝东阳陷害,以贪污罪入狱,疯癫而死。而蓝东阳本人更是心术不正,眼斜、鼻歪、口臭,没有半点民族气节,为人处事孤僻、阴冷,丑态百出。作家活画了汉奸败类的丑恶、无耻的嘴脸,主张像扫垃圾那样把汉奸清除掉。汉奸的命运和他们的日本主子一样,是没有好下场的,他们必定会走向灭亡。

最后,小说对中华民族的国民性改造问题作了深入思考。

小说通过追本溯源的深层思辨,认为产生病态国民精神的渊源是我们民族传统文化中的精神负累——愚忠、愚孝、愚悌②。《四世同堂》这个题目在某种层面上暗示了这种文化的基本特征是伦理的,是"以家为本位"的。老舍继承了鲁迅改善国民灵魂的"五四"传统,他把造成国人性格懦弱、敷衍、苟且偷安的思想归结于这种传统文化。小说丰富地展示了传统家族伦理,如婚嫁、礼俗、时令、寿诞、交际、丧葬以及商贾等伦理秩序和意识,主要是以血缘、家族为核心建立起来的一套伦理规

① 吴小美.一部优秀的现实主义作品——评老舍的《四世同堂》(节录)[M]∥曾广灿,吴怀斌.老舍研究资料(下).北京:北京十月文艺出版社,1985:791.

② 邱才妹.民族危亡之际:《四世同堂》导读[M].成都:四川教育出版社,1997:61-62.

范如何影响和制约现代人的生活和心理①。老舍在作品中集中地审视了中国家族文化,对其消极性因素进行了理性的审视与批判,如对祁老太爷和祁瑞宣的审视与批判。祁老太爷礼让、克己,是所谓中国传统"精髓"文化的体现者;他忠实于传统礼教习俗,回避政治纷争,"善良"到了逆来顺受的地步;在他心里,宰相大臣才是管国事的,而他自己不过是个无知的小民;他一心渴望安享"四世同堂"的天伦之乐,直至美梦被无情地击碎,才有所觉醒。而祁瑞宣作为知识分子知书明理,一心要为国赴难,却又只能为家这个礼教堡垒所困,感叹一句:"没有四世同堂的锁链,他必会将他一点点血洒在最伟大的时代中,够多么体面呢? 可是,人事不是想象的产物,骨肉之情是最无情的锁链,把大家紧紧串在同一命运上。"只有空想而疲于行动,家族文化"礼让、克己、尽孝"的毒素毒害了瑞宣的大脑,限制、束缚了瑞宣的手脚。

家,在中国是礼教的堡垒,而这个堡垒却容纳了包括等级观念、宗法思想、伦理道德、风俗习惯等诸多家族文化的内容。中国封建社会的典型特征是它的尊卑贵贱的等级秩序,这种严格的等级秩序不仅限制了人们表达自己思想与情感的自由,而且久而久之便形成了国民的奴性心理。汉奸冠晓荷在宪兵和便衣面前奴性十足,他"把脸上的笑意一直送到脚趾尖上,全身像刚发青的春柳似的柔媚地给他们鞠躬"。祁瑞丰、蓝东阳等同样媚态十足,唯日本人是从。老舍对传统文化中的消极因素认识得十分清醒,他揭示出正是由于文化等级观念的毒害,使底层群众早已习惯于严守本分;日本侵略者也正是懂得并利用中国传统文化的消极面才使得汉奸受其驱使、为其所用。

老舍在揭露传统文化的弊端时,也不断在传统文化、传统民族性格潜在力量的挖掘中寻求民族振兴之路,催促传统文化的新生。老舍在批判祁老人、祁瑞宣、钱诗人身上传统文化的痼疾之时,也描写了他们身上所表现的传统文化的优点以及他们的反思与觉醒。小说表现了家族伦理、生存伦理与民族国家伦理三者之间的矛盾,既对传统家庭伦理和生存伦理进行了反省和批判,又揭示了民族国家伦理意识的觉醒与生长。在老舍文学创作的价值世界里,最为集中的伦理观念是社会正义与个人德性②。中国人民的不可征服正是源于传统文化中"国高于家、身死为国"的观念和教诲。因此,老舍在批判作为礼教牢笼的"四世同堂"的同时,也肯定了它体现出来的团聚人心、共御外敌的积极一面。老舍对中国传统家族文化的反思是站在民族、国家的立场上的,因此,他对那些在国难之际出卖民族利益、有辱民

①②　王本朝.社会正义与个人德性:老舍文学创作的伦理诉求[J].海南师范大学学报(社会科学版),2010,23(1).

族气节的丑恶行径进行了无情的批判,同时积极肯定那些舍家为国、不畏强暴的爱国行为①。老舍对抗日战争的描写,不是战场上的战斗,而是"亡城"中之国人的屈辱和新生,是对于这场民族灾难的反思,对中华民族之所以处于危亡境地的社会和文化根源的反思,并且反思达到了相当的深度②。

二、《四世同堂》的艺术成就

《四世同堂》对现代文学的独特贡献在于,它的艺术世界几乎包罗了市民阶层生活的所有方面,显示出老舍对于这一阶层的百科全书式的知识;同样重要的是,《四世同堂》的艺术成就在现代文学上也达到了一个高度。

(一)在塑造人物形象方面,《四世同堂》较之老舍过去的作品又有了新的进展和突破,其主要特点就是真实而精炼

有了真实,才有那众多人物丰富而复杂的性格描写;有了真实,才有典型人物的广度与深度③。

1.小说创造出了一个丰富无比的北平沦陷时期的市民形象谱系。小说中出场的人物达130多个,有名有姓的人物就有60多人,并且大多数都是血肉丰满、形神兼备的活生生的人。老舍不仅注意到了让人物的言行紧扣身份,还将特殊时代的风雨烟尘作用于各色人物,将每个人物的心理状况发掘得入情入理、细腻准确,个性鲜明、蕴涵精神,让读者过目不忘。如果说《骆驼祥子》是一个高度,《四世同堂》则是又一个高度。"它所涵盖的生活的广度与深度,人物的丰富性和多样性,结构的开阔和宏大,透视生活的敏锐眼光与批判力量,气概之非凡,都是以前作品所没有的"④。

试看小羊圈胡同中以四世同堂的祁家为中心的左邻右里,其中既有同一类型人物中千姿百态的丰富性,又有每个人物个性的复杂性;人物既有自己在国破家亡面前的政治态度,又有各自的道德观念、脾气趣味、生活习惯等。这里有刚强、正直、仗义的窝脖儿李四爷,他家境贫寒,但乐于助人,并把一切苦人列入可怜可爱之类,竭力相助;有一辈子爱体面的剃头匠孙七,无论哪一家遭受不幸,他都热心相

---

① 曹书文.理性的批判与情感的眷恋[J].内蒙古社会科学(汉文版),2001,22(5).

② 刘勇.《四世同堂》:透视民族文化心理的史诗[M]//刘勇.中国现代文学专题.北京:高等教育出版社,2006:81.

③ 吴小美.一部优秀的现实主义作品——评老舍的《四世同堂》(节录)[M]//曾广灿,吴怀斌.老舍研究资料(下).北京:北京十月文艺出版社,1985:805.

④ 蒋泥.速读中国现当代文学大师与名家丛书(老舍卷)[M].北京:蓝天出版社,2003:217.

帮,不让人后;有疾恶如仇、刚直不阿的洋车夫小崔,他敢打不付车钱的日本人,宁可挨饿也不为汉奸服务;有杀剐都不怕,最看不上没骨头的人的棚匠刘师傅,他一身正气、威武刚强;有在艰苦生活中迅速成长起来的程长顺,他乐于帮助邻里,懂得怎样爱国;还有菩萨心肠、富于同情心的李四大妈;有足不出户的柔弱的钱太太,她用自尽的极端方式表达了自己的愤怒;也有代表着旧礼教牺牲品的马老寡妇……每个人都各具个性,各有样貌,没有雷同之笔。《四世同堂》的艺术成就正在于作家进行艺术概括时,不是靠数量的积累,而是靠深入发掘能够反映出生活的复杂性、有特征意义的性格①。

2. 在塑造人物性格上有了新的尝试和突破,即通过对复杂环境的描写刻画出人物性格的复杂性和矛盾性。祁瑞宣形象的塑造最能体现老舍的这种艺术追求。作家紧紧地围绕着他在这特定时代环境必然产生的思想感情中,在许多矛盾的碰撞发出的火花所映出的人物灵魂中,来完成对这个人物形象的塑造。在和平年代里,他应是忠孝双全的有用之材,但他却不幸处在外患深重、国难当头的岁月里,处在忠孝两难全的年代里。他不甘于在日本侵略者的铁蹄下做亡国奴,又没有勇气丢开家庭,这就产生了他复杂的心理冲突。

作家在展开祁瑞宣性格的复杂性、揭示他痛苦的内心世界时,笔触自如而又细腻。为了全家老少不致饿死,瑞宣在英国使馆做了富善先生的助手。老舍这样描写瑞宣此时复杂、沉重的心情:"由东城往回走,瑞宣一路上心中不是味。……他低着头,慢慢地走。他没脸看街上的人,尽管街上走着许多糊糊涂涂去北海看热闹的人。他自己不糊涂,可是他给国家做了什么呢? ……他笑自己只会这么婆婆妈妈的做孝子,可是这到底是一点合理的行动,至少也比老愁眉不展的,招老人们揪心强一点!"瑞宣没有勇气出走是为了养家,而养家就要找"洋"事做,这是生活所逼的结果,也正是这样的社会环境才凸显了他内心的矛盾与复杂。作家这样描述瑞宣的痛苦:"在敌人手底下,而想保护一家人,哼,梦想! 他不哭了。他恨日本人与他自己。"这里所揭示的是人物在矛盾中无可奈何的心理。这样写,便于把人物交织着矛盾的灵魂世界暴露在读者面前,使读者逐步认识和熟悉瑞宣复杂的性格。总之,在老舍的作品中,瑞宣称得上是一个有复杂性格、有时代内容、有思想深度的典型形象②。作家通过对抗日战争时期沦陷区的生活环境的描写,展示了瑞宣性格的复杂性,使这一形象在反映现实生活方面,具有了更广泛的社会内容,从而增

①　吴小美.一部优秀的现实主义作品——评老舍的《四世同堂》(节录)[M]//曾广灿,吴怀斌.老舍研究资料(下).北京:北京十月文艺出版社,1985:803.

②　吴小美.一部优秀的现实主义作品——评老舍的《四世同堂》(节录)[M]//曾广灿,吴怀斌.老舍研究资料(下).北京:北京十月文艺出版社,1985:799.

强了作品反映生活的深度①。

3. 在运用对比手法塑造人物方面取得较大成功。佟家桓在谈论老舍小说艺术时,论及其表现之一,即塑造人物形象的个性化原则,以及为了达到这一目的而采用的强烈对比的艺术手法②。这点在《四世同堂》的人物塑造上也有着比较明显的体现。作品所有的人物塑造都是以抗战为背景,自然也以人物在抗战期的表现为分界,描绘了大致两类人:爱国者与卖国者。一类是以祁家为代表(包括祁家老少四代中的主要成员),以及钱默吟家和小羊圈的穷苦人们,他们都是赤诚的爱国者,在沦陷区生存,深感报国无门。另一类是以冠晓荷家为代表,包括蓝东阳和祁瑞丰夫妇,属于民族的垃圾,他们在国难期间削尖脑袋想为敌寇出力,却落得更加可耻的下场。两类人物的刻画对比强烈,爱憎分明,人物性格鲜明,无论哪一个人物,都具有呼之欲出的艺术效果。忠良满门的祁家也有瑞丰这样的贪吃无聊的逆子孽孙;冠家的烂泥塘里却长出尤桐芳这样的刚烈女子。各类人物均因不同的追求走向不同的结局,同时每个人物独特的个性及迥异的经历也构成了一幅多姿多彩的人物画卷。

小说在塑造人物群体时使用对比手法,在塑造人物个体时也同样使用了对比手法。一是人物前后变化的对比,如祁老太爷、韵梅等的变化,形象地展示了人物的觉醒历程,完成了人物形象的塑造。二是外表和内心的对比,如天佑太太、钱夫人等,她们的外表矮小柔弱,内心却沉静坚韧,在家庭需要时表现出敢怒敢拼的力量。通过这样的对比写出了中国妇女的典型性格——善良、坚韧。三是同一人物内心情感的强烈对比,这集中体现在主人公瑞宣的身上。他的内心每时每刻都充满着尽忠和尽孝的矛盾,反复地斗争,千百次地自责,这对矛盾反复较量,展现出瑞宣为忠和为孝的艰难,从而使人物变得更加丰满、真实。

小说还运用对比手法,使小说人物形象鲜明生动,使小说的主题进入更为宽广的境界。全书结构庞大而不松散,线索复杂而不芜乱,人物众多而各具特色,标志着老舍现实主义的创作风格的更趋成熟和完善,是老舍艺术创作生涯的一个高峰③。

4. 小说还运用讽刺、夸张和漫画的手法,刻画出了丑态百出的汉奸走狗的各种无耻嘴脸。冠晓荷个头虽小而气派大,爱结交名人贵士,趋炎附势,常常趁人之危;干瘦猴祁瑞丰,可怜的小脑搁不下事,欠缺手腕,没脸没皮;满脸雀斑的大赤包,整天穿着大红大绿的衣服,自比西太后,心狠手辣、不择手段;眼斜、鼻歪、口臭的蓝东

① 王慧云,苏庆昌.老舍评传[M].石家庄:花山文艺出版社,1985:239-242.
②③ 佟家桓.老舍小说研究[M].银川:宁夏人民出版社,1983:90-91.

阳,心术不正,行状比面貌还黑、还臭……还有其他一些汉奸特务也各有特点,互不重复。

总之,整部小说人物众多,其命运也密切相关,但人物之间并无主次之分,既不概念化,也不脸谱化,更不影子化①。每个人物都具有自己独特的个性,都是鲜明生动独立的个体。老舍凭借对于北平社会的熟稔,借助多样的描绘手法,刻画出北平城的各色人等,展现了他高超的写人技巧。

(二)架构恢弘,布局匀称,聚散适度,气骨凝重,节俗图景极富京味,在老舍的小说创作中,开辟了一方全新天地

老舍是中国现代富于独创性的杰出作家。他给我们描绘了一幅超大规模的艺术画卷,上面有北平沦陷期间的世相百态,有平民百姓凄苦屈辱的真实生活,有被征服者的不屈与抗争,有投机者的苟且谄媚。他以小羊圈胡同为透视中心,展现了人们摇曳渐变的心灵画面,又借助于不时拉开的长镜头,将读者的视线,引向城内外、国内外,使我们看得见中华民族和整个人类反法西斯斗争的总趋向,从而更有意义地反映出这座在战争与文化切割点上的东方古城所具备的特殊审美价值。《四世同堂》勾画了抗日战争时期沦于日寇铁蹄之下的北平社会的一个缩影。它精妙的构思、宏伟的结构、独特的视角,向我们展示了气势壮阔的历史画卷和错综复杂的社会关系,以及众多人物宽广而又精微的内心世界。"在中国现代文学史上,反映抗日沦陷区城市人民生活的作品原本就极少,像《四世同堂》这样包含着深广的社会内容的长篇巨著,更是不曾有第二部,它填补了中国现代作家题材选择上的一个空白,丰富了抗战文学乃至中国现代文学史的内容。它的文学地位应当给予充分的肯定和足够的重视"②。

《四世同堂》不仅结构宏伟精巧,节俗图景也极富有京味。几乎近一个世纪来,北京社会的变化,时俗的沿革,人民的遭遇,乃至地理、风光,等等,都可以在老舍的作品中找到生动、具体的反映。老舍说:"我们所熟悉的地点,特别是自幼生长在那里的地方,就不止给我们一些印象了,而是它的一切都深印在我们的生活里,我们对于它能像对于自己分析得那么详细,连那里空气中所含的一点味道都能一闭眼想象地闻到。"③单以其中的中秋描写为例。老舍下笔先写中秋时节北平的天气,"中秋前后是北平最美丽的时候",接着写了街市的水果,北平的小吃摊,北平最具特色的工艺品——"兔儿爷",以及北平特有的大众风味小吃——豆汁……到

---

① 吴小美.一部优秀的现实主义作品——评老舍的《四世同堂》(节录)[M]//曾广灿,吴怀斌.老舍研究资料(下).北京:北京十月文艺出版社,1985:800.

② 蒋泥.速读中国现当代文学大师与名家丛书(老舍卷)[M].北京:蓝天出版社,2003:218.

③ 胡絜青.老舍论创作[M].上海:上海文艺出版社,1980:76.

了中秋节,"在街上的香艳的果摊中间,还有多少个兔儿爷摊子,一层层的摆起粉面彩身,身后插着旗伞的兔儿爷——有大有小都一样的漂亮工细,有的骑着老虎,有的坐着莲花,有的肩着剃头挑儿,有的背着鲜红的小木柜;这雕塑小品给千千万万的儿童心中种下美的种子"。这样的中秋是别处没有的中秋,这是地地道道的北平的中秋。老舍写出了他所熟悉的北平,写出了北平的个性,但更为独特之处在于老舍写这段节俗,并不单为介绍北平的中秋,而是"为了写祁老太爷,从外部世界写到他内心的世界中去"①。老舍如此细微地述说太平年月北平中秋的盛况,就是为了反衬祁老太爷在日本侵占北平后不能过生日和中秋节的愤懑之情。这样,节俗风景的描写就不只是停留在表面,而是以节俗来写人,借节俗来抒情,使小说斑斓多姿、细致入微的风俗画呈现出独特的老舍式的风味。

(三) 小说从小人物毁灭的悲剧到对传统文化弱点的挖掘,以致因这种美的丧失、毁灭,油然而生的感伤、悲哀,组接在一起赋予了作品深厚的悲剧意蕴和浓郁的悲剧情怀

1.《四世同堂》描述了许多有关小人物毁灭的悲剧。首先是以祁天佑为代表的小人物的肉体毁灭。为人和气的布店掌柜祁天佑老实厚道,做买卖总是力求公道,本分而卑微地生活着,但就是这样微小的权利也被日本侵略者剥夺。在无端被敲诈勒索后,他又遭到挨打、游街的厄运,这对将信誉、尊严、人格放在至高位置的他来说,简直是奇耻大辱,他的整个世界也因此坍塌了。他走进护城河,希冀全部的屈辱能随着肉体的消亡而消失。除此之外,还有仲石与一车日本兵同归于尽的壮举;钱老太太一头撞死在儿子棺材的愤懑;常二爷遭受日本兵"罚跪"后的抑郁死去;尤桐芳、小文夫妇、车夫小崔无辜被侵略者枪杀;孙七被侵略者拉出城"消毒"活埋;小妞子活活被饿死……这些肉体毁灭的悲剧里都包含着对侵略者的不满和愤懑,体现了小人物可贵的民族尊严和强烈的爱国主义精神。它们都是属于普普通通下层市民的死亡与呼喊,并且这种死亡在亡国的时候,是"容易碰到的事"。写这些极"容易碰到的事",就能够使人们"意识到北平就也是一口'棺材'",时时激起人们的沉痛与愤怒,唤起人们的觉醒与抗争②。其次是以陈野求为代表的小人物的精神毁灭。陈野求的悲剧更加复杂,他是一个接受了新思想、新文化的知识分子,但为了病妻和八个孩子的生存,他不得不接受伪职,却因此遭到亲友、家人的唾弃。为麻木自己,减轻内心的自责与歉疚,他染上了毒瘾,不久因烟瘾过大而被革职。最终他成了在街道抢劫乞食、蓬头垢面的行尸走肉,不知何时会倒在街头,

---

① 孙钧政.老舍的艺术世界[M].北京:北京十月文艺出版社,1992:109.
② 谢昭新.老舍小说艺术心理研究[M].北京:北京十月文艺出版社,1994:174-175.

走完他的悲剧人生。无论是肉体的毁灭还是精神的毁灭,其实质都是一个时代的悲剧。处在被征服的境地,小人物是没有力量把握自己的命运的,国将不国,人何以堪?①

2.《四世同堂》最具特色的地方,就是从文化的角度揭示了造成时代悲剧的重要原因,即传统文化的弱点。老舍对传统文化的沉痛批判和对现代命运所引发的挽歌情调交织在一起,使《四世同堂》呈现出比同时代许多主流派创作更复杂的悲剧美学特征。作品最重要的构成是一大群"亡国"里的抵抗论者,老舍将不同的亡国观置于中国五千年文化面前加以检验,理智地分析了传统文化影响下百姓的表现。祁老人"自幼长在北京,耳濡目染地向旗籍人学习了许多规矩礼路",这不仅是一种习俗,更表现了一种"文化""性格"。无论战事如何紧张,祁家人也不能不为祁老太爷祝寿:"别管天下怎么乱,咱们北平人绝不能忘了礼节。"他胆小怕事,谨奉"知足保和"的古训,具有自我保存的市民智慧。他尽管忠厚善良,真诚地同情邻居钱诗人的遭遇,但他仍要在即将踏上钱家门槛的一刹那改变主意,因为他毕竟是苟安的小百姓,"他绝不愿因救别人而连累了自己","他知道什么叫谨慎"。他是多礼的,受了欺侮忘不了礼,见了仇人也忘不了礼。如此等等,充分展示了祁老太爷心理的历史积淀和传统文化意识的淤积层。

老舍就是这样以巨大的愤怒和同情在思考中华民族的悲剧,诉说中华民族的苦痛和悲哀②。就连没有一点文化的车夫小崔也熏染了这种北京的"礼节":他敢于打一个不给车钱的日本兵,可是在女流氓大赤包打了他一记耳光时,却不敢还手,因为他不能违反"好男不与女斗"的"礼"。

这种文化甚至影响到中国的市民知识分子。祁瑞宣就是这样一个在衰老的文化和新思潮冲击下产生的矛盾个体。小说写了一个细节,当台儿庄大捷的消息传到北京后,作为一个"当代中国人",他十分振奋,但他没有"高呼狂喊""即使有机会,他也不会高呼狂喊,他是北平人。他的声音似乎是专为吟咏用的,北平的庄严肃穆不允许狂喊乱闹,所以他的声音必须温柔和善,好去配合北平的静穆与雍容"。祁瑞宣因此在国家危亡之际,较长时间地挣扎不开传统文化的羁绊,只能困于四世同堂的家庭堡垒中惶惑、苟安、自责!③ 传统文化中的血缘家族意识实际上是国家社会意识的前提与基础,于是当国事与家事相矛盾时,便不能不以家事为重了。

老舍对"亡城"中北平市民的惶惑与偷生的批判,触及了民族传统文化的这一

① 蒋泥.速读中国现当代文学大师与名家丛书(老舍卷)[M].北京:蓝天出版社,2003:222.

② 朱福生.《四世同堂》中的北平文化——民族文化民族心理的透视与反思[J].呼伦贝尔学院学报,2003,11(4).

③ 钱理群,等.中国现代文学三十年[M].修订版.北京:北京大学出版社,1998:193.

致命弱点,是深刻而独到的。老舍对传统文化所蕴涵的特有的高雅、舒展、含蓄、精致的美有不由自主的欣赏、陶醉,以致因这种美的丧失、毁灭油然而生感伤、悲哀,以及若有所失的怅惘,同时也清醒地认识到这种文化导致的柔弱、无用,并叹惋不已。当钟爱传统文化的老舍发现民族悲剧正源于传统文化的种种羁绊时,不免充满失落之感,也使得这种文化反思显得格外的复杂与丰富。

《四世同堂》无论从思想内容还是艺术成就而言,都取得了前所未有的超越,加上作家严肃的现实主义创作态度以及对民族文化深刻的反思,使它成为了一部不朽的文化史诗。《四世同堂》是民族主义文学的一座高峰,它超越了个人本位文学、阶级本位文学,以高度的民族本位给中国现代文学作了一个总结①。

第四节 老舍的中长篇小说

老舍是以长篇小说家的姿态登上文坛的,在他毕生近四十年的创作中,他以多部有影响的小说、独特的艺术成就,丰富了中国长篇小说的艺术宝库,也奠定了他在中国现代文学史上的地位。老舍一生中创作了《老张的哲学》《赵子曰》《二马》《小坡的生日》《大明湖》(原稿遗失)《猫城记》《离婚》《牛天赐传》《骆驼祥子》《选民》《小人物自述》《火葬》《四世同堂》(包括《惶惑》《偷生》《饥荒》三部)《鼓书艺人》《无名高地有了名》《正红旗下》共16部长篇小说。中篇小说有《我这一辈子》《新时代的旧悲剧》。《骆驼祥子》《四世同堂》已在前面两节予以专门探讨,此处不议。因此,本节主要探讨的是除此之外的中长篇小说。

纵观老舍的创作,可以大致分为这几个时期:

一、以"文化批判"视角初涉文坛

1924年夏,老舍得到燕京大学英籍教授易文思的推荐,赴英国伦敦大学东方学院任华语讲师,在英国陆续写成长篇小说《老张的哲学》《赵子曰》《二马》,开始了在文坛的初期创作。这是老舍初涉文坛之作,技巧上虽然稍显粗疏,但是已见老舍独特的文化批判特性。

《老张的哲学》初载于1926年下半年的《小说月报》第17卷7至12号,1928年由商务印书馆初版发行。它以谐谑的笔调,淋漓尽致地嘲笑宗法制城郊的世俗

---

① 郑万鹏.《四世同堂》:现代文学的总结——与《战争与和平》比较谈[M]//李润新,等.老舍研究论文集.北京:人民文学出版社,2000:410.

哲学。小说的主人公是北京北郊二郎镇的老张，他的大号叫张明德，他所"明"之"德"是"钱本位而三位一体"的哲学。他身兼兵、学、商三种职业，信仰回、耶、佛三种宗教，职业、信仰都围绕钱眼转。他既办学堂又看风水，又兼营高利贷，既在衙门挂名为巡击，又在杂货店私卖鸦片，真是文武双全，阴阳都晓。他和南飞生等人勾心斗角，争夺北郊自治会的理财实权，又以高利贷钳制债户，逼人卖女为妾。更为可悲的是，老张的浑身地痞习气竟在社会上行成密网，连正直的青年李应、王德都难逃厄运，在自由恋爱的对象被逼卖身之后，或下落不明，或重病缠身。在艺术上，《老张的哲学》初次体现了老舍戏谑的笔调，在结构上则是较为松散。"在人物与事实上我想起什么就写什么，简直没个中心；这是初买来摄影机的办法，到处照像，热闹就好，谁管它歪七扭八，哪叫做取光选景！"①结构上虽然十分的松散，但是涉及教育、政治、债务、婚姻制度等方面，以不算狭窄的视野"一半恨一半笑"地看那个灰色的宗法制社会②。

《赵子曰》描写的则是北京钟鼓楼后面天台公寓一群大学生荒废学业，颠三倒四的生活，旨在解剖"国民的劣根性"。它的文化批判具体表现在如下几个方面：

首先，以诙谐幽默的笔法刻画出"赵子曰"们的典型形象。从人物名称可以看出，"赵子曰不是一时一地的人物，小说颇有深意的取《百家姓》的首姓和《论语》第一章开头二字，作为他的姓名。"他爱慕虚荣，受人奉承便得意忘形，连考试时名列榜末也自我安慰："倒着念不是第一吗？"他喜欢排场，慷慨解囊去宴请虚情假意的"朋友"，在通宵达旦的打麻将中流水一般地输钱。他不务正业，在闹学潮中受人怂恿，绑打校长，被学校除名。他依然不曾醒悟，闭着眼睛混世，受尽了表面花言巧语的人的要弄。透过赵子曰们喝酒、做官、玩女人的生活理想，作家剖析了他们卑微的心理和空虚的灵魂③。《赵子曰》中的欧阳天风与《老张的哲学》中的张明德堪称一丘之貉，而有正义感和上进心的李景纯则寄托着作家的希望。除此之外，老舍在《赵子曰》中塑造了几个典型的学生形象：如做什么都讲第一的自欺欺人的赵子曰；专爱打听和传播秘密的武端；以新诗来发表哲学的迂腐见解的周少濂；为利益不择手段的流氓学生欧阳天风等。这些典型的学生形象揭示了老舍对学生现象的关注和批判视角。

其次，对"五四"学生"闹学潮"现象的反思。《赵子曰》描绘的是"学潮"，而非

---

① 老舍.我怎样写《老张的哲学》[M]∥曾广灿，吴怀斌.老舍研究资料.北京：北京十月文艺出版社，1985：521.

② 杨义.老舍：城市庶民文学的高峰[M]∥杨义.中国现代小说史.北京：人民文学出版社，1986：182-184.

③ 杨义.老舍：城市庶民文学的高峰[M]∥杨义.中国现代小说史.北京：人民文学出版社，1986：185.

学生运动,这是对当时"五四"学生运动的反思。他写学潮突出的是"闹"字,"闹"字包含着喧嚣骚动、扰乱常态等相当丰富的内容。通过文中两件事情——"打校长"和追求"女学生"这两条线索的描写,老舍以独特的视角反思了文学界,进一步暴露了学生团体似新实旧的内部危机。这种反思与当时的主流话语是相悖离的,导致了老舍在30年代的创作不被主流文化所接受①。

之后的《二马》是老舍在英国创作的第三部小说,其秉承了老舍文化反思的精神,是老舍早期小说的代表作。与《老张的哲学》和《赵子曰》靠回忆和想象来描写纯粹的北京人、中国事不同,老舍调动了他在伦敦四五年里积累的真实生活经验和感受,第一次把中国人置于西方文化的背景之下来表现20世纪20年代中英的文化差异和冲突。这在老舍的作品中是独一无二的,也为中国新文学开辟了一个全新的题材领域。老舍谈到:"写这本东西的动机不是由于某人某事值得一写,而是在比较中国人与英国人的不同之处,所以一切人差不多都代表着些什么,我不能完全忽略了他们的个性,可是我更注意他们所代表的民族性。"②老舍的这种意识显然是十分自觉的,他是有意识地从他者与自我、中国与西方的关系中来塑造人物形象的。它的背景与前两部相比有所变化,以马则仁(老马)、马威(小马)父子从北京到伦敦的生活轨迹为经,以中英两国国民性的比较为纬,展开了较为广阔复杂的画面。《二马》使老舍前期创作达到了一个高度,他把东方文化和西方文化相互对照,既写出了新旧交替时期中西的民族心态,更是通过这种对照,刻画中国人的灵魂,对中国国民劣根性进行批判,企图以现代精神对传统素质进行调整。《二马》表现了老舍的中西对照的文明观,具体表现在以下几个方面:

1. 塑造了以英国人伊牧师、亚历山大、温都太太、玛力、保罗等人物为代表的西方形象。在为英国人画像的过程中,作家肯定了其中的两个人:伊牧师的女儿凯萨琳和西门爵士。通过肯定这两个人物形象,老舍表达了他对英国文化中积极因素的赞同:富有理性、推崇知识与文化、崇尚自由、独立等方面。

但是,老舍虽然意识到中国文化相对于英国文化落后的一面,可他并没有因此对西方文化顶礼膜拜,而是对西方文明中的狭隘和肤浅也进行了犀利的批判。小说中写到了许多英国人深受报刊、杂志和媒体的影响,把深受灾难的中国人看成"世界上最阴险、最污浊、最讨厌、最卑鄙的一种两条腿儿的动物",把中国人妖魔化。例如,在他们眼里,中国人会在屋里煮老鼠吃。还有一些英国人,在面对中国、中国人时总是表现出他们不屑的鄙夷和狭隘的自大,这是不了解中国的一群人。

---

① 孙芳. 从赵子曰看老舍对现代"学生"形象的解构[J]. 中国现代文学研究丛刊,2009(5).
② 老舍. 我怎样写《二马》[M] // 曾广灿, 吴怀斌. 老舍研究资料. 北京:北京十月文艺出版社, 1985;529.

对于这样一些人,作家给予了漫画式的刻画。对于这些英国市民中的狭隘爱国主义观念,他们身上体现的殖民主义色彩,老舍在幽默的笔触中给以了讽刺,斥责了他们的讨厌和肤浅之处①。

2.塑造了以老马、小马、李子荣为代表的老派市民、新派市民和理想市民三种形象。老马是中国几千年来历史文化积淀的化身,是"乡土"中国的子民,他活着的志愿就是做官,除了做官不屑于做任何事情,是一个不折不扣的"官迷"。他深受中国封建思想等级观念的影响,虽不是个称职的老板,却对李子荣处处以"掌柜"的身份呵斥;对小马也是如此,明知儿子比自己强,也要不失时机地教训儿子,并且总要加上句"我是你爸爸"。他身上有根深蒂固的迷信思想,到英国后后悔没带本算命的书;去视察古玩店时,毫不理会经营情况,只叹息古玩店的"风水"不好,"教堂的塔尖把风水全夺去了";性格上又分外的懒散,是伦敦"第一闲人",但是花起钱来又喜欢铺张作派,贪图享受。通过对老马这个人物的塑造,老舍审视了民族精神的弱点,并提出民族"老化"的警告,说:"民族要是老了,人人生下来就是'出窝老'……这个国便越来越老,直到老得爬不动了,便一声不出地呜呼哀哉了!"

与老马相对应的则是小马的形象,他一方面与中国传统文化有着割不断的联系,具有知识分子的传统美德,但是另一方面,旧文化礼教带给他的种种责任像枷锁一样束缚住他,他无力解脱,只好陷入"爱情、孝道、友情、事业、读书,全交互冲突着!感情、自恨、自怜,全彼此矛盾着!"这样的境地。性格特征和文化渊源决定了他的优柔寡断,他所处的环境决定了他在理想和责任之间徘徊而找不到出路。老舍在他的身上寄予着中国文化的影子:在传统与创新之间徘徊,既拥有着传统的优点,也抛不掉传统的糟粕,在"五四"前后那个急剧动荡的时代,和小马一样不知路在何方。而与小马相比较的是伙计李子荣的形象。他是老舍塑造的理想人物形象,他体现着老舍对于实干派的欣赏。他不仅具备中国传统文化中的善良、热心、有同情心、健康正直等优点,更重要的是他汲取了西方文明中的积极进取、注重事业的思想。在经济上自己独立,在金钱上则是人我分明,在文化上讲究中国的交情。这个人物正是反映了老舍的文化观:对外来的文化,去其糟粕,吸取其优良因素②。

3.老舍以人物形象的象征和对比完成对西方文明和中国文明的对照和评价,从而反映出老舍在当时较为开明的文明观。老舍通过《二马》这部作品对中西文化作了一个对比,这种对比是客观而又中肯的。老舍先生欣赏、赞美英国人崇尚自

---

① 杨义.老舍:城市庶民文学的高峰[M]//杨义.中国现代小说史.北京:人民文学出版社,1986:187.
② 张洪宾.从《二马》看老舍的中西文化心态[J].甘肃高师学报,2009,14(3).

由和理性,强调开拓与进取的文化精神,但是也写了英国人对中国人的无知与傲慢,写了传统西方文明造就的人性弊病。而对中国文化中富有人情味、重视亲情、善良等品性予以肯定,但是也毫不留情地暴露了传统中国文化中的积习和陋病。对于《二马》中所塑造的理想人格,无论是中国人还是英国人,在老舍眼中都是融合了中西方文化的优秀传统,摒弃了自己民族文化的糟粕,具有开放的胸襟和兼容性格的象征体,从而可以看出老舍的中西文化观:客观、公允地看待中西文化中各自的优点和缺点,以开放的姿态汲取文化的优点,抛弃传统文化中的糟粕,在中西文化的交融中重塑新的民族文化。

二、以童话和寓言为主的过渡期

老舍在新加坡时期写成的童话《小坡的生日》和在 1933 年写的《猫城记》可以看做是老舍创作时期的衔接与过渡。这两部作品被老舍自己证明是"实验时期的失败之作"①。《小坡的生日》是部童话题材的作品,虽然思想上有些模糊,但它借主人公小坡梦入"影儿国"的历险奇遇,表现了作家对被压迫民族的深切同情和"联合世界上弱小民族共同奋斗"的愿望。而《猫城记》则是以寓言来揭露国民劣根性的批判之作。这两部作品在艺术上稍显粗疏,是老舍投入创作时期对文学探索的实验之作。近些年,随着研究者对老舍作品的重新审视,过渡时期的作品《猫城记》也越来越吸引研究者的眼光。

《小坡的生日》是老舍创作的一部长篇童话,作品以生活在南洋的男孩小坡和他的妹妹为主人公,讲述了小坡生活中的有趣故事,故事后半段完全是小坡的梦境,但也隐含了作家对南洋种种现实弊端的嘲讽。老舍在《我怎样写〈小坡的生日〉》"一文中说道:"希望还能再写一两本这样的小书,写这样的书使我觉得年轻,使我快活;我愿永远作'孩子头儿'。对过去的一切,我不十分敬重。历史中没有比我们正在创造的这一段更有价值的。我爱孩子,他们是光明,他们是历史的新页,印着我们所不知道的事儿——我们只能向那里望一望,可也就够痛快的了,那里是希望。"②《小坡的生日》文笔简洁,格调活泼,富有想象与幻想的成分。同时作家运用象征与比喻的手法来影射自己对许多问题的看法。老舍在作品中所反映的时代精神以及对新加坡,乃至整个世界未来走向的预言是难能可贵的。他在作品中展示的民族主义、爱国主义的精神还被认为是后殖民思想的表现。

---

① 老舍.我怎样写《猫城记学》[M]//曾广灿,吴怀斌.老舍研究资料.北京:北京十月文艺出版社,1985:544.

② 老舍.我怎样写《小坡的生日》[M]//曾广灿,吴怀斌.老舍研究资料.北京:北京十月文艺出版社,1985:534.

《猫城记》是老舍长篇小说创作过渡时期的作品。这部小说问世以来,人们对它的责难是公认的。然而,随着近几年老舍研究的深入,《猫城记》也越来越受人们重视。

《猫城记》写于1932年,是一部寓言体的讽刺小说。这部小说最初由《现代》杂志第1卷第4期起开始连载,至第2卷第6期续完。小说通过从地球去到火星上的一位漂流者在猫国的种种经历与见闻,用象征手法从多方面揭露了当时中国的黑暗现实。《猫城记》描写了"我"乘坐的探险飞机坠毁于火星,待"我"苏醒过来,所见的是另外一个星球。这里居住着猫人,他们生性敬畏外国人,于是猫国人的豪绅大蝎把"我"这个域外来客掳去,奉为"保护神"。"我"也得以了解这个世界。"猫人有历史,两万年的文明",他们自诩为"一切国中最古的国"。猫国人以"迷叶"为"国食",人人有瘾,吃得个个筋骨松软,不思创业。"我"赁居于一个公使的遗孀家中,大雨淋塌房子,压死公使的八个小妾,公使太太不哀怜死者,反而指着她们的尸体,数落着她们生前与自己争风吃醋的劣迹,她唯一痛心的是不能带着这八个小狐狸精接受皇帝赐予的"节烈可风"的大匾。而在外国留过学的小蝎,让我搬进他主持的文化机关居住。使"我"得以看到猫国人的大学教育,看到了校长私吞公款,学生殴打教员的闹剧。"我"还看到古物院以拍卖祖宗的文物为业,以所得之资济政府的急用和饱个人的私囊的不肖子孙的行径。最后以"我"的离开,猫国的灭亡为结局①。小说所展示的典型环境是现实中并不存在的,但是,随着情节的发展,读者却愈来愈分明地感觉到作家所写并非海市蜃楼,而全部是现实人生。《猫城记》的批判特色表现如下:

首先是对当时中国国民精神的深刻揭露和鞭策。《猫城记》对当时中国的黑暗处境做了全面的揭露和批判。小说《猫城记》通过"我"的口尖锐地指出了这一点:"猫国人是打不过外国人的。他们唯一的希望是外国人自己打起来。……外国人互相残杀,猫人好得个机会转弱为强"。"我们去投降,谁先到谁能把京城交给敌人,以后自不愁没有官做"。——这是何等刻骨的讽刺! 这种卖国求荣的讽刺,实在是中国近代史上一切反动统治者的共同写照。

老舍创作《猫城记》时候刚从国外归来,对于国内各方面的种种情况,感觉特别敏锐。人民群众长期以来在封建主义奴役下所形成的种种落后的精神病态,成为祖国走上新生之路的巨大障碍。他在小说中尖锐地指出:"国家灭亡是民族愚钝的结果。"老舍还通过作品中猫国的那位胖子感慨道:"国民失去了人格,国便慢慢失了国格。"猫人的麻木、卑怯、糊涂、自私,成为猫国贫弱和失落国际地位的重要原

---

① 杨义.老舍:城市庶民文学的高峰[M]//杨义.中国现代小说史.北京:人民文学出版社,1986:189.

因之一。至于猫国人的无见识、不觉醒、好围观的国民性的暴露,在文中更是多次出现。小说中大鹰本是一个替猫人雪耻的牺牲者,可是当他的头被悬挂起来以后,猫人们却只知道糊里糊涂地围观、看热闹,并因此而挤死了三位老人、两名妇女。这种对国民性精神问题的揭露,可以看出老舍当时的思想启蒙的态度。老舍以艺术家的敏感和社会责任心,使这部作品增强了现实主义的批判力量①。

其次,对当时中国教育制度的深层关注和对侵略者罪行的有力批判。《猫城记》以相当多的篇幅揭露了教育界的混乱现象,指出"我们的新教育是个笑话","有学校而没有教育"。在这里,小孩第一天入学便算是大学毕业,因此猫国的大学毕业生在火星上排名第一。在这里,教育经费总是被皇上、政客、军人拿了去,因此经常发生索薪运动。这里的大学教育同样糟糕:学生毫无秩序;教员已经二十五年没发薪水了;毕业证书随便拿,大家都是第一。小说对教育界的种种弊端持夸张的手法,但是对于这些弊端,却是作了切中要害的解剖②。《猫城记》还揭示出令人心痛的事实:"猫国的法律管不着外国人。"这就使得外国人在这里可以随心所欲地为非作歹。小说结尾处所着力描写的"矮兵"们的罪行是令人惊心动魄的:他们侵入猫国之后,横行无忌,乱砍乱杀,甚至还挖坑将猫人一群群地进行活埋,使哭喊之声不绝于耳。这种惨绝人寰的场面,使"我"不禁发出了"矮人们是我所知道的人们中最残忍的"这种充满深仇大恨的愤激之言。这些描写是对中国人民的反帝斗争的配合,也无可辩驳地反映了作家本人的爱国主义正义立场。

除此之外,从艺术审美上来说,《猫城记》与前面老舍的创作风格截然不同,显示了老舍黑色幽默的内涵。在此之前,老舍的创作虽然偶有悲壮,但是大都是清一色的喜剧。《猫城记》体现了老舍的悲剧幽默。《猫城记》展示的是一个没有明天的世界,生存在那个世界的人们已经走向了他们的末日。不吃饭、不说话、没有文化、没有教育,良知随着理想的破灭而消逝殆尽……那里的一切都在走向死亡,那里的一切都在无可救药地腐烂发臭。当侵略者把所有的猫人赶尽杀绝的时候,剩下的两个猫人也没有一个面对敌人而是继续自相残杀,结果由两个猫人的相残而不是敌人的屠杀来完成了猫人的灭绝。面对这样一滩绝望的死水,老舍在创作上不由自主地从喜剧情调走向了悲剧意识。整部《猫城记》最有价值的正是它那种彻底绝望的幻灭感和勇于直面人生直向死亡的悲剧感。猫人既然无法自救,那就只能走向灭亡!这不是一般意义上的告别过去,也不是以掘墓人的姿态来面对一个行将被埋葬的旧世界,而是一种准备与过去同归于尽的清醒认识。《猫城记》中通过"灰色""厚重""沉闷""惨淡"等词语的重复使用,对产生悲郁、有气无力的气

---

① 耿传明.在和平和幽默的另一面——重读老舍的《猫城记》[J].百家书话,2006(1).
② 张洁.两万年文明下的"猫人"教育——读老舍的《猫城记》[J].文艺争鸣,2006(3).

氛起了重要作用。在读到第一个"灰色"时,读者已在心里产生一点灰色的印象,继而作家又用类似的话语多次描述,加深悲剧感①。

《猫城记》虽然成就显著,但另一方面它又存在着一定的缺点和错误。它并没有提出积极的主张和建议,未能精到地搜到病根和给猫人想出自救、自新的办法,但最重要的还是作家脱离了当时革命的政治斗争,对革命、革命理论和革命政党有认识上的谬误。老舍的夫人说得很中肯:"这部书反映了一个徘徊在黑暗中不断寻找真理的旧知识分子的痛苦处境,反映了一个老作家复杂曲折的成长过程。"从整体上看,《猫城记》的成就仍然是主要的,它反映了老舍在小说创作过渡阶段的思考与局限。

三、转向"含泪的幽默"的成熟期

经过过渡时期的创作探索,作于 1933 年的《离婚》代表着老舍重新回归幽默,标志着老舍创作走向成熟时期。之后随着抗日战争的全面爆发,老舍也迎来了创作上的高峰期。这一段时期老舍发表了《牛天赐传》《骆驼祥子》《火葬》《选民》《鼓书艺人》《无名高地有了名》《四世同堂》等长篇小说和《我这一辈子》《新时代的旧悲剧》等中篇小说来反映抗日战争下人们的受压迫和反抗。老舍是以自觉的文化评判走上文坛的,他对人们的爱和恨总是建立在具体的时代背景之下。随着抗日战争的全面打响,老舍关注了社会各个阶层在国破家亡中的表现以及他们对民族和国家命运的担忧和反抗。发表于 1933 年的《离婚》一向被认为是老舍回归"幽默"的界碑,它也是老舍长篇小说创作开始成熟的标志。《离婚》代表着老舍重新回归幽默,是"含泪的幽默"的代表作品。

老舍通过对题材的积累和经验的沉积,创作了《离婚》这部艺术上的沉淀之作。这部小说以幽默、简劲的笔墨,从容舒展地描绘了市民社会的凡庸空气和"好人性格",批判了随遇而安、消沉疲顿的市民阶层的"日常生活哲学",使人们对那种传统文化积淀而成的古都市民的心理形态和生活方式,拥有感性和理性的认识。主人公张大哥有北京市民社会中的好脾气,讲交情,有人缘,是一个典型"北京大哥"形象。小说从一开头就这样概括到:"张大哥是一切人的大哥。"他一生所要完成的神圣使命,就是作媒人和反对离婚。他的人生哲学的要义就是敷衍矛盾、烂抹稀泥、修残补缺等。可悲的是张大哥这套人生哲理和行事规矩既庸俗无聊,又苍白、无生气。它使小市民、小职员们一个个变成在泥沼中拖着尾巴规规矩矩爬行的龟鳖,却既不能改变世态的炎凉,如张大哥儿子出事后众人"躲着走"的态度,更不

---

① 　李芳,王沐.悲郁的幽默——论老舍《猫城记》的艺术特色[J].濮阳教育学院学报,2003(3).

能抗衡政治制度的恶化,老北京并不因张大哥这类人的存在而丝毫改变什么。作品在暴露官场腐败、社会黑暗的同时,以更为娴熟的艺术技巧、悲喜交融的艺术形式和油滑的幽默笔触,对因循守旧、敷衍、妥协的生存哲学给予了揶揄嘲讽与彻底否定,蕴含着深刻的社会历史内容①。《离婚》代表着老舍小说创作的核心思想,即将批判市民性格和批判造成这种性格的社会生活环境、思想渊源和文化传统合一的思想得以全面而系统地确立。从艺术风格论,《离婚》则是含蓄而机智,自幽默中"发出智慧与真理的火花",适度而有节制,使老舍的幽默艺术趋向于成熟。这种"含泪的幽默"的艺术特色具体表现如下:

首先,悲剧人物的喜剧描写。老舍早期的作品《老张的哲学》《赵子曰》等从总体上看也是喜剧作品,对人物的描写也都是令人发笑的,但是这种幽默主要集中在对人物的姿态、言谈举止的取笑、逗乐上。而《离婚》中的人物描写是从人物的思想深处发掘性格中本来就有的幽默素质,进行入木三分的刻画。老李与张大哥都是具有悲剧色彩的人物,但对这两个人物的描写,从他们在小说中一出场,就带有夸张的漫画色彩。比如文中人物老李,"穿上最新式的衣服会在身上打转,好像里面絮着二斤滚成蛋的棉花……他要说他学过银行和经济学,人家便更注意他的脸,好像他脸上有什么地方对不起银行和经济学的地方"。而另一个人物张大哥,"襟前有个小袋,插着金夹子自来水笔,向来没沾过墨水……放假的日子肩上有时候带着个小照相匣,可是至今还没开始照相"。"他的衣裳、帽子、手套、烟斗、手杖,全是摩登人用过半年多,而顽固老还要再思索三两个月才敢用的样式与风格"。"他的服装打扮是叫车马行人一看便放慢些脚步可又不是完全停住不走"。"张大哥的每根毫毛都是合着社会的意思长的"。张大哥这一形象比较集中地体现了老舍小说的喜剧风格。然而,所有这些喜剧描写并没有掩盖住张大哥悲剧性的人生。当儿子进了大狱,平时友好的同事除了老李谁都不愿帮忙,小赵又趁火打劫,他却束手等死,毫无办法,往日的"常识"全部失灵,苦心经营的关系全部解体,几乎家败人亡。这种悲剧的气氛,是通过喜剧性的描写来对比出来的,显示了老舍对具有小市民性格的知识分子可悲命运的展示②。

其次是用调侃、讽刺的手法来描写灰色生活,营造幽默感。《离婚》整篇小说都是在描写笼罩在知识分子头上的灰色的生活,但是对这种灰色生活的描写却丝毫没有用悲惨的词汇,相反透露出一股喜剧色彩。张大哥及财政所里的那群人只要不涉及自身利益,对任何事都是采取敷衍塞责的态度。科员们在机关混日子,实

---

① 杨义. 老舍:城市庶民文学的高峰[M]∥杨义. 中国现代小说史. 北京:人民文学出版社,1986:191-192.

② 董明霞. 从《离婚》看老舍作品的悲喜剧审美形态[J]. 美与时代,2007(3).

际上勾心斗角,表面上却是客客气气的。在小赵请大家吃饭的那场描写中,对几位太太的描写更是故意调侃:"吴太极的太太整是一大块方墩肉,上面放着个白馒头;邱先生的太太有文化,但长的不得人心,像纸板,又像牙科展览。"对几个科员家庭的描写也很有幽默感,吴家在闹娶妾,又大打出手,而张太太家表面上是一团和气,实际上却是一肚子委屈,而人见人恨的小赵"说话的时候五官随便挪动位置,眼珠像俩炒豆似的,满脸上蹦。笑的时候,小尖下巴能和脑门挨上"。这么调侃的描写,实际上也是显示出科员们的行为举止、言行举动都透露着卑微和怯懦,面对社会和人生的挤压,他们越是任人摆弄,越发显得可笑①。

最后,以幽默的笔法思索市民文化。老舍以现实主义的严峻态度,写出了以张大哥为代表的小市民在"乡土"中国转变时受到的巨大冲击。在遭受不幸时张大哥竟然毫无所为,因为他的"硬气只限于狠命的请客,骂一句人他都觉得有负于礼教"。张大哥最后成为悲剧角色,只会绝望地哀叹:"我得罪过谁? 招惹过谁?"老舍以幽默的笔法,真实地写出了张大哥这类人的因循保守思想的破产,以及他们顺应天命不可得的悲。《离婚》的结尾以张大哥的复活、老李的逃避现实、小赵等一群人的照旧敷衍而结局。至于作为标题的"离婚"只是在敷衍、妥协、怯懦的空气下,一个复杂的社会文化体的表征而已。"婚"究竟也没有"离"②。

《离婚》无论在结构上还是描写上,都显得浑然天成、自然、明澈、舒展,于平平常常的生活描绘中透露出愈来愈深厚的人生意蕴和艺术韵味。它把市民社会一套凡庸的人生哲学的精义,容纳于最容易沉积历史文化心理的男女、婚姻、家庭问题之中。小说把人们习以为常的生活规范加以喜剧的揶揄和悲剧的开掘,也是可以引发人们向旧的生活方式告别的沉思与追求的③。

《牛天赐传》(1934)讲述了一个叫牛天赐的儿童,在不正常的商人家庭和不适当的学校教育中,成为一个废物的过程。在艺术手法上与《离婚》相似,但艺术成就稍差。除著名的《骆驼祥子》和《四世同堂》外,他的长篇小说《选民》也是具有特色的。《选民》的主人公文博士留美5年,悉心交际,归国之后想从教授、司长做起,逐渐染指国家最高位置。他大吹大擂"博士就是状元",把士绅唐先生震慑住,使唐先生有意招他为婿,但是他垂涎于富甲济南的商会会长杨家,摧眉折腰地向杨老太太卖乖,向六姑娘杨丽琳献媚。靠杨丽琳的裙带关系谋得专员高位之后,他就翻脸不认故旧,不仅不按事先的许诺把助手的位置许给唐先生的儿子,而且还居心叵测地想侵吞唐先生手中的文化学会的经费。《选民》曾在香港作家书社于1940年改名为《文博士》出版,列为"幽默丛书之一",它的风格确实是幽默、轻松、风趣,而

①②　董明霞.从《离婚》看老舍作品的悲喜剧审美形态[J].美与时代,2007(3).
③　杨义.老舍:城市庶民文学的高峰[M]//杨义.中国现代小说史.北京:人民文学出版社,1986:192.

且隐伏着不留情面的犀利的批判锋芒。中西文化的对比,一直是老舍刻意求索的问题。自近代以降,中西文化的撞击已经成为必然,但撞击的形式又各式各样。文博士只不过是向西洋文化学了点皮毛,便以冒牌的蓝眼睛蔑视中国的市容、饮食、风俗,一旦看见银锭的白光,便跪倒在封建商家的裙下,接受旧中国文化腐朽中的一面与之同化。《选民》犀利的批判锋芒,正是指向中西文化畸形撞击所迸射出的这团废渣①。

老舍在这一时期还创作了《我这一辈子》《新时代的旧悲剧》两篇中篇小说。《我这一辈子》发表于 1937 年抗战前期,描写了一个旧时代普通巡警的坎坷一生,是一个人生的大悲剧。《我这一辈子》的创作,正值老舍文学道路上的高峰期,他的艺术风格也就显得十分突出,其艺术成就表现如下:

首先,特别善于用平凡场景中的小镜头来反映社会生活中的大变动。老舍的笔触不是直接介入而是自然延伸到民族的命运中,让读者从他诙谐与幽默的文笔中品味生活的沉重。书中以第一人称的视角,叙述一位在旧社会经过了五十年苦难生涯的北京老警察对自己辛酸一生的回忆。"我""幼年读过书","字写得也不坏",但因家贫,15 岁的时候去作了学徒,"学的是裱糊匠",因手艺还不赖挣了钱,20 岁娶上了媳妇;后因生意的不景气,"我"的妻子为"我"生下一儿一女后,跟随"我"的师哥跑了。于是,为了糊口,心灰意冷之下"我"做了巡警。由于"我"的机智、聪明,"我"给大人物做过警卫,到总局当过差,做过巡长、卫队长、煤矿卫生处主任、盐务缉私队的排长。但随着"我"那做巡警的儿子的意外死亡,儿媳、孙子嗷嗷待哺,年迈的"我"已不能再做巡警,只得重新出去"卖力气"凄惶度日,不知哪天会死在哪个角落。小说结尾借助"我"的控诉"我的眼前时常发黑,我仿佛已摸到了死,哼! 我还笑,笑我这一辈的聪明本事,笑这出奇不公平的世界,希望等我笑到末一声,这世界就换个样儿吧!"来表达对社会黑暗的不平及对社会转换的期望。

作品中用了很多的人生小镜头如"学艺""失妻""兵变"、给阔人"站门岗"及"丧儿"等,来投射、透视社会的大变动、大舞台,小中见大,小中喻大。其中尤以"丧儿"后"我"的凄凉晚景这个场景打动人心:"以前的力气都白卖了。现在我还得拿出全套的本事,去给小孩子找点粥吃。我去看守空房;我去帮着人家卖菜;我去作泥水匠的小工子活;我去给人家搬家……除了拉洋车,我什么都做过了。无论做什么,我还都卖着最大的力气,留着十分的小心。五十多岁了,我出的是二十岁的小伙子的力气,肚子里可是只有点稀粥与窝窝头,身上到冬天没有一件厚实的棉袄,我不求人白给点什么,还讲仗着力气与本事挣饭吃,豪横了一辈子,到死我还不

---

① 杨义. 老舍:城市庶民文学的高峰[M]//杨义. 中国现代小说史. 北京:人民文学出版社,1986:197.

能输这口气。时常我挨一天的饿，时常我没有煤上火，时常我找不到一撮儿烟叶，可是我绝不说什么；我给公家卖过力气了，我对得住一切的人，我心里没毛病，还说什么呢？我等着饿死，死后必定没有棺材，儿媳妇和孙子也得跟着饿死，那只好就这样吧！谁教我是巡警呢！"谁读到此处都会潸然泪下！透过这个心酸的"我"的人生晚景镜头，可以窥见那个隐在身后的黑暗、吃人的旧社会，作家在此发出强烈控诉！

其次，《我这一辈子》在艺术上显示出老舍"含泪的幽默"。文本里的"我"是一个有血有肉、情感丰富的人物，在叙述自己的一生中，很多是以调侃的方式来叙述，而这种调侃是诙谐的、充满趣味的。然而，调侃的内容是悲剧的，带着许多悲怆的感情色彩。如对福海的死，"我"这样说："到那里，他就病了，舍不得吃药。及至他躺下了，药可也没了用。"这句平平淡淡的调侃中，似乎感到"我"似乎很淡定，但知道"福海"是自己的儿子，"我"的那种悲痛其实已经痛到麻木了，"我没有眼泪，哭不出来，我只能满屋里打转，偶尔冷笑一声"。这样的调侃似乎轻松，背后却是流着泪的。文本中的幽默里有自嘲和讽刺，自嘲是对自己命运遭遇的感慨和抗争，也表现出"我"的韧性，讽刺是表达自己对黑暗社会的不满。"我"既幽自己的默，也幽别人的默。如讽刺那些没能力靠人事拉到关系做官的官爷们，说他们把"站住"叫成"闸住"，喊错口令也没关系，而"我"把他们没素养的行为戏谑一番，这也表达了对社会不公的不满。因为文本立足在"我"这一辈子，故更多的是自嘲一生命运，表达自己的遭遇悲辛和对黑暗旧社会的不满和抗争。如自己的妻子跟师哥跑掉的遭遇，"我"这样想："……先想想我自己，有什么不对，想不出我有什么不对的地方来，即使我有许多毛病，反正至少我比师哥漂亮、聪明，更像个人儿。"这是一种自嘲，读的人不禁发笑，似乎有意抬高自己，甚至有点自恋，但却是一种痛心和无奈，又是一种让人带泪的笑。还有"我"对自己的评价："……死挣六块钱，就凭这么一个人，腰板挺直，样子漂亮，年轻力壮，能说会道，还得识文断字！这一大堆资格，一共值六块钱！"语言诙谐，让人抿嘴一笑，但细想，这其中所反映的社会黑暗与不公，又是何等尖锐：生活在最底层的人们即使有文化知识，也没有出路，也一样会饿死，这是那个时代的悲剧。

最后，小说幽默与诙谐的风格不仅与情感有关，也与语言的应用艺术有关。小说中的许多词语非常有趣，来源广、平民化、贴近生活实际。如"白活""汤儿事""不够本""猫尿（酒）"，等等，读起来虽有点市井，有点俗，但特有意味，或讽刺，或打趣。也就是因为这些来自底层大众、来自各阶层人们生活的言语，增加了语言的幽默本色。如"我"当巡警的时候，知道巡警又叫"马路行走""避风阁大学士"和"臭脚巡"，都是讽刺当时那些无所事事、得过且过、不干也没大事可干的巡警，非常生动,让人忍俊不禁。还有许多俗语,如"穿小鞋""胳膊拗不过大腿"等,运用得非常自然和准确,读起来让人感到轻松和诙谐。此外,文本里还有许多既幽默诙谐又贴近生活而且耐人寻味的比喻:"……一个学徒的脾性不是天生带来的,而是被板子打出来的,像打铁一样,要成什么东西就成什么东西。""一个米粒很小,叫蚂蚁搬运很费力气。个人的事也是如此。人活着是仗了一口气,把这口气憋住,人就要抽风"。"这些人也就人儿似的混过一天且一天,在没劲中要露出一点劲来,像打太极似的"。诸如此类还有许多,这些比喻都是对生活的感慨和无奈,是用诙谐语气掩盖着的神伤。

1943 年秋,老舍写成长篇小说《火葬》。这是一部以抗日武装斗争为主调的作品,它描写了我国军队乘敌占的"文城"空虚,派出便衣队偷袭城池的英烈行为,以及城内诸色人物种种不同的面目、心态和命运。行文头绪颇多,文气匆迫,故事富于传奇性,语气也多说话人口吻。它体现了作家可贵的爱国热情,在描绘王举人的敷衍、怯懦,抛弃民族大义而难免自取灭亡之处也不乏某种程度的深刻性,但是,它并未发挥出作家描绘风俗世态和解剖文化心理的特长。正如作家所说:"文城是地图上找不出的一个地方","我要写一个被敌人侵占了的城市,可是抗战数年来,我并没有在任何沦陷区住过。只好瞎说吧"。"我想多方面地去写战争,可是我到处碰壁,大事不知,小事知而不详。我没有足以深入的知识与经验。我只画了个轮廓,而没能丝丝入扣地把里面填满"①。这段老舍的夫子自道,也算契中这部小说"观念大于形象"的缺点。

1946 年老舍旅美后,创作了长篇小说《鼓书艺人》。1952 年,根据作家手稿,这部小说被译成英文在美国出版。1980 年,因为老舍的原稿遗失,由马小弥从英文译本译成中文,这才与中国读者见面。这部小说虽历经波折,但是它绽放的光芒是掩不住的。

小说描写在战争中流徙到重庆办书场的方宝庆一家的痛苦和厄运,表现了作家对民间艺人的由衷同情、理解和尊重;同时,又通过描写方宝庆、秀莲、琴珠等人物不同的性格、志趣和命运,揭示了这些被上流社会所歧视的人们的清浊不一,良莠混杂。小说具有鲜明的现实主义艺术特色,具体体现如下:

首先,老舍塑造了民间鼓书艺人形象,特别是秀莲和方宝庆这两个形象,写出他们为了追求新的生活所作的牺牲和抗争。方宝庆是地道而正派的艺人,他勤敏地筹划书场,谦卑地应付权势人物和流氓地痞,息事宁人地处理同行间的猜忌与拆台,但他圆中有方,自爱自重,教育养女"卖艺不卖身","你不自轻自贱,人家就不

---

① 老舍.《火葬》后记[M]//曾广灿,吴怀斌. 老舍研究资料. 北京:北京十月文艺出版社,1985:600.

能看轻你"。养女秀莲生性聪明、单纯,在良师益友的帮助下,又能好学上进。但是当她想到补习学校学点新知识的时候,却被一些不三不四的同学鄙视为"贱业中人",又在爱情生活中受挫,于是理智约束不了青春的感情,受到政府所豢养的特务的欺骗和凌辱①。秀莲有理想、有追求、有抗争,但被侮辱、被损害,代表着作家对民间艺人卑微人生命运的同情与愤懑。

其次,作为现实主义作家的老舍,始终按照生活本来的面目来还原生活,作品深刻地揭示了民间艺人追求理想的毁灭,并描写了这种毁灭的原因。秀莲的毁灭有个人的因素,但更多是社会的原因;而另一个年轻女艺人琴珠的悲剧命运则更多地来自其自身的因素。琴珠被父母当做摇钱树,自己也自甘沦落,以媚眼和软调吸引观众,卖艺又卖身,甚至"嫁"给发国难财的黑市商人,为父亲赚取巨款等。作家以极大的同情和关怀,描写了这个被歧视、被腐蚀、受压迫、受凌辱的下层文化群体,以悲悯的眼光描写了下层民间艺人的反抗和抗争,揭示了在时代的大潮中他们的反抗和抗争②,更进一步揭示了需以进步的思想、品质和趣味改造他们的必要性。

除了高超的现实主义艺术,《鼓书艺人》还具有绵密的笔致、明朗的格调和浓厚的抒情。它表明老舍这位现实主义的巨匠,以正直的品格探索人生、社会和文化,随时代而进步,而终于走到了他漫长的文学创作生涯中一个充满光明的新的历史转折点。

四、未完成的民族记录:《正红旗下》

新中国成立之后,老舍的创作也归于沉寂,步入后期。长篇自传体小说《正红旗下》是这一时期的代表作,虽然由于政治上的原因,并没有写完,但是在老舍的长篇小说创作里是很重要的一本。

正红旗为清代八旗之一。八旗是清代满族的一种军队组织和户口编制,以旗的颜色为号,有镶黄、正黄、镶白、正白、镶红、正红、镶蓝、正蓝八旗("正"即"整"字的简写),凡满族成员都隶属各旗。这是"满洲八旗",以后又增设"蒙古八旗"和"汉军八旗"。八旗成员,统称"旗人"。老舍本身隶属"满洲八旗"的"正红旗",所以这篇自传体的长篇小说,即取名为《正红旗下》。《正红旗下》社会涵盖面广,它描写了清朝末年旗人们的生活百态。庚子年间,随着义和团的到来,老北京顺民们看似平静的生活陡起波澜,官军和团民围攻东交民巷,报国寺的老方丈带着满腔的

---

① 杨义.老舍:城市庶民文学的高峰[M]∥杨义.中国现代小说史.北京:人民文学出版社,1986:209-210.

② 樊骏.从《鼓书艺人》看老舍创作的发展[M]∥曾广灿,吴怀斌.老舍研究资料.北京:北京十月文艺出版社,1985:872-881.

怨恨走进熊熊烈火……面对这破碎的河山、残存的家园,经受了劫掠的老北京只能将这段历史永远地铭记在心。老舍的如椽之笔奉献了在清末社会舞台上活跃的一个个鲜活人物形象:温和老实的父亲、勤俭朴实的母亲、尖刻自大的姑母、吃喝玩乐的大姐夫、蛮横无理的大姐婆婆、无过是福的大姐公公、聪明能干的福海二哥、奸滑钻营的多老大、性格直率的多老二、正直善良的老王掌柜、倔强耿直的王十成、养尊处优的定大爷、逍遥自在的博胜之、能说会道的索老四、身残"志坚"的查二爷、妄自尊大的牛牧师……他们在自己的世界里活得有滋有味、无忧无虑,可一当他们赖以为支柱的大清朝摇摇欲坠、破碎飘零时,他们的命运就江河日下、与时俱损了。

《正红旗下》涵盖了当时社会的方方面面。这部作品中以自传为线索,表现社会风习与历史的变迁,特别是对本民族的历史——清末旗人的生活习气作了出色的表现。自传性提供了一个很好地进入历史、观察历史与审视民族风习的视角。老舍借助这一视角,在不违背时代共鸣的前提下,以民族风习及其变迁为叙述的中心,又与本民族的历史保持距离,采取反省态度,从习惯的国民性角度对满族旗人的生活世界、生活态度、精神理念进行了审查与思考。老舍采取了一种把重大的历史事件与思想主题化入日常生活的叙事策略,在时代共鸣的背景下注重对民族民间风习的诗意描绘。老舍把理性的反思融入形象的描绘之中,从而形成一种含蓄的讽刺笔调;同时这部小说的语言艺术也精到、老辣、圆熟,特别适合小说所要表现的民族风习与反思国民性的需要。只可惜因时代的悲剧,这部可算是老舍"京味小说"的巅峰之作未能完成,这是作家的悲哀,也是时代的悲哀、民族的悲哀,是当代中国文学史的莫大遗憾。

第五节　老舍的短篇小说

老舍以创作长篇小说踏入文坛,其作为一位杰出的长篇小说家的地位是毋庸置疑的。至于他的短篇小说,则大多创作于 20 世纪 30 年代,这时也正是他创作思想与艺术技巧的成熟期。虽然他不止一次地表白:"我的才力不长于写短篇",因此,"短篇小说非要见好,非拼命去做不可"[①]。但是,在十多部长篇小说之外,他也创作了 50 多篇短篇小说,其中不乏许多优秀作品。这些短篇小说起初散见于各种报刊,后来老舍把它们收集起来,结集出版。

---

① 老舍.老牛破车[M]//老舍.老舍文集:第 15 卷.北京:人民文学出版社,1990:217.

一、创作概述

1923 年 1 月,老舍在南开中学教书时,在校刊《南开季刊》上发表了其短篇小说处女作《小铃儿》,之后数年一直未创作,直到 1931 年 10 月发表《五九》。抗战爆发前,老舍集结了三个短篇小说集。第一个短篇小说集名为《赶集》,1934 年出版,收入 15 个短篇,作于济南。次年,出版了第二个集子《樱海集》,收入 10 个短篇,其中也有几个中篇,"樱海"得名于五月的青岛,集中的小说几乎都是在那儿写成的。随后,又出版了第三个集子《蛤藻集》,老舍曾带着女儿在海滩上捡贝壳,那儿的贝壳美得令人眼花缭乱,集名由此而来,这个集子收入了 1 个中篇和 6 个短篇。他的一些最好的短篇小说大都集中在这三个集子中,如《月牙儿》《微神》《断魂枪》《柳家大院》《黑白李》《上任》等。

抗战爆发后,由于战争的原因,他没有将自己的短篇小说及时结集。直到 1939 年 8 月,才编就了第四个短篇小说集《火车集》,这个集子以其中的一篇作品名为书名,收入了 7 个短篇和 2 个中篇。最后的一个集子《贫血集》,结集于 1944 年,收入 3 个短篇、1 个童话及 1 个中篇。由于作家当时患了严重的贫血病,于是他便以病名作为书名。除了以上大家熟悉的 5 个集子外,《老舍小说集外集》中的作品,以及近期发现的《兄妹从军》和《她的失败》,都可归为他的短篇小说。

二、思想内容

几乎任何一位有成就的作家,都开创了其独特的题材领域。同样,老舍以其对社会的批判和文化的反思而著称。

首先,北京市民社会是老舍为自己的文化批判所开拓的领域,他也因此被称为"北京市民社会的表现者与批判者"[①]。他的短篇小说所独具的价值在于其对市民社会广阔而生动的反映,特别是对城市下层社会那些被侮辱、被损害者悲惨遭遇的成功描绘与反映。

《月牙儿》是老舍 1930 年后写的一个短篇小说(1948 年初版的《月牙集》序中他又称之为中篇)。据作家后来回忆,《月牙儿》本来是他于"五卅"惨案后所写的一部长篇小说《大明湖》中的一个片段,《大明湖》在"一·二八"战火中被焚,"其他情节都毫不可惜的忘弃,可是忘不了这一段……由现在看来,我宁愿《月牙儿》,而不要《大明湖》了"[②]。

---

① 赵园.老舍——北京市民社会的表现者与批判者[M]//赵园.论小说十家.杭州:浙江文艺出版社,1987:16.

② 老舍.老牛破车[M]//老舍.老舍文集:第 15 卷.北京:人民文学出版社,1990:221.

　　《月牙儿》所写的是母女两代因生活所迫都沦落为娼的故事。小说以第一人称出现的抒情主人公"我"的口吻来讲述。"我"是一个孤苦无依的弱女子，七岁丧父，母亲在失去父亲后靠卖淫生活。当母亲感到快要衰老的时候，便让女儿以相同的方式挣钱，女儿不依，母亲就丢掉了她，并独自跟了馒头铺掌柜。女孩被校长收留，在学校中寄食打杂，但好景不长，校长要换人，女孩就再一次陷入了困境。校长的外甥，一个体面的男青年，用甜言蜜语欺骗并占有了她。后来，由于男人妻子的缘故，两人分离。于是她便到一家饭馆做女招待，因不愿取悦客人而被解雇。饥饿使她对人生的希望破灭，于是她决定走母亲走过的路。在做暗娼的日子里，她染上了性病，看透了世界"钱比人更厉害，人是兽，钱是胆子"。母亲被掌柜抛弃后找到了她。母亲照顾她，希望她能够多赚些钱，以防容颜老去之时没有口饭吃。最后，她被城里的官员逮捕，由于没钱纳捐，就进了感化院做苦工，而后又因唾了检阅大官而入了狱。在月牙儿下，她追忆茫茫尘世中的坎坷、落寞和失败的人生，感觉监狱反而是她人生安然的场所，"狱里是个好地方，它使人坚信人类的没有起色，在我做梦的时候都见不到这样丑恶的玩艺。自从我一进来，我就不再想出去，在我的经验中，世界比这儿并强不了许多"。作家用尖锐的社会批判和真挚的人道主义热情书写了一段悲凉的人生。小说通过对人间地狱毁灭一个心地纯洁的女子人生的书写，刻画了现代小说中罕有的有血有肉有人性的妓女形象①。

　　这个悲剧是社会造成的。作家在这篇作品中所流露的不仅仅是同情，更是对那个把人变成鬼的社会切齿的诅咒和控诉。《月牙儿》中"我"的命运代表了旧制度下所有妇女的悲惨遭遇。在黑暗的社会制度下，妇女被压在最底层，受尽了污辱和歧视，即使她们有强烈的反抗精神，也不能逃脱可悲的命运。为了求生存，她们不得不成为旧时代的牺牲品。《月牙儿》不仅写出了"我"作为妓女沦落的一面，更注重发掘"我"沉沦过程中高尚的一面。老舍以深沉的同情和痛苦，把美的毁灭揭开给人看，其根本目的在于暴露社会的黑暗，触发读者强烈的社会责任感，引导人们深入思考如何结束这个罪恶的深渊。尽管作品中没能指出结束这个黑暗社会的道路，但通过作品中女主人公的悲剧形象，揭示了广大妇女悲剧命运的社会根源。

　　这篇作品在反映底层人物的挣扎和沉沦上与《骆驼祥子》的人物精神核心一脉相承，同时也是老舍从早期创作到《骆驼祥子》问世之间的一个转折点。在这期间，由于严酷的社会现实、人民生活日益贫困等原因，他的思想认识发生了显著变化。在《月牙儿》中，他不断进行新的尝试和突破，以往以幽默著称的风格不见了，笔调也变得严峻起来。他曾经指出他的"笔尖"滴出的是"血与泪"。《月牙儿》可

---

　　① 杨义. 老舍：城市庶民文学的高峰［M］∥杨义. 中国现代小说史. 北京：人民文学出版社,1986:196.

谓是老舍含着辛酸的血泪,饱蘸心底的愤怒写出来的。

《柳家大院》这篇小说主要描写了三家人的生活:第一家的主人"我",曾做过卖酸枣和落花生的小贩,现在是摆卦摊的算命先生,儿子拉洋车;第二家的主人老王给洋人当花匠,其子是石匠,娶了个小十岁的媳妇,石匠还有个十四五岁的妹妹;第三家的主人张二是拉车的,有三个孩子。作品中的三代主人公"一天到晚为嘴奔命",没有欢乐,没有幸福,穷困和死亡构成了他们的日常生活,是老舍市民世界的典型代表。不仅如此,作家还描绘了城市社会的其他三教九流、各色人等,如拳师、强盗、保媒的、店铺掌柜、穷学生,以至中西混合的"博士"、虚伪的女"善人"等众多卑微而下贱的生活世相①。

《人同此心》写于抗日战争初期,表现的是北方沦陷区人民的生活和斗争。小说中那位终年坐在驴儿胡同口的老婆婆勤劳、和悦、善良,男女老少都称呼她"好妈妈"。当她所认识的旗子改了颜色以后,她很是愤恨;当她看到现在"满天飞的、遍地跑的、杀人的、放火的都是日本人"时,不惜冒着风险,在暗中积极配合爱国青年王文义刺杀日本哨兵。作品再现了在国难当头时一名普通的下层劳动妇女的民族精神,赞扬了她为消灭敌人而不惜牺牲一己之命的献身勇气。老舍在自己独特的题材领域中看到了被压迫群众身上最本质的东西,那就是他们美丽的心灵和高尚的道德品性。

《上任》写于1958年,也是老舍短篇小说中的名篇。文中"李司令"将"土匪"中的尤老二提拔为稽察长,然后让他去捉拿"反动分子"。但是,一方面,尤老二对穷哥儿们始终下不了手,内心很矛盾;另一方面,那些江湖好汉们信赖他,他们向他索款以便作为路费逃走,甚至要求尤老二手下的人保护他们上山。在这里,穷苦人民之间的根本利益是一致的,同时他们的"江湖义气"也是建立在这种可靠的基础之上。事实上,尤老二与李司令的矛盾才是对立的,他跟钱五们不仅没有根本的利害冲突,而且属于同一阵营里的人。他侦缉"反动分子"不过是奉命行事,最终并没有为官阶俸禄而出卖灵魂,背弃战友。小说赞扬了下层人民的人性美、人情美,表现了崇高的道德力量对世俗观念的挑战。

一个作家的选材特点,总是与他的生活经历、思想倾向紧密相连。老舍生于北京,长于市民阶层,这种新文学作家中少有的出生和经历,必然导致了他创作题材上的独特性。他不仅赞扬了下层人民的人性美,颂扬他们以崇高的精神力量去战胜传统旧道德观念的勇气,同时也为一部分下层人民之间的冷漠、歧视,以致相互攻击、残害的现象感到痛心。《柳家大院》里对此有着鲜明的反映。作品通过描写

---

① 陈震文.独特・浑厚・卓异——论老舍的短篇小说[J].辽宁大学学报,1984(5).

王家小媳妇的悲惨遭遇,沉痛地控诉了封建传统思想对劳动人民的残害。公公折磨她、丈夫殴打她、小姑子凌辱她,他们自以为这是天经地义。作家以他对生活的深刻体会,如实地展现了旧时代惊心动魄的悲剧。封建道德毒害了广大的社会阶层,下层人民之间不是互相关心和怜爱,反而把"男的该打女的"之类的封建教条奉为神圣,致使王家小媳妇终于在走投无路之时,无辜地死于非命。王家小媳妇的死,旧制度、旧传统有着不可逃避的责任。

其次,老舍具有高尚的民族气节和强烈的正义感,关心现实人生,对于生活和创作始终保持着一种严肃认真的态度。纵观他的短篇小说创作,可以看到一个基本主题,即对民族传统文化的反思和批判。

《断魂枪》发表于1935年初秋,作家凭借简短的篇幅使小说具有迷人的魅力,其跌宕起伏的情节尤其耐人寻味,所塑造的人物亦血肉丰满、栩栩如生。小说巧妙地通过神枪沙子龙的遭遇这一生活侧面,反映出中国近代社会历史的变迁。古老中国的大门被帝国主义踢开了,小说主人公沙子龙的镖局已改成客栈,江湖上的智慧与黑话、义气与声名,都梦似的变成昨夜。那条在二十年间使他在西北一带获得"神枪沙子龙"的盛名的枪,只有夜深人静、院门关闭之后,才独自熟习熟习,以减轻心中的难过。"他的世界已被狂风吹了走"。那班半瓶醋的习武少年,自称是沙子龙的徒弟,在卖艺走会时吹嘘沙老师一拳就砸倒个牛,又一脚踢到房上去,以示武艺有真传授。王三胜在土地庙前卖艺,自吹自擂:"脚踢天下好汉,拳打五路英雄。"却被黄须蕃脖的干巴老头孙老者痛快地连连打落他的枪。沙子龙为王三胜赔礼道歉,邀孙老者去茶馆喝茶,好说歹说也不愿传授"五虎断魂枪",气得孙老者悻悻而去。王三胜不敢再卖艺,再也不为沙子龙吹嘘。"神枪沙子龙"渐渐被人遗忘了,唯有他关好小门,练完"五虎断魂枪"之后,忆及当年在野店荒林的威风,微微一笑,连称"不传! 不传!"。小说真切地刻画出了一个锐变时代里旧风气的衰微,精湛的构思包含着浓郁而复杂的感情,全文充满了一种古老文化嬗变的历史悲凉感[①]。

从《断魂枪》的创作时间来看,此时的中国已处在国破家亡的深重危机之中。自从1931年"九·一八"事变后,日本军国主义为实现其吞并中国的目的,不断挑起事端,妄图实现华北自治;同时,国共两党的内战和军阀混战却打得如火如荼。在国家和整个中华民族面临危亡之际,作家深感国人的盲目自大和麻木不仁。他痛感这种"把生命闹着玩"的国民劣根性,故而借沙子龙"断魂"枪术的泯灭,发出呼啸,以期唤醒那些仍徜徉在"东方的大梦"中的国民的灵魂。

---

① 杨义.老舍:城市庶民文学的高峰[M]//杨义.中国现代小说史.北京:人民文学出版社,1986:195.

在进行广泛的社会批判时,把主要矛头对准中上层社会,揭露他们的虚伪、自私以至崇洋媚外、丧失民族气节等败行劣迹,是老舍短篇小说的又一个重要特色。《善人》中的穆女士是一个货真价实的阔太太,她生活优裕,"对丈夫的钱老是不客气地花着",而且"永远心疼着自己"。但是她又因芳华已逝、青春难再而深感怅惘,于是为了填补精神上的空缺,开始了"行善""救世"。她对方先生和冯女士的精心算计,对"自由""博爱"两名丫环的喝三道四,使她这个"女善士"的虚伪面纱被撕扯得一干二净。在那个年代,某些所谓的"慈善事业""慈善团体"不过是剥削阶级所玩弄的一种花招。他们以此作为自己精神的寄托,自欺自慰,又能窃取美名,麻醉群众。作家对以穆女士为代表的"慈善机关"中的"善人"们进行无情的揭露。

《牺牲》中的毛先生是哈佛的博士,他是美式资产阶级教育的产物,丧失了起码的民族尊严,是一个崇洋媚外的典型形象。他羡慕美国,厌恶中国,认为自己"生在中国"是"最大的牺牲"。老舍本人早年也曾在欧洲游学,多年国外生活的切身体验更加深了他对资本主义世界和殖民主义者腐朽、反动本质的认识,激发了他的爱国主义感情。相比之下,毛博士就显得更加虚伪。事实上,对毛博士的揭露,也就是对培育这种人的资本主义社会及其奴化教育的批判和反思。

对利己主义者、市侩主义者的道德谴责,也是老舍短篇小说的重要特点之一。《开市大吉》中的几个江湖骗子,根本不懂医道,却集资办了一所私人医院,借行医大骗钱财。《大悲寺外》更是一篇发人深省的作品。学监黄先生人品高尚、关心同学。在一次风潮中,在坏人手工教员的蛊惑下,青年学生丁庚失手将他打伤致死。小说对悲剧的直接制造者手工教员的揭露、抨击是显而易见的,但作品着重描写的则是丁庚内心的不安,他一次又一次地感到黄先生似乎在冥冥之中作祟报仇。小说反复渲染了丁庚精神上的恐惧和内心受到的折磨,这也正是对他的恶行所进行的一种巧妙而深刻的谴责和讽刺。

再次,还有一部分短篇小说是时代的投影,折射出革命思想,其至正面书写革命和反抗。《老字号》留下了鲜明的时代投影。由于外国资本和外货的输入,中国的民族工商业愈益陷入困境。为了加强竞争,许多商号变更了老章程,从资本主义那里学来了各种新花样以推销各种商品。新颖的经营方式战胜了犹有古朴之风的民族商业,显示出了中国社会日益半殖民地化的历史进程。

小说《哀启》反映的是发生在沦陷区某城的故事。车夫老冯年仅七八岁的儿子大利被敌人绑了票,索款二十元。老冯典当衣物,到处求援,仅凑得十五元。尽管他苦苦哀求,敌人仍撕了票,将其子活活残害死。老冯悲痛欲绝,最终向敌人操起利刃,索还了这笔血债。他醒悟到:"咱们要是早就硬硬的,大利还死不了呢!"

文章在倾诉劳动人民苦难与不幸的同时,更表现出了他们在走投无路时的反抗。尽管这种反抗只是一种个人的自发,但毕竟反映了被压迫人民顽强的抗争精神。此外,写于抗战初期的小说《人同此心》也表现了相似的生活与主题。

而著名短篇小说《黑白李》则塑造了一个无畏的革命者形象。白李作为一个青年革命者不仅品德高尚,舍己为人,而且带头组织城市苦力工人进行斗争,勇敢坚定,不惜牺牲生命。尽管作为一个艺术形象他还不够丰满,但是通过这个人物所体现出的思想倾向却是值得关注的,这在一定程度上反映出了当时中国革命的若干动向。

最后,幽默、讽刺也是老舍短篇小说的重点手法。《马裤先生》和《抱孙》是其中最为精彩的两篇。《马裤先生》以幽默的笔调讲述了"我"在火车上遇到了一位有事没事总喊"茶房"的马裤先生,令"我"烦不胜烦。直到"我"到站告别了马裤先生,"雇好车,进了城,还清清楚楚地听见'茶房!'"。《抱孙》则叙述了不相信科学,坚持用老办法伺候儿媳妇生孩子的王老太太,处处用自己可笑的理论理解医生,最后因不听医生劝告而使孙子不幸夭折的故事。尽管这类作品以幽默为主,事实上,老舍是试图讽刺生活中可笑的人和事。《爱的小鬼》讽刺年轻人因爱生妒、胡乱猜疑;《同盟》笑话了假充勇敢的胆小鬼;《电话》批评了一些年轻人毛手毛脚的缺点;《番表——在火车上》则塑造了一个凡事斤斤计较的小市民形象。

还有一部分小说描写了青年人的痛苦。在老舍的短篇小说中,青年人产生痛苦的一个主要原因是经济拮据。《一筒炮台烟》《创造病》《生灭》《新韩穆烈德》和《末一块钱》都属于这一类型,其中的主人公大多具有爱慕虚荣的毛病。《新韩穆烈德》和《末一块钱》还包括青年人向社会反叛,显然区别于作家同类的其他作品,故事奇特、夸张却不乏幽默。对这几篇作品中的青年主人公,老舍并不仅仅施予同情,而往往是爱恨交加。

三、艺术特色

20世纪30年代是老舍短篇小说创作的高峰期,他不仅花大量时间对传统文学技法、西方现代文学技巧与西方现代心理学进行深入、系统性的研究,而且在创作艺术上不断创新求变。

在小说创作理论中,老舍不时提到短篇小说创作技巧的重要性,他在《文学概论讲义》第15讲《小说》中:"短篇小说是一个完整的单位……所以须用最经济的手段写出,要在这简短的篇幅中,写得极简洁、极精彩、极美好,用不着的事自然是不能放在里面,就是用不着的一语一字也不能容纳。比长篇还要难写得多……这由事实上说,是件极不容易的事,因为这样给一个单独的印象,必须把思想、事实、艺术、感情,完全打成一片,而后才能使人用几分种的工夫得到一个事实、一个哲理、一个感情、一个美。……这是非有极好的天才与极丰富的经验不能做到的。"①这表明他在创作实践中对作品的内容与形式、思想与艺术是同样注重的。

1.老舍的短篇小说塑造了活生生的人物形象,他不是从观念出发,为了表现某种创作意图而刻意塑造人物、图解主题,而是注重把写人作为自己的中心任务,遵循从人物、从生活出发的创作原则。

老舍描写人物时重视形神兼备地写出人物的性格特点,也就是说,他既着重刻画人物的外部特征,也注重表现人物内在的精神气质。《断魂枪》中,对沙子龙的描写就是如此:"谁不晓得沙子龙是短瘦、利落、硬棒,两眼明得像霜夜的大星"寥寥数语,就生动地勾勒出了他的英俊、强健的肖像特点。但是年头变了,沙子龙不禁感到一种英雄无用武之地的悲哀。作品通过他不谈武艺与往事,只在夜间独自拿起枪来熟悉熟悉他的绝招,"使他的心中少难过一些"的描述,深入地揭示了人物的内心世界。尤其是小说最后,对沙子龙谢绝孙老者的登门求艺的一段描写,作家将沙子龙高超的武艺,特别是将他那不胜今昔之感的苦闷心情刻画得惟妙惟肖,生动至极。

老舍长于调动多种艺术手法来刻画人物,其中最主要的是对人物的行动描写。《善人》中写穆女士"真想抄起床旁的小桌灯向自由扔了去,可是觉得自由还不如桌灯值钱,所以没有扔"。一个伪善者的面孔,呼之欲出。《断魂枪》中写王三胜"一跺脚,刀横起,大红绒子在肩前摆动。削砍劈拨,蹲越闪转,手起风生,忽忽直响"。一位武艺高超的江湖好汉的形象跃然纸上。他善于"精妙地道出"人物的外部特征而绝不犯"拖泥带水的形容一大片,且形容的可以应用到许多人身上去"的毛病。如《也是三角》中的马德胜,"头像个木瓜,脸皮并不很粗,只是七棱八瓣的不整庄";李永和则是"细高身量,尖脑袋,脖子像棵葱,老穿着通天扯地的瘦长大衫"。这些描写既简练又生动,富有特色。此外,作家还全面运用对话描写、心理描写以及对比和反衬等手法来刻画人物,这就使得他笔下的一些主要人物虽然不能说具有高度的典型性,但大多数轮廓清楚、性格鲜明。

2.老舍主张小说创作形式、手法的多样化,认为小说创作可以打破一切形式,也可以采用一切形式。

老舍说:"小说的形式是自由的,它差不多可以取一切文艺的形式来运用:传记、日记、笔记、忏悔记、游记、通信、报告,什么都可以,甚至模仿。它在内容上也是如此;它在情态上,可以浪漫、写实、神秘;它在材料上,可以叙述一切生命与自然中

---

① 老舍.老牛破车[M]//老舍.老舍文集:第15卷.北京:人民文学出版社,1990:178-179.

的事物。它可以叙述一件极小的事,也可以陈说许多重要的事;它可以描写多少人的遭遇,也可以只说一个心象的境界。它能采取一切形式,因而它打破了一切形式。"①

老舍短篇小说在描写方式、表现手法上灵活多变、不拘一格。有的作品学习了我国传统的描写方式,如故事有头有尾、人物肖像描写简练传神、通过行动表现人物性格等;有的作品则更多地受到了外来的影响,如场景的迅速转换、人物心理描写的细致入微等。从艺术方法来看,老舍主要采用的是严谨的现实主义的表现手法,《柳家大院》《老字号》《眼镜》等都是这方面的代表作。但是有的作品也具有浪漫主义的风格,如《大悲寺外》《也是三角》的传奇性便增加了故事的诱惑力。其中丁庚的奇怪经历,马得胜、孙占元合娶一个老婆的奇闻,都使读者感叹不已,但是他们本质上又是真实的,丁庚的幻觉反映了作恶者内心的恐惧,马、孙的行为表现了旧时代穷汉的悲剧;《开市大吉》《民主世界》则运用了高度夸张的手法,使得作品的思想内容得到强化,给人以深刻的印象。有些作品也采用某些象征主义的手法,如《歪毛儿》中的主人公白仁禄有一种病,一犯病,能把好人看成坏蛋,他愤世嫉俗,到处漂泊,他的话常常显得颠三倒四,似伪还真。据作家说,这篇小说是仿照了F. D. 贝雷斯福德的《隐士》写成的,由此也可以看出老舍肯于从各方面学习、借鉴的开放的艺术素养与艺术情操。

这里再重点谈谈《月牙儿》中象征手法的运用。在《月牙儿》中,老舍通过月牙儿这个自然景物,抓住最具有典型意义的细节和场面,把它提高到象征性地位,并把它作为全文的抒情线索,使它和主人公的命运息息相关。短短的篇幅中,月牙儿这一个意象竟出现了十四次,每次出现都随着人物悲剧命运的演变不断推进,每回旋一次,悲哀就加重一层。"月牙儿"不仅是全文的重要抒情线索,也是重要的象征形象,它在作品中与主人公的形象贴切地融合在一起了。幼年的月牙儿是"一点点微弱的浅金光儿",象征女主人公人生的起步;青年时的月牙儿是"一个春天的月牙儿在天上挂着,我看出它的美来,天是暗蓝的没有一点云,那月牙儿清亮而温柔,把些软光儿轻轻送到柳枝上"。这里不仅写出了月牙儿的美,同时更体现出了女主人公当时的青春之美及青春梦想;人生突转时的月牙儿是"一点云便能把月牙遮住",象征女主人公人生苦难的开始;而最终人生幻灭时的月牙儿是"月牙儿!多久没见着它了!"象征女主人公人生梦想的终结或涅槃。这些抒情和象征手法的巧妙运用,既为作品制造了浓郁的气氛,又给文章增添了悲凉的感情色彩。

---

① 老舍. 老牛破车[M] // 老舍. 老舍文集:第 15 卷. 北京:人民文学出版社,1990:172.

3. 作品的格调和色彩不断变换,技巧娴熟。

老舍的短篇小说中,像《开市大吉》《民主世界》是漫画式的痛快淋漓的嘲笑;而《善人》则是"无一贬词,而情伪毕露"的不动声色的讥讽。有的小说涂抹着浓郁的悲剧色彩,如《柳家大院》中小媳妇的死似一首哀乐笼罩全篇,《微神》中一对青年不幸的爱情遭遇使人荡气回肠;有的小说则是悲喜剧的渗透,在读者的笑声中可以见其泪水,如《听来的故事》中低能的孟智辰,居然一路顺风,步步高升,连"将来的总统也是给他预备着的"。老舍总是为了更好地表现不同内容的需要而不断地变换色调,他在这方面的娴熟技巧令人叹服。

4. 老舍短篇小说的语言具有鲜明的个人风格,突出地表现为那种地地道道的北京味儿。

北京味在他以北京为背景的作品中,无论是叙述、描写还是议论性语句,无一不有所体现。更为可贵的是,它基本上是北京下层社会的语言,有着很强的通俗性和可接受性。《柳家大院》中的叙述人"我",是北京城里一个摆摊的,文中"我"所使用的词汇,都是通俗的、口语化的和带地方色彩的,如"得打头儿来""酸枣、落花生什么的""抓弄个三毛五毛的""老伴儿""爷儿俩",等等,都非常符合叙述者的身份①。

从总体上看,老舍的短篇小说在质量上是不平衡的,其中一部分作品中的人物形象典型化程度还不够,艺术上也还缺乏锤炼,但是,这种情况并没有影响到他短篇创作的总体价值。老舍短篇小说的思想和艺术造诣,充分表现了他是一位致力于民族化与大众化的语言艺术大师。

---

① 陈震文.独特·浑厚·卓异——论老舍的短篇小说[J].辽宁大学学报,1984(5).

第四章　老舍的散文与杂文

第一节　老舍散文的意义和价值

一、老舍散文创作概述

老舍不仅是中国现代文学史上颇有建树的小说家和剧作家,也是一位重要的散文家。20 世纪 30 年代以来,老舍开始散文创作,先后在《论语》《人间世》《宇宙风》《申报·自由谈》等刊物上发表文章。从这以后,老舍也一直保持着散文创作的习惯,写了许多好文章。但老舍生前从未单独出版过一本散文集,唯一可见的只有 1934 年 4 月出版的一部《老舍幽默诗文集》。这与老舍对散文的创作态度有关。老舍在 1932 年 12 月 28 日致《申报·自由谈》主编黎烈文的信中谈到:"我对小品文到底有些冷淡。"①但这并不意味着老舍就不看重散文的价值。老舍在 1961 年 1 月 28 日的《人民日报》上发表的《散文重要》一文就强调:"看起来,散文实在重要。在我们的生活里,一天也离不开散文。我们都有写好散文的责任。"②足见其对散文是非常重视的。也许正因为这份看重,所以老舍在 1942 年发表的《答客问》中就已说到:"在我快要与世长辞的时候,我必留下遗嘱,请求大家不要发表我的函信,也不要代我出散文集。……至若小文,虽不能像函信那样草草成篇,但究非精品之

---

① 老舍.给黎烈文先生的信[M]//老舍.老舍文集:第 14 卷.北京:人民文学出版社,1989:453.
② 老舍.散文重要[M]//老舍.老舍文集:第 16 卷.北京:人民文学出版社,1991:621.

作,使人破工夫读念,死后也不安心,若有人偏好多事,非印它们不可,我也要到阎王驾前,告他一状,教他天天打摆子!"①幸亏其女舒济在老舍与世长辞后敢于冒着"打摆子"的危险把老舍的散文整理成册,这才让后世读者能有幸亲近佳作。关于老舍的散文集,代表性的版本有1989年人民文学出版社出版的《老舍文集》(共16卷)中的第14卷,有1992年百花文艺出版社出版的《老舍散文选集》,有2005年(凤凰出版传媒集团)江苏文艺出版社编选出版的《大智若愚》散文集等。

老舍的散文,就体裁来分,有报告、杂感、速写、书信、随笔、游记、小品文、文艺评论等。就种类划分,有写景、记事、抒情、怀人、记游、文艺杂谈等。广博的题材、丰富的内容、真挚的情感、灵活多变的形式以及独特的语言趣味共同形成了老舍散文的独特风格。

二、老舍散文的思想内容

老舍的散文创作题材多样,在不同时期创作主题和风格也各具特色。因此,根据不同时段的创作主题和创作风格,我们可以把老舍的散文大致分为三个时期:第一个时期主要是指1930年至1937年抗战前夕的散文作品。这个时期"幽默闲适"成为其创作风格的主色调,作品多以闲适小品为主,富于自我表现,充盈着一种平和恬淡的逸趣。第二个时期主要是指抗日战争全面爆发到新中国成立之前的散文作品。这个时期的老舍一改前期悠闲的创作心态,作品的社会功利性、政治性增强,呈现出"积极战斗"的创作风格。第三个时期是指1949年新中国成立后到1966年8月24日老舍与世长辞时期的散文。作品主要是歌颂新中国的新面貌,表现其对新社会新气象的热爱,"明亮激昂"是这个时期的主要风格。

(一)"幽默闲适"时期

1930年老舍从英国经新加坡回国后,先后在齐鲁大学和山东大学任教。其时的文艺观是追求"文学的真实"②:"创作!不要浮浅,不要投机,不计利害。活的文学,以生命为根,真实作干,开着爱美之花"③。并主张"没有问题,文学便渐成了消闲解闷之品;见着问题而乱嚷打倒或万岁,便只有标语而失掉文学的感动力。伟大的创作,由感动渐次地宣传了主义。粗劣的宣传,由标语而毁坏了主义"④。因此较此时方兴未艾的左翼文学或革命文学,老舍事实上并不赞同口号标语式的鼓吹

---

① 老舍.答客问[M]//老舍.老舍文集:第14卷.北京:人民文学出版社,1989:246.
② 周国良.试论老舍的散文创作[J].湖南师范大学社会科学学报,1995,24(5).
③④ 老舍.论创作[M]//老舍.老舍文集:第15卷.北京:人民文学出版社,1990:298.

与宣传。

这个时期老舍散文的创作风格与1932年出现的以林语堂为代表的"论语派"的艺术主张十分相近。"论语派"的艺术主张推崇以"自我""性灵"为中心,以"幽默""闲适"为格调,追求"凡方寸中一种心境、一点佳意、一股牢骚、一把幽情,皆可听其笔端流露出来"①。这种文学主张和艺术趣味也正合老舍的文学趣味。"论语派"有三大阵地:《论语》《人间世》《宇宙风》。老舍在这三种刊物上发表了不少散文小品,诸如《有声电影》《大发议论》《避暑》《暑避》《等暑》《钢笔与粉笔》《取钱》《写字》《有钱最好》《青岛与我》《想北平》《鬼与狐》《大明湖之春》《五月的青岛》等佳作。除此之外,老舍还在其他刊物上发表了《到了济南》《一些印象》《非正式的公园》《趵突泉的欣赏》《观画记》《习惯》《落花生》《春风》《青岛与山大》等。

老舍此时散文创作的思想内容和主题有谈及其对济南、青岛风光的感受,如《到了济南》《趵突泉的欣赏》《大明湖之春》《五月的青岛》等;有谈其饮食起居,如《避暑》《暑避》《等暑》等;有谈生活的所见所感,如《买彩票》《有声电影》《取钱》《观画记》等;有谈读书和写作,如《钢笔与粉笔》《文艺副产品》等;有谈鸽子、小麻雀等小动物,如《小动物们》《小麻雀》等;也谈鬼说狐,如《鬼与狐》等,可以说是海阔天空、无所不谈。这些闲适的散文小品,不仅可以扩展人们的知识面,也能陶冶情操、怡养性情,给读者带来一种审美的享受和愉悦。

老舍也在一定程度上继承和发扬了20世纪20年代以来以"自我表现"为主的"个人的"抒情散文小品的文化传统。正如郁达夫所言:"'五四'运动的最大的成功,第一要算'个人'的发现。从前的人,是为君而存在,为道而存在,为父母而存在的,现在的人才晓得为自我而存在了。"②郁达夫亦指出:"现代的散文之最大特征,是每一个作家的每一篇散文里所表现的个性,比从前的任何散文都来得强。"③在这些"自我表现"的散文小品中,通过"自我"的观照也折射出时代的影子。

首先,对现实生活的不满。如在《避暑》《暑避》《等暑》等小品文里,作家多次谈到只有有钱的人才有资本来青岛避暑。在《等暑》一文中,作家更是感叹到:"有钱的能征服自然,没钱的蛤蟆垫桌腿而已。"在《钢笔与粉笔》一文中感叹:"钢笔有一个缺点,一个很大的缺点。它——不——能——生——钱!我只瞪着眼看它生锈,它既救不了我,我也救不了它。它不单喝墨水,也喝脑汁与血。供给它血的得

---

① 林语堂.叙《人间世》及小品文笔调[M]//林语堂.林语堂文选(下).北京:中国广播电视出版社,1990:24.

②③ 郁达夫.中国新文学大系·散文二集·导言[M]//林文光.郁达夫文选.成都:四川文艺出版社,2010:145.

先造血,而血是钱变的。我喂不起它呀!粉笔比它强,我喂它,它也喂我。钢笔不能这个。虽然它是那么可爱与聪明。"由此谈自己既要教书,又要写作,还要养家糊口的不易。在《有钱最好》一文中,作家也有满腹的牢骚。原因是:"青岛的青山绿水是给诗人预备的,我不是诗人。青岛的洋楼汽车是给阔人预备的,我有时候袋里剩三个子儿。享受既然无缘,只好放在一边,单表受罪。"足见现实生活的拮据与苦寒带给作家的无奈。

其次,对政府黑暗统治的揭露。如 1936 年 6 月 16 日发表在《宇宙风》第 19 期上的《想北平》。1935 年华北告急,北平告急。作为一个中国人,一个有良知的爱国知识分子,一个土生土长的北京人,在这样紧张的局势下,老舍写下了《想北平》这样一篇感人肺腑的怀乡散文:"我所爱的北平不是枝枝节节的一些什么,而是整个儿与我的心灵相粘合的一段历史,一大块地方,多少风景名胜,从雨后什刹海的蜻蜓一直到我梦里的玉泉山的塔影,都积凑到一块,每一小的事件中有个我,我的每一思念中有个北平,这只有说不出而已。"字里行间流露出了作家对故乡北平深切的眷恋和热爱之情。然而,在这份深情的眷恋和热爱的背后,却是"好,不再说了吧,要落泪了,真想念北平呀!"。作家之所以如此伤感悲痛,不仅在于对故土北平现存处境的担忧,更在于控诉当局统治者的无能。因为以蒋介石为首的南京国民政府面对日本帝国主义的侵略采取了退让屈服的态度,甚至与日本帝国主义侵略者签订了辱国丧权的《何梅协定》,这引起了全国人民的满腔愤怒。文章其间难掩的悲伤,深沉而又动人[①]。

再次,对国民性顽疾的批判。《取钱》反讽银行的工作人员做事散漫拖沓不堪;《有声电影》批判那些装腔作势、不讲公德的国民性痼疾;《写字》中作家气愤的是"尤其堵得慌的是看着人家往张先生或李先生那里送纸,还得作揖,说好话,甚至于请吃饭。没人理我。我给人家作揖,人家还把纸藏起去。写好了扇子,白送给人家,人家道完谢,去另换扇面。气死人不偿命,简直的是!"这也是对阿谀奉承、卑躬屈膝的国民性弊病的嘲讽和抨击。在《鬼与狐》一文中:"不论是怎样吧,写这样故事的人大概都是为避免着人事,因为人事中的阴险诡诈远非鬼所能及;鬼的能力与心计太有限了,所以鬼事倒比较的容易写一些。至于鬼狐报恩一类的事,也许是求之人世而不可得,乃转而求诸鬼狐吧。"显而易见的是作家实际上是以"鬼"与"狐"来影射"人",以此揭露和批判人世的险恶。鲁迅先生在 1933 年《小品文的危机》中也谈及:"到'五四'运动的时候,才又来了一个展开,散文小品的成功,几乎在小

---

① 周国良.试论老舍的散文创作[J].湖南师范大学社会科学学报,1995,24(5).

说戏曲和诗歌之上。"①但与此同时,鲁迅先生也指出"这之中,自然含着挣扎和战斗"②。此时老舍的散文小品也是在闲适和朴雅之中含有挣扎和战斗。

(二)"积极战斗"时期

这个时期老舍的散文题材广泛,虽仍以记事、怀人、游感和杂感小品为主,但其主题均与抗战紧密相关。鲁迅在《小品文的危机》一文中谈到:"生存的小品文,必须是匕首,是投枪,能和读者一同杀出一条生存的血路的东西;但自然,它也能给人愉快和休息,然而这并不是'小摆设',更不是抚慰和麻痹,它给人的愉快和休息是休养,是劳作和战斗之前的准备。"③鲁迅的预言和主张在抗日战争全面爆发以后在老舍的散文创作中表现得尤为显著和深刻。

抗战以来,国内时势骤变。局势的危急迫使老舍别妻离子,远走他乡,告别宁静的校园和书斋生活,开始了颠沛流离的流亡与抗战生活。1938年3月27日,老舍和众多文艺工作者在武汉组织成立了"中华全国文艺界抗敌协会"(简称"文协"),老舍被推选为总务部主任,对内总领会务,对外代表"文协",负责"文协"日常工作。此时的老舍一改抗战前对政治活动冷淡的态度,带领"文协"积极主动地开展抗日文艺活动,为抗战宣传和服务。战争迅速地改变着老舍的思想观念。老舍在《八方风雨》一文中主张:"我的笔须是炮,也须是刺刀……我以为,在抗战中,我不仅应当是个作家,也应当是个最关心战争的国民,我是个国民,我就该尽力于抗战,我不会放枪,好,让我用笔代枪吧。"④在《入会誓词》中作家也袒露心扉:"我是文艺界中的一名小卒,十几年来日日操练在书桌上与小凳之间,笔是枪,把热血洒在纸上。"老舍此时散文创作的主张和追求已不再是30年代初期那种闲适朴雅风格了,而是以笔为武器而战,积极主动承担起了文艺为抗战宣传和服务的重任。其此时他散文的文艺政治性功能加强,更多了一份时代和民族赋予的爱国责任感⑤。

抗战期间,老舍的散文主要发表在《大公报》《新民报晚刊》等刊物上。这时期的散文有记自己南下参加抗战历经的颠沛流离、贫病交加的生活;有记现实中遭际的苦难、血泪和黑暗;有怀念亡故的至亲益友,有记"文协"的相关活动;有叙说自己的写作生活等,根据题材类别,可以分为以下四类:

首先,怀人抒情的散文。如《我的母亲》,老舍用非常朴实的语言再现了一个平凡而又伟大的中国普通劳动妇女的形象。"从私塾到小学,到中学,我经历起码

①②③　鲁迅.小品文的危机[M]//鲁迅.鲁迅杂文全集(下).北京:北京燕山出版社,2011:741.
④　老舍.八方风雨[M]//老舍.老舍文集:第14卷.北京:人民文学出版社,1989:314-315.
⑤　周国良.试论老舍的散文创作[J].湖南师范大学社会科学学报,1995,24(5).

有二十位教师吧，其中有给我很大影响的，也有毫无影响的，但是我的真正的教师，把性格传给我的，是我的母亲。母亲并不识字，她给我的是生命的教育"。不仅如此，"生命是母亲给我的。我之能长大成人，是母亲的血汗灌养的。我之能成为一个不十分坏的人，是母亲感化的。我的性格、习惯，是母亲传给的"。然而，"我爱母亲，但是我给了她最大的打击。时代使我成为逆子。二十七岁，我上了英国。为了自己，我给六十多岁的老母以第二次打击。在她七十大寿的那一天，我还远在异域"。甚至"她一世未曾享过一天福，临死还吃的是粗粮。唉！还说什么呢？心痛！心痛！"。文章一方面赞扬了母亲的坚韧与伟大，以满腹的深情与悔意表达了对母亲的深爱和追忆；另一方面也间接表达对日本帝国主义侵略者的痛恨和愤怒。正是因为日本帝国主义侵略者的入侵，才导致作家离家远赴抗日前线，最终未能为牵肠挂肚的老母亲送终。这是老舍对亲人的怀念。

老舍也写了很多追思师友的散文，如《怀友》《宗月大师》《敬悼许地山先生》《我所认识的沫若先生》《四位先生》《向王礼锡先生遗像致敬》《段绳武先生逝世四周年》《给茅盾兄祝寿》《悼赵玉三司机师》等文章。作家的目光不仅投向了为新文化事业和民族解放斗争作出了贡献的知识分子，如郭沫若、茅盾、王礼锡、许地山等；也把目光投向了普通的小人物，如《宗月大师》，作家写了一位在自己求学路上给予自己莫大帮助的乐善好施的刘大叔，又如《悼赵玉三司机师》，写了一个为抗战牺牲的汽车司机，高度赞扬赵玉三司机的精神"将随着中华民族的胜利与复兴而不朽"。

其次，记事、记游的散文。如《八方风雨》《吊济南》《滇行短记》《割盲肠记》《轰炸》《双十》《生日》《南来以前》《一封信》《又一封信》《青蓉略记》《可爱的成都》《这一年的笔》《五四之夜》等。其中，《八方风雨》《轰炸》《南来以前》等都是书写自己在抗战中流离颠沛的流亡生活。《吊济南》则是写面对日本帝国主义的经济和武力侵袭，统治当局却无动于衷："敌人的医院、公司、铺户、旅馆分散在商埠各处。……大批的劣货垄断着市场，零整批发的吗啡白面毒化着市民，此外还不时地暗放传染病的毒菌，甚至于把他们国内穿残的破裤烂袄也整船地运来销卖。这够多么可怕呢？可是我们有目无睹，仍旧逍遥自在；等因奉此是唯一的公事，奉命唯谨落个好官，我自为之，别无可虑。人家以经济吸尽我们的血，我们只会加捐添税再抽断老百姓的筋。对外讲亲善，故无抵制；对内讲爱民，而以大家不出声为感戴。敌人的炮火是厉害的，敌人的经济侵略是毒辣的，可是我们捆束百姓的政策就更可怕。济南是久已死去，美丽的湖山只好默然蒙羞了！"作家义愤寄寓其中。

再次，杂感小品文。如《大智若愚》《多鼠斋杂谈》《文牛》《文艺与木匠》《梦想的文艺》《痴人》《快活得要飞了》《母鸡》《未成熟的谷粒》《答客问》《话剧观众须知二十则》《独白》《旧诗与贫血》等。其中《多鼠斋杂谈》尤为诙谐幽默。作家谈烟酒茶,谈衣食住,谈鼠猫狗,表面上是对自己个人生活境况的调侃,实际上则是表现抗战带来的通货膨胀和物价飞涨的社会现实,为此作家不免感叹:"但是,不管我愿意不愿意,近来茶价的增高已教我常常起一身小鸡皮疙瘩!"这也表达了作家对抗战中卖国"走狗"的深恶痛绝,其间的社会讽刺性比30年代初期更加突出和强烈。《痴人》则表现出作家和志士同仁以笔为战的决心:"是的,我们除了一条命与一支笔,还有什么呢?……我们的命与笔就是我们的资本……但是,为了我们自己,为了民族的正气,我们宁贫死,病死,或被杀,也不能轻易地丢失了它。在过去的八年中,我们把死看成生,把侵略者与威胁利诱都看成仇敌,就是为了那一点气节。"①

最后,记"文协"的成立及活动。如《记"文协"成立大会》《入会誓词》《会务报告》《"文协"七岁》等。"文协"所有的活动均是以笔代枪为抗战服务的。

(三)"明亮激昂"时期

1946至1949年老舍在美国边讲学边从事写作。新中国成立后,老舍满怀爱国挚情回到祖国。此时老舍创作的社会责任意识更为强烈,创作目的也更为明确。在党的文艺政策下,老舍主动学习党的文艺思想,逐步确立了"艺术要为工农兵服务,要为社会主义建设服务"的文艺思想,并积极投身新中国的社会主义文化事业的建设。这个时期老舍的散文多是带着"明亮"的色泽和"激昂"的热情赞美新生活,赞扬新人物,歌颂新中国的新面貌②。

这个时期的散文主要发表在《人民日报》《光明日报》等报刊上。主要的散文有《我热爱新北京》《北京的春节》《百花齐放的春天》《大地的女儿》《北京》《新社会就是一所大学校》《新疆半月记》《要热爱你的胡同》《宝地》《养花》《白石夫子千古》《祭王统照先生》《贺年》《悼于非闇画师》《猫》《梅兰芳同志千古》《内蒙风光》《敬悼我们的导师》《记忆犹新》《南游杂感》《春来忆广州》等。

其中,《我热爱新北京》一文,正是老舍回国后创作的第一篇散文。他写到:"新的政府千真万确是一切仰仗人民,一切为了人民的。""最使我感动的是:这个为人民服务的政府并不只为通衢路修沟,而且特别顾到一向被反动政府忽视的偏僻地方。在以前,反动政府是吸去人民的血,而把污水和垃圾倒在穷人的门外,叫他们'享受'猪狗的生活。现在,政府是看哪里最脏,哪里疾病最多,便先从哪里动手修整。新政府的眼是看着穷苦人民的"。"我爱北京,我更爱今天的北京——她是多么清洁、明亮、美丽! 我怎么不感谢毛主席呢? 是他,给北京带来了光明和说

---

① 老舍.痴人[M]//老舍.老舍文集:第14卷.北京:人民文学出版社,1989:304.
② 周国良.试论老舍的散文创作[J].湖南师范大学社会科学学报,1995,24(5).

不尽的好处哇!"。作家通过将反动政府统治的北京和新政府管辖的北京的相互参照对比,细数了新中国成立后新北京在市政建设方面取得的巨大成就,并且把这些成就都归功于党和毛泽东同志的领导。

在《新社会就是一座大学校》一文中作家也坦言:"纵使我有司马迁和班固的文才与知识,我也说不全,说不好,过去一年间的新人新事。在我拿笔之前,我已思索了好几天:国庆日快到了,我该说出些我对新社会的赞扬:我爱,我热爱,这个新社会啊! 可是,我说什么呢? 在过去的一年里,社会上每一天,每一小时,都有使我兴奋与欢呼的事情发生;我说哪一件好呢?"面对新中国日新月异的面貌,作家的笔已不知从何而起。又如《宝地》一文中写到:"我爱北京的新工厂、新建筑、新道路、新公园、新学校、新市场,我更爱北京的新风气,新风气是由党与毛主席的深入人心的教育树立起来的,北京的确是宝地了! 在这块宝地上,我记忆中的那些污秽的东西与坏风气永不会再回来。是啊,我不是凭着回忆而热爱北京,我热爱今天的与明天的北京啊!"

作家此时亦有记游之作,如《新疆半月记》《内蒙风光》《南游杂感》《春来忆广州》等,都是颂扬新中国成立后祖国各地方兴未艾的新面貌,歌颂中华民族大团结。即便是《养花》《猫》等怡养性情之作,也表现出一种新的生命状态和新的精神风貌。正如作家在《养花》一文的结尾写到:"有喜有忧,有笑有泪,有花有实,有香有色,既须劳动,又长见识,这就是养花的乐趣。"这养的不仅是花,更是一种向上的生活态度。

孙钧政先生在《老舍散文选集》的序言中谈到:"真,是老舍散文的魂。"①虽然老舍的散文在不同时期都有一定的变化,散文的体式也各种各样,笔法也是千变万化,但不变的是老舍的人格和个性。无论是 20 世纪 30 年代初期其散文中的闲适朴雅、嬉笑怒骂,还是抗战时期为民族解放而以笔为枪、激扬慷慨,还是新中国成立后对新中国新面貌的热烈赞美,在字里行间,我们都能感受到老舍的赤诚与坦率。无论是记事写景,还是观照人世,无论是谈天说地,还是怀人追忆,老舍都真诚地袒露自己的个性,倾注自己的热诚。因此我们总能在其散文中感受到情真意切、坦荡率真的真性情。从《多鼠斋杂谈》之"最难写的文章"也可以感受到老舍不愿写违心的溢美之词。即便是歌颂新社会崭新的风气和面貌,如《我热爱新北京》《宝地》《新社会是一所大学校》等,老舍也是从内心的真切感受出发来表达真诚赞美的,面对新社会的气象万千、与日俱进,老舍的激动之情跃然纸上。

---

① 孙钧政.序言[M]//林呐,等.老舍散文选集.天津:百花文艺出版社,1992:1.

三、老舍散文的艺术特色

老舍的散文不仅题材多样、主题丰富、情感充沛,而且艺术特色也颇丰富独特,艺术风格十分明朗。

(一)取材既丰富又独特

选材不仅涉及写景、怀人、记事、小动物、文艺杂谈等,而且在多样的题材取舍之间,也表现出老舍独特的审美趣味。

第一,性喜自然,尤爱绿色①。刘勰在《文心雕龙·神思》篇中有言"登山则情满于山,观海则情溢于海"。融情于景,借景抒情,情景交融是写景散文的重要特征。老舍的散文中,写景散文占相当部分的比重。如《济南的冬天》《到了济南》《非正式的公园》《趵突泉的欣赏》《内蒙风光》《大明湖之春》《五月的青岛》《春风》《想北平》等都是脍炙人口的写景佳作,其文景中含画,画中寓情,字里行间都洋溢着老舍对生活的热爱。

老舍对大自然生命的歌咏和赞美在写景散文中俯拾即是。如《济南的冬天》中的经典语段:"最妙的是下点小雪呀。看吧,山上的矮松越发的青黑,树尖上顶着一儿白花,好像日本看护妇。山尖全白了,给蓝天镶上一道银边。山坡上,有的地方雪厚点,有的地方草色还露着;这样,一道儿白,一道儿暗黄,给山们穿上一件带水纹的花衣;看着看着,这件花衣好像被风儿吹动,叫你希望看见一点更美的山的肌肤。等到快日落的时候,微黄的阳光斜射在山腰上,那点薄雪好像忽然害了羞,微微露出点粉色。就是下小雪吧,济南是受不住大雪的,那些小山太秀气!"经过老舍的精心点染,一幅冬日的雪景图活灵活现地映入眼帘,让人赏心悦目,憧憬神往。

在老舍的笔下,青岛、北京、济南像一幅幅山水画清新自然,令人陶醉神往。同时老舍对大自然丰富多样的色彩也十分敏感,尤其是绿色。如《五月的青岛》中对绿色的情有独钟:"青岛的人怎能忘下海呢。不过,说也奇怪,五月的海就仿佛特别的绿,特别的可爱,也许是因为人们心里痛快吧? 看一眼路旁的绿叶,再看一眼海,真的,这才明白了什么叫作'春深似海'。绿、鲜绿、浅绿、深绿、黄绿、灰绿,各种的绿色联接着、交错着、变化着、波动着,一直绿到天边、绿到山脚、绿到渔帆的外边去。"这是变幻多姿的绿色海洋,既柔美又壮观。在《青岛与山大》一文中老舍也说:"青岛是颗绿珠。"即使是在寒冷的冬季,如《济南的冬天》也不乏老舍对绿色的钟爱:"那水呢,不但不结冰,倒反在绿萍上冒着点热气,水藻真绿,把终年贮蓄的绿

---

① 崔金生.老舍先生的散文特色[M]//姚振生.百年老舍.北京:中国文联出版公司,2001:245-255.

色全拿出来了。天儿越晴,水藻越绿,就凭这些绿的精神,水也不忍得冻上,况且那些长枝的垂柳还要在水里照个影儿呢!"我们知道,任何一种色彩都表征着一种生命的情感,绿色常常被我们赋予了生命主色调的象征。因此,老舍对自然的热爱,对绿色的钟情,也是其对生命热诚的讴歌与赞美①。作家从不同的角度对绿色景致的描写,不仅意境优美、诗情浓郁,而且也让我们感受到一种浪漫的情怀和诗意的态度。

第二,钟情北京,喜爱秋季②。老舍一生去了很多地方,但是他最喜欢的还是故乡北京。在老舍的散文中,单写北京的散文就不下十篇。主要有《想北平》《"住"的梦》《宝地》《我热爱新北京》《北京的春节》《北京》《要热爱你的胡同》《养花》等。特别是《想北平》一文,作家写到:"可是,我真爱北平。这个爱几乎是要说而说不出的。……我所爱的北平不是枝枝节节的一些什么,而是整个儿与我的心灵相粘合的一段历史,一大块地方,多少风景名胜,从雨后什刹海的蜻蜓一直到我梦里的玉泉山的塔影,都积凑到一块,每一小的事件中有个我,我的每一思念中有个北平,这只有说不出而已。"面对北平,作家甚至觉得难以言表:"真愿成为诗人,把一切好听好看的字都浸在自己的心血里,像杜鹃似的啼出北平的俊伟。啊!我不是诗人!我将永远道不出我的爱,一种像由音乐与图画所引起的爱。这不但是辜负了北平,也对不住我自己,因为我的最初的知识与印象都得自北平,它是在我的血里,我的性格与脾气里有许多地方是这古城所赐给的。我不能爱上海与天津,因为我心中有个北平。可是我说不出来!"这篇亲切动人的怀乡之文,流露出了作家对北京深深的眷恋与热爱之情。

在一年四季中,老舍又最爱秋季。在《春风》《大明湖之春》等散文中表现尤为明显。《春风》《大明湖之春》,看文题我们都知道这是书写春天的旖旎景致,然而,走进其文,却让人眼亮心惊。在《春风》中写到:"济南到春天多风,青岛也是这样;济南的秋天是长而晴美,青岛亦然。"在《大明湖之春》中又写到:"只是在秋天,大明湖才有些美呀。济南的四季,唯有秋天最好,晴暖无风,处处明朗。这时候,请到城墙上走走,俯视秋湖,败柳残荷,水平如镜;唯其是秋色,所以连那些残破的土坝也似乎正与一切景物配合:土坝上偶尔有一两截断藕,或一些黄叶的野蔓,配着三五枝芦花,确是有些画意。"事实上《大明湖之春》是编辑陶亢德跟老舍约稿已定的题目,文章要求以大明湖的春天为主要内容,可是偏爱秋季的老舍调却侃道:"对不起,题目是大明湖之春,我却说了大明湖之秋,可谁教亢德先生出错了题呢!"这也更让我们看到即使对春天的赞美,老舍也情不自禁地流露出对秋景由衷的喜爱之情。

---

① 戴永课.老舍散文的生命意识[J].湖南文理学院学报(社会科学版),2004,29(5).

② 崔金生.老舍先生的散文特色[M]//姚振生.百年老舍.北京:中国文联出版公司,2001:245-255.

(二)语言颇有特色

老舍在总结自己的创作经验时,特别重视语言表达。在《关于文学的语言问题》中谈到:"我们最好的思想,最深厚的感情,只能被最美妙的语言表达出来。"①同时也强调:"世界上最好的文字,就是最亲切的文字。……简单、经济、亲切的文字,才是有生命的文字"②。"不用任何形容,只是清清楚楚写下来的文章,而且写的好,就是最大的本事,真正的工夫"③。

老舍的散文语言明白如话,自然洗练,京味浓重,加之字里行间充满幽默之味又使文章趣味横生。具体而言,主要有以下两大突出特点:

第一,幽默诙谐,自然率真④。幽默诙谐、自然率真是老舍散文最为独特的语言风格。老舍的散文和他的小说、戏剧、曲艺一样,也具有鲜明的幽默特征,这与他自然率真的性格紧密相关。老舍是一个很爱笑的人,"幽默"在他那里首先就是一种心态。同时,老舍亦有独特的"幽默观":"就是文字要生动有趣,必须利用幽默"⑤。"幽默文字不是老老实实的文字,它是运用智慧、聪明,与种种招笑的技巧,使人读了发笑、惊异,或啼笑皆非,受到教育"⑥。

老舍总是能够以文化的眼光,把日常生活中的琐事和细小的事物上升为理性的思考,表达出丰富的思想意蕴。如《多鼠斋杂谈》中写到:"戒荤吗?根本用不着戒,与鱼不见面者已整整二年,而猪羊肉近来也颇疏远。""为什么不把咸蛋的皮泡泡来喝,而单去买咸茶呢?""不幸,这高兴又是短命的。只戴了半个钟头,我的头就好像发了火,痒得很。原来它是用野牛毛织成的。它使脑门热得出汗,而后用那很硬的毛儿刺那张开的毛孔!这不是戴帽,而是上刑!"。其喜怒哀乐让人啼笑皆非。这种对现实社会的批判是通过对自我的调侃反讽来实现的。也有通过对民族痼疾的反讽来实现社会批判,如《取钱》写旧中国的银行工作人员的装腔作势,拖沓散漫。

老舍的诙谐幽默,总能抓住描写对象的独特性、矛盾性,运用夸张、比喻、白描、反语、谐音、粘连、谚语、歇后语等使文章谐趣横生。在其怀人的散文中这种幽默风趣也表现显著。如《四位先生》中,老舍抓住四位先生最独特的特点加以合理的夸张,既不失真实,又活画出四人不同的个性特征,令人忍俊不禁。又如《何容先生的

---

① 老舍.关于文学的语言问题[M]//老舍.老舍文集:第16卷.北京:人民文学出版社,1991:101.
② 老舍.关于文学的语言问题[M]//老舍.老舍文集:第16卷.北京:人民文学出版社,1991:103.
③ 老舍.关于文学的语言问题[M]//老舍.老舍文集:第16卷.北京:人民文学出版社,1991:105.
④ 周国良.试论老舍的散文创作[J].湖南师范大学社会科学学报,1995,24(5).
⑤ 老舍.谈幽默[M]//老舍.老舍文集:第15卷.北京:人民文学出版社,1990:259.
⑥ 老舍.什么是幽默[M]//老舍.老舍文集:第16卷.北京:人民文学出版社,1991:416.

戒烟》中写到何容先生戒烟的趣事。为了戒烟，"何容先生那天睡了十六个钟头，一枝烟没吸！"。但是，好景不长，"掌灯之后，他回来了，满面红光，含着笑，从口袋中掏出一包土产卷烟来。'你尝尝这个，'他客气地让我尝尝，'才一个铜板一支！有这个，似乎就不必戒烟了！没有必要！'把烟接过来，我没敢说什么，怕伤了他的尊严。面对面的，把烟燃上，我俩细细地欣赏。头一口就惊人，冒的是黄烟，我以为他误把爆竹买来了！吸了一会儿，还好，并没有爆炸，就放胆继续地吸。吸了不到四五口，我看见蚊子都争着向外边飞，我很高兴。既吸烟，又驱蚊，太可贵了！再吸几口之后，墙上又发现了臭虫，大概也要搬家，我更高兴了！吸到了半支，何容先生与我也跑出去了，他低声地说：'看样子，还得戒烟！'"。看到这里，真让人不禁捧腹一笑。这就是老舍高超的幽默艺术，既诙谐又不失真。因此，称其为"幽默大师"是名副其实的。

第二，言简意深，情理并茂。老舍在《我怎样学习语言》中谈到："语言像一大堆砖瓦，必须由我们把它们细心地排列组织起来，才能成为一堵墙，或一间屋子。语言不可随便抓来就用上，而是经过我们的组织，使它能与思想感情发生骨肉相连的关系"[①]。"而且，想要这样说明事体，就必须用浅显的、生动的话，说起来自然亲切有味，使人爱听；这就增加了文艺的说服力量"[②]。对于写人，老舍也强调："你要描写一个好人，就须热爱他，钻到他心里去，和他同感受，同呼吸，然后你就能够替他说话了。这样写出的语言，才能是真实的、生动的。"[③]如在《向王礼锡遗像致敬》一文中，老舍写到："我又回到重庆来了，礼锡兄！我又看见了你，你的遗像是悬在文协会所里；我老想看着你，可是不敢抬头；你是在我的面前，在我的心中，可是……"既淋漓尽致地表现了对王礼锡的崇高敬意，同时又让人感受到作家言有尽而意无穷的情意，让人回味。

老舍散文语言亦有"化腐朽为神奇"之力道。如在《济南的冬天》中："古老的济南，城内那么狭窄，城外又那么宽敞，山坡上卧着些小村庄，小村庄的房顶上卧着点雪，对，这是张小水墨画，也许是唐代的名手画的吧。"作家用"古老""狭窄""宽敞"等这些日常普通的词语准确、贴切地写出了老城的气氛与神态，同时也在这日常的用语中饱含了作家对济南深切的挚爱之情。再如《猫》一文中作家不免感叹："猫的地位的确降低了，而且发生了些小问题。可是，我并不为猫的命运多耽什么心思。想想看吧，要不是灭鼠运动得到了很大的成功，消除了巨害，猫的威风怎会减少了呢？两相比较，灭鼠比爱猫重要的多，不是吗？我想，世界上总会有那么一

① 老舍.我怎样学习语言[M]//老舍.老舍文集：第 16 卷.北京：人民文学出版社,1991：306.
② 老舍.我怎样学习语言[M]//老舍.老舍文集：第 16 卷.北京：人民文学出版社,1991：307.
③ 老舍.关于文学的语言问题[M]//老舍.老舍文集：第 16 卷.北京：人民文学出版社,1991：102.

天,一切都机械化了,不是连驴马也会有点问题吗? 可是,谁能因耽忧驴马没有事做而放弃了机械化呢?"这朴实的文字看似在关心猫的生存处境,实际上在剖析人为因素的负面影响。其间情理并茂,亦可见一斑。

第三,体物入微,以小见大①。体物入微,以小见大,这是老舍散文突出的表达技巧。老舍有一双善于发现美的眼睛,也有一颗非常细致的心。他总能从看似平凡细小甚至常人觉得微不足道的事物中发现美,这种特点在写景散文中比较明显。如《想北平》一文中,我们可以看到"墙上的牵牛,墙根的靠山竹与草茉莉","雨后,韭菜叶上还带着雨时溅起的泥点","西山的沙果、海棠,北山的黑枣、柿子"等都能成为老舍散文的素材。又如在《青岛与山大》中,老舍写齐鲁大校园:"细碎的绿影,夹着些小黄圈……来了个愣头磕脑的马蜂。"足见其体物之细微。又如在《趵突泉的欣赏》一文中,作家不仅写到常人之所见的三处大泉,同时也写到常人之未见的小泉:"池边还有小泉呢:有的像大鱼吐水,极轻快地上来一串小泡;有的像一串明珠,走到中途又歪下去,真像一串珍珠在水里斜放着;有的半天才上来一个泡,大,扁一点,慢慢的,有姿态的,摇动上来,碎了;看,又来了一个! 有的好几串小碎珠一齐挤上来,像一朵攒整齐的珠花,雪白。有的……这比那大泉还更有味。"这也与老舍在《谈叙述与描写》中提到的艺术主张"叙述一事一景,须知其全貌"②是一致的。正是这些看似极为普通甚至为常人所忽略的地方,老舍却别出心裁、形象生动地为我们描摹出了趵突泉所独有的风貌和特色。

在老舍的怀人抒情散文中也能见到这种细致。在《白石夫子千古》一文中,老舍写到:"夫子年高,已记不得蕉叶新拔,是向左还是向右卷着。北京又没有多少芭蕉可供观察,于是老人含着笑说:'只好不要卷叶了,不能随便画呀!'"作家通过这样一个细节再现了白石夫子作画的严肃与认真,让读者印象深刻。又另外在《梅兰芳同志千古》一文中,老舍写到:"与梅大师一同出国访问过两次,一次到朝鲜,一次到苏联。在行旅中,我们行则同车,宿则同室。在同车时,他总是把下铺让给我,他睡上铺。他知道我的腰腿有病""不论是在车上,还是在旅舍中,他总是早起早睡,劳逸结合。起来,他便收拾车厢或房间:不仅把被子叠得整整齐齐,而且不许被单上有一些皱纹。收拾完自己的,他还过来帮助我,他不许桌上有一点烟灰,衣上有点尘土。他的手不会闲着。他在行旅中,正如在舞台上,都一丝不苟地处理一切。他到哪里,哪里就得清清爽爽,有条有理,开辟个生活纪律发着光彩的境地"。通过这些真实的细节,作家重现了梅兰芳同志做人做事的优秀品质,让我们感受到了大师的风采与人格魅力。

---

① 周国良.试论老舍的散文创作[J].湖南师范大学社会科学学报,1995,24(5).
② 老舍.谈叙述与描写[M]//老舍.老舍文集:第16卷.北京:人民文学出版社,1991:120.

四、老舍散文创作的意义与价值

老舍的散文题材广博,艺术风格鲜明,将其放置于五四运动以来卷帙浩繁的散文作品中,也有其独特的地位和价值。老舍散文中对自然的热爱与眷恋,尤其是对生命的讴歌与赞美,有"清水出芙蓉,天然去雕饰"的优美意境。其文明白如话,天然成趣,读来让人倍感清风拂面,内蕴意味深长。老舍纯真的情感和纯净的人格也丰富了其散文世界中富有个性的心灵性情。

老舍的散文与林语堂、周作人、梁实秋等人的散文相比,虽都有一股雅闲之趣、幽默之味,但如果说林语堂、周作人、梁实秋等代表的是贵族式的艺术趣味,那么老舍的散文更多具有一份平民的旨趣。老舍能够撷取生活之平常细微之物,于琐事中见真谛,于细微处张精神,增添了生活的趣味和诗意。

不仅如此,生活中这些琐屑而又平凡的人、事、物,往往正是蕴含生命常理的载体。这些有关生命的常理,也许与时代大主题和宇宙的大命题关联并不紧密,但是对生命存在的体悟和对生命意义的追寻正是投射在这些寻常、普通、平凡甚至细微的人事上的。老舍的散文在这方面以其真切的情感、文化的眼光和深邃的思想拓展了散文世界中的这一方沃土,也使得 20 世纪中国散文拥有了永恒的魅力。

第二节　老舍杂文的主题和艺术特色

一、老舍杂文创作概述

老舍一生写下为数不多的一些杂文。在《答客问》里回答读者为什么不愿出杂文集时,他说:"(一)杂文不易写,我写不好,故仅于不得已时略略试笔,而不愿排印成集,永远出丑。(二)因为写不好,故写成即完事。不留底稿,也不保存印出之件;想出集子也无法搜集。"①因而目前市面上所见老舍杂文集很少,仅有《出口成章》《老舍文艺评论集》等。《出口成章》是老舍杂文比较典型的集子,总共收集了 23 篇文章,写于新中国成立后到 1963 年间。其内容涉及文体、语言、修辞、文病等文学写作的方方面面,是一本老舍指导青年读者学习写作的入门书。杂文在老舍的整个文学创作中虽不占主要地位,但是却贯穿其文学活动的始终。老舍的杂

---

① 老舍.答客问[M]∥老舍.老舍文集:第 14 卷.北京:人民文学出版社,1989:246.

文文体多样,取材广泛,有短评、杂说、闲话、随感录、幽默小品以及知识小品等,涉及文学、艺术、生活,以及文艺工作等内容。以 1937 年抗日战争爆发为界,老舍的杂文创作分为三个时期。

第一时期为抗战爆发前的 1930 年到 1937 年间。

这一时期老舍在《文学》《文学时代》《宇宙风》等刊物上发表了 13 篇杂文,主要谈论文学创作。如《我的创作经验》《论创作》《AB 与 C》从自身的创作经验出发,鼓励青年进行文学创作,强调诚实和勤奋对文学创作起着至关重要的作用;《滑稽小说》《幽默的危险》《老舍幽默诗文集·序》批判摆弄文字、不能容人的幽默;《芭蕉集·序》《读巴金的〈电〉》《臧克家的〈烙印〉》以幽默而又诚挚的笔调深入剖析作家作品,从文学批评和文化批判的角度,告诫人们要恰当使用幽默。此外还有艺术短评《桑子中画集·序》和随感录《我最爱的作家——康拉德》等,从文学创作出发,结合个人经验进行评说。

第二时期为抗日战争期间。

从 1937 年到 1945 年,老舍积极投身抗战文艺运动,开始大量写作杂文,主要发表在《抗战文艺》《文艺青年》《大公报》等各类报刊杂志上。抗日战争爆发后,随着民族危机的日益加深和全民族抗日运动的蓬勃发展,他这一时期的杂文倾向于以"抗日救国"为重心,创作内容和文体都有所扩展,创作数量也急剧增多,其针砭时弊、战斗性强,加强了杂文的文化批判和社会批判功能。

首先,增加了文艺工作的内容。1938 年 3 月 27 日,中华全国文艺界抗敌协会(简称"文协")在武汉成立,老舍即是"文协"的作家之一。"文协"的工作也为老舍杂文创作开辟了新的题材和领域。30 年代的《关于文协》《保卫武汉与文艺工作》《一年来文协会务的检讨》深入抗战时势,揭示抗战文艺工作的进展与困难,号召全民抗战。40 年代,随着抗战进入相持阶段,《关于文协的工作——致周扬》《国内文人的团结——致郁达夫》《略谈抗战文艺》等加强了对现实的批判和对历史的反思。

其次,响应"文协"掀起的"文章下乡,文章入伍"的时代潮流,他认为应当鼓励和宣传一切有利于抗战的文艺形式。《关于大鼓书词》《连环图画》《泰山时刻·序》讽刺不察民情的权臣、富豪,认为"歌曲图画的宣传力量,在今日,实远胜于文字。文字宣传品尽管力求通俗,怎奈大家目不识丁,还是没用:百分之八十的同胞们是不识字的"[①],因而提倡文艺的大众化势在必行,曲艺、相声、书画以及木刻都在其列。

---

① 老舍.泰山石刻·序[M]//老舍.老舍文集:第 15 卷.北京:人民文学出版社,1990:258.

再次,抗战时期老舍的杂文还有很大一部分谈及文学作品和作家,以及与之相关的教育等各方面问题。尤其值得注意的是关于作家的《关于怎样维持写家们的生活》,指出为抗战作出贡献的作家们穷困潦倒的尴尬遭际,从政治、经济、法律制度等方面提出解决问题的措施,如"增加稿费、恢复版税与确定版税、文艺贷金和筹备救济金"①等。总之,抗战时期老舍的文艺评论是与政治批评、社会批评密切相关的。

第三时期为抗战结束后的40年代后半期到60年代初期。

这是老舍杂文创作的高峰期,这一时期老舍的杂文围绕"文艺怎样建设新中国"的问题,题材进一步扩展,内容更加丰富,涉及文学创作、文艺改革、普通话推广以及社会时评等。老舍将社会批判与文化批判相结合,思想更为锐利,创作数量达到三个时期之最,有110多篇,主要发表在《抗战文艺》《人民文学》以及北京、重庆、上海等各大报刊杂志上。

首先,在文艺上,强调文学创作要深入生活,扩展题材,大胆创作。除了提倡推广戏曲、相声、快板等多种文艺样式,还鼓励小小说创作,如1958年发表在《新港》的《多写小小说》。除此之外,老舍特别重视戏剧的写作。《深入生活,大胆创作》贯串了老舍的自谦思想和自省意识,他说"近来,看了不少好戏,非常兴奋。十几年来,我自己虽也写了一些现代题材的戏,但看了人家的戏以后,再一比较,就显得自己写的差得多"②,并思考自己戏剧写得不够好的原因。这样的文章既是老舍个人的以身作则,也暗含其对广大同仁寄予的深入人民生活、及时全面反映新中国的变化和人民生活的变化的希望,带有突出的理性思辨色彩。

其次,在汉语语言文字上,老舍注重适应时代的发展和需求,强调语言的简练,提倡推广普通话。这一类杂文数量较多,有《大力推广普通话》《关于文学创作中的语言》《谈文字简练》《文学创作和语言》《戏剧的语言》《人物、生活和语言》《关于语言规范化》《民间文艺的语言》《土话与普通话》《关于文学语言的问题》等,主要发表在《中国语文》《解放军文艺》《文艺报》等刊物上。

再次,老舍还以漫谈的形式抒写生活的乐趣,坚持文化战线上的思想进步。《健康的笑声》鼓励青年演员勤奋学习,"人的思想进步了,艺术也就跟着起了变化,听众的笑声越来越爽朗健康"③;《戏剧漫谈》谈论与戏剧大师梅兰芳的一扇之缘;《与日本友人的一次谈话》向日本友人介绍新中国成立后北京城的巨大变化,

① 老舍.关于怎样维持写家们的生活[M]//老舍.老舍文集:第15卷.北京:人民文学出版社,1990:324.

② 老舍.深入生活,大胆创作[M]//老舍.老舍文集:第15卷.北京:人民文学出版社,1990:356.

③ 老舍.健康的笑声[M]//老舍.老舍文集:第16卷.北京:人民文学出版社,1991:629.

以民族文化的视角揭示新时期中日民族的友好关系:"我们体验到中日人民的友好,中国人民、日本人民是一致的,是无可遏制的一个大的浪潮。这对我们两国有利,也是对于世界和平的一件大事情。我要是不到日本去,我还感觉不到这么深,到了日本,感到日本人民这种对于中日友好的热忱,非常感动。我愿意借这个机会向一切见过面的、招待过、照顾过我们的朋友们致谢! 致敬!"①

二、老舍杂文的主题

(一)国民批判与反思

杂文的生命在于真实,它通过揭露、论辩和批判等手段,以逻辑力量揭示真理。批判是杂文的根本权利,要做到既无限地磨砺杂文"批判"的锋芒,又不乱"伤"对象,是一件很难的事。老舍的杂文延续了鲁迅开创的国民性批判传统,并开创了新的主题,创造性地融批判和反思为一体,在批判的同时反思,在反思的基础上进一步批判。其杂文往往直接就现实生活中的某个问题、某种现象作文化、社会的批判,不讳言、不隐瞒,尤其是面对一些重大的原则问题,敞开心扉,将自己的真实想法和盘托出,不遮遮掩掩、欲说还休。如《泰山石刻·序》一文,虽是给泰山石刻作序,但却包含了作家对当时社会民生的反思和批判,做到了一箭双雕。作家毫不留情地批判当时社会的一些富豪和文人将山川占为己有,不顾贫穷百姓的现象:"于是山川成为私有,艺术也就成了一种玩艺儿。山间并非没有苦人,溪上正多饿汉,不过是有煞风景,只好闭目无睹;甚至视而不见,免得太欠调谐,难以为情。艺术总得潇洒出尘,或堂皇富丽;民间疾苦,本是天意如斯,死了不过活该而已。直至今天,这现象依然存在,虽然革命历有所年,而艺术颇想普罗……从历史中的事实,与艺术家的心理,我得到一些答案:原来世上的名山大川都是给三种人预备着的。头一种是帝王,自居龙种非凡,所以不但把人民踩在脚底下,也得把山川放在口袋里;正是上应天意,下压群伦,好不威严伟大。因此,他过山封山,遇水修庙;山川既领旨谢恩,自然是富有四海,春满乾坤了。第二种是权臣富豪,不管有无息隐林泉之意,反正得占据一片山,或是一湖水,修些亭园,既富且雅;偶尔到山中走走,前呼后拥,威风也是镇住了山灵水神。第三种是文人墨客,或会画几笔画,或会作些诗文,也都须去看看名山大川。他们用绘画或诗文谀赞山川之美,一面是要表示自家已探得大自然的秘密,亦是天才,颇了不起;另一方面是要鼓吹太平,山河无恙;贵族与富豪既喜囊括江山,文人们怎可不知此中消息? 桥头溪畔那一二老翁正是诗人

---

① 老舍.与日本友人的一次谈话[M]//老舍.老舍文集:第16卷.北京:人民文学出版社,1991:754.

画家自己的写照,夫子自道也。"①批判之余,老舍又以冯雪峰如何在泰山为老百姓做实事为正面例子进行反思,喊出了"泰山是老百姓的,老百姓缺衣缺食,穷困无知,便是泰山之耻;古迹怎样多,风景怎样美,都在其次;百姓不富不强,连国家也难保住,何况泰山!"的呼声。

除了直接对现实社会中的一些问题、现象进行批判之外,老舍的杂文特别是文艺评论大多将批判的笔锋指向作品本身,真正做到"对事不对人",如《臧克家的〈烙印〉》在充分肯定了《烙印》文学价值的同时,更是直言不讳、一针见血地指出其"句子有极好的,有极坏的,他顾不及把思想与感情联成一片能呼吸的活图画;在文字上他也是硬来",说"他的韵押得太勉强。这些挑剔是容易的,因而也就没多大价值;假若他不是自狂自大的,他自会改了这些小毛病"②。论及自己的作品时,老舍更是毫不掩饰地批判与反思并用,这种思想可以说贯穿在老舍所有写有关自己作品的杂文中。

反思只是一种手段,其目的在于从历史中引出对今天有益的经验和教训,以免重蹈覆辙,这也反映出老舍具备较为丰厚的学识,具有探索真理、坚持真理、维护真理的勇气和胆识。在《教育与文艺》《怎样维持写家们的生活》《如何接受文学遗产》中,老舍将矛头指向传统文化和民族心理,并对其"劣根性"予以深刻的解剖和批判,揭露中国现代教育和知识危机背后的真相和隐患。对于文艺与教育,他指出:"教育者必当设法在教育中满足学生的要求。在教学上,在训育上,都须使学子相信他们不是怕死贪生,而是积极地预备着救国的知识与技能,和锻炼着能为国牺牲的身体与气魄。在今天,教育者应多从文艺上认识青年,文艺者应从教育上去想实际解决青年苦闷的办法。青年的苦闷能渐变为青年的毁灭,这是当前极重要的一个问题。"③对于知识危机,在全面揭示了当时中国知识分子尤其是写家们的生活困难之后,他明确地提出了解决问题的办法。这种对现代教育和知识危机的反思是老舍民粹思想的体现④。

(二)知识传授与经验总结

如前所述,老舍的杂文题材广泛、内容丰富、文体多样,这也是杂文之"杂"的具体体现。在他的笔下,无论是解剖现实、批判社会,还是论今说古、讽刺嘲笑,他都能信手拈来,为己所用,不呆板,不生硬,同时融个人的人生经验为一体,浑然天

---

① 老舍.泰山时刻·序[M]//老舍.老舍文集:第15卷.北京:人民文学出版社,1990:357-358.

② 老舍.臧克家的《烙印》[M]//老舍.老舍文集:第15卷.北京:人民文学出版社,1990:309.

③ 老舍.教育与文艺[M]//老舍.老舍文集:第15卷.北京:人民文学出版社,1990:386-387.

④ 王本朝.论老舍文学创作的民粹思想倾向[J].民族文学研究,2006(4).

成。《唐代的爱情小说》通篇以通俗易懂的白话讲述唐代爱情小说的创作和文学史地位。鲁迅在《中国小说史略》中谈到中国小说的起源时，多用半文半白的语言，有的则直接引用古语。老舍则全部都用白话，如"最早对小说一词加以解释的，是班固。他在他的天才著作《汉书》中说：最早开始写小说的，可能是古代的小官吏。他们把各地流传的故事搜集起来，多一半是街谈巷议之事。地位高的人不屑于写这种东西，但有人要写，他们也不加干涉，因为这些东西往往反映了下层人民的看法，有时也值得一看"①。这样就以最简洁有效的方式向读者传授了中国小说的知识。老舍早年当过学徒，对中国传统绘画、木刻等艺术都有一定的了解。《傅抱石先生的画》从文学、美学的视角将傅抱石的画与顾恺之、关山月的画相对比，最后得出结论："他们的改造中国绘事的企图与努力都极值得钦佩，可是他们的缺欠似乎也不应当隐而不言。据我看，凡是有意改造中国绘画的都应当：第一，去把握中国画的笔力，有此笔力，中国画才能永远与众不同，在全世界的绘事中保持住他特有的优越与崇高；第二，去下一番工夫学西洋画，有了中国画的笔力和西洋画的基本技巧，我们才真能改造现时代的中国画艺。你看，林风眠先生近来因西画的器材太缺乏，而改用中国纸与颜色作画。工具虽改了，可是他的作品还是不折不扣的真正西洋画，因为他致力于西洋画已有二三十年。我想，假若他若有意调和中西画，他一定要先再下几年功夫去学习中国画，不然便会失去西洋画，而也摸不到中国画的边际，只落个劳而无功。"②可见老舍对中国传统绘画艺术传承和创新的重视。除了国画，老舍还特别喜欢版画。《谈中国现代木刻》以历史的维度和中西结合的视野谈论中国版画的发展历程和艺术价值，鼓励艺术技巧和艺术形式的创新。《北京俗曲百种摘韵·序》介绍古汉语音韵学知识，倡导深入民间文艺生活，创作活的文艺；《谈翻译》讲解翻译的技巧，建议翻译者在翻译的同时尽力保持原著的风格和味道。老舍杂文的知识性与其本人博杂的知识储备和与时俱进的创新精神不谋而合，这些对社会、历史、文艺以及人生的独到见解体现了其强烈的社会责任感和历史使命感。

对任何现象、任何问题，老舍都不轻言是非，妄下结论，而是坚持独立思考，以一种客观、冷静、求实的态度作深入细致的剖析探究，并在此基础上作出自己的独立判断。这种独立思考和判断以知识为后盾，也以经验为支撑，因而老舍杂文还有其自身经验性的特点。老舍出身于底层家庭，贫苦的成长过程使他思考问题时惯于从普通老百姓的立场出发，饱含理解与深情，提倡通俗文艺归根结底就是让文艺为广大老百姓提供更多的精神食粮。此外，老舍所受的传统教育和学徒生涯，以及

---

① 老舍. 唐代爱情小说[M]//老舍. 老舍文集：第15卷. 北京：人民文学出版社,1990:299-300.
② 老舍. 傅抱石先生的画[M]//老舍. 老舍文集：第15卷. 北京：人民文学出版社,1990:612.

国外的教书历程使得他能以海纳百川的气度理性认识传统和西化的关系。《厚古薄今及其他》论述中国古典文学作品和外国文学的优劣,为人们创造性地继承中国传统文化提供了新的尺度。再者,由于长期从事写作和教学,老舍在写作杂文时就像在教书一样,倾向于使用第一人称娓娓道来,结合人生经验,阐明自己的思想,辨别是非黑白,荡涤人的灵魂。如《要真钻,也要大胆创造》,老舍像老师教导学生那样对电影制片人提出"要有热爱戏曲的态度"和"要大胆创造"的两点要求。在有关文学创作的杂文里,几乎所有的篇章都包含了老舍个人创作的经验和感受,有些篇章更是直接论述其创作经验,如《我的创作经验》《三年写作自述》《我怎样学习语言》,以及《一点小经验》等。

三、老舍杂文创作特色

(一)强烈的个人意识

文章都使用第一人称,把自己放入篇章,融入一些自己的生活道路、思想、感情以及个性。好的杂文总是富于情趣,纯理性的思维往往给人一种板着面孔说教的架势,好像作家处在高人一等的位置上,在教育别人或教训别人。这样的口气和腔调,虽然可以以理服人,但是却难以使读者产生情感上的共鸣[①]。老舍的杂文亦充满情感,富有情趣。讲自己的事情、分析事情的同时也在分析自己,解剖别人的同时也在解剖自己的灵魂;而在解剖自己的同时,也就解剖了社会。因而写进文章的这个"我",并不是完全和社会无关的"我",而是一种具备典型的意义和代表性的"大我"。例如《我为什么写〈全家福〉》:"我们敬爱的人民警察千真万确是人民的。他们与人民的亲切关系是我在解放前无法想象得到的。自从发表了《西望长安》,我就总想再写点什么表扬他们,感谢他们。在一九五八年的大跃进中,我得到了机会。人民警察一向热诚地帮助人民寻亲觅友,使亲友欢聚,并不始自大跃进。不过,在大跃进中,这项艰苦细致的工作在数量上与质量上做得更多更好了,使我得到用之不竭的写作资料。我就写了《全家福》这个剧本。"[②]这是老舍结合自己的文学创作来抒写新时期全国人民共同建设祖国的热情。作家谈到的人民警察与人民的密切关系与新中国其他相类社会现象是有共性的,反映的思想也就具有相应的社会意义,读来也不乏趣味。

---

①　王美荣.浅谈鲁迅杂文的艺术特色[J].陕西师范大学学报,2001,30(9).

②　老舍.我为什么写《全家福》[M]//老舍.老舍文集:第16卷.北京:人民文学出版社,1991:547.

（二）闲笔手法

杂文的闲笔是杂文中离开论述、论证，或者未参与论述、论证的文字内容，但又并非是离题之笔。它能增加杂文的思想内容，加强杂文的思想性和艺术性，更能增加杂文的趣味性。以《敬悼许地山先生》为例，全文总共有六个自然段。第一段讲为什么要以追悼会的方式纪念许地山先生；第二段、第四段和第五段都讲述许地山先生的生前事迹，重点论述为什么要敬悼他；第六段为结尾，由追悼会联系到"文协"的工作，号召"我们既在抗战中建设起这个大家庭，我们就必须看到明日，使它继续地发展，成为永久的家庭。只有这样，"文协"才有它更重大的意义与使命。"文协"的兴衰是与我们每个人有最密切关系的。我们不能看它已相当的牢靠而稍微放松我们的努力。今天静止，明天就衰废！我们不能让地山先生在地下斥责我们！"第三段的内容如下："我们的新文艺还缺乏伟大的作品，但是这可不能便把新文艺的成就一笔抹杀。从一发芽，中国新文艺的态度与趋向，据我看，是没有什么可羞愧的地方的。它要革命，它要作不平之鸣，它要追求真理与光明。这些，都是好样儿的文艺必须做的。我们的才能也许很薄弱，举不起这块文艺的千斤闸，但是我们并没有因为怕它沉重而放弃它。我们二十年来的成就，虽然还没有一鸣惊人的杰作，可是我们也干干净净，并没有去作像英美诸国那些专为卖钱而写出的侦探小说与大减价的罗曼司。所以，我们应当把我们比较优秀的作品介绍到国外去，使世界上知道我们黄色皮肤下的血也是红的、热的、崇高的。在这种介绍工作而外，当然我们要更努力自策，生产出更好的作品，给世界人类的心灵一些新的、珍贵的精神食粮。这不是妄想，而是我们应有的志愿与应尽的责任。我们必须叫世界上从文艺中知道，并且敬重新中国的灵魂，也必须把我们的心灵发展，提高到与世界上最高伟明哲的心灵同一水准。要做到这个，我们就必须储蓄学识，然后好把我们的生活必应有的三个方面——学识、生活经验、写作——打成一片，从学识与生活经验的调协与互助，把我们的创作水准提高。"①可见，第三段既与追悼会无关，也没有谈及追悼的对象许地山先生，就是讲新文艺，而当下新文艺面临的情形与文章的正笔又是相协调的。这里的闲笔使得追悼会致辞不是一味地讲已故人的功过是非，还有当下鲜活的人和事。

（三）幽默的语言风格

老舍的文学语言以幽默简练见长，幽默也是其杂文最突出的语言风格。情趣

---

① 老舍. 敬悼许地山先生[J]. 文学月刊,1941,3(2-3).

能催发幽默,幽默又能给行文增添风采,增添情趣,因而情趣与幽默是相得益彰的。"幽默"一词作为一个舶来品,在钱钟书那里往往与讽刺并驾齐驱,是一种睿智、犀利、不留情面的幽默,老舍的幽默则被定义为一种"含泪的微笑"。王晓琴在《老舍与中国现代幽默思潮》中把老舍幽默的特色定位为"内倾",认为老舍对幽默的超越在于创作意识上对讽刺的接受和对幽默客体的终极关怀以及浓重的悲剧意识①。就杂文创作而言,老舍的幽默主要表现在语言上的诙谐俏皮,即便带有讽刺,也是尺度适中的温情的讽刺。如《幽默的危险》:"假若'幽默'也会有等级的话,摆弄文字是初级的、浮浅的;它的确抓到了引人发笑的方法,可是功夫都放在调动文字上,并没有更深的意义,油腔滑调乃必不可免。这种方法若使得巧妙一些,便可以把很不好开口说的说得文雅一些,'雀入大水化为蛤'一变成'雀入大蛤化为水',仿佛就在一群老翰林面前也大可以讲讲的。虽然这种办法不永远与狎亵相通,可是要把狎亵弄成雅俗共赏,这的确是个好方法。这就该说到狎亵了:我们花钱去听相声,去听小曲;我们当正经话已说完而不便都正襟危坐的时候,不知怎么便说起不大好意思的笑话来了。相声、小曲和不大好意思的笑话,都是整批的贩卖狎亵,而大家也觉得'幽默'了一下。"②《什么是幽默》《谈讽刺》以诙谐的笔调论述幽默的品格和讽刺的手法,认为"作家的责任是歌颂光明,揭露黑暗。只歌颂光明,不揭露黑暗,那黑暗就会渐次扩大,迟早要酿成大患。讽刺是及时施行手术,刮骨疗毒,治病救人"③。说理生动形象,有寓意,表现出老舍驾驭语言的卓越才能。

　　从龚自珍、魏源的"经世之文"到王韬和郑观应的报章体论文,从康有为、梁启超的政论杂文到陈天华、章炳麟的革命战斗杂文,从李大钊、陈独秀的早期现代杂文再到鲁迅毕其一生所创的杂文,中国杂文经历了从古典到现代的嬗变。老舍的杂文内容丰富,主题鲜明,风格独特,既有鲁迅杂文的锋利和坚韧,又有瞿秋白杂文的峻切和晓畅。强烈的文化意识使得老舍的杂文在"五四"以来卷帙浩繁的杂文中独树一帜。老舍的杂文是20世纪30年代到60年代中国社会思想和社会生活的艺术记录,是新文学发展活的百科全书,是随处可见却又亟待深入发掘的富矿,对中国现代杂文的成熟和发展起到了重要作用。

①　王晓琴. 老舍与中国现代幽默思潮[J]. 中国现代文学研究丛刊,1998(2).
②　老舍. 幽默的危险[M]// 老舍. 老舍文集:第15卷. 北京:人民文学出版社,1990:347-348.
③　老舍. 什么是幽默[M]// 老舍. 老舍文集:第16卷. 北京:人民文学出版社,1991:438.

第五章 老舍的戏剧

第一节 老舍戏剧创作的思想内容和艺术特色

1937 年的抗日战争对老舍的生活和创作都产生了巨大的影响。为了团结抗日,老舍一改往日小说家手笔,开始运用人民喜闻乐见的多种形式进行创作,正如他自己所说:"战争的暴风把拿枪的,正如同拿刀的,一起吹送到战场上去;我也希望把我不像诗的诗,不像戏剧的戏剧,如拿着两个鸡蛋而与献粮万石者同去输将,献给抗战……这样,于小说杂文之外,我还练习了鼓词、旧剧、民歌、话剧、新诗。"①在老舍看来,戏剧和通俗文艺在宣传抗战,鼓励人民救国方面有着更为直接的作用,也更容易被文化水平不高的普通百姓所接受。因此,在抗战期间,他便利用各种民间艺术形式来进行抗战宣传,曾编写如《新栓娃娃》《文盲自叹》《王小赶驴》等新的鼓书唱词;也曾用"旧瓶装新酒"的方式写过抗战戏曲剧本《忠烈国》《王家镇》等。这些作品,虽然在艺术上大多比较粗糙,但其中所蕴含的强烈的政治热情,把老舍的创作实践和全民族的抗争紧密结合起来的高度自觉,以及他对抗战胜利的坚定信心,都是前所未有的。而在戏剧创作上,老舍此后大部分精力的倾注和重心的倾斜,使其在戏剧上取得了巨大的成就,为文学界作出了杰出的贡献。

---

① 老舍.三年写作自述［M］∥曾广灿,吴怀斌.中国文学史资料全编(现代卷):老舍研究资料(上).北京:知识产权出版社,2010:492.

一、老舍戏剧创作的思想内容

老舍的戏剧创作可以解放战争为界,分为两个阶段。

(一)新中国成立前的抗战戏剧(1939—1945)

1939 年,因为抗日战争的需要,老舍毅然开始向他并不熟悉的剧坛进军。在 1939 至 1943 年间,先后创作了 9 个多幕剧,有《残雾》(1940,四幕剧)、《国家至上》(与宋之的合著,1940,四幕剧)、《张自忠》(1941,四幕剧)、《面子问题》(1941,四幕剧)、《大地龙蛇》(1941,三幕剧)、《归去来兮》(1942,三幕剧)、《谁先到了重庆》(1943,四幕剧)、《桃李春风》(又名《金声玉振》,与赵清阁合著,1943,四幕剧)、《王老虎》(又名《虎啸》,与萧亦五、赵清阁合著,1943,四幕剧)。如果按 1946 年《新华日报》所作的不完全统计,抗战八年中多幕剧总数约为 120 余部的话,那么老舍一人就占了近 1/12[①]。这些戏剧,有的表彰抗日战士、宣传民族团结、鼓舞人们抗战的斗志,有的暴露国民党反动统治下的不合理现象、揭露当权者的堕落腐败,有的批判某些阶层某些人的劣根性,但一般都停留在对社会表面现象的描述上,主题思想挖掘不深,戏剧冲突也不够鲜明集中。但无论如何,作为抗战文艺的一个重要组成部分,它们都应是一笔可贵的精神财富。

老舍这一时期的剧作,从思想内容上来划分,大致可分为两类:

第一,对抗日壮士等正面形象的热情讴歌。

在老舍此期所创作的 9 个话剧中,以塑造英雄人物、讴歌抗日志士、表彰民族英烈为主旨的就占了 5 部。他在作品中高度赞扬了走上抗日救国道路的各阶层志士:《谁先到了重庆》中为国除奸、最后以身殉国的义士吴凤鸣;《王老虎》中由愚昧无知的破产农民成长为以国家民族利益为重的抗日军连长王老虎;《桃李春风》中始终保持民族气节、不惜变卖家产、献身教育事业的辛永年;等等。在众多的英雄志士中,最感人的抗日英雄形象当属张自忠将军。写于 1940 年夏天的话剧《张自忠》,是老舍以国民党将军张自忠和他手下的将领、副官等真实人物为原型而进行改编的。剧本表现了张自忠等爱国将士英勇杀敌、为国献身的动人事迹,表达了人民对将军的热爱和敬仰之情。在剧中,张自忠将军克服了国民党初期的不抵抗命令,屡战屡胜,最后为守住阵地,虽弹尽粮绝,仍坚守不退,直至壮烈牺牲。作家怀着对英雄的崇敬之情,紧紧抓住张自忠的战功和人格,处处突出他至大至刚的民族气节和视死如归的战斗精神,努力表现其鲜明强烈的爱憎与敌我分明的坚定立场。

---

① 冉忆桥,李振潼.老舍剧作研究[M].上海:华东师范大学出版社,1988:142.

全剧结束于大幕上的"民族精神"四个大字之中,将抗日必胜的爱国主义主题推向了顶峰①。

老舍笔下的另一类英雄形象,可说是成长中的民族英雄,尤以四幕剧《国家至上》中的张子清为代表。张子清是以老舍在济南与之交往了四五年的回教老拳师为原型而塑造的一个生动多层面的人物形象。一方面,他有着强烈的民族自尊心,为了保卫国家,能奋不顾身地进行顽强斗争,性格中有着刚强、勇猛、疾恶如仇、打抱不平的特质;另一方面,他又是顽固倔强的,虽然有着强烈的爱国之心,但其民族观念却是狭隘的,极端的自信和偏狭的观念蒙蔽了他明辨是非的双眼,使他中了敌人的奸计,拒绝与教外的朋友联合抗日,给抗战带来了一定的损失。最终,张子清在老舍的笔下,实现了一个民族英雄从稚嫩到成熟的蜕变。他识破了挑拨民族关系、通敌卖国的金四把,并亲自惩治了这个汉奸,觉悟到回汉合作的必要性和重要性。对于这类形象的塑造,老舍是颇为重视和关心的,他认为,成功地描写英雄人物的产生和成长,会给我们现代中国人一个新的估价,可使我们看到"一部文化史","知道中国是如何在变动着"②。因而,张子清等英雄形象的成功塑造,对于反映中国人民心中所发生的精神变化是深刻且意义深远的。

老舍此期剧作中所塑造的这些人物形象,虽然并不尽善尽美,存在着各种不同程度上的缺陷,但他们的出现,在一定程度上表现了作家创作思想的转变和发展。老舍不再以逗乐招笑取悦读者,也不仅仅满足于表现下层人民的悲剧命运,更不止步于对个人奋斗道路的批判和对旧制度的否定,而是力图塑造正面的英雄形象,表现正气,以切实的榜样力量鼓舞读者。同时,这些人物形象的出现,对于丰富老舍剧作中的人物形象体系,拓展其戏剧表现领域起了绝对的积极作用③。

第二,对汉奸、敌探等民族败类形象的愤怒揭露。

除了热情讴歌英雄英烈等正面形象之外,老舍抗日剧作中最见光彩的部分则是对抗日时期国统区存在的病态社会现实的揭露,对国民党黑暗统治的批判,以及对达官贵人醉生梦死,不法商人投机倒把、大发横财的讽刺。在这类剧作中,呈现于读者面前的是一系列无耻的民族败类形象,如《国家至上》中挑拨离间、破坏回汉民族关系,甚至甘心沦为内奸的敌探金四把;《张自忠》中猥琐胆小、丧失民族自尊心、甘当敌人的说客,甚至无耻地劝张自忠倒戈投降,有学问而无品行的墨子庄;《谁先到了重庆》中贪财好色的汉奸胡继江、管一飞;《桃李春风》中的胡力庵等。

---

① 冉忆桥,李振潼.老舍剧作研究[M].上海:华东师范大学出版社,1988:146-147.
　李卉.老舍在重庆时期的抗战戏剧[J].四川戏剧,2011(1).
② 老舍.抗战以来文艺发展的情形[J].国文月刊,1942(14).
③ 冉忆桥,李振潼.老舍剧作研究[M].上海:华东师范大学出版社,1988:147.

以三幕话剧《面子问题》中的主人公佟景铭为例,这个典型的旧式官僚形象,做任何事情都要讲面子,要仆人双手递信,要医生亲自登门看病。正如他自己所说:"我的身份把我限制住了! 上海的家,这里的家,都得维持住脸面;先祖先严都是进士出身,不能由我败落了家风。"其实,这所谓的"面子",不过是个人的地位和权力而已,"面子的有无,实质上是关系到能否保住或捞到更多的在人民头上作威作福的权势问题"①。这些令人憎恶的形象,在老舍的笔下立体而生动,他们肮脏的灵魂和无耻的行为在剧作中得到了充分的展现和揭露。

讽刺喜剧《残雾》是继张天翼小说《华威先生》之后,揭露国统区官场丑恶的又一讽刺性杰作。在此之前,抗战作品多从正面进行歌颂,鲜有进行批判、反思的,因而《残雾》在抨击社会黑暗、揭露病态社会的同时,也拓宽了抗战文艺的表现领域。《残雾》所描绘的是一幅陪都时期的官场现形图。剧中的洗局长,自称"在政界有个精明刚正的名声",口口声声"为了抗战,为了国家",但实际上好财、贪权、荒淫无耻,乘战乱逼迫流落的难民孤女做小老婆;明知徐芳蜜是日本特务,却经不住财色诱惑,主动为她提供情报,出卖国家利益,最后以泄露国家机密而获罪归案;小官吏杨茂臣如苍蝇般黏着有权势之人,在将士浴血奋战、民众度日如年之时,他所关心的却是如何投机钻营,无耻地认为如果"抗战得不到利益","去作汉奸,也无所不可";自诩为文化人的红海则不辨大是大非,为女特务保管情报……全剧结尾以尽人皆知的大汉奸、女特务徐芳蜜在光天化日之下逃脱法网而引人深思,以讽刺的手法揭露了国民党反动官僚与汉奸沆瀣一气的真面目。老舍在剧中对这些国家机关蛀虫、无耻奸商等民族败类所进行的辛辣讽刺和无情鞭挞,充分地表明了他对国民党统治下黑暗社会现实的不满和否定,也显示了老舍有意用这些社会中的畸形怪胎引起人们注意和警惕的良苦用心。

纵观老舍的抗战戏剧,可知其戏剧的主题都是从抗日斗争的需要出发,以宣传抗日救国为准绳的。在这些剧作中人物形象分处于光明和黑暗的两极世界,既有抗日志士等正面形象,又有汉奸、敌探等民族败类形象,是极具现实性和针对性的。但是,若以现实主义的话剧艺术来要求,老舍的抗战戏剧尚存在着诸多明显的不足,特别是由于作家出于政治热情,真诚却也勉为其难地写自己所不熟悉的东西,这导致有些作品难免有粗糙、肤浅之弊病。例如某些人物形象的塑造,虽个性鲜明但缺乏深度,有些剧本如《大地龙蛇》更是有硬编故事、脱离生活根基之尴尬②。

①　冉忆桥,李振潼. 老舍剧作研究[M]. 上海:华东师范大学出版社,1988:150.
②　冉忆桥,李振潼. 老舍剧作研究[M]. 上海:华东师范大学出版社,1988:151.

（二）新中国成立后的戏剧（1949—1966）

老舍一向是谦虚诚恳的，他曾多次这样说到："每个作家在创作上都有优点，有缺点，我当然也不是例外。优点也好，缺点也好，对自己都是可贵的经验……我原是写小说的，可是我又爱上了戏剧。我本不会写戏，不会就得学。就得不辞劳苦，写出了废品我也不灰心，经一次失败，长一次经验，逐渐地就明白了自己的长处和短处。熟能生巧嘛。勤写，总有成功的一天，这也是我的干劲儿。"[①]正是在这种精神和态度的驱使下，新中国建立以后，老舍的戏剧创作逐渐迈向成熟并登上了巅峰。1949年新中国的成立，使老舍这位"新旧社会两重天"的历史见证人，怀抱着强烈的社会责任感，义无反顾地投入到戏剧创作之中。从1950年到1966年，他以惊人的热情，创作并改编了剧本共计23部，其中多幕话剧15个，独幕剧1个，多幕歌剧2个，曲剧1个，改编京剧4个。除经典巅峰之作《龙须沟》《茶馆》之外，还有写曲艺女艺人翻身得解放的《方珍珠》，写"五反"运动的三幕话剧《春华秋实》，抨击政治骗子不法行径的讽刺剧《西望长安》，歌颂"大跃进"的《红大院》，歌颂新中国成立后妇女新风姿的《女店员》，以及反映建筑业青年工人事迹的《青年突击队》等。

新中国成立后的17年创作，对老舍来说是波澜起伏、曲折前行的17年。我们可将期间的创作细分为五个阶段：第一阶段为1949—1951年创作《方珍珠》《龙须沟》；第二阶段为1952—1956年创作《春华秋实》《青年突击队》和《西望长安》等剧；第三阶段为1957年创作《茶馆》；第四阶段为1958—1959年创作《红大院》《女店员》和《全家福》等剧；第五阶段为1960—1963年创作《神拳》《宝船》《荷珠配》（改编）等剧；此后的1964—1966年间，虽创作了《正红旗下》，但未发表。由此可知，老舍此期的创作，在以《龙须沟》《茶馆》和《神拳》为成功标志的三个创作阶段的"大起"之后，又分别出现了以《青年突击队》《红大院》等为失败标志的"大落"。如果把《神拳》之后老舍骤然搁笔未完成的杰作《正红旗下》也算作一次"大落"的话，那么恰好构成了老舍17年创作"三起三落"的历史[②]。

一起：《方珍珠》《龙须沟》的高起点收获。

1949年新中国成立的喜讯唤回了远隔重洋的老舍，归国后他所创作的第一部戏便是《方珍珠》。在《方珍珠》中作家选取了他所熟悉的北京曲艺艺人翻身解放的题材，刻画了方珍珠、破风筝、白花蛇、孟小楼等一系列人物形象，并通过这些人物在生活与思想上的变化，深刻地反映了新旧两个不同的社会。作为老舍新中国

---

① 老舍.我的经验[M]//王行之.老舍论剧.北京：中国戏剧出版社，1981：215.

② 冉忆桥，李振潼.老舍剧作研究[M].上海：华东师范大学出版社，1988：178.

成立后的第一个剧本,《方珍珠》的完成仅用了短短两个月的时间,并取得了较大的成功,它为老舍今后的创作积累了经验。正如老舍夫人胡絜青所说:"《方珍珠》的艺术成就并不惊天动地,但它是老舍创作道路上的新起点。有了《方珍珠》,老舍有了新经验,有了新心气,他兴致勃勃地走进一个崭新的创作时代。"①

《龙须沟》的成功可谓是个奇迹,它从开始构思到完成脱稿,共花了不到一个月的时间,却毋庸置疑地成为了公认的杰作。全剧通过一条臭水沟的变化,写出新旧社会的天壤之别和人民政府爱人民的历史性变化。老舍在剧中营建了活生生的"沟沿社会",写出了生动的人物群像,并且以他独特的幽默和仁厚,使这出戏具有老舍式含泪的喜剧的审美特色。由于《龙须沟》的巨大影响和艺术成就,北京人民政府授予老舍先生"人民艺术家"的光荣称号。

《方珍珠》和《龙须沟》的成功,使老舍新中国成立之后的戏剧创作有着较高的起点,若沿着这条路走下去,其戏剧之路定会越走越宽。但随着时代和政治局势的变化,老舍的戏剧创作之路并不平坦。

一落:《春华秋实》《青年突击队》等的政治苦果。

在 1952—1956 年间摇摆的政治形势影响下,文艺界一片混乱。这种混乱态势对老舍的个人创作产生了巨大影响。《春华秋实》便是他试图借商人家庭内部矛盾的变化来反映当前"五反"运动的剧作。但由于当初流行的公式化、概念化、"写政策"等错误倾向的影响,老舍花了整整 10 个月的时间,先后重写了 10 稿,以企图刻画这个运动的全过程,满足领导和群众的要求。但最终,这部连老舍自己也视为"改了又改,改了又改"的"很不好的作品"②,完全失去了他的风格特色,不仅人物形象如资本家丁翼平、老工人梁师傅等模糊生硬,而且描写苍白无力。1955 年创作的四幕剧《青年突击队》所描写的是北京建筑工人在西郊建筑苏联专家大楼期间经历种种挫折,最终顺利完工的故事。正如冉忆桥所说,《青年突击队》的重点是想通过生产过程中先进与保守的矛盾冲突,热情歌颂在第一个五年计划高潮中积极献身社会主义建设的工人,但由于作家对人物的不熟悉,只能拼凑出一些概念化、公式化的模糊生活图像,并不能深入人心③。

在《春华秋实》和《青年突击队》的失败教训下,老舍是完全有能力成功地创造出一个崭新的剧本的,但由于极"左"思潮的影响,他并不能按照自己的意愿和特长,大胆地进行尝试。即便是他所擅长的讽刺剧《西望长安》,在无情地讽刺了政

---

① 胡絜青.《大鼓艺人》和《方珍珠》[M]//克莹,李颖.老舍的话剧艺术.北京:文化艺术出版社,1982:336.

② 老舍.我怎么写《春华秋实》剧本[M]//王行之.老舍论剧.北京:中国戏剧出版社,1981:194.

③ 冉忆桥,李振潼.老舍剧作研究[M].上海:华东师范大学出版社,1988:168.

治骗子的丑恶行径,塑造了风趣机智的正面人物公安局唐处长的形象之后,却在政治气候的影响下,对那些需要着重突显的有缺点的干部形象,做了蜻蜓点水般的不痛不痒的批评。老舍自己也无奈地用"西望长安——不见家(佳)"的典故,一语双关地为剧作命名,以进行自我嘲讽。

但是,结合当时那样一个特定的政治和文艺气候来看,老舍由第一阶段的创作高起点,转入第二阶段无特色、无概念、公式化的创作低谷,是不难使人理解的。

二起:《茶馆》的高峰再造。

1956年,在党的"双百"方针的影响下,老舍的思想得到了解放,创作了中国话剧史上的现实主义巅峰之作——《茶馆》。《茶馆》反映了从戊戌变法到抗战胜利半个世纪的历史,采取历史横断面的结构方式,来表现历史的动荡和变迁。全剧主要通过王利发一家的命运遭际和众多世态形相,写出了埋葬旧社会、迎接新中国的历史必然性。该剧在艺术上独特而新颖,以人物串故事、众多小故事连缀成时代大故事、"侧面透露"法以及悲剧意味深沉的喜剧样式来表现深刻的主题,显示了老舍作为文学巨匠的大家手笔。《茶馆》曾于1958年、1963年、1979年三度演出,每次演出都成为重大文化现象而引起社会的热切关注。北京人艺还多次应邀把《茶馆》带到联邦德国、法国、瑞士、美国、加拿大、日本、新加坡、中国香港等国家和地区演出,实现了把中国话剧推向世界舞台的宿愿,并在世界各地赢得了极高的评价。《茶馆》可谓是中国20世纪话剧创作中一座难以逾越的高峰,它的成功不仅标志着老舍创作鼎盛期的到来,而且也代表着20世纪中国话剧创作的最高水平,昭示着中国话剧将进入一个崭新的阶段。

二落:《红大院》《女店员》等的再陷旋涡。

1958—1959两年间,老舍在反右斗争扩大化的影响下,匆匆完成了《红大院》《女店员》和《全家福》三部话剧。

三幕剧《红大院》所描述的是在整风运动中,北京街道的一群妇女,通过办托儿所等各种活动,把一个有名的落后大院改造成先进的红大院的过程。《女店员》则描写了四个青年妇女战胜轻视商业工作、轻视妇女的旧思想,克服种种困难,最终冲出家庭走向社会的历程,并以此歌颂了大跃进活动。《全家福》写的是工人王仁利一家在人民警察的帮助下,散而复聚的大团圆故事。这三部作品无论在思想内容还是艺术成就上,都是无法与《茶馆》同日而语的。人物描写的生硬简单、捉襟见肘,内容题材的浅薄概念化,以及书写的粗糙,脱离真实性的主题阐释,无不显示了老舍深陷"跃进文艺"的旋涡,这不得不说是老舍在登上了《茶馆》这一高峰之后的又一转折。

三起:《神拳》等多形式剧作的崛起。

在中央迅速纠正"左"的错误倾向和老舍及时总结创作经验教训之后,他以四幕历史剧《神拳》、三幕儿童剧《宝船》和六场话剧《荷珠配》(改编)等多种题材、多种形式的剧作,宣告其戏剧创作再次迈入一个新的阶段。

《神拳》的创作不仅能说明老舍创作思想的发展,更能表现其创作道路上题材和体裁的一次突破。在这部历史剧中,老舍既没有为了政治宣传的目的,把历史生活现代化,也没有为突显英雄人物的高大形象而有意回避其缺陷,而是在义和团的迷信落后中,宣扬古代英雄崇高的爱国主义精神。剧中那栩栩如生的义和团团民的形象,再现了中国人民反帝斗争的光辉历史,还原了历史本来的面目[①]。在《神拳》成功的鼓舞下,老舍还涉足儿童剧,创作了三幕儿童话剧《宝船》,并且还将戏曲改编成话剧《荷珠配》。这一阶段老舍的创作使他终于挣脱了各种政治框架的束缚,迈进了一个自由发展的新境地。

三落:未完成的《正红旗下》。

1964—1966 年间,老舍写出了多幕话剧《正红旗下》的初稿,然而,不等他修改定稿,"文化大革命"就向其伸出了毒手。老舍的话剧创作便随着老舍的含恨九泉而落下了帷幕。

二、老舍戏剧创作的艺术特色

老舍戏剧创作的艺术特色简单概括起来,主要表现在以下几个方面:

(一)开放式的线性结构

所谓开放式的线性结构,即是指把戏剧中所规定的情节,从头到尾原原本本地在舞台上表现出来,把主题所规定的戏剧动作全部放在舞台画框里具体形象地展现出来,除了偶而在必要的时候附带说明一下以外,并不特意地进行回顾补叙的一种结构方式[②]。老舍一生所创作的话剧剧本中,除了《全家福》有较明显的回顾式特点之外,其余所有剧本,都可归为开放式线性结构。其剧作在表现过程中,大致有以下几种情况:第一,以主要人物的行动为序进行叙事。例如叙述回族张拳师清除民族隔阂,团结抗日的《国家至上》;表现民族英雄英勇善战,最后壮烈牺牲的《张自忠》;等等。第二,以时代发展为序进行叙事。如写新中国成立前后艺人的生活和精神面貌变化的《方珍珠》;写新中国成立前后北京市民生活变化的《龙须沟》;等等。第三,以事件过程为序进行叙事。如《春华秋实》描写"五反"运动中对

①　冉忆桥,李振潼.老舍剧作研究[M].上海:华东师范大学出版社,1988:176-177.

②　顾仲彝.编剧理论与技巧[M].北京:中国戏剧出版社,1981:166.

资产阶级的改造;《女店员》写妇女走出家庭争取解放的过程;等等①。

这种结构,大都有着极为明显的发展线索,往往是有头有尾、顺序且明了地表现时间发展过程,其纵向时间发展的线索也十分清晰而且突出。以《茶馆》为例,戏剧《茶馆》所涉及的人物极多,并且其所涵盖的内容极为丰富广阔,虽情节看似较为松散,但它自始至终都有着明显的纵向发展线索:纵贯半个世纪的裕泰茶馆的兴衰和王利发、秦仲义、常四爷、康顺子等人一生的经历。作家在三幕剧中分别展现了王利发、常四爷、秦仲义在青年、壮年、老年三个时期的不同遭遇,并十分自然巧妙地串连起了清代末年、民国初年以及抗战以后的三个时代的社会画面。不仅如此,为了加强这种纵向的联系,老舍还用了"子承父业"的办法,塑造了大小刘麻子、大小唐铁嘴、大小二德子等人物形象,从而大大加强了半个多世纪来人事变化发展的序列感。同样,话剧《龙须沟》亦是如此,全剧以龙须沟解放前至解放后的巨大变化为纵向线索,以人与沟的矛盾冲突贯穿始终,展现了两者矛盾从尖锐对立到开始转化至胜利解决的过程,以沟的变化影射人与沟关系的变化,从而突显社会的巨大变化。

这种开放式的结构之所以为老舍所钟爱,其主要原因在于它比较适于广阔地反映社会生活、自如地展现事物发展的全过程,并且能够允许较多的穿插。老舍一向"不愿将自己的戏剧构思局限在一个过分狭小的时间空间之中,而喜欢宽松、从容地叙事一段过程"②,因而,这种多人物、多场次、多穿插的开放式结构在老舍的戏剧中得到了广泛而纯熟的运用。

(二)浓厚的地方色彩

作为一个土生土长的北京人,老舍文学创作一个公认的特点便是浓厚的北京地方色彩。其话剧创作,尤其是新中国成立后创作的所有剧本,几乎全部都是写北京。从 1950—1961 这 11 年间,老舍共创作了 15 部话剧,除儿童剧《宝船》和古装剧《荷珠配》之外,有 12 部是以北京为背景,写北京的人和事的,另一部讽刺剧《西望长安》第三幕的地点也是在北京。因而,具有北京特色的地方场景、北京的风土人情、北京地区的民间艺术以及北京的语言在老舍的戏剧中得到了充分的展现,成为了老舍戏剧极具魅力的独特存在。

第一,具有北京特色的地方场景的选用。在老舍的剧本中,杂院、胡同和茶馆这种极具北京地方特色的场所往往就是老舍戏剧中故事发生的所在地。

对于杂院,老舍是极为熟知的,《龙须沟》舞台说明中那细腻生动的杂院描述

---

① 冉忆桥,李振潼.老舍剧作研究[M].上海:华东师范大学出版社,1988:36.
② 冉忆桥,李振潼.老舍剧作研究[M].上海:华东师范大学出版社,1988:39.

便是最佳例证:那门窗是"一块老破花格窗,一块是'洋式'窗子改的,另一块也许是日本式的旧拉门儿";那屋顶,"因为漏雨,盖着半领破苇席,用破砖压着,绳子拴着";墙院是"塌倒了的半截院墙","墙根墙角全发了霉,生了绿苔";地下是"脚下全是湿泥,有的地方垫着炉灰、砖头或木板";院外有"卖青菜的,卖猪血的,卖驴肉的……'打鼓儿'的声音"和"争吵声""打铁声""织布声"以及"作洋铁盒洋铁壶的敲打声"。显然,这是任何一个徘徊于杂院之外的人所无法刻画的。胡同是北京一个极具标志性和象征性的建筑。老舍从小就生长在胡同里,对于他的出生地,他曾进行这样的描述:"我们住的小胡同,连轿车都进不来,一向名不见经传。那里的住户都是赤贫的劳动人民,最贵重的东西,不过是张大妈的结婚戒指(也许是白铜的),或李二嫂的一根银头簪。"①其剧本《女店员》和《全家福》所描写的便是发生在胡同里的故事,这种将自己所熟知的生长地融入创作中的做法,不仅能够更为流畅地描写自己所熟悉的人和事,增加作品的真实性,而且在一定程度上也表达了作家对自己家园的热爱。茶馆在北京更是历史悠久。在过去,茶馆与北京市民的生活有着极为密切的联系,三教九流、各色人等都可以自由进出茶馆,或喝茶聊天,或调解纠纷,或听书,或歇脚。正如老舍所说:"茶馆是三教九流会面之处,可以容纳各色人物。一个大茶馆就是一个小社会。"②在戏剧中,老舍通过选取茶馆这个特殊的地点来反映社会,如《茶馆》里那个清末时代的裕泰大茶馆,《龙须沟》中龙须沟边上那个三元小茶馆等,充分展现了老舍戏剧创作的又一独特视角。

第二,北京风土人情的展示。北京作为中国的政治文化中心,更为集中、深刻地反映着"礼仪之邦"的特色。重礼的传统在老舍的戏剧中有着生动的反映,如在《茶馆》中通过常四爷给茶馆老板王利发送礼;《神拳》中通过侄女定亲,赤贫的二叔高永义送礼等场景充分展现了老北京重人情、重礼尚往来的风俗。此外,还有让茶、请安等各种礼节的讲究。"老北京"除"礼多"之外,还特别"要脸面",讲排场。在《茶馆》第一幕中,当阔少秦仲义"没了脸"时,王利发赶紧上来说"脸面话":"常四爷,您是积德行好,赏给他们面吃! 可是,我告诉您,这路事儿太多了,太多了!谁也管不了。(对秦仲义)二爷,您看我说得对不对?"立即给秦二爷"圆面子"。通过这些北京风土人情的描述,老舍将一幅真实的北京人情世态画卷展现在了读者面前③。

第三,民间艺术形式的穿插。在老舍的剧本中,还有大量的民间艺术形式的使用。例如《方珍珠》中的方大凤、孟小樵在剧中都有唱大鼓的片断;《龙须沟》中的

---

①　老舍.吐了一口气[M]//克莹,李颖.老舍话剧艺术.北京:文化艺术出版社,1982:172.

②　老舍.答复有关《茶馆》的几个问题[M]//王行之.老舍论剧.北京:中国戏剧出版社,1981:201.

③　冉忆桥,李振潼.老舍剧作研究[M].上海:华东师范大学出版社,1988:42-45.

程疯子原来就是个曲艺艺人,其在剧中的台词多贯穿着快板等说唱形式;《茶馆》中老舍创造性地用大傻杨的数来宝来做幕前介绍和幕间连接;《女店员》中摆茶摊的宋爷爷,嘴里那不时唱出的几句随口快板;等等。这些北京民间艺术在剧本中的穿插和描写,在一定程度上增加了老舍戏剧的趣味性、深刻性,也使其地方色彩更为浓重和明显。

(三)幽默风趣、雅俗共赏的京味儿语言

对于老舍戏剧的语言,有人曾这样评价:"老舍的语言达到了所谓言简意赅、经得起吟味、雅俗共赏的极致","每一句台词都有其自身独特的意蕴"①。老舍极善于将生活语言尤其是北京市民的口语进行提炼,并且能够借鉴吸收民间曲艺等艺术形式,使其戏剧语言有着老舍式的独特性,将戏剧语言的艺术魅力发挥到极致。

第一,京味京韵。老舍的戏剧不仅是北京社会生活的一面镜子,也是北京语言的精妙展示,甚至可称得上是中国话剧史上"京味儿"语言作品的典范。所谓语言的"北京味儿",其所涉及的就是语言的地方性问题,是剧本创造典型环境中的典型性格的重要问题②。老舍在戏剧中将北京独特的方言俚语、习惯句式、说话语气、特殊词汇、称谓和语言表达方式进行精心提炼,从而使其成为鲜明而独特的戏剧语言。

在老舍的剧中,我们不仅可以常常听到各种典型的北京人的称谓,如叫小姑娘为"妞子",大姑娘为"姑娘"或"丫头"等,而且重礼仪的北京人在习惯称谓上如"您""你"的使用也泾渭分明。此外,在许多剧本中,老舍还善于使用各种北京人特有的方言土语,如"善劝""臭骂""拿感情拢住他""拿面子局他""甩闲话""当差的""场外人",等等。用北京人惯用的俗语来表现人物的性格特点和思想感情,也是老舍所常用的手法,如保守落后、胆小怕事的王大妈常说"好死不如赖活着""新鞋不踩臭狗屎""一张纸画个鼻子,好大的脸";要体面的松二爷则爱说"外场人不做老娘们的事";等等。以《龙须沟》中一段极为简短的对话为例:

四嫂:我听您的话!要是您善劝,我臭骂,也许更有劲儿!

赵老:那可不对,你要他动软的,拿感情拢住他,我再拿面子局他,这么办就行啦!

这是赵老头和丁四嫂在商量着怎样帮助丁四。短短的几句话,不仅将北京人的话语特点淋漓尽致地展现出来,而且将丁四嫂的爽直,赵老头稳重的人物性格特

① 王朝闻.你怎么绕着脖子骂我呢——看话剧《茶馆》的演出[M]//克莹,李颖.老舍的话剧艺术.北京:文化艺术出版社,1982:426.

② 冉忆桥,李振潼.老舍剧作研究[M].上海:华东师范大学出版社,1988:114.

征也进行了充分的表现。在老舍看来,作家只有"熟练地掌握地方语言,熟悉地方上的一切事物,熟悉各阶层人物的语言,才能得心应手,用语精当"①。他以经过提炼的纯熟的北京语言来创作话剧,这些带有鲜明北京地方特色、通俗明白的语言,营造了话剧里的北京人世界,达到了新文学语言使用的新境界。

第二,幽默风趣。幽默,是老舍文学创作中的重要特色。老舍曾说:"幽默作家的幽默感使他既不饶恕坏人坏事,同时他的心地是宽大爽朗、会体谅人的。"②因此,幽默在老舍看来,不仅仅只是文字语言,更是一种心态,一种对人生的态度。然而,戏剧语言的生动有趣,却是离不开幽默的。

与其他作家相比,老舍的幽默是温和、亲切、平民式的。他总是将自己摆放在与平民同等的地位上,用充满温厚平和的语言,幽默而低调地讲述故事。例如在《茶馆》中,老舍对松二爷所进行的讽刺便是以温厚的同情为底色的,因为虽然松二爷愚昧、好面子、好打听事、碎嘴并且软弱,但其心地却是善良的,老舍在对其进行讽刺的同时给予他更多的是同情和理解。如胡絜青所说:"老舍的幽默中包含着同情,种种的灾难在人们身上留下了各种各样的缺陷,用不着一针见血。"③而对于社会上的渣滓、败类式的人物,老舍也是绝不手软的,他在幽默讽刺中会进行尖锐的嘲讽和无情的鞭挞。《西望长安》中的骗子栗晚成,用拙劣的谎言吹嘘自己脖子里在战争中留下颗子弹,"每逢一打大雷呀,它就不老实,大概是电子的作用,它会在里边贴着肉吱吱地响"。老舍用这种夸张的形式对其幼稚的行为进行揭穿和嘲讽。《茶馆》中两个便衣侦探和王利发的那段"意思"对话更是经典。

王利发:那点意思得多少钱呢?

吴祥子:多年的交情,你看着办! 你聪明,还能把那点意思闹成不好意思吗?

作家利用现成口语中"意思"的多义,在俏皮的语言中,讽刺了吴祥子的阴险狡诈。此外,算命先生唐铁嘴那句无耻的:"大英帝国的烟,日本的'白面儿',两大强国伺候着我一个人,这点福气还小吗?"就形象而生动地嘲讽了一个缺乏羞耻心、道德感和丧失民族自尊心的人物形象。但这种鞭挞依旧不似鲁迅般的老辣犀利,而是用一种小品式的语言温和地进行呈现。老舍在其文章《谈幽默》中就曾这样写到:"幽默是一种心态。幽默的人……既不呼号叫骂,看别人都不是东西;也不顾影自怜,看自己如一活宝贝。笑里带着同情,而幽默乃通于深奥。"④老舍的这种幽

① 老舍.语言、人物、戏剧[M]//王行之.老舍论剧.北京:中国戏剧出版社,1981:34.

② 老舍.什么是幽默[M]//克莹,李颖.老舍的话剧艺术.北京:文化艺术出版社,1982:283.

③ 胡絜青.老舍的幽默[N].文学报,1981-12-24.

④ 老舍.谈幽默[M]//曾广灿,吴怀斌.中国文学史资料全编(现代卷):老舍研究资料(上).北京:知识产权出版社,2010:360.

默深切地反映了他内庄外谐的人生态度及其宽广的胸怀。

第三,大俗大雅。老舍一向主张用通俗易懂的口语来进行创作,在剧中,他总是尽量将难懂的书面语都设法用通俗、生动的北京口语来进行表达。例如《龙须沟》中丁四嫂形容新鞋合适不用"合脚"而用"抱脚",把"逮捕归案"叫做"拿住了";《茶馆》中康顺子告别王利发,不说"祝你健康长寿",而是说"你硬硬朗朗的吧!";等等。这种富有地方色彩的口语化的台词,能够准确地传达出人物的心境和身份,并且通俗易懂。为了考虑演出的需要,老舍还特别注意语言的简明性,在写对话时,尽量使用短句。他自己说:"我写的东西,不管好坏,话总是要写得简明,有时想起一个长句子来,总想法子把它断成两三句。这样容易明白,有民族风格。"①值得一提的是,老舍并不是把生活中的俗语、口语直接拿来运用,而是要经过精心的提炼。他往往能从日常词汇中找出最有表现力的语汇,将其进行选择、加工,使之在适宜的场合,最大程度地发挥其魅力。比如在《茶馆》中国民党官员沈局长口中的一个"好(蒿)"字就把旧官僚的架子十足、盛气凌人、专横跋扈的嘴脸活画在了读者面前。此外,老舍还善于吸收戏曲与曲艺的技巧,讲究句式的对仗和语言的节奏。凡举旧体诗词,四六文、通俗韵文、戏曲,他都能取其精华并进行巧妙灵活地转化运用,使其戏剧语言既通俗又含蓄,在保持语言明白晓畅的同时又能"情文并茂,音义兼美"。特别正如有人所总结的:"老舍那经过提炼的口语有力地显示了人物的性格,从而使其戏剧语言在俗白中透出了大雅,在雅和俗之间达到了完美的平衡。"②

最后,"开口就响"的人物个性语言。"开口就响""话到人到""闻其声而知其人"的特征是老舍戏剧语言的又一绝妙之处。在《话剧的语言》中,老舍这样说道:"第一是作家的眼睛要老盯住书中的人物,不因事而忘了人,事无大小,都是为人服务的。第二是到了适当的地方必须叫人开口说话,对话是人物性格最有力的说明书。"③因此,"人物开口就响"便成了老舍戏剧中最重要的语言手段,老舍的戏剧往往能够使观众听到第一句台词便辨别出人物的性格特征。

其中,将"开口就响"表现得最为淋漓尽致的无疑是话剧《茶馆》。《茶馆》所涉及的人物众多,前前后后70余人登场,如果仅仅靠情节和戏剧冲突来塑造人物是不可能在短短三幕戏里完成的,然而"开口就响"的语言手段便使其剧中的人物个个鲜明生动。在第一幕中,老舍一开始便介绍了二十几个人物,这些人物的性格、

---

① 老舍.文学创作和语言[M]//王行之.老舍论剧.北京:中国戏剧出版社,1981:68.

② 王德岩.以现代目光烧出北京味——论老舍戏剧语言的审美特点[J].名作欣赏,2009(11).

③ 老舍.戏剧的语言——在话剧、歌剧创作座谈会上的发言[M]//克莹,李颖.老舍的话剧艺术.北京:文化艺术出版社,1982:224.

身份和经历都在简洁的对话中得以展现：相面的要骗人，吃洋教的抖威风，人贩子要投机钻营，等等。老舍挑拣出人物最精当的语言进行表述，使台词成为各种社会典型的自我介绍。以开幕后王利发和唐铁嘴的两段对话为例：

王利发：唐先生，你外边溜溜吧！

唐铁嘴：(惨笑)王掌柜，捧捧唐铁嘴吧！送给我碗茶喝，我就先给您相相面吧！手相奉送，不取分文！(不容分说，拉过王利发的手来)今年是光绪二十四年，戊戌。您贵庚是……

王利发：(夺回手去)算了吧，我送你一碗茶喝，你就甭卖那套生意口啦！用不着相面，咱们既在江湖内，都是苦命人！(由柜台内走出，让唐铁嘴坐下)坐下！我告诉你，你要是戒不了大烟，就永远交不了好运！这是我的相法，比你的更灵验！

在两人看似无意的对话中，作家极为自然地交代了故事发生的时代背景和典型环境，并生动地刻画了唐铁嘴的品性和王利发生意人的面貌。

话剧《龙须沟》中程疯子的出场亦是极为典型的，他上场来的第一个招呼便是"王大妈！娘子！列位大嫂！姑娘们！"紧接着便是一段数来宝，极为生动形象地勾勒出了一个落魄艺人的辛酸及其善良友爱、幽默风趣的性格，切切实实地做到了"话到人到""开口就响"。这种仅用寥寥数笔就将人物的特征活化在观众和读者面前，让死的语言变活，让活的语言更具精气神的"开口就响"的语言艺术让老舍的戏剧焕发出了独特的魅力①。

第二节　《茶馆》的思想内容和艺术特色

创作于1956—1957年间的三幕剧《茶馆》是老舍对中国戏剧，也是对世界戏剧所作出的杰出贡献，它是老舍的代表作之一，也是其戏剧创作的高峰。曹禺称《茶馆》"前无古人，盖世无双"②。刘厚生认为《茶馆》是"中国话剧的代表作"③。《茶馆》不仅在国内广获好评，甚至在国际上也曾引起轰动，被国外学者称为"东方舞台上的奇迹""世界名著""世界的经典著作"④。《茶馆》是中国话剧艺术的骄傲，

① 冉忆桥，李振潼.老舍剧作研究[M].上海：华东师范大学出版社，1988：107.
　　王德岩.以现代目光烧出北京味——论老舍戏剧语言的审美特点[J].名作欣赏，2009(11).
　　戴孟姣.从《茶馆》看老舍"小说式戏剧"的特征[J].中学语文教学，2006(6).
② 克莹，侯堉中.老舍在美国——曹禺访问记[J].新文学史料，1985(9).
③ 刘厚生.《茶馆》——艺术完整性的高峰[J].人民戏剧，1980(9).
④ 乌苇·克劳特.东方舞台上的奇迹——《茶馆》在西欧[M].北京：文化艺术出版社，1983：35.

同时也是北京人民艺术剧院的卓越代表。

然而，《茶馆》并不是从一开始就被认为是经典之作的，其被认可的过程经历了几度波折。1957 年在当时著名导演焦菊隐的指导下，北京人民艺术剧院第一次将《茶馆》搬上了舞台，但因受到"影射公私合营""反对社会主义"等某些政治索隐派和艺术上具有偏见的人的批评，《茶馆》首战以失败告终；1963 年，当《茶馆》再次在北京公开演出时，又赶上了"大写十三年""旧现实主义""自然主义"的一片批评声，使《茶馆》不得不再次偃旗息鼓；直到 1979 年，在以纪念老舍诞辰 80 周年为中心而掀起的"老舍热"中，《茶馆》才第三度公演，并最终获得国内外评论界的一致好评。1980 年秋，《茶馆》应邀去西欧演出，这是中国话剧有史以来第一次西征。北京人艺的卓越表演艺术和老舍戏剧文学的成就在这些演出中，获得了前所未有的成功。《茶馆》剧组在 50 天的时间里，访问了西德、法国、瑞士 3 国 15 个城市，共演出 25 场，受到了这三个国家戏剧界和观众的热烈欢迎和高度评价。一家西德报纸称赞《茶馆》演出"既有艺术欣赏上的意义，也可以说有国际政治意义，因为它有助于人们更加理解一个完全陌生的民族及其历史"。几经周折，《茶馆》的价值才终于得到了世界的公认①。

一、《茶馆》的思想内容

三幕剧《茶馆》主要描写了 19 世纪末到 20 世纪中近 50 年的旧中国的社会风云变化，向人们展示了一幅广阔的时代画卷。作家以一个社会的小窗口——茶馆入手，以一家小茶馆的变迁史来反映中国近代改良主义思潮失败的教训，从而表达了虽然改朝换代如走马观花一般，但中国人民一直未能摆脱帝国主义、封建主义和官僚资本主义的压榨，始终处在水深火热之中的思想。

全剧主要通过茶馆这个窗口，分别截取了三个时代的横断面，从戊戌政变失败后的晚清末年，到袁世凯死后军阀混战的民国初年，直至抗战胜利后解放战争爆发前夕的国民党反动统治时期。这横贯半个世纪的三个旧时代，是旧中国社会急剧变化的时代，是帝国主义的侵略逐渐深入、中国封建社会日益沦为半殖民半封建社会的时代，也是中国人民觉醒、抗争并掀起反帝反封建斗争怒涛的时代。老舍仅用三幕戏、三万字，就深刻地写出了这样一部广阔巨大、包罗万象的社会时代巨作，充分地体现了时代的瞬息万变，并成功地完成了三个时代的埋葬。他抓住了茶馆这个典型的环境，通过茶馆中出现的人和事，让人们认识了那些已不复存在的过去，从而达到了以一个小茶馆折射一个大时代的目的，这种高度集中和概括的艺术本

---

① 朱栋霖,等.中国现代文学史(1917—1997)(下)[M].北京:高等教育出版社,1999:51.

领,是非大家手笔而不敢问津的①。

　　通过这三幕戏,老舍在表现北平社会风俗变化的同时,也展现了当时政局的混乱和整个社会的逐渐衰败。第一幕,裕泰茶馆中各色人物轮番上台,有为太监娶老婆的,有旗兵寻衅打群架的,有破产农民卖儿鬻女的,有新兴的资本家企图实业救国的,各阶层社会的各类人物代表逐一亮相。在第二、三幕的发展中,恶势力越发地肆无忌惮,而一些企图有所作为的良民百姓却走投无路,如暗探宋恩子、吴祥子的后代子承父业,继续敲诈勒索、为所欲为,与之形成对比的是主张“实业救国”的民族资本家秦仲义却在抗战中资产被夺,深陷彻底破产的尴尬境地。剧本的结尾是三个老人在舞台上以“撒纸钱”的方式来“祭奠自己”,茶馆老板王利发最终悬梁自杀。这种结局是对旧时代的控诉,是 20 世纪 50 年代话剧舞台上很少出现的没有亮色的结局②。

　　对于社会历史的变迁,老舍主要是通过人物在生活和思想上的变化来进行反映的。《茶馆》无疑是一个绝妙庞杂的社会群像展览馆,其中有名有姓的人物就有70 多个,开口说话的有 50 多人,并且有不少人是从 20 多岁一直写到 70 多岁。上场人物中,有清宫的太监、吃皇粮的旗人、吃洋教的教士、主张实业救国的资本家、借“改良”而谋生存的商人、破产的农民、军官、大兵、警察,还有一大批依附于清朝、军阀、国民党的社会渣滓:特务、流氓、打手、相面的、拉纤的、女招待等。这些人物,有的贯穿三幕,以完成其性格的发展和命运的归宿,如胆小怕事的茶馆老板王利发,他随着三个时代的变化而不断地进行着改良,做了一辈子的“顺民”,忙了一辈子的“改良”,结果仍是茶馆被占,家破人亡;如刚正不阿的常四爷,在 50 年的生活里,他从第一幕拥有“铁杆庄稼”特权的满族旗人,到第二、三幕变成卖蔬菜、花生米的贫民,最终仍逃不脱毁灭的命运,所看到的是“老朋友们一个个不是饿死,就是叫人家杀了”,残酷的现实使他终于领悟到,他爱的“国”原来不爱他! 还有破产的农民康顺子,三幕中描写了他从任人宰割到送儿子加入八路军,到自己被“逼上梁山”走上了去西山追寻儿子革命道路的历程。但多数人物都只有一幕,如马五爷、庞太监;或者两幕,如秦仲义、松二爷、唐铁嘴、二德子、刘麻子,等等。但值得注意的是,他们的出场虽没有贯穿全剧,可他们在剧中所承担的任务——他们所代表的那个阶级、阶层,在这个动荡的时代中,并没有中断,仍在生活的明流或潜流中继续着,直到最后完成。以马五爷为例,这个威风、吃洋教的人物,上至官府下至流氓都对其极为惧怕、毕恭毕敬,虽然他只在第一幕出场,但他的影子和威慑力却在第二、三幕出场的反动势力身上有所体现;又如庞太监,他仅在第一幕末尾出场,第二

①　冉忆桥,李振潼.老舍剧作研究[M].上海:华东师范大学出版社,1988:228.
②　陈思和.中国当代文学史教程[M].上海:复旦大学出版社,1999:83.

幕康顺子出场便交代他死了,但到了第三幕,这个封建余孽的侄子和侄媳同国民党特务等相互勾结,妄想复辟登基,充当了帝国主义和国民党反动派的走狗,将庞太监的"事业"以另一种形式继承下来,其余温仍在剧中弥漫不散。此外,需提及的是,对于一、二幕中出场的,说媒拉纤的人口贩子刘麻子,相面为生的鸦片鬼唐铁嘴,特务打手吴祥子、宋恩子、二德子之类的鹰犬爪牙和社会渣滓,作家采用了"子承父业"的方法,在第三幕中由他们的儿子小二德子、小刘麻子、小唐铁嘴各自继承了父亲流氓、打手、买卖人口、江湖骗子的职业,让他们的"反动事业""代代相传"并"发扬光大"。通过这些人物换汤不换药的变化,深刻地反映出中国统治阶级虽几经变化却始终不变吃人的本质,旧中国在半殖民地半封建这条道路上始终看不到光明,所剩的只有腐败和堕落。

茶馆老板王利发作为贯穿全剧悲剧的主要人物,无疑是最具典型性的。在第一幕中,王利发才20多岁,年轻有干劲、精明干练又老于世故,圆熟地周旋于各类人物之间,其所信奉的就是"我按着我父亲遗留下来的老办法,多说好话,多请安,讨人人的喜欢,就不会出大岔子"。几十年里,他就是按"讨人人喜欢"的人生哲学办事。对于落魄江湖且常蹭茶喝的算命先生唐铁嘴,他在内心轻蔑讨厌的同时,也不忘教训和规劝;对于一些权势强大的太监、官监,他便是左右逢源、巧妙周旋。以他应对秦仲义要加房租的一段对话为例:

秦仲义:小王,这儿的房租是不是得往上提那么一提呢? 当年你爸爸给我的那点租钱,还不够我喝茶用的呢!

王利发:二爷,您说的对,太对了! 可是,这点小事用不着您分心,您派管事的来一趟,我跟他商量,该长多少租钱,我一定照办! 是! 嗻!

秦仲义:你这小子,比你爸爸还滑! 哼,等着吧,早晚我把房子收回去!

王利发:您甭吓唬着我玩,我知道您多么照顾我,心疼我,绝不会叫我挑着大茶壶,到街上卖热茶去!

王利发这半是担心成真,半是通过玩笑话求情的巧妙应答将其圆滑老练、八面玲珑的性格特点淋漓尽致地表现出来。在第二幕中登场的王利发,已从一个乳臭未干的小毛孩子变成了从动乱纷争中熬炼出来的精悍老板,其本性虽仍是祖传的那一套,但其命运发生了变化,性格上也出现了新的东西。在遭受欺诈后,内心腾升起了不满和愤慨,对底层人民不怜悯、不同情。第三幕的王利发已老态龙钟,挣扎不下去了,旧社会张开了血盆大口,全部吞噬了他的祖传家业。他只能发出了"我可没做过缺德的事、伤天害理的事,为什么就不叫我活着呢?"这样绝望而沉痛的呼喊,生命也由此走向了尽头。由此,王利发这一角色在三个历史阶段的发展脉络就一步步清晰地呈现在我们面前,其性格和心理的转变是符合社会的变化和人物身份的变化的。此外,王利发并不像山果商那样保守落后,他始终没有忘记改良:卖茶不行开公寓,公寓没了添书评,书评不叫座,添女招待。他不像祁天佑那样平和、老实、要强、稳重,而是有一些机敏、圆滑和世故,王利发不可谓不能干,但最终他自己连同他的茶馆仍逃不出悲惨的结局,这就将矛盾更深刻地指向了社会的黑暗与腐败①。

《茶馆》全剧以"人物带动故事","主要人物由壮到老,贯穿全剧","次要人物父子相承","无关紧要的人召之即来,挥之即去"②,以人物的变化和社会的演变来深刻地反映劳动人民的觉醒与反抗以及旧时代灭亡的必然性,从而也预示了腐朽的旧时代必将被埋葬,中国必将寻觅一条新的光明大道。

二、《茶馆》的艺术特色

在进行《茶馆》创作的时候,老舍已经积累了 14 个多幕话剧的创作经验了,因而在《茶馆》的构思上,他深思熟虑并大胆创新,对其作出了一些新的尝试,使《茶馆》有着鲜明而独特的艺术特色。

(一)"侧面透露法"的使用

《茶馆》全剧是以三幕剧埋葬三个时代,但对于这三个时代的反映,老舍显然并不是对发生在这三个时代的重大的历史事件直接地进行正面描写,而是巧妙地采用了以个别表现一般的"侧面透露法"。正如他自己所说:"我不熟悉政治舞台上的高官大人,没法描写他们的促进与促退,我也不十分懂政治。我只认识一些小人物。这些人物是经常下茶馆的。那么,我要是把他们集合到一个茶馆里,用他们生活上的变迁反映社会的变迁,不就侧面地透露出一些政治消息吗?"③"侧面透露法"所主要强调和考虑的是主题与典型环境之间的关系,因此,老舍就从他所熟悉的生活出发,独具匠心地选择了茶馆这样一个典型的环境来作为剧本的场景进行表现,从而避开了对重大历史事件的直接描写。老舍对于北京"茶馆"这一看似普通却高度浓缩、透视社会百态的窗口的选取,显示了其创作的慧眼独具,这个各色人等汇聚之处的巧妙场景设置,可谓是"侧面透露法"得以成功运用、《茶馆》剧作成功的极为关键的存在因素。

第一,清末时代的裕泰大茶馆,这个极具特色的地方场景选取,使《茶馆》全剧

---

① 冉忆桥,李振潼.老舍剧作研究[M].上海:华东师范大学出版社,1988:249.
　　郭淡.中国戏剧经典作品赏析[M].北京:高等教育出版社,2005:201.
②③　老舍.答复有关《茶馆》的几个问题[M]//克莹,李颖.老舍的话剧艺术.北京:文化艺术出版社,1982:158.

从一开幕就染上了浓重的地方色彩和民族特色。在中国,尤其是在北京,茶馆是极为独特而普遍的存在,过去遍布城内外,并且名目繁多,荤素茶馆,大小茶馆,不一而足。在剧本《茶馆》中所描写的北京大茶馆是极为典型的:"屋子非常高大,摆着长桌与方案,长凳与小凳,都是茶座儿。隔窗可见后院,高搭着凉棚,棚下也有茶座儿。屋里和凉棚下都有挂鸟笼的地方。"玩鸟的人们,到这里"歇歇腿,喝喝茶,并使鸟儿表演歌唱";打群架的,到这儿"有朋友出头给双方调解";"说媒拉纤的也到这里来"(《茶馆》的舞台说明)。这个几十年前的北京大茶馆,使全剧充盈着浓厚的老北京味道,突显了故事发生的环境背景,充分体现了老舍鲜明的地方意识。第二,在旧中国,茶馆可谓是各色人等的汇聚之处。在这里,每日每时,进出着三教九流、各色各样的人物。上至上流社会的达官贵人,下至下层社会的流民乞丐,他们或交际,或聊天,或听书,或歇脚,茶馆以其特殊性将社会各个阶层的人聚集在一起,使一个小小的茶馆包容着整个社会的百态。老舍以这样一个环境作为他侧面透露时代的窗口,是极为明智且自然的。第三,正因为社会各阶层人士都在茶馆中活动,所以早早晚晚发生着许多富有戏剧性的事情,各阶层以及各派政治势力之间的矛盾和冲突必然会在这里有所反映。很多政治消息,也会由此处透露出来,各个阶层的生存状态和发展历程也会在这里有所体现和展露。因而,在某种程度上,茶馆之于《茶馆》,并不仅仅是作为一个具有老北京特色的休闲场所而存在,更多的是作为一个透视社会的窗口、旧中国社会的一个缩影而存在。老舍说:"一个茶馆是三教九流的会面之处,可以容纳各色人物。一个大茶馆就是一个小社会。"①这就形象地道出了茶馆的象征意味。总而言之,茶馆这个典型环境的巧妙选择,正契合了"侧面透露法"所讲究的主题与典型环境之间的关系;"侧面透露法"的成功使用,也为剧本的成功起了至关重要的作用②。

(二)人物展览式的蛛网结构

《茶馆》人多事杂,并且剧情复杂,幕与幕之间又有着一二十年的时间间隔。因而,老舍并没有采用"一人一事"的传统的戏剧理论方法,而是采取了"人物展览式"的方法来结构全剧,把三个时代的各种人物都搬上了舞台,并以国民党统治崩溃前的近代历史为纵线,以特选出来的三个时代为横线,使剧作形成了以点带面、多线纷呈的蛛网式结构,将各种丑恶现象都淋漓尽致地呈现在观众面前。这种结构方法,是老舍甘愿冒着事件不集中、故事性不强的"危险",而进行的"新的尝试":

---

① 老舍.答复有关《茶馆》的几个问题[M]//克莹,李颖.老舍的话剧艺术.北京:文化艺术出版社,1982:158.

② 朱栋霖,等.中国现代文学史(1917—1997)(下)[M].北京:高等教育出版社,1999:53.

第一，对人物进行速写以组成戏剧片断。《茶馆》中所呈现出的一幕幕表现旧时代社会病态的戏剧片断，都是由一张张惟妙惟肖的人物速写所组成的。老舍极善于抓住人物的特色和闪光点，用寥寥数笔对人物进行简洁地勾画，他不重整体的介绍，而重棱角的表现，用几笔、几个片断使人物站立起来，共同指向一个主题。例如对于刘麻子的塑造，全剧只对他为太监买媳妇和在为两个逃兵买老婆中被杀这两个场景进行速写，但其形象却已深入人心、入木三分；对于秦仲义的刻画，老舍也仅选用两个片断进行描写，第一幕中那个穿着讲究、春风满面的实业家和第三幕中衣衫破烂、潦倒不堪的老人，关于他如何发家，如何致富，又是如何败落，老舍并没有进行介绍，但这种人物速写形式已然使秦仲义的形象生动鲜活。还有马五爷，全场他仅说了三句话，但形象却跃然纸上、栩栩如生，并且通过这个在全剧中一闪而过的人物，使我们看到披着宗教外衣的帝国主义侵略魔爪已经深入到社会的各个角落了。当然，与此相类似的人物速写还有很多，老舍仅选取了他们全部生活中的一个瞬间、一个片刻进行描写，却都使之各自构成了一幅时代的剪影，深刻且生动地反映了一个时代的侧面。

第二，在每一幕中都穿插描写了一件怪异事件。《茶馆》是由大量生活片断所组成的一幅北京市民历史长卷。作家在其中穿插描写了一些怪异传奇的事件，以反映当时社会的荒诞性。如在第一幕，在众多事件中，作家穿插描写了庞太监娶老婆，这比"鸽子事件"、康六卖女事件更显怪异；在第二幕中，老舍则穿插描写了"两个逃兵娶一个老婆"的闻所未闻的奇事，这里含有当年大兵们的辛酸，更有当时穷困妇女的痛苦，体现了无异于地狱的世道；而在第三幕中，老舍虽着力描写了小刘麻子等人的丑恶行径，但他更细致地刻画了三个老人自悲、自悼，为自己撒纸钱的场面，表现了那个时代的荒诞性和怪异性。

第三，各幕集中，统一主题。《茶馆》人物众多，头绪繁杂，既无中心故事，又无贯穿情节，这样极易散漫。为了戏的统一集中，老舍颇下了一番功夫，首先他将故事全部集中在一个茶馆里，三幕戏都写茶馆的兴旺、衰落和灭亡；其次，在人物上，如前文所述，有主要人物的历史贯穿，亦有次要人物的"子承父业"；再次，三幕戏按时间先后顺序编排并且辛辣的喜剧风格一致，既有序列感又和谐统一；最后，全剧始终围绕着"埋葬"旧时代的这个主题思想进行论述，并使其渗透到每幕戏的各个部分中去。此外，还需提及的是，在北京人艺的同志的建议下，老舍在剧中加了大傻杨一角，让他用"数来宝"的形式将三幕戏串连起来，描述时代的变迁，向观众直陈其义。

总而言之，《茶馆》这个主要靠若干人物速写和事件片断所组成的戏，以"人物展览式"的方法来结构全剧，使剧作形散神凝，以貌似平淡散乱的人物、情节织出一副"清明上河图"式的从清末到民国末年的民间众生相①。

(三) 以喜剧样式来写悲剧的独创

《茶馆》所描写的是半殖民地半封建的旧中国在灭亡前的最后三个片断,是一个充斥着黑暗、荒诞、病态的社会,是一个时时处处产生悲剧的年代。然而老舍却采用喜剧的样式来写,用看似轻松幽默的语言来叙述悲哀寒心的事件,将大悲隐于大喜之中,使观众在笑过之后,不得不停留下来思考其背后的深意,不得不剥离虚掩的外壳去体味其间的内蕴。老舍的这种戏剧样式不仅仅在于语言上风趣幽默,在人物塑造和情节的安排上,也注入了大量的冷嘲热讽和幽默调侃。对于丑恶现象,老舍的幽默调侃并不弱于严厉的抨击,在温热与惋惜中切中人与事的本质要害。在第二幕中,吸毒成性的唐铁嘴宣称自己"已经不吃大烟了",王利发顿生疑窦,还以为他是戒掉恶习了,结果唐铁嘴话头一转:"我改抽'白面儿',两个强国伺候着我一个人,这点儿福气还小吗?"这几句话,顿时将唐铁嘴这个丧失灵魂的寡廉鲜耻的丑陋嘴脸浮现于读者眼前,不禁令人对作家语词使用的灵活和纯熟拍案叫绝。这便是老舍砸向丑类们头上的幽默,机智而犀利。又以王利发、秦仲义、常四爷三人的结局描写为例:

常四爷:……看,(从筐里拿出些纸钱)遇见出殡的,我就捡几张纸钱。没有寿衣,没有棺材,我只好给自己预备下点纸钱吧,哈哈!

秦仲义:四爷,让咱们祭奠祭奠自己,把纸钱撒起来,算咱们三个老头子的吧!

王利发:对! 四爷,照老年间出殡的规矩,喊喊!

常四爷:(立起,喊)四角儿的跟夫,本家赏钱一百二十吊! (撒起几张纸钱)

秦仲义、王利发:一百二十吊!

秦仲义:(一手拉住一个)我没的说了,再见吧! (下)

王利发:再见!

常四爷:再喝你一碗! (一饮而尽)再见! (下)

王利发:再见!

三个人物的结局是深刻并引人深思的,其所唤起观众的情绪也是复杂的。他们悲惨的结局使人同情,他们的控诉也引起了人们对世界深刻的仇恨和愤怒,但是,这三位老人对自己亦有着一种明显的自嘲,这便给人造成了一种无可奈何而又啼笑皆非的复杂效果,这便是老舍的创作风格之一——"笑中有泪,泪中有笑"。《茶馆》的这种以喜剧样式来写悲剧的艺术手法便极为充分地对此风格进行了诠

① 冉忆桥,李振潼. 老舍剧作研究[M]. 上海:华东师范大学出版社,1988:238-242.

朱栋霖,等. 中国现代文学史(1917—1997)(下)[M]. 北京:高等教育出版社,1999:53-55.

释。老舍的代表作多以悲剧为主,而这些悲剧却又往往以独特的幽默特色著称。作家一生写过许多可诅咒的旧时代悲剧,但《茶馆》是集大成者,它如此清晰地把握了时代更替的历史规律,以幽默的笔法或者说喜剧的样式,写出了罕见、大气的悲剧时代。

当然,《茶馆》并非十全十美。其第一幕堪称经典完美,曹禺甚至认为"这第一幕是古今中外剧作中罕见的第一幕"。然而相形之下,第二、三幕则略显单薄,尤其是在最后一幕,流露出了一点依从政治教科书的概念化迹象。康大力、康顺子和王利发儿子一家人陆续投奔西山解放区的情节,多少使人觉得欠缺一些说服力,给人一种游离于全剧整体之外的感觉。但无论如何,由于其丰富的历史内涵和生动有力的艺术表现力,《茶馆》毋庸置疑地成为了新中国话剧中的杰作,它不仅有着令人称绝的美感魅力,而且具有较高的历史文化方面的认知价值。

第三节 《龙须沟》的思想内容和艺术特色

三幕六场话剧《龙须沟》是老舍自 1949 年底从美国归来,继《方珍珠》后所创作的第二个剧本,是其在新中国成立之初创作的一部较为成功的作品。有人说《龙须沟》"仿佛是一座峋嶙的粗线条的山,粗枝大叶地去看,没有生活经验地去看,外表是一无所有的。然而,这里边可全是金矿"[1]。正是这座"金矿",标志着老舍创作成熟期的到来,奠定了当代话剧的基础,成为新中国话剧艺术的一个开山之作。

1951 年 2 月,《龙须沟》在北京人民艺术剧院首次演出时,便出现了轰动京城的盛况,甚至还获得了周总理的支持和鼓励。同年 12 月 21 日,在北京市人民政府委员会和北京市各界人民代表会议协商委员会的联席会议上,市长彭真代表北京市人民政府,特授予老舍先生以"人民艺术家"的光荣称号,感谢他的"《龙须沟》生动地表现了市政建设为全体人民,特别是劳动人民服务的方针和劳动人民实际生活的深刻关系;对教育广大人民和政府干部,有光辉的贡献"[2]。对其为人民创作给予了充分的肯定和高度的评价,而随着《龙须沟》改编摄制成影片在全国各地普遍上映后,其所产生的影响更是广及政治、艺术等各界。不仅于此,话剧《龙须沟》在国际上也有一定的影响力,剧本先后被译成日、英、西班牙、俄等多种文字,流传各国。法国和日本都将《龙须沟》列入大学生学习中国文学作品的必读教材,日本

① 焦菊隐.我怎样导演《龙须沟》[M]//焦菊隐.焦菊隐戏剧论文集.上海:上海文艺出版社,1981:101.
② 克莹,李颖.老舍的话剧艺术[M].北京:文化艺术出版社,1982:585.

还将《龙须沟》收入《世界大百科事典》。

老舍进行话剧《龙须沟》的创作,是由修龙须沟这件事情所引发的。龙须沟原是北京南城天桥东边一条有名的臭沟,是新中国成立前北京最脏最臭的地方。沿沟两岸密密麻麻地住满了各色穷困潦倒的劳动人民,他们终日终年乃至终生都饱受臭沟的困扰却始终无人过问。新中国成立后第一年人民政府在百废待兴、经济极端困难的情况下,仍决定拨款整修这条沟。1950 年夏初即先修暗沟,后又再填明沟,秋天就告全部竣工,龙须沟的面貌从此焕然一新。对此,老舍激动万分,他说:"感谢政府的岂止是龙须沟的人民呢,有人心的都应在内啊! 我受了感动,我要把这件事写出来,不管写得好与不好。我的感激政府的热忱使我敢去冒险。"①怀着这种感激之情,老舍创作了话剧《龙须沟》。

老舍把《龙须沟》的创作称之为"冒险",此后还曾一再地自谓是其写作经验中"最大的冒险",然而,"冒险有时候是由热忱激发出来的行动,不顾成败而勇往直前。我冒险写《龙须沟》就是如此"②。从以"暴露"为主到以"歌颂"为主的思想内容的转换,以及对龙须沟缺乏深入的了解,促使机智的老舍将其心中所熟知的形形色色的北京人从容不迫地一一"搬进"了龙须沟的小杂院里,从而成就了《龙须沟》的速成而不失深刻,新颖又颇为生动。

一、《龙须沟》的思想内容

《龙须沟》并没有什么特别的故事,老舍不过是忠实地记录了修龙须沟的事件,写了北京南城天桥东边一条有名的臭沟的变化,同时写了住在龙须沟小杂院中的四户劳动人民家庭,他们的命运和变化虽有所不同,但始终与龙须沟有着千丝万缕的联系,集中反映了人与沟之间矛盾的对立、转化和解决的过程。《龙须沟》第一幕写新中国成立前龙须沟给群众带来的深重灾难,沟边一个小杂院里,生活着勤劳而又不幸的人们,他们带着各自的辛酸与痛楚,辗转呻吟在饥饿和死亡线上。他们除了受"做官的"压榨和恶霸流氓的欺凌之外,还受到龙须沟的严重威胁,深刻地反映了人与沟的矛盾。当然,作家的用意并不仅仅止于指出这条沟是真正的罪恶之源,还由此隐喻整个腐朽糜烂的旧社会制度,并借剧中人物一针见血地揭露了人与沟矛盾的制造者——历代的反动政府。第二、三幕则写新中国成立后昔日耀武扬威的地痞流氓威风扫地,劳动人民抬起了头,人与沟的矛盾开始转化。随着龙须沟修治工程的进展,沿沟人们的生活和思想也因此发生了巨大的变化:程疯子有了工作并开始说新书了;丁四从过去借酒浇愁到现在转变为积极的劳动者;就连胆

①② 老舍.《龙须沟》写作经过[M] // 克莹,李颖. 老舍的话剧艺术.北京:文化艺术出版社,1982:123.

小怕事、保守落后的王大妈,最终也换上了新衣与大家一块儿去庆祝新沟的诞生……以新旧沟前后的对比和人与沟矛盾的变化来实现对旧中国的诅咒,对新社会和共产党的礼赞与歌颂,这便是《龙须沟》的主题①。

对于《龙须沟》的创作,老舍并没有做新闻报道式的记录,也没有完全写真人真事,他有意识地避免描写他所不熟悉、不清楚的人和事,而紧紧抓住他所熟悉和清楚的人和事去用力描写。但他并没有因此而停留在自己已有的经验范围内,而是尽量地去接触和理解新的环境,并且把他的人物放到这个新的环境中去成长、去发展。如果需要,他就赋予他的人物以某种浪漫的色彩,使现实和理想的因素得到完美的结合。老舍说,假如"剧本也有可取之处,那就必是因为他创造出了几个人物——每个人有每个人的性格、模样、思想、生活和他(或她)与龙须沟的关系。这个剧本里没有任何组织过的故事,没有精巧的穿插,而专凭几个人物支持着全剧。没有那几个人就没有那出戏"②。的确,《龙须沟》的主要魅力就在于老舍对剧中人物形象的塑造,他们不是钢铁硬汉式的英雄,也不是令人称羡的先进人物,他们只是为生活所迫、挣扎于臭水沟边的城市下层劳动者,是被欺凌、被压迫、被剥削者:落魄的曲艺艺人、潦倒的泥瓦匠、蹬三轮儿的、剃头的、石匠、摊贩,等等。然而,老舍对于这些穷苦人物的描写并不把重心放在他们的苦难和痛楚身上,而是着力表现这些贫民窟里居民们的勤劳朴实、正直友爱,表现他们在恶劣的生存环境中依然坚守的纯洁的心灵和顽强的意志:二春任劳任怨地照顾身染疟疾的赵孤老,为之烧茶送水;丁四家断炊反目,赵老头诚意劝导,大妈热情借粮;狗子逞凶,疯子挨打,全院人为之拼命。此外,老舍还着力表现了龙须沟边的居民们由对现实生活的强烈不满而爆发出的反抗火花:他们在痛恨臭沟,痛恨那些凭借着臭沟欺压百姓的反动政府的同时,还积极分析着造成自己贫困不堪的真正原因,并努力大胆地探索改变自己生活的道路。老舍在《龙须沟》小杂院的人物身上,是倾注着自己全部感情的,他在同情他们新中国成立前苦难的生活遭遇,钦佩他们在污浊的环境中保有美好的人情和顽强的抵抗力的同时,也毫不隐讳地揭示出了他们的弱点:王大妈的保守落后,程疯子的软弱胆小,丁四的喜怒无常……这些旧社会遗留给他们的精神重荷,使他们步履蹒跚、行动迟缓,有时甚至令人可笑,但却又是那么真实可信,使人物形象更为鲜活、复杂和立体。

《龙须沟》是由众多的劳动人民所组成的系列性的群体,然其每一个人物都有

---

①　冉忆桥,李振潼.老舍剧作研究[M].上海:华东师范大学出版社,1988:214.
　　吴秀明.当代中国文学六十年[M].杭州:浙江文艺出版社,2009:125.
②　老舍.《龙须沟》的人物[M]//克莹,李颖.老舍的话剧艺术.北京:文化艺术出版社,1982:126.

独特的性格和鲜明的个性,几个活生生的典型人物形象的塑造可谓是《龙须沟》获得成功的最大原因所在,以程疯子、王大妈和丁四为例。

程疯子是老舍在塑造艺人形象方面,用最少的篇幅获得最大成功的一个典型。在《龙须沟》中,他是一个在旧社会受尽了欺压、凌辱,但又无力反抗的一个曲艺艺人形象,其性格中最显著的特点便是他善良而又懦弱胆小,他有正义感,能明辨是非,并且助人为乐,但又软弱无力,缺乏斗争的勇气。可是,程疯子的懦弱并不等于卑贱,他是自尊的,他原是一位有才能的曲艺艺人,因不肯低三下四地伺候有钱有势的人,遭毒打后被赶出梨园;来到天桥后,又因不肯给地痞流氓"胳臂钱",被打个半死,最终失去了生计,方才沦落到龙须沟的贫民窟里。现如今,当他已无法改变现状,要靠老婆卖香烟来养活自己之时,他又是自卑的,社会生活中自我位置的丧失,使他只能满怀着羞愧,在频繁的回忆中自我安慰,在叨叨絮絮的述说中自我解嘲。悲惨的遭遇和屈辱的生活使他在精神上受到了极度的压抑和痛苦,以致失去了常态,从而获得了"疯子"的称号。然而,即使是在龙须沟那样恶劣的环境中,程疯子也从未丧失过对美好生活的憧憬和期盼,他始终相信:"有一天,沟不臭,水又清,国泰民安享太平。"新中国成立后,随着龙须沟发生翻天覆地的变化,程疯子的精神面貌也焕然一新。看自来水的工作使程疯子找到了自己在社会生活中的地位,从而也鼓起来他对新生活的勇气和信心,深切而真实地反映了新旧社会给劳动人民所带来的在生活和精神上的变化。程疯子这个人物形象不仅个性鲜明,血肉丰满,而且在剧中也起到了特殊的作用。正如老舍自己所说,程疯子的作用是多方面的:"(一)他是艺人,会唱。我可以利用他,把曲艺介绍到话剧中来,增多一点民族形式的气氛。(二)他有疯病,因而他能说出平常人说不出来的话,像他预言'沟水清,国泰民安享太平',等等。(三)他是个弱者,叫他挨打,才能更引起同情,也是说明良善而软弱是要吃亏的。(四)他之所以疯癫,虽有许多缘故,但住在臭沟也是一因;这样,我便可以借着他教观众看见点那条臭沟。"除此之外,"有个受屈含冤的艺人住在龙须沟,也足以说明那里虽臭虽脏,可还是个藏龙卧虎的地方"①。

寡妇王大妈是老舍在构思剧本时,第一个来到他心中的形象②。在剧作中,王大妈是个极为典型的中国农村妇女形象,她一方面吃苦耐劳、任劳任怨、意志顽强,另一方面又封建落后、因循守旧、胆小怕事。作为一个寡妇,在没有老伴儿支撑的困境下,她靠自己焊洋铁活儿和做针线活的双手,把两个女儿拉扯大。虽然剧中并没有提供她的出生以及相关经历,但在当时那样恶劣的环境中,其艰辛和困苦是不

① 老舍.《龙须沟》的人物[M]//克莹,李颖.老舍的话剧艺术.北京:文化艺术出版社,1982:128.
② 老舍.《龙须沟》的人物[M]//克莹,李颖.老舍的话剧艺术.北京:文化艺术出版社,1982:127.

难想象的。尤令人敬佩的是,生活的艰难并未使王大妈怨天尤人、自怨自艾,生活在磨炼了她的意志的同时,更激发了她的乐观和古道热肠。她关心院里每户人家的生活,关注每一个人的动向和变化,并及时地给予热心的帮助和真诚的关切。然而,其性格中的保守落后、胆小怕事也使她因循守旧、委曲求全、不思变革,因而也成为了小杂院中引人发笑的对立面。在全剧的发展过程中,王大妈在一定程度上还有抵阻的作用,该高兴、庆贺、支持的,她怀疑、纳闷、反感。当人们纷纷抱怨龙须沟的脏臭不堪时,她却一口咬定:"这儿是宝地!"殊不知,她所赞扬的这块"宝地",逼走了她的大女儿,并且还在继续威逼着她的二女儿重蹈姐姐的旧辙,使她面临着更大的孤独。到了新社会,获得了解放的大妈,仍习惯地用老眼光看待新事物。她怕来修沟的测量队是"跑马占地"的,她看不惯新政府提倡自由恋爱,破坏了龙须沟"明媒正娶"的"好传统",等等,颇具"受苦而不知其苦,受害而不知其害"的深刻悲剧性。总之,王大妈是可爱的,又是可怜的;是善良的,又是愚昧的;是悲剧的,又是喜剧的,是个多元、复杂、立体而又真实的人物形象。

以蹬三轮车为生计的丁四是《龙须沟》中一个与祥子相类似,却又比祥子幸运得多的人物,其性格亦是个矛盾的复合体。老舍依据对这类城市个体劳动者的了解,抓住这些小生产者看不到整体与长远,而往往是以个人暂时的利害得失来判断是非好坏的本质,赋予其忽冷忽热、飘忽不定的性格特征。对于臭沟,丁四是仇恨的,但他却又始终无法摆脱沟的缠绕,他蹬三轮车原以为可以逃离臭沟,去沟以外的世界获得暂时的安宁,而事实上,外边一样艰苦,其最终还是要回到臭沟受罪;他想与沟进行斗争,将全部的愤怒和仇恨都集中在臭沟上,但却又找不到报复的办法,尤其是在小妞掉进臭沟淹死之后,丁四更是心灰意冷。修沟的工程最终使丁四找到了宣泄和抒发心中苦闷的渠道。尽管在其修理过程中,丁四的精神状态始终是不稳定的,"一会儿明白,一会儿糊涂"。但随着龙须沟的竣工,丁四完成了真正的转变,如四嫂高兴地叙说那样,以前"谁也劝不动他。一修沟,好,沟把他劝动了!"。老舍通过对三轮车工人最终的转变和进步的刻画,突出了新时代给人们的生活和精神面貌注入的新动力①。

二、《龙须沟》的艺术特色

话剧《龙须沟》在艺术表现手法上,也是极具特色的,其主要表现在:

---

① 冉忆桥,李振潼.老舍剧作研究[M].上海:华东师范大学出版社,1988:207-208.

（一）灵活的对比手法

在《龙须沟》中，老舍塑造了一群个性鲜明、有血有肉的人物形象，而对于这些人物的刻画和突现，他并没有借助复杂曲折的戏剧情节或通过激烈的矛盾冲突来进行揭示和展现，而是采用了他在小说中常常使用的手法——对比。在剧作中，老舍从容不迫地叙述着看似平淡的日常生活，使人物的个性特征在一次又一次的比较和映衬中，自然而然地显现出来。以戏剧的第一幕为例，冯狗子在小杂院的出现所引出的一场戏，就在同一个场面中，老舍巧妙而不动声色地对比展现了出场人物七种不同的特性：流氓的凶蛮霸道、二春的见义勇为、大妈的胆小怕事、四嫂的伶牙俐齿、娘子的横眉怒目、赵老头的凛然正气，以及疯子的懦弱无能，都被展现得淋漓尽致，使每个人物的个性在映衬比较中更为鲜明突出，形态各异的各个人物顿时栩栩如生、跃然纸上。其中，最为典型的是程疯子和王大妈，作为《龙须沟》中两个极为独特而重要的存在，他们的性格中都具有善良、软弱的特性，然而，老舍在对两者的相互对比映衬中，也突显了两人因出身、经历的不同而呈现出的性格迥异的一面。程疯子是在精神上受到创伤的"疯子"，但在他疯疯傻傻的外表下，却有着一颗清醒的头脑；王大妈是在封建传统环境影响下精神麻痹、思想守旧落后的可怜人，虽然不疯癫，但头脑却糊涂、呆滞，对事物缺乏深刻清醒的认识。王大妈的性格与其女儿二春也形成了强烈的对比，一个一辈子战战兢兢、胆小怕事，明知沟臭，却想着安居乐业，凡事总希望能够息事宁人；一个则敢说敢做，对臭沟不满，一心想着走出去，勇于反抗。总之，映衬对比手法的使用在《龙须沟》中随处可见，也正是在这种对比中，剧中的人物才站立起来，鲜明而生动地呈现于观众眼前[1]。

（二）巧妙的汇众结构

老舍曾在多处提到说，他写《龙须沟》这个剧本，"不必是一个完整的故事"，"不一定有个故事"或"这个剧本里没有任何组织过的故事"。老舍在这里讲的"没有故事"绝不是说《龙须沟》是没有故事情节的，而是其剧作中的故事并不像我们传统意义上所理解的那样有极具集中性的戏剧冲突事件，它是较为分散的，所写的是一群的人和一系列的事。然而，老舍巧妙地采用了汇众的结构，将这些沟沿边的人和事都如支流般集中到龙须沟当中。他们有共同的命运、共同的敌人和共同的情感，时刻与臭沟相联系。剧作在整体上把吸引人的目光集中到小杂院的人和事

---

① 冉忆桥，李振潼.老舍剧作研究[M].上海：华东师范大学出版社，1988：210.
二十二院校编写组.中国当代文学史[M].福州：福建人民出版社，1980：332.

上,将龙须沟推到背景上去的,但最终又通过这些人事,自然而然地带出龙须沟,从而以一群人的思想变迁来反映一条沟的变迁,并以人与沟的矛盾来反映人与社会的矛盾。此外,必须提及的是,剧作中所描绘的龙须沟是无法被搬上舞台进行直观地展现的,所以人与沟的矛盾,只能通过住在沟边之人的不同遭遇和感受来进行反映,沟的变迁也必须通过人的变化来进行反衬和烘托。因此,老舍的这种为内容所决定了的汇众的结构方式,就极为巧妙地使人、事、沟得到了完美的结合。老舍说:"我的眼睛老看着那条沟。下雨,沟水涨到屋中来;下雨,车没法拉,小摊子没法摆,大家挨饿;有沟,就有苍蝇蚊子,传播疾病,增多死亡;沟臭,甚至可以使人发疯……每一情节都使人想到了臭沟。有了沟,我就有了我所要的戏。"①这便是老舍采取汇众结构的具体描述。《龙须沟》作为新中国戏剧的开山之作,它的这种新颖的结构方法,对于中国当代话剧创作的影响是不可小觑的。

(三)强烈的动作性语言

《龙须沟》的语言艺术是十分突出的,它充分地显示了老舍卓越的语言运用才能。剧作中最为引人注目的是其语言中含有强烈的动作性。例如在新中国成立后,当从前当众打过程疯子耳光的疯狗子来向他表示歉意时,程疯子突然拿起疯狗子的手,仔细察看后说:"你的也是人手,这我就放心!"这简短而颇具幽默的语言,细致地展现了程疯子的品质,而这个出人意料的行为,无疑也是为程疯子所独有的;又如,赵老头拿起切菜刀要跟当时威风十足的流氓疯狗子拼命时,他大喊道:"我拿刀等着他们! 咱们老实,才会有恶霸! 咱们敢动刀,恶霸就夹着尾巴跑!"这种动作和言语将赵老头的耿直及其敢于反抗、批判的性格展现得淋漓尽致。这种极具个性的动作性语言,将人物的性格、思想、情感,逐一和盘托出,使鲜活的人物形象跃然纸上。此外,在《龙须沟》中,老舍还采用了他所熟知的民间曲艺形式。如曲艺艺人程疯子为小妞子所哼唱的悲调;他在看守自来水时,随口所唱的数来宝;以及他最后所编唱的为歌颂人民政府修沟事件的快板词。这些独具特色的艺术形式的穿插和使用,在增强语言的表现力的同时,也为剧作增添了活力和趣味,使戏剧在反映主题的过程中,更加强了其表现力,也使全剧充满着浓厚的地方色彩和民族气氛②。

尽管《龙须沟》在艺术构思和创作手法上都极具特色,但是,其各幕戏的成就也是不平衡的。三幕戏相比,以第一幕为最佳,它紧扣人与沟的矛盾,每个人物都

---

① 老舍. 文学创作和语言[M]∥王行之. 老舍论剧. 北京:中国戏剧出版社,1981:155.
② 二十二院校编写组. 中国当代文学史[M]. 福州:福建人民出版社,1980:333-334.

有动作,戏的行动性强,闭幕前冲突达到了顶峰;第二幕围绕着修沟的消息所引起的认识上的差异而展开剧情,较之第一幕则显得松散许多;第三幕,虽有修沟遇挫事件,剧情的发展也因此而有所波折,但稍有写过程之嫌。但无论如何,在《龙须沟》这座"金矿"里,所贡献给我们的不仅仅是一个个栩栩如生的人物,还有作家以新的戏剧观念来塑造人物、反映生活的蓬勃的艺术创造力,在看似平淡的结构中,揭示出了生活的真谛,流露着作家对新生活的热情。《龙须沟》不只是为1950年北京的修沟事件而作,也是为社会主义新时代而写,它是"渗透了永久的价值"的戏,具有着经久不衰的艺术生命力,是我国话剧创作中的艺术珍品。

第六章　老舍的诗歌

老舍是位伟大的小说家、戏剧家,这是人尽皆知的,但如果说在现代中国诗坛上也应该有老舍的位置,恐怕不少人就感到生疏了。事实上,老舍不但小说、戏剧、散文数量大、影响广,诗歌(包括新诗和旧体诗)的创作也颇具成就,而且自成一格,为名家所称道。老舍夫人胡絜青曾在《老舍诗选》前言中深情地说:"老舍爱诗,也爱写诗","他写新诗,也写旧体诗。"①

老舍一生写了多少诗篇,目前还未作出确切统计。根据张桂兴在编撰《老舍年谱》过程中所作的初步统计(这个统计自然是很不完全的,因为迄今为止仍然有一些老舍的佚诗未能被发掘出来),目前已经发现的老舍新诗有 80 余首,旧体诗有330 余首,散文诗 2 首,还有一部长诗《剑北篇》。老舍有如此之多的诗歌作品,但多数诗歌都不为大众所熟知,究其原因,主要在于老舍的诗集出版较少。在老舍生前,他的诗集只出版过两种:一是 1934 年出版的《老舍幽默诗文集》,其中收入讽刺诗 10 首;二是 1942 年出版的长诗《剑北篇》(共 27 章,近 4 000 行)。此后,就是1980 年由胡絜青编选的旧体诗集《老舍诗选》,以及曾广灿、吴怀斌在 1983 年出版的《老舍新诗选》。老舍的诗集之所以出版少,首先,是因为老舍一向认为写诗最难,诗是众多艺术样式中分量最重的,因此他不肯将诗歌轻易结集出版。其次,正如诗人臧克家在《老舍新诗选》的序言中所说:"老舍的诗名,为他的小说、戏剧所掩,如果他不写小说,不写戏剧,单凭他的诗歌创作,也可以立足在诗的园林而且颇为挺秀。"②虽然,相对于小说、戏剧来说,老舍诗歌的成就没有那么引人注目,但是,老舍的诗歌同他的小说、戏剧一样,也具有很高的思想价值和艺术价值。所以,

---

① 胡絜青.老舍诗选·前言[J].大地,1981(3).

② 曾广灿,吴怀斌.老舍新诗选[M].石家庄:花山文艺出版社,1983:2.

无论是从诗歌创作的数量上,还是质量上,都无法抹煞老舍在中国现代诗歌史上的重要地位。

第一节　老舍的新诗创作

臧克家在《老舍新诗选》的序言中说:"如果向读者介绍:老舍是小说家。得到的回答一定是:多余的话。说老舍是戏剧家。'还用你说',读者和观众必如是说。说老舍是诗人,而且是新诗人,不但广大群众,即使文艺圈子里的人,也会有点茫然,甚至愕然了吧。但,老舍确乎无愧于新诗人这顶桂冠,这并非我加给他的,有他大量的新诗创作作证。"①的确,正如臧克家所说,老舍一生创作了大量的新诗。其实,老舍从中学时代就已开始诗歌创作,那时他练习的是旧体诗词。当时他对古典诗词表现出浓烈的兴趣,《十八家诗抄》《陆放翁诗集》等常使他爱不释手。"五四"运动后,他开始用白话写诗作文。目前,所能看到的老舍最早发表的新诗,是1931年12月刊登在《齐大月刊》上的一首名为《日本撤兵了》的诗歌。此后,老舍在创作小说、戏剧之余,也常常笔耕不辍地写新诗,一直到1963年1月发表的最后一首新诗《歌唱伟大的党》为止,老舍一共创作了80余首新诗。除此之外,老舍还创作了一部共27章,长达4 000行的长篇叙事诗《剑北篇》,成为抗战诗坛上独树一帜的长卷。

一、新诗的思想内容

老舍创作的新诗包涵了诗人独特的生命体验和文学感悟,所描写的内容与其在小说、戏剧领域所描写的一样,是现实主义的:抨击社会丑恶,赞美祖国山河及人民,反映重大事件,表现时代精神。

(一)老舍对黑暗丑恶的现实,极力地进行批判、抨击和讽刺

作为一位有良知的爱国诗人,老舍在国难当头的时期,把自己的笔当做刀剑,声讨丑恶的现实和黑暗的社会。《鬼曲》一诗最具代表性。诗人在这首诗之后附有一段简短的说明:"它是个梦中的梦。在梦里,我见着很多鬼头鬼脑的人与事。我要描写他们,并且判断他们。假如有点思想的话,就在这'判断'里。我不能叫

---

① 曾广灿,吴怀斌.老舍新诗选[M].石家庄:花山文艺出版社,1983:1.

这些鬼头鬼脑的人与事就那么'人'似的,'事'似的;我判定,并且惩罚。有点像《神曲》中的'地狱'。但只有'地狱'而无'天堂'等。"诗人在《鬼曲》中,以第一人称手法专写"地狱"的黑暗,在这里"水与夜的交谈操着鬼语",有长齿的白骨,倚桅而坐的骷髅,滴着馋涎轻掉铁尾的鳄鱼……正是这样一个"鬼"的世界造成了知识分子惊恐郁闷的心境。梦境中的场景并不完全是虚构,而是诗人对现实实景的描绘和感受,所以鬼的世界就是旧社会的真实写照。诗人不但揭示出知识分子在现实与精神的双重压力下寻找不到出路的困顿和理想不能实现的苦闷,而且借助梦境批判了旧社会的阴森恐怖,抨击了制度的黑暗罪恶,讽刺了政府的无能腐败。再如,在《痰迷新格》一诗中,诗人用反讽的口吻,义愤填膺地声讨蒋介石不战而放弃东北的无耻罪行:"试观今日之东北,竟是谁家之西南?／窃钩者死,卖国者荣,古今若出一辙,／字号原无二家。"在《教授》中,诗人对徒有虚名、不热心教学、"文章不肯写,讲义懒得编",而又爱出风头、拍马溜须、只想发财的教授们进行了辛辣的讽刺,用漫画的夸张手法狠狠鞭挞了这样一群追名逐利的学府骗子。《国难中的重阳(千佛山)》诗中,描写了国难当头之时的千佛山,依然是香火不断,人们只知道求神拜佛,却把国难远远抛在脑后:"谁知道'九一八',／谁爱记着那臭'五卅'。"老舍用冷峻的讥讽把国人麻木无知愚昧的心态表现得淋漓尽致。

(二)老舍在诗歌中不仅批判了黑暗丑恶的现实,而且用生动鲜明的语言表达出他的人生哲学,他对人生价值的理解,他那重友情、讲义气、谦逊坦诚、大公无私的品质,以及他内心一腔爱国报国的热情

在《音乐的生活》中,老舍把自己比喻为"宇宙之琴的一个单音",谦逊地把个人看做为平凡普通的一个音符,愿"调和在群响里消失,似雨滴落在'海母亲'的怀里",希望大家携起手来,共同创造美妙的乐曲①。在《红叶》中,老舍托物言志,表达了对人生价值的理解:"生命最后要不红得像晴霞,当初为何接受那甘露甘霖,大自然的宝液?／适者生存焉知不是忍辱投降;／努力的,努力的,呼着光荣的毁灭!"诗人认为生命之花要开得艳丽,死也要死得其所,死得光荣。在《青年》中"生命之春是生命之花,／生命之花是万有之母"表达了诗人对生命、对青春的歌颂;"青年们的心,万有之主!"也表达了他对青年人寄托的希望,对美好未来的憧憬,对光明与进步的追求。《礼物》一诗,是留给朋友的鼓励与慰藉。他对朋友的要求是坚持志向,彼此鼓励,这样的友谊,即使其中一方死了,在老舍眼中,"死便是生"。这首诗表现了老舍讲义气、重友情,诚恳坦荡的胸襟。在《慈母》中,让老舍魂牵梦萦的是祖国锦绣的山河和绚烂的文化,这一切源于诗人对祖国诚挚的热爱:

---

① 张宇宏.老舍与新诗[J].民族文学研究,1997(1).

"听着,虔敬的,我的慈亲,/ 就是它们的圣母,名字叫中国! / 我唤着她的圣名,/ 像婴孩挨着饥饿,/ 把我的血还洒在你的怀中,/ 我将永远在那儿欣卧。"

(三)老舍置身于抗战洪流中所写的新诗,是一首首沸腾着爱国抗战热情的战歌

《保民杀寇》《保我河山》《为和平而战》《流离》《壁报歌》《打》,等等,都写出了老舍那誓死抗战的决心,对祖国必胜的信念以及乐观向上的精神。臧克家评价作为诗人的老舍时说"诗人以大浪一样的激情,烈火一般的字句,吹起抗战的高昂号角,鞭打不战而退的民族败类,和一切消沉腐朽的思想,在这些得当的字里行间,我们听到民族的吼声,也听到诗人的心声。一行一行诗句,像晨钟暮鼓,又像杜鹃带血的啼声"。① 胡絜青论及老舍的诗说:"在诗里,他忧国忧民。在诗里,他思念自己可爱的家乡。在诗里,他赞美每一块他走过的祖国大地。在诗里,跳着一个不是诗人的赤诚的心。"②

在老舍这些洋溢着斗争激情的诗篇中,有的赞美一代青年的爱国志气,如《新青年》中为抗战有为的青年描画了一幅动人的肖像:"枪上的油泥嵌在指甲间","一根皮带紧束着光荣的破衫","马嘶,人吼,风凝,雪化,/ 他的全身像烧红的铁一般"等;有的歌咏深明大义的青年妇女,如《丈夫去当兵》中刻画一位送丈夫上前线的伟大妻子的形象:"盼你平安回家转! / 盼你多杀东洋兵! / 你若不幸身先死,/ 英魂莫散喊杀声";有的是为小朋友作的诗歌,用平实简朴的语言,记述抗战中的儿童不忘父辈仇恨的朦胧观念的萌芽,如《她记得》中,那个懵懂的却记得日本人的炸弹伤害家人的小女孩,以及《为小朋友们作歌》中那一群"为国报仇有心胸"的"爱国的小英雄"们;有的写出诗人恪守文人的节气,一生追求光明的精神品质,诗人在1941年的《元旦铭》中写到:"我还有欢呼,/ 还有狂笑,/ 因为我心中的一线光明,/ 虽然是孤单微小;"有的则直接抒发了诗人自己强烈的爱国热情,以点燃亿万群众的抗战怒火,为了国家的存亡,民族的气节,对于日本侵略者,老舍内心只有一个字——《战》:"有口的谁肯沉默! 有心的谁肯投降","要做今日的岳武穆、文天祥",为《抗战诗歌》的创刊而吼的《怒》中,老舍先生肩负着鼓舞士气的重大责任:"唱吧,诗人! / 民族之心,/ 民族之琴,/ 在正义的弦上,/ 调好胜利的歌音。"

---

① 曾广灿,吴怀斌. 老舍新诗选[M]. 石家庄:花山文艺出版社,1983:2.
② 胡絜青. 老舍诗选·前言[J]. 大地,1981(3).

（四）新中国成立以后，老舍创作了一系列颂扬新生活、赞美新社会的诗歌，表达了对祖国、对人民的热爱

结束了"地狱"一般的生活，送走了战火纷飞的年代，新中国给历史开辟了一个崭新的时代。大半生活在穷苦颠簸之中的老舍深感到新中国雨露阳光的滋养、温暖，他忍不住内心的喜悦赞美之情，在创作一系列颂扬新生活、新社会的剧本的同时，又将这洋溢的喜悦之情酝酿成诗篇，放声参加到歌颂新中国的时代的大合唱中。《贺新年》《扎兰屯的夏天》《新春之歌》等诗歌写出诗人对祖国美好的祝愿；《祝贺北京解放十年》《歌唱伟大的党》等表达出诗人对党和人民无尽的热爱；《青年突击队员》《山高挡不住太阳》写出诗人对参加社会主义建设的青年们的崇敬之情；《祝贺儿童节》抒发诗人对祖国未来的花朵，"国家的宝贝"们的殷切期盼与深切关怀。

二、新诗的艺术特色

老舍的新诗不仅浸染着他的思想内涵、性格品质，而且更加突出地表现了老舍作为文学家的高深的艺术修养。

首先，老舍的新诗善于用夸张、反讽等手法表现"讽刺的幽默"的风格。

穿着"幽默作家"外衣的老舍，免不了会把他特有的艺术格调"幽默与讽刺"注入到新诗的创作中。老舍不同于林语堂等作家，他的幽默是立于生活的基础上，给人以喜剧的感染，它引人发笑，但过后又令人辛酸，甚至使人下泪，严肃地思考问题，这是真正的幽默。如果读老舍的作品，仅仅读到幽默即止，那是并没有真正尝到老舍作品的深刻蕴涵的。人们习惯称老舍某些早期诗歌为"幽默诗"，其实他这些诗都是对社会人情丑态的讽刺篇章，幽默只是外衣、是手段，毫不留情的讽刺、鞭挞才是本质东西。《长期抵抗》一诗，借一个街头小流氓的口吻，辛辣地嘲弄了国民党当局在日寇侵略面前不抵抗，还要高喊"长期抵抗"的两面派嘴脸。肖三同志在 1935 年自莫斯科寄给"左联"的信中还特别称赞了这首诗，认为"老舍以描写街头小孩口角打架的诗以喻对日之不抵抗政策，非常之妙"①。这首诗以第一人称写得具体、生动、形象，充满幽默、讽刺。"好小子，你敢打？／我立即通电骂你祖宗！""你在这边打，打吧；／我上那边去出恭。""你真过来？咱们明天见，／和疯狗打架算不了英雄。／我今天不打你，明天不打你，／后天，呕，后天是年节我歇工。""一年，二年，你有多少炮弹？／敢老拍拉拉拉向我轰？／假如你自己震破了手，／

---

① 北京大学中文系中国现代文学教研室.文学运动史料选:第 2 册[M].上海:上海教育出版社,1979:328.

难道你妈妈就不心疼？／你看我,身体发肤受之父母,／讲究未曾开炮先去鞠躬。"这里有幽默的种子,更厉害的却是字里行间透射出来的那种锐利的讽刺锋芒。它是一幅用文字的颜料涂抹成的卓越的漫画,活活绘出了国民党反动派卖国投降的可耻嘴脸。还有一首《空城记》,也是以极幽默的笔调活现了当局在日寇进攻面前仓皇逃窜的狼狈相。诗中:"千箱万箱行李多,／悲壮激昂私囊饱。／失城丧地谁管它。""将军一怒退出城,／越跑越怒不停脚,／一气跑到土耳其。／安居乐业大寿考。"在诗的末尾,诗人难以遏制愤怒之火,厉声呵斥道:"君不见满洲之国何以兴？／只须南向跺跺脚。"在《致富神咒》一诗中,老舍对那些发国难之财的败类给予辛辣的讽刺:"想想看,你有个职分,或有点名声,／好了,发起赈灾便利市千倍。""要胖难凭一碗木犀汤,／得吃就吃才能扩大了胃。""自古财神专佑开通人,／别信那天理良心那剂麻醉。／君不见满洲之国名士多,／神仙不斩狼心与狗肺。"

其次,老舍喜欢用口语入诗,形式活泼自由。

如《丈夫去当兵》这首诗完全是口语化的民歌体。经张曙同志配上曲子,成为抗战时期最流行的歌曲之一。还有一首《打刀曲》,几乎全部用的是拟声词,诗歌用一声声喊号子的语言和钢刀冶炼过程中的声响,来描写打刀人的内心世界,尽管在打刀的过程中"拉,绿的是筋,／拉,红的是汗",但是更加渴望的是尽快打好钢刀,能够早日用在战场上杀敌制胜。还有在《恋歌》中,诗人用第一人称口语表白式的语言来讨好美丽的姑娘,用金钱、花言巧语等一切不正当的手段来诱骗、欺瞒、许诺、威胁……这样的口语化的语言,既把那些抛弃糟糠之妻,所谓恋爱至上者的丑恶无耻的嘴脸刻画得入木三分,又深刻地描绘出了他们内心世界的肮脏与卑鄙。

第二节　老舍的旧体诗词

正如胡絜青所说的"老舍爱诗,也爱写诗";"他写新诗,也写旧体诗"。老舍特别是以旧体诗见长。老舍从进私塾时开始读古诗,许多古典诗词大师,如屈原、陶渊明、李白、杜甫、陆游、吴梅村等都是他师法的榜样,其中,吴梅村、陆游的诗作,对老舍的影响最为深刻。他说:"在'五四'运动以前,我虽然很年轻,可是我的散文是学桐城派,我的诗是学陆放翁与吴梅村。"[①]特别是进入北京师范学校之后,老舍

---

① 老舍.《老舍选集》自序[M]//曾广灿,吴怀斌.老舍研究资料(上).北京:北京十月文艺出版社,1985:539.

对古典文学表现出更加浓厚的兴趣,在方校长的影响和指导下,通过自身的努力,夯实了古文功底,为以后旧体诗的创作打下了坚实的基础。老舍在《"四大皆空"》一文中曾经这样说:"方先生的字与文造诣都极深,我十六七岁练习古文旧诗受益于他老先生者最大。"据老舍在北京师范学校的同学方实之回忆:"方校长对老舍很赞赏,老舍每次写的短诗都要送方校长看看,方校长常给他改诗,鼓励他写作。"也正是由于方校长的影响和帮助,才使老舍在北京师范学校上学期间就写出了不少首旧体诗,其中有九首还得以发表在《北京师范校友会杂志》上。1934 年,老舍在题为《我的创作经验》的讲演中说:"我的中学是师范学校。师范学校的功课虽与中学差不多,可是多少偏重教育与国文。我对几何、代数和英文好像天生有仇,别人演题或记单词的时节,我总是读古文。我也读诗,而且学着作诗,甚至于作赋。我记了不少典故。可惜我那些诗都丢了,要是还存着的话,我一定把它们印出来!"①老舍的挚友吴组缃先生就曾经说过:"老舍很讲究词句的调遣和语言的技巧。他喜欢作旧体诗,作的很多,兴来落笔,讲究工稳,讲究意境。得一佳句,就自我欣赏,拍桌叫好;可别人提出了不同的意见,他斟酌一下,往往从善如流,毫不固执。"②老舍旧体诗的深厚造诣以及写作时严肃认真的态度,由此可见一斑。

老舍先生在他几十年的文学生涯中,从未放弃过对古典诗词的爱好,并且一再主张要人们"学一点诗词歌赋"。不过,因为老舍先生的旧体诗词常常是赠答友人,或是记录游访过程、抒发感怀而作,发表出来的较少,所以这些旧体诗作大多不为广大读者所熟知。老舍现存最早的旧体诗词是写于 1917 年,发表在 1919 年 4 月《北京师范校友会杂志》第一期的一首五言古诗《过居庸关》,最后创作的旧体诗词是 1966 年 4 月所写《赠王莹》。老舍一生所写的旧体诗词数量不少,目前统计出的诗作有 150 题 330 首左右。更为可贵的是,所有的旧体诗词都体现出老舍一贯的宽厚、进取、豁达、幽默的风格,其成就臻于 20 世纪旧体诗的一流境界。因此,老舍创作的旧体诗词也是他为人们留下的弥足珍贵的文学遗产之一③。

一、旧体诗词的思想内容

老舍的旧体诗词创作,都是有感而发,并无半点无病呻吟。品读老舍的旧体诗词,可以深切地感受到诗人的那颗赤诚而火热的心。茅盾在《光辉工作二十年的老舍先生》一文中曾经说过,老舍能使人"感得了他对于生活的态度的严肃,他的正义感和温暖的心,以及对于祖国的挚爱和热望"。纵观老舍一生所写下的旧体诗

---

① 老舍.我的创作经验[J].刁斗,1934(4).

② 吴组缃.《老舍幽默诗文集》序[J].十月,1982(5).

③ 张桂兴.谈老舍旧体诗的若干资料问题[J].上海大学学报,1996(3).

词,题材极为广泛,有赠答诗、纪游诗、抒情诗、叙事诗等。从思想内容来看,老舍创作的旧体诗词特点主要表现在以下几个方面:

(一)诗人用大量的旧体诗词表达自己抗战时期"忧国忧民"的爱国深情

当祖国处在民族危亡、百姓颠沛流离的苦难岁月中,老舍先生痛心疾首,挥泪捶胸,用感人的诗篇写下自己内心深处的悲愤之情:"国事难言家事累,鸡年争似狗年何?! 相逢笑脸多余泪,细数伤心剩短歌! 拱手江山移汉帜,折腰酒米祝番魔;聪明尽在胡涂里,冷眼如君话勿多!"这首《〈论语〉两岁》写于 1934 年,是老舍为《论语》半月刊两周年而写的两首七律中的一首。诗中,诗人为我国东北三省沦入日寇之手而悲愤长啸,为国民党政府对日本侵略者采取不抵抗主义的投降政策、拱手相让祖国领土的罪恶行径发出强烈抗议,并给予辛辣讽刺。抗战爆发以后,诗人投身于抗战救国斗争的洪流中,在武汉创作了一首七律《流亡》,反映了他离家出走之前的那种报国无门、家国难以两全的痛楚心境和矢志报国的崇高精神:"已见乡关沦水火,更堪江海逐风雷。徘徊未忍道珍重,暮雁声低切切催。"然而,当诗人置身于抗战中心,挺立在黄鹤楼头,遥看遍燃的抗日烽火,抚今追昔,感慨万端,在《述怀》中,抒发出自己的爱国豪情和报国壮志:"黄鹤楼头莫诉哀,酒酣风劲壮心来。烟波自古留余恨,烽火从今燃死灰。如此江山空暮雨,有谁文章奋云雷。奇师指日收河北,七步成诗战鼓催。"老舍怀着坚定的信念,等待祖国的抗战胜利的到来。尾联这句荡气回肠的诗句在当时,不正是全中华民族的共同意志和美好愿望吗? 像这样炽烈的爱国主义感情,几乎渗透在老舍抗战时期的所有诗篇之中。

(二)诗人在旧体诗词中表达出对自然风光的由衷赞美和对新中国成立的热情讴歌

例如,老舍在 1942 年移住重庆市郊陈家桥期间,创作了一首绝句小诗,题名为《蜀村小景》:"蕉叶清新卷月明,田边苔井晚波生。村姑汲水自来去,坐听青蛙断续鸣。"全诗仅 28 字,未加任何渲染、烘托,仅凭借高超的白描手法,便将一幅山村农家傍晚的生活图画极其鲜明、生动地呈现在读者面前:夕阳西下,弯月初升,田间似已无劳作的农民,唯见村姑为烧菜煮饭或洗涤衣物而默默地奔走汲水,四周静极了,唯有那来自池畔、田间的蛙声断续可闻,这是一幅多么令人迷醉的恬适境界[①]。老舍用景中寓情、情景结合的手法,在给人一种美的享受的同时,也表达出自己对眼前所呈现的自然风光的喜爱赞美之情。

不仅对自然风光如此,老舍对祖国的挚爱更为热烈,它像一根红线贯穿于他的

---

① 王栋. 不以诗名,唯示诗心[J]. 南京师范大学学报,1990(1).

一生的诗作中,同时还随着时代进步的步伐不断迸发新的激情,这在老舍创作于新中国成立后的旧体诗中表现尤为强烈。老舍曾经不只一次地表示说:"我就热爱这个天天都在发展进步的新社会,因为看到了新社会的新气象新事物,我就不能不动心了。"他说:"我要歌颂这新社会的新事物,我有了向来没有的爱社会国家的热情。"怀着对社会主义新中国的无比热爱之情,老舍勤于他所担任的许多社会工作,足迹踏遍了大半个中国,并曾去国外观光,进行国际文化交流。老舍曾瞻仰塞北汉明妃墓,赋诗两首,他一反历代文人哀怨凄楚的笔调,热情地歌咏民族的大团结:"青山黑水豁胸襟,不作凄凉出塞吟;妙笔今传千古颂,长城南北一条心。"老舍来到茫茫的大兴安岭林海,则对这里的美好景象热情讴歌:"黄金时节千山雪,碧玉溪潭五月秋。消息松涛人语里,良材广厦遍神州。"字里行间,流露着诗人对新中国日新月异的建设事业无比喜悦的心情。正如老舍自己在《生活,学习,工作》一文中所说:"眼见为实,事实胜于雄辩,用不着别人说服我,我没法不自动地热爱这个新社会。"①

(三)诗人也从平凡而又温馨的日常生活中感受到美好,创作了一系列的旧体诗词

老舍是心胸开朗、情感丰满的诗人,他始终能以开阔的胸怀接纳万物,以敏锐的眼光捕捉世界之美,并以健康的热情享受这种美。这不仅使他的人生价值得到充分实现,而且也丰富了他的旧体诗词的内容。1942 年,他居住重庆乡下,写了一些十分有趣的作品,他往往以"乡居"来命名,如《乡居杂记》《村居》等。《乡居杂记》之一《久许冰心、文藻兄歌山奉访,疏懒至今,犹未践诺,昨为小诗致歉》:"中年喜到故人家,挥汗频频索好茶;且共儿童争饼饵,暂忘兵火贵桑麻;酒多即醉临窗卧,诗短偏邀逐句夸;欲去还留伤小别,阶前指点月钩斜。"老舍和冰心、吴文藻夫妇是性情相投的好朋友,时有来往,喝酒品茶,议论时局,谈诗论文,极有情味。在战争年代,这样的友谊尤能给人更多的温馨和慰藉。"频频索好茶""酒多即醉"写出双方的友谊已经到了亲密无间的程度;"且共儿童争饼饵""诗短偏邀逐句夸"表现诗人的天真顽皮;尾联更是表现了主客分别时的依依不舍之情。全诗都表现出诗人与朋友间的真情和深情,情韵悠扬,幽默风趣。还有《七律·端午》其二,《端午大雨,组缃兄邀饮,携伞远征。幺娃小江着新鞋来往,即跌泥中。诗纪二事》:"小江脚短泥三尺,初试新鞋来去忙;迎客门前叱小犬,学农室内种高粱;偷尝糖果佯观壁,偶发文思乱画墙!可惜阶苔着雨滑,仰天惯倒满身浆!"这首诗写出一个小孩天真调皮的模样,神态逼真,细节传神,极富生活气息。这样生动活泼、浅近通俗而情

---

① 老舍. 生活,学习,工作[M]//胡絜青. 老舍写作生涯. 天津:百花文艺出版社,1981:251.

趣充盈的作品恰恰反映出诗人有着一颗富有童真、热爱生活的心。这些旧体诗词都记录的是老舍经历的日常生活小事,而正是这些小事让平凡的生活具有情趣。

（四）老舍也经常用赠答、酬唱等形式创作旧体诗词,表达对新朋旧友的赞美与眷恋之情

老舍先生是一位重情义的诗人,他写给友人的旧体诗都是有意为之,有感而发的。例如,他赠给音乐家李焕之的诗作:"碧海为琴浪作弦,水仙吹笛老龙眠;滩头自有知音客,谱出风云交响篇!"赠给画家李可染的诗:"牧童牛背柳风斜,短笛吹红几树花。白石山翁好弟子,善从诗境画农家。"而赠给戏剧家曹禺的诗,则是"推窗默对秦皇岛,碧海青天白浪花。潮来潮去人不老,昂首阔步作诗家!"这些诗,不仅表达了对友人的真挚情谊,还对他们寄予了深情的勉励和殷切的期望①。再如1965年春,老舍率中国作家代表团访问日本,曾留下34首小诗,其中有不少是当场挥毫面赠给对方的。如《清水寺访大西上人》:"春艳樱花秋艳枫,夏初嫩绿间深红。高僧九十声如磬,日饮清泉伴古松。"高僧大西上人虽已九十高龄,仍谈吐清晰洪亮、日与苍松为伴,原本应是一个清悠淡远的形象,但老舍以春樱、秋枫与嫩绿组成的色彩烘托,用极为绚丽多姿的画面渲染,表现出大西上人鹤发童颜的形态,表达出自己真诚的敬仰之情。

二、旧体诗词的艺术特色

老舍的旧体诗词不仅学习和继承了历代优秀诗人的爱国主义思想和现实主义精神,而且在诗的意境和表现手法上,也汲取了许多滋养,从而使自己的诗作更富有艺术的感染力。

（一）老舍的旧体诗诗意浓郁、意境深邃

老舍受唐宋诗人的影响较深,所创作的旧体诗词善用移情状物,或缘境生情的手法,不仅能让诗歌所描写的对象与情感充分融合在一起,达到了"意"和"境"的统一,还能给人一种艺术美感的享受。如《乡思》一诗:"茫茫何处话桑麻? 破碎山河破碎家;一代文章千古事,余年心愿半庭花! 西风碧海珊瑚冷,北岳霜天羚角斜;无限乡思秋日晚,夕阳白发待归鸦!"这首七律,是老舍于1945年底在重庆写成的。那时,中国山河支离破碎、民不聊生,为此,诗人愁思满怀、百感交集,因而更加怀念家乡的田园之乐。诗中抒发了不求文坛一逞,但愿求得安居乐业的情思。诗人由

---

① 吴开晋,张志甫.老舍旧体诗简论[M]∥孟广来,等.老舍研究论文集.济南:山东人民出版社,1983:314.

此进一步展开他的想象,似看到北国故园的凄凉景象。于是,在秋日的夕阳下,诗人发出无以排解的思乡的慨叹。万般无奈,只有任夕阳斜照自己的华发,翘首仰望日暮归巢的老鸦。诗人心中的无限悲苦、无限酸痛,都是借助于"西风""霜天""夕阳""归鸦"等典型景物表现出来的。诗人将他因国破家亡而悲愁难解的感情,有层次地投射到一幅晚秋的屏幕上,从而达到了情景交融,艺术地创造了一个别有洞天的诗的意境。同《乡思》的表现手法一样,但是思想内容迥异的诗篇,在老舍的笔下却也不少。如《札兰屯》一诗描绘出一幅生机勃勃的边塞风景画:"诗情未尽在苏杭,幽绝札兰天一方;深浅翠屏山四面,回环碧水柳千行。牛羊点点悠然去,风蝶双双自在忙。处处泉林看不厌,绿城徐入绿村庄。"老舍用蘸满感情的笔触,表达了对内蒙古札兰屯优美风景的热情赞美,展示了祖国边疆建设的新风貌。诗人以情引景,一下子就把人带入一个美妙的世界。这里层峦叠嶂,绿柳碧水,牛羊悠然,风蝶翩翩,完全是一派江南苏杭的景象。诗人信笔写来,并不加任何的雕饰,但却创造了一个美妙的艺术境界,令人心驰神往。此外,老舍的旧体诗,还有许多作品是运用"缘境生情"的方法来创造诗的意境。《村居》一诗:"茅屋风来夏似秋,日长竹影引清幽。山前林木层层隐,雨后溪沟处处流。偶得新诗书细字,每赊村酒润闲愁。中年喜静非全懒,坐待鹃声午夜收!"诗人因为身体有病,正在重庆近郊乡村小住。他独居四面来风的茅屋中,每当风动竹影,眼望山前的层层林木,细听溪沟流水潺潺,心中便不由产生出一种无尽的哀愁。无以排解心中的愁闷,只得吟诗写字,赊酒浇愁,过着一种貌似清静而实则焦急烦闷的生活。最后,诗人直抒胸臆"中年喜静非全懒",说明他并不是为了躲避时代的风雨,而是急切地等待着那呼唤黎明的杜鹃把幽暗漫长的黑夜荡尽。全诗以恬静的意境,引出诗人不平的思潮,并昭示出他追求光明的强烈愿望。这样一来,主客观便达到了有机的结合,意与境实现了和谐统一[①]。

(二) 老舍善于采用精巧的艺术手法,勾勒出色彩鲜明、引人入胜的画面

古人论诗,讲求绘画美,讲求写诗要创造优美动人的意境。老舍先生非常爱好绘画书墨,常将古诗中的名句拿给画家去画。而在他自己的诗中,也总善于用艺术的彩笔,或点染,或重涂,或白描,或勾勒,用诗的语言描绘出一个诗情画意的世界。在《过乌纱岭》一诗中,老舍别具匠心地把一个个具体的景物描入诗作的画卷,分别着色,精心点染,形成一幅完整的彩墨图,一幅独具特色的塞外风景画:"古浪重阳雪作花,千年积冻玉乌纱。白羊赭壁荒山艳,红叶青烟孤树斜。村童无衣墙半

---

① 吴开晋,张志甫.老舍旧体诗简论[M]//孟广来,等.老舍研究论文集.济南:山东人民出版社,1983:312.

掩,霜田覆石草微遮。周秦文物今何在? 牧马悲鸣劫后沙!"巍巍乌纱,冰封雪飘,一片银白,简直是一个玉色的世界。而在乌纱岭下,羊群如云,秋风萧瑟,青烟缭绕,孤树斜立。在这样一幅奇特的画面上,可以看见的是半掩在墙后的赤身裸体的村童和贫瘠荒芜的农田,这里原本是周秦的故土,可惜已经看不见文物的遗迹,只有仰天悲鸣的牧马,踏着荒凉的沙丘。这首诗以生动具体的艺术形象,真实地展现了我国20世纪40年代边塞一带苍凉凄楚的景象,既深刻地表达了诗人对祖国河山的眷恋之情,也以人文主义情怀强烈控诉战争给人民带来的深重灾难①。老舍不仅善于运用浓重的色彩渲染和烘托景物,创造诗的意境,而且还善于运用速写和白描的艺术手法,异常精确地勾勒出感人的画面。卢沟桥事变发生后,老舍下定决心以身报国,可是面对爱妻稚子却又犹豫彷徨,不忍只身独去。他曾做了一首七律诗描述当时情景:"弱女痴儿不解哀,牵衣问父去何来? 话因伤别潜衣泪,血若停流定是灰。已见乡关沦水火,更堪江海逐风雷。徘徊未忍道珍重,暮雁声低切切催。"单纯的孩子还不知道父亲内心的痛苦,只是牵着衣角,问父亲要到哪里去? 只因为离别的话语会让伤心的泪水打湿衣衫,但是那爱国的血液若是停止流淌就会变成灰烬。已经看见家乡沦陷在水火之中,更应该投身到抗战的洪流之中。诗人独自徘徊犹豫,却不敢和家人说一声珍重,听见大雁一声声哀号,仿佛是远方传来的催促之声。老舍用细腻的手法,描绘出妻子孩子的依依惜别的动作、神情、语言,以及诗人内心那不忍离去的愁苦凄惶之情。这一幅极为凄恻缠绵的离妻别子图犹现眼前,让面临夫离父别的儿女私情,变得感人肺腑。

(三)老舍旧体诗在语言运用上具有形象、精炼、含蓄的突出特点

语言是文学的第一要素,对诗歌来说尤为重要。创作一首诗,包括主题的体现,感情的表达,构思的完善,想象的驰骋,画面的描绘,都必须借助高度艺术化的语言来实现。老舍先生是一位语言艺术大师,他对旧体诗词的语言运用不仅有着精益求精的精神,还力求在诗中展现精湛的语言艺术之美。例如,老舍在《〈论语〉两岁》一诗中,讽刺和痛斥"九一八"以后国民党政府的不抵抗政策。诗中只用了"拱手江山移汉帜,折腰酒米祝番魔"两句,便委婉、含蓄地刻画出投降派在侵略者面前的卑躬屈膝、卖国求荣的可耻嘴脸。再如,1961年9月,老舍先生曾到内蒙古的草原考察。他放眼望去,茫茫大草原,风光壮丽。羊群如流动的白云,骏马奔驰,卷起阵阵疾风,标志着草原繁荣旺盛的喜人景象。于是老舍写下了"远丘流雪群羊下,大野惊风匹马还"的精彩诗句,可谓神来之笔,令人拍案叫绝! 还有老舍在

---

① 吴开晋,张志甫.老舍旧体诗简论[M]//孟广来,等.老舍研究论文集.济南:山东人民出版社,
1983:313.

1942 年所写下的《北碚辞岁》就是一首极富概括力，又蕴含深刻思想和丰富感情的绝句："雾里梅花江上烟，小三峡里又新年；病中逢酒仍需醉，家在卢沟桥北边！"这四句诗，不仅生动地描绘了北碚的江上冬景，而且真实地记述了诗人自己贫困交加的困苦境遇，表达了"每逢佳节倍思亲"的忧伤感情。此时诗人有病，本不宜饮酒，但想到北国沦入敌手，土地被践踏，人民遭涂炭，心中分外悲愁，于是，也只有以酒消愁，或许多少能减轻一点国破家亡的痛楚之感吧！但是，"举杯消愁愁更愁"，诗人还是忘不掉处于水深火热之中的北国同胞，"家在卢沟桥北边！"这句诗里蕴含着诗人多么哀痛、多么忧虑、多么愁苦和悲愤的情感啊！老舍先生曾主张，要以写诗的办法来写小说和戏剧，其目的就是在强调一切文学作品都要达到高度的精炼和含蓄。由此可见，老舍对诗歌的语言要求更为严格。

另外，老舍的旧体诗不仅语言形象、精炼、含蓄，而且十分讲求对仗和韵律，所以很有诗味。在《白马寺》中"野鹤闻初磬，明露照古台。疏钟群冢寂，一梦万莲开"和七律《过天津桥》中"白鹤云间山色远，黄牛车缓柳荫深。桑麻未异丰年景，刀火偏多报国心"对仗妥帖工整，韵律和谐统一，而且自然流畅，没有牵强之感①。

（四）老舍的旧体诗，也常常表现出一种"温和的幽默"的诗风

在老舍的旧体诗词中，表现国难和民族抗争精神的作品大多都是庄严肃穆，但也有不少作品则显得轻快活泼。与新诗"讽刺的幽默"不同的是，这些旧体诗词主要表现的是老舍特有的"温和的幽默"的一面，构思巧妙奇特，语言浅俗鲜活，笔调诙谐风趣，意境亲切动人。例如 1933 年 2 月天津《益世报》登载的《勉"舍"弟"舍"妹》绝句九首。诗歌写弟妹因战争辍学在家，得以肆意玩耍，看电影、写情书、打棒球、玩游戏等，写得天真烂漫，而意在表现"天伦之乐"。其中"妈妈气病父亲愁，小院群英赛棒球，瓦碎窗飞欣鼓掌，健儿身手果如猴。案上梅花久不香，多情小妹折精光，天伦乐事真无比，二弟昨晨买手枪。小诗吟罢笑声新，风雨全家气似春，但愿青年佳子弟，无灾无病尽成神！"通过父母亲和孩子的对比，写出孩子的健康活泼，"病"和"愁"之中蕴藏的其实是快慰和幸福，即使在风雨如磐的岁月，全家仍然"气似春"②。再如《题"全家福"》："爸笑妈随女扯书，一家三口乐安居。济南山水充名士，篮里猫球盆里鱼。"老舍用幽默的笔调写出一家人其乐融融的景象，全诗被一种明媚、温馨、和谐、快乐的氛围包裹着。还有《为关良〈凤姐图〉题诗》的旧体诗，用调侃的语言写道："自古有恋爱，唯难尽自由。最好作皇帝，四海齐叩头。秀香细

①　吴开晋，张志甫.老舍旧体诗简论［M］//孟广来，等.老舍研究论文集.济南：山东人民出版社，1983：315-317.

②　陈友康.论老舍的旧体诗［J］.中央民族大学学报，2004（6）.

选刷,宫中百美收。一旦厌金紫,微服闲出游。旅舍逢娇小,轻灵似野鸥。飘飘龙心悦,金口涎欲流。百般肆调戏,龙步舞不休。可怜弱女儿,含怒倍娇羞。宛转拜尘埃,富贵乃所求。呜呼！皇帝恋爱得自由。"这首诗完全表现出老舍"幽默作家"的心态,由此可见老舍轻快、洒脱、妙趣横生的性格侧面。在老舍这些的旧体诗词中,更多表现的是一种温和的幽默,一种美丽的趣味,内在的是健全的心智和充沛的感情。

老舍诗歌创作的成就,当然不像其小说、戏剧那样辉煌,但即使是旁逸斜出,也自成一家,颇具特色。他诗中蕴含的精神力量、艺术风格等让他的诗歌获得独特的思想价值和美学价值。老舍的诗歌和其他形式的文学作品一样是 20 世纪中国重要的文化成果和精神财富。

第七章　老舍和中国现代文学史上的论争

中国现代文学是在诸多争论中产生和发展的,然而遍览现代文坛上的各种文学论争,却很少能看到老舍的影子,因为老舍大多保持着与文学争论远离的态度。当然绝对地避免论争还是不可能的,抗战期间,老舍就与三次文学论争发生了关系,这与他作为抗战协会总务理事的特殊身份以及文学与抗战的特殊关系等原因是分不开的。

抗日战争对中华民族是一次巨大的考验,它与每一个中国人都是息息相关的。由于战争具有强烈的刺激作用和巨大的毁灭性,很多人在抗战前就认为文艺可能会因此而惨遭坎坷,甚至会停顿下来,因为他们以为"战争一开始,爱国的作家必然投笔从戎"①。事实上,抗战以后文艺活动的日渐繁盛,以及大量关于文艺问题论争的出现,都显示了那些人的想法纯然是无稽之谈。抗战期间大后方的文学论争有前后期之分:"前期"指 1937 年"七七事变"起到 1940 年中期,包括关于"文艺大众化"问题、关于"暴露与讽刺"问题、关于所谓"与抗战无关论"问题、关于"民族形式"问题的四次大的论争;而"后期"的时限大致是 1940 年中期到 1945 年日本帝国主义投降,主要包括关于"战国"派问题和关于"主观论"及"生活态度论"问题的两次论争②。老舍参加的文学论争集中于前期的"暴露与讽刺"论争、"文艺大众化"和"民族形式"论争以及"与抗战无关论"论争。

---

① 郭沫若.抗战以来的文艺思潮——纪念"文协"成立五周年[M]//北京大学中文系中国现代文学教研室.文学运动史料选:第 4 册.上海:上海教育出版社,1979:231.

② 蔡仪.中国抗日战争时期大后方文学书系·第二编　理论·论争:第 1 集[M].重庆:重庆出版社,1989:3-10.

第一节　老舍与"暴露与讽刺"的争论

关于"暴露与讽刺"的争论,发端于讽刺小说家张天翼创作的讽刺小说《华威先生》。1938 年 4 月 16 日,张天翼的短篇小说《华威先生》在茅盾主编的《文艺阵地》创刊号上发表。以往的抗战小说大多正面描写抗战的惨烈以及抗战前线将士英勇杀敌的情景,而《华威先生》将描写的镜头对准了统一战线内部的阴暗面,刻画了一个挂着很多虚职,却只是到处开会讲话不做实事的抗战官僚——华威先生,暴露了伟大抗战背后的一些丑恶人物的真实面目。小说发表之后,李育中就在 1938 年 5 月 10 日的《抗日救亡报》(广州)上发表文章《幽默、严肃和爱》表达了自己的看法①。他对小说中人物形象塑造、作品主题的现实意义给予了肯定,但是对作家的创作态度以及采用暴露与讽刺的创作方向表示了否定。1938 年 8 月 16 日,茅盾在《文艺阵地》期刊上撰文《八月的感想——抗战文艺一年的回顾》,针对李育中观点,表示了不同的看法。他认为"最近半年的文艺"不仅出现了新的人民领导者,和过去不同的新的军人,肩负时代使命的人民等的典型,也出现了"新的人民欺骗者,新的抗战官僚,新的发国难财的主战派,新的卖狗皮膏药的宣传家"②。茅盾在这里说得很清楚,抗战文艺不仅要歌颂中国人民的伟大抗战,写出日本侵略者的罪恶,扫荡敌人,也要"扫荡内奸,——贪污土劣以及不知自好的包办主义者,为虎作伥的托派"。作家只要用无比的憎恨和愤怒将所见到的真实的丑恶暴露出来,作品的效果一定是积极的。他在具体谈到《华威先生》这篇小说时,肯定了这个形象的典型性,认为"华威先生"就是旧时代的渣滓而尚不甘渣滓自安的脚色"。关于文艺的暴露与讽刺,茅盾在发表于同年 10 月 1 日的文章里,更强调了"我们现在仍旧需要'暴露与讽刺'"③。在这篇文章中,茅盾深化了自己以前的观点,同时也更全面地对暴露与讽刺者提出了要求。他强调作家要用笔将被讽刺者的生活内幕挑开,"刺激起他们久已麻痹了的羞耻的感觉",并且要让一般大众能够对这种司空见惯的生活产生觉醒和憎恶,这样才能使得被讽刺者在光明的监督之下积极改正

---

① 卢洪涛.中国现代文学思潮史论[M].北京:中国社会科学出版社,2005:255.
② 茅盾.八月的感想——抗战文艺一年的回顾[M]//北京大学中文系中国现代文学教研室.文学运动史料选:第 4 册.上海:上海教育出版社,1979:64-65.
③ 茅盾.暴露与讽刺[M]//北京大学中文系中国现代文学教研室.文学运动史料选:第 4 册.上海:上海教育出版社,1979:70.

错误。这就必然要求作家在讽刺和暴露时,笔可以像冷峻的手术刀,但内心要热;暴露与讽刺的动机是真正为了这些被讽刺者好,是希望"被讽刺的对象明日会变成被赞扬的对象"。如果作家没有一颗温暖的心,只是一味地讽刺与暴露,那么这样的作家创作的作品是不行的,只能使人产生悲观。

如果以茅盾的合理而正确的看法结束这次论争,那是再好不过的了,但是又因为另一件事情的发生,"暴露与讽刺"的问题再次被摆到了争论的前沿。

1938 年 12 月,张天翼的《华威先生》翻译为日文刊登在日本改造社初版的《文艺》第 6 卷第 12 期上,《文艺》刊物的编辑"在按语中恶毒攻击和污蔑了中国抗日工作者和中国人民,以鼓动日本侵略者的'士气'",本来中国文艺工作者用来治疗自己疾病的小说却被日本人别有用心地拿来为侵略服务。这篇小说在日本的影响引起了更多的抗战文艺工作者对"暴露和讽刺"问题的关注和讨论。很多人发表文章表示了自己的看法,看法基本上也是与一般的争论一样,有否定和肯定两方面的意见。否定暴露讽刺文学的文章有林林的《谈〈华威先生〉到日本》、何容的《关于暴露黑暗》,肯定方面的文章有冷枫的《枪毙了的华威先生》、作家张天翼的《关于华威先生的"赴日"——作家的意见》等①。在众多肯定"暴露与讽刺"文学文章里面,吴组缃在重庆《新蜀报》报上发表的《一味颂扬是不够的》中提到了否定暴露文学的人对于老舍的戏剧《残雾》的意见。文中说到:"老舍的剧本《残雾》上演的时候,听说观众之中颇有几位先生大摇其头,以为其中所暴露的会摇动人们的抗战信心,甚至认为会破坏抗战。这是当时在场的一位朋友亲闻亲见的。"②

老舍的《残雾》《面子的问题》等戏剧揭露了抗战时期国统区存在的病态社会现实,讽刺了达官贵人的醉生梦死,以及不法商人趁机大发战争财、不惜出卖国家利益的丑陋现象。《残雾》中的洗局长表面上装出正人君子、尽心抗战的样子,并且时时表白:"我的心思全用在了抗战上";实际上,他是一个十足的抗战官僚——他的心思全用在了权、色、财上。他的表面正经和抗战言辞只是用来掩饰内心的卑污而已。他像军火商一样,把抗战当做升官发财的良机,不仅贪污公款,经营别墅,而且企图借"政府"采买货物之机,大捞一把,为此,他精心组织,结帮拉派。洗局长色迷心窍,不仅乘人之危,欺骗并霸占难民朱玉明,而且明知徐芳蜜是汉奸特务,却因迷恋她的姿色,非但不抓获,反而跪倒在她面前,同她狼狈为奸,答应向她提供情报,在美色的诱惑下当了可耻的汉奸。《残雾》中杨茂臣是一个卑鄙、无耻、无聊、无赖、自私、无民族意识、无正义感的人物。他公开承认:"都是假的,只有衣食

---

① 卢洪涛. 中国现代文学思潮史论[M]. 北京:中国社会科学出版社,2005:256-257.
② 吴组缃. 一味颂扬是不够的[M]// 蔡仪. 中国抗日战争时期大后方文学书系·第二编　理论·论争:第 1 集. 重庆:重庆出版社,1989:129.

金钱是真的!"他最大的愿望就是"抓住抗战,像军火商抓住抗战一样。在抗战中爬上去"。《残雾》中最令人觉得不可思议的是,当汉奸洗局长等人被抓之后,女特务徐芳蜜却被更大的保护伞接走了,这说明腐败、堕落和卖国并不仅仅存在于下层官员中。

与张天翼的《华威先生》相比,老舍戏剧的暴露和讽刺更深入、更彻底,难怪"观众之中颇有几位先生大摇其头"。在老舍眼中,这种抗战内部的败类,他们危害国民,影响抗战,要想取得抗战最后的胜利,就必须暴露他们的丑恶,动员全社会来清除这些渣滓。纵然歌颂人民的抗战热情和英雄主义精神的文艺作品,对于唤起民众、鼓舞人民的抗战斗志有重要的作用,但是,适当的暴露与讽刺也能使得广大人民认识到抗战的复杂性和抗日战线队伍中存在的问题。作家应该揭示问题,以便加以解决,使得文艺更好地为抗战服务。在这种情况下,老舍的《残雾》,鞭挞了生活中的丑恶现象,适应了抗战发展的需要。虽说这样,但是《残雾》还是遭遇了被"大骂特骂"的情景。面对《残雾》的遭遇,老舍无不揶揄地说到:"我不便挨家挨户去道歉,说明我这草稿并没得到修正的机会;批评者得到骂人的机会而不骂,就大大地对不起他自己呀。放下这些批评,我去找懂戏剧的内行谈了一谈。"①可见老舍对于《残雾》负面效应的批评是不大在乎的,他更关注内行对他的看法。因为内行觉得他的剧本是"只写了对话,忘记了行动",因此在 1940 年 7 月 7 日发表的《三年来的文艺运动》一文中,老舍发表了与写《残雾》目的相同的看法②。他在批评抗战时期文艺方面的缺陷时强调"只准说明,不准说暗的心态应普遍地改变过来"。当然,舆论的力量毕竟还是影响着老舍对他所肯定的创作方向的具体实践,这一点在 1940 年创作剧本《张自忠》的过程中充分地体现了出来。老舍在刻画主人公时,本想通过经历和困难来突出张自忠的形象,但是"一谈困难与问题就牵扯到许多事",因为"社会上是普遍的只准说人人都能成圣成贤,不准说任何人任何事微微有点缺欠"。老舍对此,也不能随心所欲按照自己之前的主张行事,只能迁就于舆论环境,放弃许多戏。这些"不准说"的问题,老舍只能以"混含"的方式对付。从艺术效果上看,文学作品的质量是有所降低,但是从这种消极对抗的方式中也可看出老舍对于"暴露与讽刺"问题的看法。

老舍因为创作选材的尖锐和作品讽刺效果的强烈、深远,卷入这场"暴露与讽刺"争论也是不可避免的。老舍对于讽刺与暴露文学的态度是肯定的,但是他在具体创作的时候还是不得不考虑现实的影响。这就形成了老舍虽然对待"只准说好,不准说坏"的批评态度大不为然,但是有时却又不得不策略上屈服于批评和否定暴

---

① 老舍. 三年写作自述[M] // 老舍. 老舍文集:第 15 卷. 北京:人民文学出版社,1990:433.
② 老舍. 三年来的文艺运动[M] // 老舍. 老舍文集:第 15 卷. 北京:人民文学出版社,1990:417-425.

露与讽刺文学的态度。追根溯源老舍的这种态度与实践在一定程度上的分离行为,就会发现它是与老舍在特殊时期视抗战为第一要务的理念分不开的。

第二节　老舍与"文艺大众化"和"民族形式"问题的论争

抗日战争爆发后,很多作家加入了"文协",成为了抗战文艺统一战线的一份子。为了发动更多的群众,将抗日战争变为全民族对日的抗战,"文协"提出了"文章下乡,文章入伍"的口号。该口号一提出,很多文艺工作者就纷纷响应。他们一改以前坐在亭子间和书斋里读书写作的生活,走进乡村和战区,与民众和抗日将士广泛接触,发挥自己的文艺优势,积极宣传抗日,为抗战贡献自己的力量。正如在《中华全国文艺界抗敌协会发起旨趣》一文中所说:"全国上下,已集中目的于抗敌救亡,在最高领袖精诚领导之下,抗战形势日益坚强,政治上的统一战线日益巩固,除了甘心媚敌出卖民族的汉奸,已无一不为亲密的战友,无一不为民族的力量。我们应该把分散的各个战友的力量,团结起来,像前线战士用他们的枪一样,用我们的笔,来发动民众,捍卫祖国,粉碎敌寇,争取胜利。"①当文艺工作家正打算热火朝天地从事文艺抗日活动时,却发现虽然过去二十年的新文艺在扫除封建思想、培植革命精神上作了很多的贡献,但是这也仅仅是做了这些事而已,至于程度如何,并不是很清楚。现在一接触民间才发现新文艺这朵"美丽的花朵","虽美而脆弱"。对于都市的人来说,很多人可能熟悉新文学,但是在中国其他广大的土地上,还有很多人根本不识字,用老舍的话来说"连鲁迅这样光耀的名字也不知道"。文艺工作者在动员大众起来反抗日本侵略者的时候,才意识到文学必须接近大众,才能充分调动大众的积极性。这就涉及了文学如何才能让一般的大众了解的问题,文艺大众化的难题随之也摆在了文艺工作者的面前。

一、老舍与文艺大众化

文艺大众化的问题,实质上就是大众和文艺的关系问题,这个问题其实是20世纪30年代"左联"时期"文艺大众化"问题讨论的继续。30年代时期的讨论,几乎是关在屋子里的讨论,相关的文学实践活动也很少,即使有,面对的读者也多为

---

① 中华全国文艺界抗敌协会.中华全国文艺界抗敌协会发起旨趣[M]//北京大学中文系中国现代文学教研室.文学运动史料选:第4册.上海:上海教育出版社,1979:15-16.

小知识分子,并不是工人和农民。另外,大多数创作大众化作品的作家也是不能代表大众的喝着咖啡的小资产阶级知识分子。正如鲁迅在《路》中说:"上海的文界今年是恭迎无产阶级文学使者,沸沸扬扬,说是要来了。问问黄包车夫,车夫说并未派遣。这车夫的本阶级意识形态不行,早被别阶级弄歪曲了罢。另外有人把握着,但不一定是工人。于是只好在大屋子里寻,在客店里寻,在洋人家里寻,在书铺子里寻,在咖啡馆里寻……"鲁迅坚信从血管里流出的是血,而从水管里流出的是水,所以不相信从洋人家里或咖啡馆里寻找出来的所谓无产阶级文学使者能够真正代表大众。

对于文艺工作者而言,抗战期间的文艺大众化问题是迫在眉睫的问题,也是不得不面对的问题。抗战期间的大众化问题,不仅是在讨论层面上有了更深的理解,在具体实践和操作当中也是很有成就。"大众化问题论争开始,大多数人认为,大众化不过意味着为动员大众而力求通俗。茅盾等人的观点基本如此,《七月》社、通俗读物编刊社等组织的讨论观点也大多如此"①。老舍对于大众化的问题的认识基本与茅盾等人的观点相近,但老舍的这一认识更多是经验之谈。他后来在文章中多次提到关于大众化的问题,基本是根据自己在抗战期间的通俗文学的创作经历而谈的。

老舍在《三年写作自述》一文中讲到抗战初有三条路摆在他眼前②。第一条路是不管抗战,继续写以前的那一套,用商业的眼光来看,书的销量肯定也不错,因为"有不少的人是喜读与抗战无关的作品的"。但是这条"装聋卖傻"的文艺对老舍而言,会让他"堕入魔道"。第二条路是不管懂不懂抗战的实际情况,只要能写就行,"写战事,则机关枪拼命哒哒哒;写建设,则马达突突;只有骨骼,而无神髓。这办法,热情有余,而毫无实力;虽无骗人之情,而有骗人之实"。这条八股写作之路,虽然老舍并不否定,因为这样写出的抗战八股总比功利八股好得多,多少对抗战还是有积极作用的,但是老舍自己并不走这条路。按照老舍的写作经验,写小说必定是"知道了全海,再写一岛"。第三条路是暂时停止创作小说。老舍最后选择了第三条路,但暂守小说创作的缄默,并不意味着暂停创作。此时的老舍为了响应"文章下乡,文章入伍"的口号,选择了深入民间,创作通俗文学的运动。老舍自小熟悉通俗文艺,对于民间艺人的各种东西有一种天然的爱好。"自幼戏曲曲艺的熏陶,使老舍在投入以通俗文艺服务于抗战的创作潮流时比一般作家更为自觉和果决。"③但是这种绝决和坚定是痛苦的。老舍在创作通俗文艺时认识到它是有着天然的缺

---

① 李新宇.迷失的代价(上)——20 世纪中国文艺大众化运动再思考[J].文艺争鸣,2001(1).

② 老舍.三年写作自述[M]//老舍.老舍文集:第 15 卷.北京:人民文学出版社,1990:430.

③ 孙洁.世纪彷徨:老舍论[M].南昌:百花洲文艺出版社,2003:107.

陷的,这种缺陷与自己一贯认可的新文学事业会发生冲突,只是国家至上的理念让老舍不得不选择有违于心的通俗文艺创作。这种痛苦而又尴尬的矛盾也为老舍最后放弃通俗文艺创作埋下了伏笔。从整体上看,老舍在抗战期间的通俗文艺创作主要经历了以下四个阶段①。

第一阶段:工作和心理上的双重痛苦时期。

虽然他对通俗文学有一种天然的爱好,但只是兴趣上的爱好而已。老舍在抗战前已习惯于新文学创作,一旦开始创作通俗文艺,就不得不收敛自己:不能自由地用自己的"胆气和笔力"创作,而是把自己限制在通俗文艺固定的样式中,失去了为排斥陈腐形式和内容,"争取自由的热忱与英姿"。老舍用穿鞋的例子来比喻自己的这种痛苦:"赤足已惯,现在硬教我穿上鞋,而且是旧样子的不合脚的鞋,怎受得了呢?"这个穿鞋的比喻恰切地说出了老舍当时的痛苦心理。如果老舍写新小说一气能写一到两千字,写大鼓词却只能写成几句。新文学,有乐趣且自由,而写通俗文艺是完全凭热心,不是"为自己的趣味,而是为文字的实际效用!"。新文艺也不能放弃,通俗文学也必须去做,因为写通俗文艺是为了宣传抗战,动员广大的老百姓,为了"尊重教育程度稍低的读众"。认识到当前的任务,为民众写点他们可以懂得的新东西,老舍觉得自己吃点苦也"一定不是乖谬之举"。

第二阶段:认识通俗文艺阶段。

既然认识到创作通俗文学只是应抗战之景而为,还能起到宣传抗战的作用,并且也不会阻碍新文学的发展,那么安下心来创作通俗文艺就是当务之急了。为民众创作通俗文艺,首先要认识通俗文艺,弄清楚什么是通俗文艺或者说通俗文艺与新文学相比到底有哪些不同之处。老舍在《谈通俗文艺》一文中从四个方面对新文学和通俗文学进行了比较,这也是老舍这一阶段对通俗文学认真考虑的结果。

首先,文字方面。通俗文艺的文字不一定俗,有些通俗文艺的文字甚至还有点雅,比如说大鼓书词、牌子曲,但是它们照样能为民众所欢迎。这是因为通俗文学是"照直叙述,不大拐弯",虽然会碰到什么难字或者雅字,但是并不影响对故事脉络的理解,只要跳过这几个字,阅读的乐趣仍然可以继续。新文学却不是这样:新文学为了图"经济"和"手法",喜欢"拐弯"。新文学在讲故事时,总想让文本结构变得复杂,让读者在克服理解文本的困难过程中获得艺术美,但是这对于一般民众来说,读新文学常常是一头雾水。老舍的这一比较,指出了通俗文学的痛快爽朗,但是也从侧面说出了新文学在结构和手法方面的多样性。

其次,内容方面。新文艺,由于受到西方文学的影响,所以喜欢"耍情调","写

---

① 其实,这四个阶段并不具有明显的界限,几个阶段在时间上也有交叉,只是为了便于理解,做了一个大概的划分。

一件小事能说得很长",并且不喜欢写一般人的生活,与民众有隔离感。通俗文艺则不同,故事要求"丰富充实","有头有尾,结结实实",做到"满膛满馅的"。另外在表现生活方面,通俗文艺内容多为群众喜欢的历史故事等。通过这个比较,我们可以发现:通俗文学讲究齐整的套路,在讲故事的时候,不让人物"闲着",有故事可说,则好;新文学更偏重学理的东西。如果文艺工作者将两者结合,才能产生"本固枝荣的在民众血脉中开花结果的文艺"。其实新旧的两者结合问题,也就是后来的文学的民族形式问题,我们在民族形式那一部分再谈。

再次,思想与情感方面。通俗文艺与新文艺在态度和责任感方面是迥异的。新文学虽然不受大众欢迎,普及度不高,但是它态度是不错的:它"立志要改变读者的思想,使之前进,激动情绪,使之崇高"。相比而言,通俗文学则是"没有多少征服的野心",它"往往是故意的迎合趋就读众",有时它"近乎取巧,只愿自己的行销,而忘了更高的责任"。这个比较其实涉及文艺的"大众化"和"化大众"的问题。新文学是以启蒙大众的态度面对读者的,它是提高读众的审美能力,增加他们的智慧;而通俗文学宣传的可能是封建陈腐的东西,有时为了迎合读众,难免不掺杂些低级或者腐朽的东西,这对于通俗文艺本身和读众并没有什么好处,有时甚至还是有害处的。

最后,趣味方面。通俗文艺有乐趣,而新文学的趣味是不同于通俗文学的,它是严肃的、认真的。

第三阶段:通俗文艺的实践阶段。

老舍在1938年10月写文章说到:"到现在为止,我一共写了六出旧戏,十段大鼓词,一篇旧型的小说和几只小曲。"①这是老舍对自己在抗战开始到1938年期间通俗文艺创作的一个统计。这些作品的创作是老舍抱着牺牲自己趣味的决心,带着由"苦痛"转化而来的"快乐"去创作的。老舍在创作实践过程中总结了创作通俗文艺的经验。

首先,忘记文人身份。忘掉自己的文人身份就是忘掉创作文学时的责任感,这种降格写作通俗文学的痛苦,也是萦绕在很多创作通俗文学的新文学作家心中挥之不去的阴影。老舍强调忘掉这种身份,才能把自己想象成一个真正的通俗文学的创造者,才能感同身受地为民众创造出适宜的文艺来。

其次,避免出现专有名词。通俗文艺中一般不能加入社会经济政治等专有名词,加入这些抽象的专有名词会使大众不知所云。创作家要用大众所熟悉的词汇代替,比如文中有"摩登女性"出现时,应改为"女红装"或"小娇娘"。

---

① 老舍.制作通俗文艺[M]//老舍.老舍文集:第15卷.北京:人民文学出版社,1990:351.

复次,突出人物性格。人物性格的刻画"要黑白分明",可以用夸张的手法,简单有力地介绍出,这样才能使得人物性格在民众心中留下深刻的印象。

再次,"旧瓶装新酒"。讲故事要利用以前的老套子,只有用老套子,思想才能有着落,也就"差不多"了。老套子是通俗文学多年沉积的结果,大众一旦接触到老套子,无意识地就会联想到相对应的思想,可能是忠君的思想,也可能是见义勇为和侠肝义胆的思想。文艺工作者创作通俗文学时,可以利用"旧瓶装新酒"的方法,写出形式上是旧模式,内容上是宣传抗日的作品。大众在这种半新半旧的东西中,慢慢就接受了抗日的思想。

最后,写作要用方言。最好,写作用土语,这样宣传效果好。在乡间实验创作的作品,在写好之后,最好的方法就是找艺人唱出来听听。

这些经验都是老舍在试写通俗文学时所总结的,它们是老舍能做到和不能做到(只停留于认识层面)的经验。能为读众写出他们能够读得懂的东西,对于抗战来说是最好不过的事情,但对于老舍却是喜忧参半。这些经验虽说对于创作通俗文艺大有裨益,然而具体实施起来还是很难,况且老舍本来就不很愿意去创作"降格"的通俗文艺,这样的痛苦很自然会逼着老舍回归自我。

第四阶段:回归初始——放弃通俗文艺创作。

通俗文艺因为与新文学有很大的区别,"失格"感和创作困难这两种感觉伴随着老舍。老舍多次在文章中说到绝不能也不会因为通俗运动而牺牲了新文艺。这既是老舍对通俗文艺暂时容忍的态度,也是在坚持创作通俗文艺时对新文艺的念念不忘。"为了抗战,你须教训;为了文艺,你须美好"。老舍通过不断地学习和创作通俗文艺,越来越觉得创作通俗文艺作品的困难是无法克服的,放弃是不得已的选择。他在《我怎样写通俗文艺》一中谈到:

"在这里,你须用别人定好了的形式与言语去教训,去设法使之美好。你越研究,你越觉得有趣;那些别人规定的形式,用的言语,是那么精巧生动,恰好足以支持它自己的生命。然而到你自己一用这形式,这语言,你就感觉到喘不过气来,你若不割解开它,重新配置,你便丢失了你自己;你若剖析了它,而自出心裁地想把它整理好,啊,你根本就没法收拾它了!新的是新的,旧的是旧的,妥协就是投降,在试验了不少篇鼓词之类的东西以后,我把它们放弃了①。"

在老舍的眼里,创作通俗文艺的两难境地常常是无法解决的:如果创作,那就没法"收拾"好通俗文学;如果"不割解开它,重新配置",那就是放弃新文艺,失去自我,成为通俗文学的奴隶。

---

① 老舍.三年写作自述[M]//老舍.老舍文集:第15卷.北京:人民文学出版社,1990:432.

放弃通俗文艺是不得已而为之的事情,但是抗战的宣传工作仍然要继续,动员群众的工作仍然要继续。老舍对此提出了"分工论"的说法。所谓分工论就是政府组织民间艺人、精通通俗文艺的人或者专门的机构去创作通俗文艺,而努力去做通俗文艺但并不能做好的作家应该深入抗战生活,努力写出能够反映抗战大时代的作品。抗战初期的作家起初不理解抗战的实际情形,又不愿意去做抗战的宣传,于是"就拾起旧的形式,空洞的,而无相当宣传效果的,作出些救急品"。这些作品,对于习惯于新文艺创作的作家来说,既不能做好,不能为民众理解,也在这种创作中丧失了新文艺的品格。老舍放弃通俗文艺,却并没有放弃文艺为抗日宣传的见解。但如果真的感觉对通俗文艺很隔膜,那放弃也许是一种正确的选择,因为创作通俗文艺也不是宣传抗日的唯一途径。老舍在以后的创作活动中,尝试其他新文艺的样式(比如写戏剧和旧体诗),同样不仅满足了他对新文艺品格的追求,也为抗战文艺作了不少的贡献。

二、老舍与民族形式的论争

1938 年,毛泽东在《中国共产党在民族战争中的地位》一文中讲到:"我们这个民族有数千年的历史,有它的特点,有它的许多珍贵品。对于这些,我们还是小学生。今天的中国是历史的中国的一个发展,我们是马克思主义的历史主义者,我们不应当割断历史……因此,使马克思主义在中国具体化,使之在其每一表现中带着必须有的中国特性,即是说,按照中国的特点去应用它,成为全党亟待了解并亟须解决的问题。洋八股必须废止,空洞抽象的调头必须少唱,教条主义必须休息,而代之以新鲜活泼的、为中国老百姓所喜闻乐见的中国作风和中国气派。"①文章的用意很清楚,即以中国作风和中国气派反对党内那些教条主义者及其洋八股,但是它却极大地影响了文艺界的大众化运动。民族形式的问题也是由此而生,大致说来主要有两种说法:一是以民间形式作为民族形式的中心源泉,另外一种则是完全否定民间形式有可以继承的合理成分,全盘肯定"五四"文学。持前者观点的代表向林冰在《论"民族形式"的中心源泉》《再论民族形式的中心源泉》等文章中认为民间形式是民族形式的中心源泉。他说:"新质发生于旧质的胎内,通过了旧质的自己否定过程而成为独立的存在。因此,民族形式的创造,便不能是中国文艺运动的'外铄'的范畴,而应该以先行存在的文艺形式的自己否定为特质。在民族形式的前途,有两种文艺形式存在着:其一,'五四'以来的新兴文艺形式,其二,大众所

---

① 毛泽东.中国共产党在民族战争中的地位(节选)[M]//北京大学中文系中国现代文学教研室.文学运动史料选:第4册.上海:上海教育出版社,1979:383.

习见常闻的民间文艺形式。"①按照向林冰在该文中的叙述,民族形式的中心源泉不是"五四"以来的新文艺,而是民间文艺的旧形式。"五四"以后发展起来的新兴文艺形式多是"畸形发展的都市的产物",是"大学教授、银行经理、舞女、政客,以及其他小'布尔'的恰切的形式"。反对以"民间形式"作为民族形式的中心源泉的人则多为"五四"新文化的维护者。葛一虹在《民族形式的中心源泉在所谓"民间形式"吗?》中则反对这个民间形式的中心源泉。他认为应该全盘否定民间文学,肯定"五四"以来的新文学,因为民间文学的旧形式都是封建残余的反映②。这两种观点现在看来,都是比较极端的。郭沫若的《"民族形式的"商兑》一文则对"民族形式"问题提出了比较全面、公允、精辟的见解。他在这篇文章中认为:代表中国民族形式的文艺应该从"民间形式取其通俗性,从士大夫形式取其艺术性,而益之以外来因素,又成为旧有形式与外来形式的综合统一"③。

老舍没有专门写过关于"民族形式"问题论争的文章,他多次申明:"我忙,所以没有参战";"一年以来,我始终没有表示过个人的意见"。老舍没有参加论争,并不是说老舍对此没有自己的看法。老舍的看法是根据实际参与民间文学创作的经验形成的,是对旧形式的实地试验的结果。老舍最后的选择也是对"民族形式"最好的答复:"这一年来不能不放弃旧形式的写作。这个否定就是我对民族形式论争的回答。"显然老舍的看法是不赞同把民间文学作为文艺运动发展的"中心源泉"。如果全盘接受民间固有的东西,那就是新文艺投降了旧文艺,使新文艺"堕入魔道",失去文艺的领导权。

真正的民族形式是怎么样的呢? 或者说是沿着什么路走呢? 老舍给出的答案是:

"依我的意见,我是赞成仍沿用我们'五四'以来的文艺道路走去,只要多注意自然,不太欧化,理智不要妨碍感情,这是比较好的一条路。主要的问题在深入大众中去了解他们的生活,更深地同情他们,这比只知道一点民间文艺的技巧,更为真实可靠④。"

老舍所谓的民族形式其实和郭沫若的看法相似,即沿着"五四"文艺道路继续前进,但是可以适当吸收民间有用的形式。"外来的东西固应该接受,本来所有的

①　向林冰.论"民族形式"的中心源泉[M]//北京大学中文系中国现代文学教研室.文学运动史料选:第4册.上海:上海教育出版社,1979:425-426.

②　葛一虹.民族形式的中心源泉在所谓"民间形式"吗?[M]//北京大学中文系中国现代文学教研室.文学运动史料选:第4册.上海:上海教育出版社,1979:429-436.

③　郭沫若."民族形式"商兑[M]//北京大学中文系中国现代文学教研室.文学运动史料选:第4册.上海:上海教育出版社,1979:437-451.

④　老舍.抗战以来文艺发展的情形[M]//老舍.老舍文集:第15卷.北京:人民文学出版社,1999:504.

亦应学习,我们需有现实的眼光,不能像"五四"时一样永远模仿西洋的语言和技巧,也须用自己的语言和技巧完成自己的东西,明日之文艺必须走这条路"①。

当然"民族形式"问题的实践并不是一蹴而就的,面对抗战的大任务,怎么既能解决当务之急,又能实现创造性地解决"民族形式"问题呢? 老舍认为"分工论"和教育可以解决。"分工论"使得"文无弃才,文皆抗战;伟大之作,永垂不朽;宣传之品,今尽其用"。通俗文学,作为宣传之用,可以尽情发挥自己浅显通俗的特征,为广大民众理解抗战之任务;伟大之作,沿着"民族形式"的方向,反映抗战的伟大。因为很多民众不识字,所以对于不能俗浅明朗的文艺理解不了。这个问题的解决应该让教育来解决,通过教育,民众的欣赏水平自然会提高。

老舍对于"民族形式"的看法是从民族革命出发的,也是老舍在特殊时期创作时间之后深思熟虑的结果。

第三节 老舍同文学与抗战无关论的论争

"与抗战无关论"的论争始于梁实秋的一篇征稿短文。1938 年 12 月 1 日,梁实秋在重庆接编的《中央日报》副刊《平明》发表《编者的话》一文。文章在最后一段的征稿要求时说到:

"文字的性质并不拘定。不过我也有几点意见。现在抗战高于一切,所以有人一下笔就忘不了抗战。我的意见稍微不同。与抗战有关的材料,我们最为欢迎,但是与抗战无关的材料,只要真实流畅,也是好的,不必勉强把抗战截搭上去,至于空洞的"抗战八股",那是对谁都没有益处的。"②

梁实秋的《编者的话》一发表之后,立即就引起了抗战文艺界的关注和批评。1938 年 12 月 5 日,署名罗荪(孔罗荪)就在《大公报》上发表文章《与抗战无关》对梁实秋的观点进行了批评③。他认为抗战期间的很多作品无不与抗战相关:"是这次的战争已然成为中华民族生死存亡的主要枢纽,它波及的地方,已不仅限于通都大邑,它已扩大到达于中国底每一个纤微。"任何作家想要避开抗战的主题来写作

---

① 老舍.抗战以来文艺发展的情形[M]//老舍.老舍文集:第 15 卷.北京:人民文学出版社,1990:504.

② 梁实秋.编者的话[M]//北京大学中文系中国现代文学教研室.文学运动史料选:第 4 册.上海:上海教育出版社,1979:242.

③ 罗荪."与抗战无关"[M]//北京大学中文系中国现代文学教研室.文学运动史料选:第 4 册.上海:上海教育出版社,1979:244-245.

几乎是不可能的事情,任何关注于真实的作家都不能忘掉抗战这个真实。梁实秋在看到这篇批评文章之后,立即在次日的《中央日报》上发表与罗荪同名文章《"与抗战无关"》对罗荪的批评作出了答辩。梁在这篇文章中批评"只知依附于某一种风气而撷拾一些名词敷凑成篇的'抗战八股'",并且重申了自己在《编者的话》里的观点,即"与抗战有关的材料,我们最为欢迎;与抗战无关的材料,只要真实流畅,也是好的"①。针对梁实秋的答辩,罗荪在 12 月 11 日的《国民日报》上发表《再论"与抗战无关"》,反驳了梁实秋的为了真实而去寻求与抗战无关的材料的文艺观点,并且强调:"梁实秋抹杀了'抗战八股',抹杀了今日抗战的伟大力量的影响",这将破坏文艺界提倡的"抗战的文艺"的共同目标②。与罗荪差不多同时批评梁实秋的文学态度的还有宋之的。他在同年的 12 月 10 日发表于《抗战文艺》的《谈"抗战八股"》一文中表达了与罗荪相同的观点,即在抗战期间,由于抗战影响的无所不至,如果讲求文学真实而又想避开抗战不谈,那基本是痴人说梦。当然,宋之的在文中承认抗战时期的作品大多为速写式的,印象式的,但是这些作品还是能向着一个方向前行。如果抗战速写对"谁也没有好处",那么有这种感觉的读者不是"也可以'与抗战有关'也可以'与抗战无关'的这种骑墙派",就是"梦着所谓'王道乐土'的那些蠢奴才!"③。对于《编者的话》引起的这场论争,在你来我往的交锋中,更多的人牵涉了进来。批判梁实秋的文章也越来越带"火药味"了,特别是沈起予的文章《我作如是观》说梁实秋的行为是起了"阻挠了抗战"的"帮凶"作用④。论战几乎是达到了白热化程度,最后也是以梁实秋离开《中央日报》副刊主编职务并发表《梁实秋告辞》暂时结束了这次论争。当然,后来还是有"念念不忘"梁实秋关于抗战文学的观点的人。1940 年 6 月 15 日,张天翼在《文艺月报》上发表《论"无关"抗战的题材》对梁实秋进行了批判⑤。这篇文章并没有引起更多人的响应,对梁实秋的"抗战无关论"至此差不多不再继续了。

在对梁实秋的观点进行批判的时候,也有很多人对梁实秋的观点积极应和,比如说沈从文、施蛰存、朱光潜。这些对于梁实秋观点的响应者大多是坚持文艺的纯粹理论以及文艺远离政治的自由主义思想。沈从文在《文学运动的重造》一文中

---

①　梁实秋."与抗战无关"[M]//北京大学中文系中国现代文学教研室. 文学运动史料选:第 4 册. 上海:上海教育出版社,1979:246-247.

②　罗荪. 再论"与抗战无关"[M]//北京大学中文系中国现代文学教研室. 文学运动史料选:第 4 册. 上海:上海教育出版社,1979:250-252.

③　宋之的. 谈"抗战八股"[M]//北京大学中文系中国现代文学教研室. 文学运动史料选:第 4 册. 上海:上海教育出版社,1979:248-249.

④　卢洪涛. 中国现代文学思潮史论[M]. 北京:中国社会科学出版社,2005:260.

⑤　张天翼. 论"无关"抗战的题材[M]//北京大学中文系中国现代文学教研室. 文学运动史料选:第 4 册. 上海:上海教育出版社,1979:261-270.

努力把文学"从'商场'和官场解放出来",反对作家从事政治活动,而应该"站在自己岗位上努力,不宜旁骛",做些与抗战、政治、宣传无关的事。施蛰存在《文学之贫困》中指出抗战期间文学界的纯文学贫困,否定了抗战初期大多数作家肯定的诗歌、散文。另外,朱光潜在抗战期间提出了"冷静超脱"和"永远的旁观"的文学,斥抗战文学为"口号教条文学"和"文学上的低级趣味"等观点。对于这些响应梁实秋观点的文艺工作者,郭沫若、巴人(王任叔)、白尘等人也都撰文进行了批判。

20世纪30年代,梁实秋在与鲁迅等"左联"人士关于文学政治等的关系论争时,一直坚持认为文艺是"超阶级、基于固定的普遍人性的"。从抗战期间梁实秋发表的《编者的话》一文,我们可以发现,梁实秋是继续了30年代他认为的文学应具独立性的文艺思想。抗战期间,大多数作家由于坚持一切以抗战为中心,很多作家出于爱国之心,不得不放弃自己的艺术个性,无论是在文学内容或者形式创造上都围绕抗战这个压倒一切的主题。这样的情势决定了文学内容上大多围绕抗战展开,功能上偏重于宣传。"那些短小精悍,适合及时反映抗战现实的文学样式如街头诗、朗诵诗、独幕剧、话报剧、茶馆剧、报告文学、速写小说、通俗文艺等大量涌现"①,各种类型的文学体裁和文学样式作品表现出小型化、通俗化、报告化的共同特征。此时文学表现出的特征都是体现"一切文化活动都集中在抗战这一点,集中在于抗战有益这一点,集中在能够迅速地并普遍地动员大众的这一点"②。此时的梁实秋态度如此鲜明地说出"现在抗战高于一切,所以有人一下笔就忘不了抗战","与抗战无关的材料,只要真实流畅,也是好的,不必勉强把抗战截搭上去"这样的话,是想使文艺应游离抗战、游离政治与宣传,这当然是与抗战期间的"文协"提倡的主流文艺精神相悖逆的。

我们现在看这些争论,发现对梁实秋以及对梁实秋观点的响应者的批判多少带有宗派主义、浮躁、简单和情绪化的情形。其实,从梁实秋一派的观点来看,他们并不是反对抗战文学,只是希望文学的发展能够更多顾及文艺自身的特征,而不是被政治等外在因素胁迫。现在,如果我们撇开政治、历史的因素,完整地理解梁实秋的那篇《编者的话》,无论怎么推敲,也看不出它有什么原则性错误③。当然,在抗战期间的特殊时期,民族存亡是整个中华民族的大问题,提出这样的文艺观点不免要受到批判。

老舍作为"文协"的总理事,怎么看待梁实秋这篇引起争论的文章呢?我们注

---

① 卢洪涛.中国现代文学思潮史论[M].北京:中国社会科学出版社,2005:242.

② 郭沫若.抗战与文化问题[M]//北京大学中文系中国现代文学教研室.文学运动史料选:第4册.上海:上海教育出版社,1979:54.

③ 柯灵.现代散文放谈——借此评议梁实秋与"抗战无关论"[M].文汇报,1986-10-13.

意到梁实秋在《编者的话》有这样的话:"我老实承认,我的交游不广,所谓'文坛'我就根本不知其坐落何处,至于'文坛'上谁是盟主,谁是大将,我更是茫然。"正是这句话对老舍产生了很大的刺激作用。老舍是"文协"的总理事,保持文艺工作者团结一致为抗日作贡献是他的职责,现在梁实秋说他不知文坛坐落何方,明显是向着"文协"开火。老舍起初觉得批判梁实秋的是 30 年代的左派与右派人物,所以觉得这是党派之争;可是等到《抗战文艺》上发表了宋之的、姚蓬子等的四篇批驳梁实秋的文章后,老舍终于写了文章表达自己的看法。1938 年 12 月,老舍代表"文协"起草了《致〈中央日报〉的公开信》介入了这场所谓的"与抗战无关论"的论争。为更好地说明问题,我们引用全文如下:

径启者:自抗战以来,全国同胞莫不力求团结,共御外侮,以争取民族之自由生存。文艺界同人爱国不敢后人,故有中华全国文艺界抗敌协会之组织。总会成立已阅八月,会员现有四百余人,并于各地分设支会,实为全国文艺界空前之大团结。过去数月工作,随时披露于会刊《抗战文艺》,并呈报中央党政各机关,无庸赘述。至全体会员之精诚团结,努力抗战工作,证以会务之日见发展,同人等之无所龃龉,与言论主张之一致,事实俱在,无可否认。会务进行,虽因人力财力之所限,未能尽合理想,但众志所归,蔚为文风,咸以正大之态度,发为有裨抗战之文字;未敢稍怀党派之见,以浪费笔墨;成见既蠲,团结益固,不得谓非文艺界之良好现象。

乃本年十二月一日,贵报《平明》副刊梁实秋先生之《编者的话》中,竟有"不知文坛坐落在何处,大将盟主是谁"等语,态度轻佻,出语儇薄,为抗战以来文艺刊物上所仅见。值此民族生死关头,文艺者之天职在为真理而争辩,在为激发士气民气而写作,以共同争取最后胜利。文艺者宜首先自问有否拥护抗战之热诚,与有否以文艺尽力抗战宣传之忠实表现,以自策自励。至若于一抽象名词隶属于谁之争议,显然无关重要,故本会员虽事实上代表全国文艺界,但决不为争取"文坛坐落所在"而申辩,致引起无谓之争论,有失宽大严肃之态度。本会全体会员之相互策勉者,为本爱祖国爱民族之热忱,各尽其力,以建设文坛,文坛即在每个文艺者之良心上,其他则非所知。

副刊所载虽非军政要闻可比,但极端文字影响非浅,不可不慎。今日之事,团结唯恐不坚,何堪再事挑拨离间,如梁实秋先生所言者?贵报用人,权有所在,本会无从过问。梁实秋先生个人行为,有自由之权,本会亦无从干涉。唯对于"文坛坐落何处"等语之居心设词,实未敢一笑置之。在梁实秋先生个人,容或因一时逞才,蔑视一切,暂忘却团结之重要,独蹈文人相轻之陋习,本会不欲加以指斥。不过,此种玩弄笔墨之风气一开,则以文艺为儿戏者流,行将盈篇累牍争为交相诟诟之文字,破坏抗战以来一致对外之文风,有碍抗战文艺之发展,关系甚重;目前一切,必须与抗敌有关,文艺为军民精神食粮,断难舍抗战而从事琐细之争辩;本会未便以缄默代宽大,贵报当有同感。谨此函陈,敬希本素来公正之精神,杜病弊于开始,抗战前途,实利赖焉①。

老舍的这篇文章,由于是代表"文协"写给国民政府最高舆论权威的《中央日报》,官方因怕受到舆论的批评,落个破坏团结和消极抗日的坏名声,所以通过张道藩的暗中劝说,文章才没有公开发表。从整篇文章来看,老舍对于梁实秋的不满主要是因为梁实秋在文章中说了"不知文坛坐落在何处,大将盟主是谁"这样的话。这把矛头对向了"文协",不利于整个文学界的团结,"实未敢一笑置之"。梁实秋个人"容或因一时逞才,蔑视一切,暂忘却团结之重要,独蹈文人相轻之陋习",这是他的个人自由,但是他发表引起抗战统一战线内部"交相诤诟"的文章,"此种玩弄笔墨之风气一开,则以文艺为儿戏者流,行将盈篇累牍争为之文字,破坏抗战以来一致对外之文风,有碍抗战文艺之发展,关系甚重"。仔细分析,老舍参与"这场论争之时即审慎地与论争的主题相疏离"②,因为老舍对梁实秋批评的出发点与罗荪等人的出发点是大不相同的:老舍关注的是团结问题,而不是文学与抗战的关系问题。其实,老舍内心认同的文艺理念与梁实秋所坚持的文学观念相差无几,但是,面对至高无上的全民族抗战,老舍和其他作家们必须牺牲自己所追求的新文学精神,来痛苦地认同所谓的抗战八股。抗战和团结是摆在老舍面前最大的任务,面对梁实秋引起"文协"内部辩论不休的文章,他当然不能坐视不管。

文学与抗战具体是什么关系,老舍是很清楚的。在情感上,老舍并不赞同抗战期间文学就等于抗战这个观点,文学是包括抗战和非抗战两种类型的,但是在理智上,老舍却选择了抗战等于文学这个观点。老舍在《三年写作自述》中回忆自己抗战时期的文艺选择时说到:"第一条是不管抗战,我还写我的那一套。从生意经上看,这是个不错的办法,因为我准知道有不少的人是喜读与抗战无关的作品。"作品与抗战有关无关,全在于作家愿意不愿意写。老舍是承认抗战期间肯定存在与抗战无关的作品,因为有很多人喜欢读,但是作为一个有良知的作家,老舍是不能这样做的,他必须写与抗战有关的作品,他强烈要求文艺家应该"把个人的私生活抛去,而从新建立起一种团体的、以国家社会为家庭的公生活"③。老舍在1942年写的《抗战以来文艺发展的情形》一文中说到:"我们不必为抗战文艺担心,更不应因此而想发展一种与抗战无关的文艺。因为抗战文艺所以空洞标语化,并不是抗战文艺没有可写的,而是因为我们对抗战的认识太少,现在我们的生活没有一件是与

① 曾广灿,吴怀斌.老舍研究资料(上)[M].北京:北京十月文艺出版社,1985:444-445.
② 孙洁.世纪彷徨:老舍论[M].南昌:百花洲文艺出版社,2003:158.
③ 老舍.略谈抗战文艺[M]∥老舍.老舍文集:第15卷.北京:人民文学出版社,1990:473.

抗战无关的,想找一件与抗战无关的事可谓决不可能,除非你自己不愿意抗战,决没有一件事可以和抗战完全脱离关系的。"文艺作品必须要写与抗战有关的材料,但是对于抗战期间充溢于文坛的抗战八股等模式化创作的弊病,老舍与梁实秋一样,是深有同感的:很多作品是"热情有余,而毫无实力;虽无骗人之情,而有骗人之实",但是老舍并不因为抗战作品成为了抗战八股,就否定抗战文学,他对抗战文学的未来还是比较看好的。抗战初期出现了大量空洞的抗战八股,这是因为作家对于生活的认识不够。很多作家不能够认识抗战的实际,以为抗战期间,只要文艺工作者一叫喊,就能够取得胜利,其实不然;只有随着抗战的深入,作家深刻理解了抗战生活的艰苦,那时文艺才会变得深刻而伟大。所以老舍认为文艺工作者应该在深入认识抗战的基础上,力避抗战八股模式,写出真正能够反映抗战的伟大作品出来,而不是避开抗战内容去写"与抗战无关"的东西。虽然初期的作品幼稚,难免不成为模式化的创作,但是抗战八股总是比功利八股要好得多,况且等到对抗战真正有了认识之后,好的作品也会产生的。

参考文献

[1] 老舍. 老舍文集[M]. 北京:人民文学出版社,1991.

[2] 老舍. 老舍的生活与创作自述[M]. 北京:人民文学出版社,1982.

[3] 老舍. 老舍小说全集[M]. 北京:人民文学出版社,1993.

[4] 老舍. 老舍文艺评论集[M]. 合肥:安徽人民出版社,1982.

[5] 舒济. 老舍幽默诗文集[M]. 北京:人民文学出版社,2004.

[6] 胡絜青. 老舍论创作[M]. 上海:上海文艺出版社,1980.

[7] 曾广灿,吴怀斌. 老舍研究资料(上、下)[M]. 北京:北京十月文艺出版社,1985.

[8] 曾广灿. 老舍研究纵览[M]. 天津:天津教育出版社,1989.

[9] 曾广灿. 永恒的老舍[M]. 北京:中国文史出版社,2005.

[10] 曾广灿,吴怀斌. 老舍新诗选[M]. 石家庄:花山文艺出版社,1983.

[11] 吴小美,魏韶华. 老舍的小说世界与东西方文化[M]. 兰州:兰州大学出版社,1992.

[12] 吴小美. 老舍小说十九讲[M]. 桂林:漓江出版社,2009.

[13] 吴小美,魏韶华,古世仓. 老舍与中国新文化建设[M]. 北京:民族出版社,2006.

[14] 关纪新. 老舍评传[M]. 重庆:重庆出版社,2003.

[15] 关纪新. 老舍与满族文化[M]. 沈阳:辽宁民族出版社,2008.

[16] 宋永毅. 老舍与中国文化观念[M]. 上海:学林出版社,1988.

[17] 张桂兴. 老舍年谱(上、下)[M]. 上海:上海文艺出版社,2005.

[18] 张桂兴. 老舍资料考释(上、下)[M]. 北京:中国国际广播出版社,1998.

[19] 张桂兴. 老舍评论七十年[M]. 北京:中国华侨出版社,2005.

[20] 钱理群,等. 中国现代文学三十年[M]. 修订版. 北京:北京大学出版社,1998.

[21] 朱栋霖,等. 中国现代文学史:1917—1997[M]. 北京:高等教育出版社,1999.

[22] 夏志清. 中国现代小说史[M]:上海:复旦大学出版社,2005.

[23] A. A. 安基波夫斯基. 老舍的早期创作与中国社会[M]. 宋永,译. 长沙:湖南文艺出版社,1987.

[24] 傅晓燕. 多维视野中的老舍创作研究[M]. 北京:人民出版社,2011.

[25] 邱才妹. 民族危亡之际:《四世同堂》导读[M]. 成都:四川教育出版社,1997.

[26] 孙钧政. 老舍的艺术世界[M]. 北京:北京十月文艺出版社,1992.

[27] 潘怡为. 老舍评传[M]. 青岛:青岛出版社,2009.

[28] 成梅. 老舍小说创作比较研究[M]. 西安:陕西人民出版社,2000.

[29] 王润华. 老舍小说新论[M]. 上海:学林出版社,1995.

[30] 佟家桓. 老舍小说研究[M]. 银川:宁夏人民出版社,1983.

[31] 谢昭新. 老舍小说艺术心理研究[M]. 北京:北京十月文艺出版社,1994.

[32] 林呐,徐柏容,郑法清. 老舍散文选集[M]. 天津:百花文艺出版社,1992.

[33] 林文光. 郁达夫文选[M]. 成都:四川文艺出版社,2010.

[34] 李润新,周思源. 老舍研究论文集[M]. 北京:人民文学出版社,2000.

［35］姚振生.百年老舍［M］.北京:中国文联出版公司,2001.

［36］冉忆桥,李振潼.老舍剧作研究［M］.上海:华东师范大学出版社,1988.

［37］王行之.老舍论剧［M］.北京:中国戏剧出版社,1981.

［38］焦菊隐.焦菊隐戏剧论文集［M］.上海:上海文艺出版社,1981.

［39］克莹,李颖.老舍的话剧艺术［M］.北京:文化艺术出版社,1982.

［40］爱华德·W.萨义德.东方学［M］.王宇根,译.北京:三联书店,1999.

［41］赵园.北京:城与人［M］.北京:北京大学出版社,2002.

［42］赵园.论小说十家［M］.杭州:浙江文艺出版社,1987.

［43］孙洁.世纪彷徨:老舍论［M］.南昌:百花洲文艺出版社,2003.

［44］齐亚乌丁·萨达尔.东方主义［M］.马雪峰,苏敏,译.长春:吉林人民出版社,2005.

［45］费孝通.乡土中国［M］.上海:上海人民出版社,2006.

［46］徐德明.老舍自述［M］.武汉:湖北人民出版社,2006.

［47］张全之.火与歌——中国现代文学、文人与战争［M］.北京:新星出版社,2006.

［48］汤晨光.老舍与现代中国［M］.长沙:湖南师范大学出版社,2002.

［49］古世仓,吴小美.老舍与中国革命［M］.北京:民族出版社,2005.

［50］傅光明.老舍与中国现代知识分子的命运［M］.上海:复旦大学出版社,2011.

［51］吴义勤.解读老舍经典［M］.石家庄:花山文艺出版社,2004.

［52］杨立德.老舍创作生活年谱［M］.昆明:云南民族出版社,1989.

［53］胡絜青.老舍写作生涯［M］.天津:百花文艺出版社,1981.

［54］胡絜青.老舍论创作［M］.上海:上海文艺出版社,1980.

［55］徐德明.老舍自传［M］.南京:江苏文艺出版社,1995.

［56］傅光明.老舍之死采访实录［M］.北京:中国广播电视出版社,1999.

［57］舒乙.老舍最后的两天［M］.广州:花城出版社,1987.

［58］舒乙.老舍正传［M］.南京:江苏文艺出版社,2010.

［59］舒乙.我的思念——关于老舍先生［M］.北京:中国广播电视出版社,1999.

［60］舒乙.老舍的关坎和爱好［M］.北京:中国建设出版社,1988.

［61］舒乙.老舍［M］.北京:人民出版社,1986.

［62］石兴泽.老舍与二十世纪中国文学和文化［M］.北京:人民文学出版社,2005.

［63］石兴泽.老舍文学思想的生成与发展［M］.济南:山东文艺出版社,1993.

［64］石兴泽,刘明.老舍评传［M］.北京:中国社会出版社,2005.

［65］孟广来,等.老舍研究论文集［M］.济南:山东人民出版社,1983.

［66］胡絜青,舒乙.散记老舍［M］.北京:北京十月文艺出版社,1986.

［67］关纪新,范亦豪,曾光灿.老舍与二十世纪:99 国际老舍学术研讨会论文选［M］.天津:天津人民出版社,2000.

［68］中国老舍研究会.老舍与民族文化——纪念老舍先生诞生 110 周年国际学术研讨会论集［M］.天津:天津人民出版社,2010.

［69］潘怡为.老舍评传［M］.青岛:青岛出版社,2009.

［70］杨义.中国现代小说史［M］.北京:人民文学出版社,1986.

［71］郎云,苏雷.老舍传——沉重的谢幕［M］.太原:北岳文艺出版社,1994.

［72］蔡仪.中国抗日战争时期大后方文学书系·第二编　理论·论争:第 1 集［M］.重庆:重庆出版社,1989.

［73］卢洪涛.中国现代文学思潮史论［M］.北京:中国社会科学出版社,2005.

后 记

本书拟用于重庆市高等教育自学考试本科段汉语言文学专业及其他相关专业"中国现当代作家作品专题研究"课程之"老舍研究"的教材。以客观介绍和分析老舍生平、思想和文学创作为主。在观点的取舍上力求稳妥、客观,多用学界定说,不用有争议性的说法。内容力求深入浅出、条理清晰、表述朴实。也适当吸收了该领域最新的学术研究成果,参考了许多已出版或发表了的研究专著和论文,在注释和参考文献里已有标注,在此表示感谢,若有遗漏也请谅解。

参加本书编写的还有赵静、王振顺、柴琳、杨占富、叶旭明、王亚丽、陈妍、李彩素、王雪缙、李丽娜、雷超、岳锦玉、柳眉、杨天雪、胡莹莹等,他们查阅了大量资料,写出了部分初稿,再由我作最后的修改、补充、完善,直至定稿。肖太云副教授也协助我进行了文字的校对和内容的调整。

本书的编写得到了重庆市考试院、重庆市高等教育自学考试办公室等诸多同志的大力支持,还得到了重庆大学出版社的鼎力支持,在此谨表深深的谢意。

编 者

2012 年 7 月 10 日